新潮文庫

北回帰線

ヘンリ・ミラー
大久保康雄訳

新潮社版

1860

序

根元的な現実へのわれわれの嗜欲《しよく》をとり戻す──もしそういうことが可能だとすれば──そういう力のある小説がここにある。基調をなすものは苛烈《かれつ》さであって、苛烈さは、たしかにたっぷりとある。しかもここには強烈な狂躁《きようそう》もあるし、狂気じみた陽気さもある、激情もあるし、興奮もある。ときとしては、ほとんど錯乱に類したものさえある。金属をなめたときの後に残る徹底的な空虚の味のごとき赤裸々な緊張をもって極端と極端とのあいだを不断にゆれ動く振幅がある。それはオプティミズムをもペシミズムをも超《こ》えている。作者は最後の戦慄《せんりつ》をわれわれにあたえたのだ。苦悩は、もはや秘密の安息をうしなったのである。

自己省察に麻痺《まひ》し、織巧な精神的食餌《しよくじ》によって梗塞《こうそく》されてしまった世界における肉体の根元のこのような荒々しい暴露《ばくろ》は、血液の流れに精気をあたえるものとなる。この激烈さ、淫猥《いんわい》さは、あらゆる生殖の行為にともなう神秘や痛苦の表出のごとく夾雑《きようざつ》物《ぶつ》をとどめない。生気を回復する経験の価値、叡知《えいち》と創造との第一の本源が、ふたたびここに主張されている。ここには完結されなかった思想と行動との厖大《ぼうだい》な領域が残されている。批判的すぎる連中がうっかりするとからみつかれてしまいそうなもつれた糸が束になったまま残されている。かつてゲエテは『ウィルヘルム・マイスター』について、つぎのように言っている。「多くの人々は一つの中心点を求める。これは困難でもあるし、正しいことですらない。わたしは、われわれの間近かにおかれた豊《ほう》饒《じょう》な複雑な一つの人生は、それだけで格別はっきりした傾向がなくても十分だと考えたい。このような人生は、結局、知者にのみもたらされるのだ」

この作品は、さまざまな出来事の純粋な流離変転によって作品そのものの枢軸《すうじく》の上に固定されている。中心点がないから、まさにそれゆえに、ここには意志の問題がなく、したがってヒロイズムとか闘いとかの問題もなく、流れるがままの服従があるだけだ。

これらの荒っぽい戯画は、従来の小説の精細な人物画よりも、おそらくいっそう潑《はつ》剌《らつ》としており、「生きて」いるであろう――現代の個人は中心を持たず、「全体」の幻想をいささかもつくりださないという理由によって。これらの人はみな、われわれを溺《おぼ》らせつつある虚偽の文化的真空に統合されており、かくして生みだされたものは、それに面を向けるためには絶体絶命の勇気を必要とするところの混沌《こんとん》たる幻覚である。原始人のような正直さで示されているこれらの屈辱感、敗北感は、挫折《ざせつ》、絶望、あるいは不毛にではなく、渇望《かつぼう》に――より生命的なものを求める貪欲《どんよく》な餓鬼のごとき渇望に終る。詩は、技巧の被膜をむしりとることによって、「芸術以前の水準《レヴエル》」と称せられそうなところまで降下することによって、発見される。崩壊の諸現象のうちにかくされている形式の耐久的な骨格は、絶えず変化する強烈な感情の肉にふたたび変形せられるべきものとして再現する。創痕《きずあと》――文化の産科医によって残された創痕は焼き消される。開いた創口《きずぐち》を茫然《ぼうぜん》と眺《なが》めることにより、ゆがんだ象徴主義的技巧への便乗によって人類が避けようとつとめてきたところの厳酷な心理的現実を追跡することにより、芸術的幻想《イリユージヨン》の可能性を再建する芸術家がここにいる。ここでは象徴は素裸にされ、このあまりにも洗練された文化人によって根強い野蛮人も同様の素朴さをもって羞恥《しゆうち》もなく提出される。

この野蛮な抒情《リリシズム》をもりあげているものは、断じて誤れる原始主義《プリミテイヴイズム》ではない。それは回顧的傾向ではなくて、未開の領域への前進的跳躍である。この書のような赤裸々な作品を考察するのに、たとえばロレンス、ブルトン、ジョイス、セリーヌのごとき、それぞれに異なるタイプの作品に向けられるような批評眼をもってすることすらも誤りである。むしろ、われわれの世界における神聖なるものやタブーとなっているもののすべてを無意味と考えるパタゴニア巨人（訳注　体軀巨大なるアメリカインディアン）の眼をもって、これを眺めようではないか。なぜなら地上の精神的極地まで作者を旅行させたこの冒険は、みずからを表現せんがためには空想の世界の眼にみえぬ無数の牢獄《ろうごく》を遍歴せねばならぬあらゆる芸術家の歴史にほかならぬからだ。エア・ポケット、おかひじきの荒地、倒壊する記念碑、腐爛《ふらん》した死骸《しがい》、乱酔狂気の乱痴気踊り、これらのすべてが、けたたましい鉄鎚《てっつい》のひびきに似た辞句によって描かれ、われわれの時代の壮麗な壁画を形づくる。

もしこの書のうちに、生気をうしなった人々のまどろみを醒《さ》ます震駭《しんがい》的な打撃力が示されているとするならば、われわれは、われわれみずからを祝福しようではないか。なぜなら、われわれの世界の悲劇とは、まさしくこの世界の惰眠を呼びさますことのできる何ものももはや存在しないことにあるからだ。そこには、もはや激越な夢想がない。精神をさわやかにするものがない。眼ざめがない。自意識によって生じた麻酔のなかで、人生は、芸術は、われわれの手からすり抜けて、いまや姿をかくそうとしている。われわれは時とともに漂い虚影を相手に闘っているのである。われわれには輸血が必要なのだ。

そして、この書でわれわれにあたえられるものこそは血であり、肉である。飲み、食い、笑い、欲情し、情熱し、好奇する、それらは、われわれの最高の、もっとも隠微なる創造の根をつちかう単純な真実である。上部構造は切りとられている。この書がもたらすものは、われわれの時代の不毛な土壌のなかで根が枯れうせたうつろな枯木を吹き倒す一陣の風だ。この書は、その根元にまでわけ入り、その根を掘り起し、その下に湧《わ》き出る泉を呼びあげるのである。

アナイス・ニン

北回帰線

『これらの小説はやがて、人間が彼の経験と呼んでいる雑多な事柄のうちから真に彼の経験と称するに足るものを選ぶ方法を会得《えとく》し、真実を真実に記録する方法を会得しさえするならば、日記あるいは自伝——それら息もつがせぬ興趣あふれる書物に、しだいに席をゆずるにいたるであろう』

ラルフ・ウォルドー・エマスン

ぼくはヴィラ・ボルゲエゼに住んでいる。ここには塵《ちり》っぱひとつなく、椅子《いす》の置場所ひとつまちがっていない。ここでは、ぼくたちはみな孤独であり、生気をうしなっている。

昨夜ボリスは、からだに虱《しらみ》がたかっているのに気づいた。ぼくは彼の腋《わき》の下を剃《そ》ってやらなければならなかったが、それでもまだ痒《かゆ》みはとれなかった。こんなきれいなところにいて、どうして虱なんぞにたかられるのか。だが、そんなことはどうでもいい。ボリスとぼくとは、もし虱がいなかったら、これほど仲好《よ》くはならなかったかもしれないのだ。ボリスは、やっと一通り、彼の意見の概要をぼくに語ってくれたところだ。彼は天気予報の名人である。この悪天候はまだつづくだろう、と彼は言う。天災や、死や、絶望が、まだまだつづくだろう。どこにも毛筋ほども好転の兆《きざし》は見られない。時間の癌腫《がんしゅ》が、おれたちを食いほろぼしつつある。おれたちの主人公たちはみな自殺してしまったか、または現に自殺しかけている。してみれば主人公は「時間」

ではなくて「無時間」にほかならない。おれたちは目白押しにならんで死の牢獄《ろうごく》に向って行進して行かねばならないのだ。逃げ路《みち》はどこにもない。天気は変るまい。

パリへきてから、もう二度目の秋だ。ぼくは、いまだに推察できずにいるある理由から、この土地へ追いやられてきたのである。ぼくは金がない。資力もない。希望もない。ぼくはこの世でいちばん幸福な人間だ。一年前、半年前には、自分を芸術家だと思っていた。いまでは、そんなことには頭をつかわない――ぼくは存在するだけだ。かつて文学であったもののことごとくが、ぼくから脱け落ちてしまった。本に書くことなど、もう一つとしてない。ありがたいことだ。

ではこれは何だ？　これは小説ではない。これは罵倒《ばとう》であり、讒謗《ざんぼう》であり、人格の毀損《きそん》だ。言葉の普通の意味で、これは小説ではない。そうだ、これは引きのばされた侮辱、「芸術」の面《おもて》に吐きかけた唾《つば》のかたまり、神、人間、運命、時間、愛、美……何でもいい、とにかくそういったものを蹴《け》とばし拒絶することだ。ぼくは諸君のために歌おうとしている。すこしは調子がはずれるかもしれないが、とにかく歌うつもりだ。諸君が泣きごとを言っているひまに、ぼくは歌う。諸君のきたならしい死骸《しがい》の上で踊ってやる。

歌うからには、まず口を開かなければならぬ。一対《いっつい》の肺と、いくらかの音楽の知識がなければならぬ。かならずしもアコーディオンやギターなんぞなくてもいい。大切なことは歌いたい欲求だ。そうすると、それが歌なのだ。ぼくは歌っているのだ。

おれはおまえに向って歌っているのだよ、タニア、おまえに向って。できることなら、もうすこし上手に、もうすこしうるわしい調子で歌いたいのだが、それだと、おまえはきっとおれの歌を聞いてくれる気にならないだろう。おまえは他の奴《やつ》らの歌うのを聞いた。だが興冷めしてしまった。奴らは、あまりにみごとに歌いすぎたか、みごとさが足りなかったか、そのどちらかだ。

今日は十月の二十何日かだ。ぼくはもう日付もわからなくなっている。去年の十一月十四日のぼくの夢はどうだったか――と諸君は言うのか？　時間のへだたりはあるが、それは夢と夢とのあいだのへだたりであり、夢は意識に残っていない。ぼくをとりまく世界は、あちこちに時間の汚点を残して消滅しかかっている。世界は、みずからを食いほろぼす癌なのだ……大きな沈黙が、すべての上に、あらゆる場所に落ちかかるとき、音楽は、ついに凱歌《がいか》をあげるだろう、とぼくは考えている。時間の子宮のなかへ、すべてのものが、ふたたび退き去るとき、ふたたび混沌《こんとん》があらわれるだろう。混沌こそは、その上に真実の書かるべき楽譜である。タニアよ、おまえはおれの混沌なのだ。おれが歌うのもそのためだ。時間の皮を剝《は》ぎ落すのは、おれですらない。それは死にかけている世界なのだ。おれはおまえの子宮のなかへ書くべき真実を蹴こみながら、こうしてまだ生きている。

まどろみ。恋愛の生理学。興奮していないときでも六フィートのペニスをもっている鯨。蝙蝠《こうもり》――遊動ペニス。ペニスに骨のある動物。骨があるから突張るのだ。「さいわいなことに」とグゥルモンは言う、「この骨は人間にはうしなわれている」さいわいなことに？　そうだ、さいわいなことにだ。ペニスを突張らせて歩いている人間を考えてみるがいい。カンガルーは二叉《ふたまた》のペニスをもっている――一本はウィーク・デー用であり、一本が休日用である。ねむい。ある女から手紙で、ぼくの本の標題がきまったかとたずねてきた。標題だって？　きまったさ――『美しき同性愛の女たち』というのだ。

きみたちの奇行に富む生活！　これはボロフスキイの言葉だ。ぼくがボロフスキイと昼食を食べたのは水曜日である。乳の出なくなった牝牛《めうし》みたいな彼の細君がまかなってくれるのである。彼女はいま英語を稽古《けいこ》している——彼女の愛用語は“filthy”（汚《けが》らわしい）という言葉だ。これだけ聞けば諸君はボロフスキイ夫婦のような頓馬《とんま》が、どんなに世話のやける代物《しろもの》か、わかるだろう。だが待ちたまえ……。

ボロフスキイはコール天の揃《そろ》いの服を着て、アコーディオンを弾《ひ》く。この取合せには誰も抵抗できない。彼が、さまでひどくない芸術家であると考えるときには、とくにそうだ。ポーランド人みたいな顔をしているが、もちろんそうではない。奴はユダヤ人なのだ——ボロフスキイという男は。彼の父親は郵便切手の収集家だった。実際、モンパルナスに住んでいるのは、ほとんど全部ユダヤ系か、それよりもっと悪い半ユダヤ系だ。カールとポーラがいる。クロンスタットとボリスがいる。タニアとシルヴェスターがいる。そしてモルドルフとリュシールがいる。フィルモアをのぞいたら、みんなユダヤ人だ。ヘンリ・ジョーダン・オスワルドも、やっぱりユダヤ人だということがわかった。ルイス・ニコルズもユダヤ人だ。ヴァン・ノルデンとシェリイまでがユダヤ系だ。フランセス・ブレークはユダヤ系——か、さもなければユダヤ女だ。タイタスもユダヤ人だ。こうしてみるとユダヤ人が雪崩《なだれ》みたいにぼくを圧《お》しつぶしそうだ。ぼくはこれをカールのために書いているが、カールの父親もユダヤ人だ。この本を理解するには、以上のことが大切なのである。

これら全部を通じていちばん美しいユダヤ人がタニアで、彼女のためなら、ぼくもユダヤ人になりたいほどだ。なぜぼくをユダヤ人でないというのか？　ぼくはすでにユダヤ人みたいにしゃべっている。おまけにユダヤ人のように醜悪なのに。そればかりでなく、ユダヤ人以上にユダヤ人を憎むこのぼくを？

たそがれどき。藍色《あいいろ》の空、鏡のような水、濡《ぬ》れたように光る樹々《きぎ》。線路は彼方《かなた》のジョオレの掘割のなかへ落ちこんでいる。横腹にニスを塗った長いキャタピラが、ローラー・コースターのように跳躍する。これはパリではない。これはコニイ・アイランドではない。ヨーロッパと中央アメリカとのあらゆる都会の朦朧《もうろう》とした混成物だ。ぼくの眼の下の鉄道線路の敷地や蜘蛛《くも》の巣のような黒い線路は、鉄道技師によってではなく、地殻変動によって設計されたかのようだ。カメラが黒色の濃淡でうつしとった極地の氷の不気味な亀裂《きれつ》のようだ。

食べものは、ぼくが最高に享楽《きょうらく》するものの一つだ。ところが、この美しいヴィラ・ボルゲエゼには、かつて食べもののあった証跡すらほとんどないのである。ときにはじつに惨澹《さんたん》たるものだ。ぼくは始終ボリスに朝食のパンを注文しておくようにと頼むのだが、彼はいつも忘れる。彼は外へ朝食を食べに行くらしい。そして帰ってくるときには、いつも歯をせせっていて、山羊鬚《やぎひげ》にちょっぴり卵のかけらをぶらさげている。彼はレストランで、ぼくのことなんか気にもとめずに食事をするのである。そして、ぼくにそれを見せつけて、大食は毒だ、などと言っているのだ。

ぼくはヴァン・ノルデンを好いているが、彼が自己についてもっている意見には賛成していない。たとえば彼が哲学者だとか思想家だとかいうのには同意しない。奴はただの助平野郎にすぎない。だから奴は決して作家にはなれないだろう。またシルヴェスターにしても、いくら彼の名が五万燭光《しょっこう》の赤い電灯で広告されるにしても、決して作家にはなれないだろう。ぼくの周囲で、いまのところ、すこしでも尊敬のもてる作家は、カールとボリスだけだ。あの二人は憑《つ》かれている。内部に白熱の炎が燃えている。あの二人は気ちがいでツンボだ。苦悩者だ。

ところがモルドルフとくると、同じく彼独特の悩みかたで悩んではいるが、気ちがいではない。モルドルフは言葉に陶酔しているのだ。あの男には動脈も血管もない。心臓もなければ腎臓《じんぞう》もない。奴は無数の引出しのついている手提鞄《てさげかばん》だ。その引出しのなかには、白インキで書いたのや、茶色のインキ、赤インキ、青インキ、ヴァーミリオン、サフラン色、紫色、代赭《たいしゃ》色、杏《あんず》色、碧玉《へきぎょく》色、縞瑪瑙《オニックス》色、アンジュ色、にしん色、光環《コロナ》色、緑青色、ゴルゴンゾラ（訳注　イタリア産の上等チーズ）色など……さまざまな色彩のレッテルがいっぱいつまっている。

ぼくは、書きながら自分の姿を鏡で見られるように隣の部屋へタイプライターを移した。

タニアはイレエヌに似ている。彼女は分厚い手紙をほしがる。だが、もう一人別のタニアがいる。どこへでも花粉をまき散らす大きな種子のようなタニアが――それとも、いささかトルストイばりに言うなら、胎児を掘りだす厩《うまや》の場面。タニアはまた熱病でもある――泌尿器《ヴォアイエ・ユリネエル》、カフェ・ド・ラ・リベルテ、プラース・デ・ヴォスジェ、ブウルヴァール・モンパルナスの派手なネクタイ、暗い浴室、ポルトガル人地区、トルコ煙草《たばこ》、アダジオ・ソナタ・パセティック、聴覚拡大器、話の種になる降霊会《セアンス》、焼いた濃黄土の乳房、重い靴下留め《ガアタア》、いま何時かしら、栗《くり》の実を詰めた金製の雉《きじ》、タフエタ織の指、檞《まつやに》色に変ってゆく湿気をふくんだたそがれの微光、アクロメガリイ（訳注　頭や胸や手足がふくれる慢性病）、癌と譫妄《せんもう》症、あたたかいヴェール、ポーカーの計算札、血の絨毯《じゅうたん》と、やわらかな太腿と。タニアは誰にでもきこえるように言う。「あたしはあのひとが好きさ！」そして、ボリスがウイスキーで真っ赤になっているそばで言う。「ここへおかけよ！　おお、ボリス……露助さん……あたし、たまらないわ。あたし、破裂しそうになっているのよ」

夜、ボリスの山羊鬚が枕《まくら》に横たわっているのを見ると、おれはヒステリカルになる。おお、タニア、おまえのあのあたたかいあれは、あの大きな靴下留めは、あのやわらかな、むっちりした太腿は、いまどこにあるのだ？　おれの六インチの長さのプリックには骨がある。おれは、おまえの腹を痛めつけ、子宮をひっくりかえして、おまえのシルヴェスターのところへ送りとどけてやる。おまえのシルヴェスターだ！　そうだとも。あいつは火を起すことを知っているが、おれは女の肉体を燃えあがらせる術《すべ》を知っている。おれは、おまえの体内へ熱い鉄釘《てつくぎ》を打ちこんでやる。タニアよ、おれはおまえの卵巣を灼熱《しゃくねつ》させてやる。おまえのシルヴェスターは、いまでもいくらか嫉《や》くかね。何か気がついているんじゃないのか？　あいつは、おれのでっかいプリックの後味を感じているんだ。おれは入江をすこし広くして、皺《しわ》にアイロンをかけてしまったからな。おれのやったあとなら、種馬でも、牡牛《おうし》でも、牡羊でも、牡鴨《おがも》でも、セント・バアナードでも、楽におまえは引受けられるぜ。蟇蛙《ひきがえる》でも蝙蝠でも、蜥蜴《とかげ》でも、いくらでもつめこめるぜ。お望みなら急速和弦《アルペジオ》で糞《くそ》をたれることもできるし、臍《へそ》の上に多弦琴《ツイタア》の弦《いと》を張ることだってできる。いやと言うまで突きまくってやろうか、タニア。

藍色の空が、きれいに綿のような雲を吹き払って、ひょろひょろの樹々が、はてしもなくつらなっている。黒い枝が夢遊病者のような身振りをしている。陰鬱《いんうつ》な、妖怪《ようかい》めいた樹々、幹は葉巻の灰のように色あせている。極度の、まったくヨーロッパ的な静寂。鎧扉《よろいど》はおろされ店は閉されている。あちこちに赤い灯が見えるのは、逢《あ》いびきのしるしだ。町の正面は無愛想な、ほとんど人を寄せつけぬ表情をしており、並木の投げる斑点《はんてん》のような影がのびているだけで、何の変化もない。オランジェリ街を通りながら、ぼくはもう一つのパリを思いだす。モームのパリ、ゴーガンのパリ、ジョージ・ムアのパリを。ぼくは、スタイルからスタイルへ、軽業師《かるわざし》のように飛躍して世界じゅうを驚倒させた、あの怖《おそ》るべきスペイン人(訳注 ピカソのこと)のことを考える。シュペングラアと彼の怖るべき宣言とについて考え、はたしてスタイルは、偉大なるスタイルは、消滅すべきものだろうかと考える。ぼくは、ぼくの心がこれらの考えで占められていたと言った。しかし、それは嘘《うそ》だ。ぼくが、これらの観念を弄《もてあそ》ぶことを自分の心に許したのは、もっと後のことだ。セエヌ河を渡ってから、光のカーニヴァルを後にしてからのことだ。なぜなら、この瞬間——おれは忘れられた世界を映すこの川波の奇蹟《きせき》に刺しつらぬかれた多情な男だということのほかは——何も考えられなかったからだ。河岸《かし》の並木はみなこの曇った鏡のような水面に重く傾いている。風が立って、樹々がかさこそとつぶやくとき、それらは幾滴かの涙を流して、うねり流れる水のほとりで身をふるわせるのだろう。ぼくはそのために窒息させられる。そして、このぼくの気持のはしくれさえも伝えることのできる相手は一人もいないのだ。

イレエヌについて困ることは、彼女があれの代りに手提鞄をもっていることだ。彼女はその手提鞄のなかへ押しこむのに分厚い手紙をほしがる。たくさんの手紙を突拍子もない品物と一緒に押しこむのだ。ところでローナだが、彼女はあれをもっている。彼女はぼくたちに下腹部の毛を送ってよこしたから知っている。ローナ——戸外での快楽に鼻をつまらせる野育ちの驢馬《ろば》。どこの丘の上でも彼女は淫売《いんばい》をやらかす——ときには電話ボックスのなかや共同便所のなかでまで。彼女はカロル王のためにベッドを買い、王の頭文字《かしらもじ》のある髭剃《ひげそ》りコップを買ったという。彼女はトッテンハム街の路上に寝て、ドレスをまくりあげて指を用いる。蠟燭《ろうそく》——ローマ蠟燭やドアの把手《とって》を使用する。陸の上には彼女を満足させるだけの大きなやつがないのだ……一人もそんな男はいない。どんなやつでも彼女のなかへはいってとぐろを巻くくらいがせいぜいだ。彼女は、伸張する棒を、みずから爆発するロケットを、蠟とクレオソートでつくった熱い煮えたぎった油をほしがる。彼女は、もし諸君が承諾するなら、諸君の一物を食い切って、永久に自分のなかへ入れておくだろう。百万人に一つしかない女陰。ローナ！　どんなリトマス試験紙も色を見わけることのできない実験室用の女陰。またこのローナという女は嘘つきでもある。カロル王のためにベッドを買ったなんて嘘である。ウイスキーの壜《びん》で彼にシャッポをかぶせてしまったのだ。彼女の舌は卑猥《ひわい》な言葉と空《から》約束でいっぱいだ。哀れなカロル、奴は彼女の腹のなかでとぐろを巻いて死んでしまうよりほかはないのだ。彼女がほっと息をつく、すると彼はのびてしまう――死んだ蛤《はまぐり》のように。

突拍子もないものを詰めこむおそろしく分厚い手紙。紐《ひも》をかけない手提鞄。鍵《かぎ》のない鍵穴、彼女はドイツ人の口とフランス人の耳とロシア人の臀部《でんぶ》とをもっている。国際的女陰。旗が振られると咽喉《のど》の奥まですっかり赤くなる。ブウルヴァールのジュウルの渡し場からはいってド・ラ・ヴィレット橋へ出てくるようなものだ。きみはきみの膵臓《すいぞう》を糞尿《ふんにょう》車――もちろん二つの車輪のついた赤い糞尿車だ――のなかへ落してしまう。ウルク河とマルヌ河との合流点では、水が堰堤《えんてい》でせきとめられて、橋の下は鏡のようだ。ローナは、いまそこに寝そべっている。運河はガラスとガラスの破片でいっぱいだ。ミモザは泣き、窓ガラスの上には濡れた霧のような屁《へ》がある。百万人に一人の女陰、ローナ！　全身、女陰とガラスの尻、その尻のなかに、きみは中世期の歴史を読みとることができるだろう。

モルドルフが最初に示すのは、一人の男の戯画だ。甲状腺《せん》肥大の眼。チャンパック（訳注　インドで神聖視されている木で、芳香のある金色の花をつける）の花のような唇《くちびる》。青豆スープのような声。そして、いつもチョッキの下に小さな梨を一つ持って歩くのである。どのように彼を眺めようと、いつも同じパノラマだ――根付け、嗅《か》ぎ煙草の函《はこ》、象牙《ぞうげ》の把手、チェスの駒《こま》、扇、鬢《びん》飾《かざ》りの意匠。あまりに長く沸騰《ふっとう》させられたので、彼はいまでは形をうしなっている。ヴィタミンをうしなった酵母《イースト》。ゴムの木のない花瓶《かびん》。

九世紀には女は二度生をうけた。またルネサンス時代にもそうだった。彼は黄いろい腹や白い腹の下での偉大な繁殖のなかを通ってこの世へ出てきた。出埃及記《しゅつエジプトき》よりもずっと前にタタール人が彼の血のなかに精液を注入したのだ。

彼のジレンマは矮人《わいじん》のそれだ。甲状腺肥大の眼で、彼は不釣合《ふつりあい》に大きなスクリーンに映った自分の影絵を見る。ピンの頭のような小さな頭の影と、同時録音された彼の声とが、彼を惑乱させる。他人には小さな軋《きし》りぐらいにしかきこえぬのに、彼には大喚声にきこえるのだ。

彼の思考が働く。彼の思考は俳優が早変りでたくさんの役をつとめる円形劇場だ。自由自在の百面相、モルドルフは、それらの役々をりっぱにやってのける——道化師、ペテン師、曲芸師、牧師、色事師、山師など。円形劇場は小さすぎる。彼はそこにダイナマイトをしかける。観客は麻酔をかけられる。彼は観客を傷つける。

ぼくはモルドルフの本性に近づこうとして失敗しているようだ。それは神の本性に近づこうとするのに似ている。なぜならモルドルフは神だからだ——彼は神以外のものであったことはない。ぼくは無意味に言葉をつらねているようだ……。

ぼくが前にもっていた彼についての意見は、いまでは放棄している。他にも意見をもっていたが、それをいま訂正しているところだ。ぼくは彼をピンで留めたが、それによって知ったことは、ぼくの手に捕えたのがクソブンブンではなくて蜻蛉《かげろう》だったことだけである。彼はその卑《いや》しさでぼくを不快にしたかと思うと、つぎにはその繊細さでぼくを夢中にするのである。彼は窒息しそうになるほど多弁だが、つぎにはまたヨルダン河のごとく静かになる。

彼が小さな指先をのばし、眼に汗をかいて、ひょこひょこと近づいてきて、ぼくにあいさつするのを、ぼくは眺める。ぼくはこの男が……いや、こんなことを書いていても何にもならない。

「まるで水の噴出の上で踊っている一個の卵だ《コム・アン・ユウフ・ダンサン・シュウル・アン・ジュ・ドオ》」

彼はステッキを一本しか持たない――安っぽいステッキだ。ポケットのなかには世界苦に対する処方を書いた紙屑《かみくず》がはいっている。いまではその病気はなおって、よく彼の足を洗ってくれたドイツ人の娘は失恋している。それはグージャラアティ語（訳注　インドのグジャラート地方の原住民の言葉）の辞書をどこへでも持ち歩く無用の人物に似ている。「なんぴとにも不可避なる」――これは、あきらかに不可欠を意味している。ボロフスキイなら、こんなことはみな不可解だと思うだろう。ボロフスキイは一週間毎日ステッキをとりかえるし、イースター用にも一本用意しているのだ。

われわれはみな共通点をたくさんもっているから、割れた鏡に自分を写すのと大差はない。

ぼくは自分の原稿をひっくりかえして眺める。どのページにも推敲《すいこう》の書入れがしてある。どのページもみな文学だ。これにはいささかぎょっとなる。いやになるほどモルドルフに似ているのだ。ただぼくはユダヤ人でないし、非ユダヤ人にはまた別の悩みがある。彼らは神経衰弱にならずに悩む。そしてシルヴェスターがいうように、神経衰弱にかかったことのない男は苦悩というものの意味を知らないのである。

ぼくは自分がいかに自己の悩みを享楽したかを、はっきりと思いだせる。それは犬の仔《こ》と一緒に寝るのによく似ている。犬の仔は、ごくたまに爪《つめ》で引っかく——すると、やっと本当にぎょっとするのだ。ふだんは、すこしも恐怖をもたないのである——いつでも相手を追い払うか、相手の頭をちょん切れると思っているのだ。

世間には、野獣と一緒に檻《おり》にはいってずたずたにされたいという欲望に抵抗できない人間がいるものだ。彼らはピストルや鞭《むち》さえも持たずにはいってゆく。恐怖は、そのとき大胆に変る……ユダヤ人にとって世界は野獣の充満した檻にひとしい。扉《とびら》には錠がおりていて、彼は鞭もピストルも持たずにそのなかにいるのだ。彼は実に勇敢だから、隅《すみ》のほうの糞《ふん》の匂《にお》いさえ嗅《か》がない。見物は喝采《かっさい》するが、彼にはきこえない。劇はこの檻のなかで進行するのだと彼は思っている。彼は思う、この檻が世の中なのだ。孤立無援でそこに立って、扉に錠をおろされ、彼は獅子《しし》どもが彼の言語を解しないことに気がつく。一頭でもスピノザについて知識のあるライオンはいない。スピノザ？ そうじゃないか、獅子どもは彼の肉に歯を立てることさえできないのだ。「われらに肉をあたえよ」とライオンは咆《ほ》える。彼は化石したようにそこにつっ立つ。彼の思想は凍りつき、彼の世界観は、どこか手のとどかないところへ行ってしまう。

ライオンの前趾《まえあし》の一撃で彼の宇宙論は粉砕される。

獅子どももまた失望する。奴《やつ》らは血を、骨を、脂肪を、腱《けん》を期待していたのだ。いくら噛《か》みしめても、言葉はチクル（訳注 チューインガムの原料になるゴム）であり、チクルは消化できない。チクルは砂糖や消化素や消毒剤や甘草をふりかける基材にすぎない。チクルはチクルを採集する人たちによって採集されるときは万事O・Kである。チクルの採集人たちは沈下した大陸の山を越えてやってきた。それと一緒に代数的言語がもたらされた。アリゾナの砂漠《さばく》で、彼らは茄子《なす》のように光沢のある北方の蒙古《もうこ》人《じん》に出会った。地球が回転儀の傾斜をしてからまもないころ――ちょうどメキシコ湾流が日本海流と袂《たもと》をわかったころだ――大地の中心に彼らは凝灰岩を見いだした。彼らは、この地球の水盤そのものを彼らの言語で刺繡《ししゅう》した。彼らは、たがいに臓腑《ぞうふ》を食いあい、森林は彼らの上に、彼らの骨と頭蓋骨《ずがいこつ》の上に、彼らのレースの凝灰の上に、おおいかぶさった。彼らの言語はうしなわれた。ところどころに、いまでも獣苑《じゅうえん》の遺跡や数字でおおわれた頭蓋の化石が見いだされる。

こんな話が、いったいきみと何の関係があるのかね、モルドルフ？　きみの口にする言葉は無政府《アナーキイ》だ。それを言ってくれ、モルドルフ。おれはそれを待っているのだ。きみとおれとが握手するとき、きみとおれとの汗をつたって流れる河を、誰も知らぬ。きみが言葉をまとめようとしているあいだ、きみの唇は半ば開き、唾液《だえき》がきみの頰《ほお》の内側でごぼごぼ鳴っている。おれはアジアを半分とび越してしまった。安物ではあれ、もし、きみのステッキを引ったくって、きみの横腹に小さな孔《あな》をあけたら、おれは大英博物館をいっぱいにするくらいの資料を集めることができるだろう。おれたちは五分間立っているだけで何十世紀かを食いつくすのである。きみは篩《ふるい》だ。ぼくのアナーキイはその篩の目をくぐって言葉に変じる。その言葉のうしろには混沌《こんとん》がある。それぞれの言葉は紐であり木柵《もくさく》であるが、この網の目をつくるに足る木柵は、現在もないし、将来も決してないだろう。

ぼくの留守のあいだ、部屋の窓掛はおりていた。窓掛はリゾール液にひたしたチロル製のテーブル・クロスのように見える。部屋は閃光《せんこう》を放っている。ぼくは茫然《ぼうぜん》とベッドに腰をおろし、生れる前の人間について考える。急に弔鐘が鳴りだす。薄気味のわるい、この世のものでないような音調だ。まるで中央アジアの大草原へ連れて行かれたようだ。ある鐘は長々と尾をひいてとどろくかと思えば、また別の鐘は泥酔《でいすい》して泣きじゃくるように鳴りひびく。やっと静かになった――夜の沈黙をほんのすこし引っかくだけの最後の音色――焔《ほのお》の芯《しん》を切りとったように、ごうんと、ただ一声、かぼそく、高く。

ぼくは自分の書くものを一行も変えないという無言の契約を自分自身と結んだ。ぼくは、ぼくの思想も行動も完成することには興味をもたない。ツルゲーネフの完成とドストエフスキーの完成とをくらべてみる。(『永遠の良人《おっと》』以上に完成した作品があるか?)してみれば、ここに、同じ一つの媒介を用いて、二種類の完成があるわけだ。だがヴァン・ゴッホの手紙には、この両者をも超《こ》えた完成がある。それは芸術にうち勝つ個性の凱歌《がいか》だ。

いまぼくを猛烈に熱中させているものが、たった一つある。それは世間の書物では省かれているすべてのものを記録することだ。なんぴとも、ぼくの理解しうるかぎりでは、われわれの生に方向と動機づけとをあたえている空気中のそれらの諸元素を利用してはいない。殺人者だけが、それらが人生にあたえつつあるものを相当満足すべき程度に人生から引きだしているようだ。時代は暴力を要求する。だが、われわれが獲得しつつあるものは不十分な爆発ばかりだ。革命は蕾《つぼみ》のうちに摘みとられるか、でなければ、あまりにも早く成功する。激情は、たちまち涸渇《こかつ》する。ひとびとはまた「平常のとおり」思想の世界へ逃げかえる。二十四時間以上つづくようなことは一度も提言されたことがない。われわれは一世代の期間に百万代の生涯を閲《けみ》しているのだ。昆虫学《こんちゆう》や深海生物の研究や細胞の活動についての研究では、われわれはそれ以上の……。

電話が、永久に完成できそうもないこのぼくの思索を中断する。誰かがアパートを借りにきたのだ……。

ぼくのヴィラ・ボルゲエゼでの生活は、もうお終《しま》いになったようだ。よろしい、ぼくはこの原稿を手にしてどこかへ移ろう。どこへ行ったって物事は起る。物事は絶えず起っているのだ。ぼくの行くところには、どこにでも、かならず劇《ドラマ》があるらしい。ひとびとは虱《しらみ》に似ている――彼らはおれの皮膚の下へもぐりこんで、そこに身をかくしてしまう。血が出るまで掻《か》きつづけるが、痒《かゆ》みが消える気づかいはない。どこへ行っても、ひとびとは生活の糧《かて》をつくっている。誰もがみな各自の悲劇をもっている。いま、それは血のなかにある――不幸、倦怠《けんたい》、悲哀、自殺。あたりの空気は災厄と挫《ざ》折《せっ》と徒労とに色濃く染まっている。掻いて、掻いて、掻きむしって――皮膚がなくなるまで引っかく。だが、それがぼくにあたえる効果はすばらしい。落胆したり憂鬱《ゆううつ》になったりする代りに、ぼくはそれを享楽《きょうらく》する。ぼくは、もっと、もっと多くの災厄を、もっと大きな災難を、もっと壮烈な失敗を、大声あげて求めている。ぼくは全世界が狂ってしまえばいい、と願う。すべての人々が、からだを引っかいて死んでしまえばいい、と願う。

ぼくはこの断片的なノートをすら書いているひまがないほど、あわただしく、はげしく、生きることを強《し》いられている。電話のあと一人の紳士とその細君とが訪《たず》ねてきた。ぼくは取引がすむまで二階へあがって横になっていた。寝ながら今度はどこへ移ろうかと考えていた。男色野郎のベッドへ戻って、一晩じゅうパン屑《くず》を足のさきで蹴《け》って輾転《てんてん》反側するなんてのは、まっぴらごめんだ。あのいたずら好きの父《てて》なし子め！　男色野郎より悪いものがあるとすれば、それは守銭奴だ。臆病《おくびょう》な、いつも慄《ふる》えている小ぎたない男色漢。いつか――たぶん三月十八日には、いや、五月の二十五日には確実に――一文無しになるだろうと絶えずびくびくしながら生きている奴だ。ミルクも砂糖も使わないコーヒー。バタなしのパン、肉汁《グレイヴィ》なしの肉、さもなければ全然肉ぬき。あれもなし、これもなし！　不潔で、けちな守銭奴め！　ある日、化粧簞笥《だんす》の引出しをあけてみて、短靴下のなかに金をかくしてあるのを見つけたことがある。二千フランを越える現金――それとまだ現金に替えてない小切手と。それさえも、もしぼくのベレ帽のなかにコーヒー滓《かす》を入れたり、床に塵芥《ごみ》を散らばしたりしないなら――コールド・クリームの壜《びん》や、脂《あぶら》でべとべとになったタオルや、いつも詰っている流しのことは言わずもがなだ――ぼくはそう大して気にかけはしなかったろう。まったくの話が、この小ぎたない父なし子野郎は――コロン水でもぶっかけているときのほかは――じつにいやな匂《にお》いがするのだ。奴の耳もきたないし、眼もきたない。尻《しり》もきたない。奴は関節病で、喘息《ぜんそく》やみで、虱たかりで、せせこましくて、異常者だ。奴が、もしまともな朝食さえおれにふるまってくれたら、おれだって、どんなことでも忘れてやれたろうに！　だがよごれた短靴下のなかに二千フランもかくしておいて、清潔なシャツを着ることも、わずかなバタをパンに塗ることも拒むなんて、そんな野郎は、ただの男色漢でもなければ、ただの守銭奴ですらもない――まさしく低能だ！

だが、こんな男色野郎のことは、いまはどうでもいい。ぼくは階下で何事がはじまっているかと、きき耳をたてる。アパートを見にきたのはレン氏夫妻だ。夫妻はアパートを借りるような話をしている。だが、ありがたいことに、ただそれについて話をしているだけだ。レン夫人は、だらしのない笑い声をたてている——厄介なのは、これからだ。いまレン氏のほうが話をしている。彼の声はしわがれた、掻きむしるような、びんびんひびくような、肉と骨と軟骨とのあいだにくさびをうちこむ重い鈍刀のような音をたてる。

ボリスがぼくを紹介するために階下へ呼ぶ。彼は質屋の番頭みたいにもみ手をしている。彼らはレン氏の書いた飛節肉腫《にくしゅ》にかかっている馬の物語について話をしている。「しかし、ぼくはレンさんを画家だと思っていたが?」

「その通りさ」とボリスが片方の眼をぱちつかせながら言う。「しかし冬のあいだは本をお書きになるんだ。しかも、いいものを……すばらしくいいものをな」

ぼくはレン氏に何か言わせようと懸命だ。何か言わせよう、何でもいい、場合によっては飛節肉腫にかかった馬の話だってかまわない。しかしレン氏は、まるで呂律《ろれつ》がまわらないのである。彼が文筆に親しむ退屈な何カ月かについてしゃべろうとすると、とたんに何を言っているのかわからなくなるのだ。たった一つの言葉を紙に書きつけるまでに、この人は何カ月もかかるのだそうである。(冬は、たった三月しかないというのに!) その冬の何カ月かのあいだ、この男は何を考えているのだろう? こんな男を作家と考えるなんて、まったく神よ助けたまえだ。ところがレン夫人の言うところによると、彼が書こうとして腰をおろすと、とたんに、書くことがこんこんとほとばしり出るのだそうである。

話はただよってゆく。レン氏は何もしゃべらないから、彼の精神の動きについてゆくことはむずかしい。彼は、おもむくがままに考える——レン夫人はそれをこう表現するのである。レン夫人は、レン氏については何によらず最も好ましく解釈するのだ。「彼は、おもむくがままに考える」——ボロフスキイの言いぐさではないが、これはじつにすばらしい。まったくすばらしい。だがじつは、その考える当人が飛節肉腫にかかった馬以外の何ものでもないのだから、はなはだ痛ましいわけだ。

ボリスが酒を買ってくるようにとぼくに銭を渡す。酒を買いに行きながら、ぼくはすでに酔っぱらっている。家へ帰ったら自分が何をやりだすか、ぼくにはわかっている。往来を歩きながら、もうそれははじまっているのだ。レン夫人のしまりのない笑い声のように偉大なる演説がぼくの内部でごぼごぼ鳴りだしているのである。さっきから彼女は、すでにいくらか興奮していたような気がする。酔うと彼女は、とても上手な演説の聴き役になるのだ。酒屋の店を出ながら、ぼくは放尿の音を聞く。何もかも、しまりがなく、ほとばしるようだ。レン夫人が、ぼくの話を聞いてくれるといいのだが……。

ボリスは、またもみ手をしている。レン氏は、あいかわらずどもりながら唾《つば》をとばしている。ぼくは両脚《あし》のあいだに酒壜《さかびん》をはさんで栓《せん》ぬきを動かしている。レン夫人は待遠しそうに口をすこしあけている。葡萄酒《ぶどうしゅ》がぼくの両脚のあいだでほとばしり、日光が張出し窓からほとばしり、ぼくの血管のなかでは、無数の気ちがいじみたあぶくが一時にめちゃくちゃにほとばしりはじめる。頭にうかんでくることを片っ端から彼らにしゃべりつづける。ぼくの内部に詰っていて、レン夫人のしまりのない笑いによって解きほぐされたものを、何もかもしゃべりまくる。股《また》のあいだの酒壜と張出し窓からはね返ってくる日光を見ていると、はじめてパリに着いたころの、あのみじめな日々のすばらしさを、いまふたたび経験する。宴会の席にあらわれた幽霊のように街をさまよい歩き、貧乏にうちのめされ、途方にくれたあのころのことを。何もかも一度にどっとよみがえってくる——こわれた便所、ぼくの靴をみがいてくれたプリンス、そこの館主の外套《がいとう》の上でぼくが寝たスプランディド映画館、窓の格子《こうし》、窒息する感覚、肥《ふと》った油虫、ときたまやってのけた酒と馬鹿《ばか》騒ぎ、陽光のなかで死にかけているローズ・キャナックとナープル。空《す》っ腹をかかえて街を踊り歩き、ときどき見も知らぬ人間を訪問した——その一人がマダム・デロームだ。いったい、どうしてぼくがマダム・デロームの家へたどりついたか、いまはもう想像もつかない。だが、ぼくはたどりついた。ともかく家のなかへはいり、執事の前を通り、白いエプロンをかけた小間使の前をすぎ、コール天のズボンにハンチング・ジャケット——おまけにボタンは一つもなしというでたちで、あの御殿の奥へはいりこんだのである。いまもぼくは、マダム・デロームが男みたいな装《よそお》いで鎮座ましましていたあの部屋の金ピカな情景を、もう一度味わうことができる。鉢《はち》のなかの金魚を、古代の世界地図を、美しい装幀《そうてい》の書物を、彼女の重い手が、ぼくの肩におかれ、その彼女の重苦しい同性愛的なものごしに、ぼくはすこしばかりぎょっとしたものだが、あの手の感触を、もう一度味わうことができる。しかし、ぼくにとって、もっと楽しかったのは、下町の、サン・ラザアル停車場へ流れこむ、あの濃いシチューだ。戸口に立っている娼婦《しょうふ》たちと、どのテーブルの上にもある炭酸水《ゼルツァー》の潮と、それから下水にあふれている濃密な精液の潮と。五時から七時までのあいだ、雑踏に押しもまれながら、一本の脚、一つの美しい胸のあとをつけ、その流れとともに動き、そして、ありとあらゆる想念を頭のなかに渦巻かせながら、その流れとともに動いてゆくほど、楽しいことはない。そうした日々の一種奇妙な満足。人と会う約束もなく、晩餐《ばんさん》への招待もなく、予定もなければ銭もない。ただ一人の友達すらなかった黄金時代。毎朝、アメリカン・エキスプレスまで、だらだら歩いていって、毎朝おきまりの返事を事務員から受けとる。蚤《のみ》みたいに、ときどきあちこち跳《は》ねまわったり、ときにはこそこそと、ときにはずうずうしく、煙草《たばこ》の吸殻を拾い集めてくる。ベンチに腰をおろして、腹の虫のうなるのをおさえつけ、チュイルリイ公園のなかをうろついては、啞のような彫像を眺めて勃起《ぼっき》させる。それから夜はセエヌの河岸をうろつき、その美しさに夢中になって、さまよい、またさまよう。流れに枝さしのべる木々、水に砕ける影、血のような橋の灯の下をながれる急流、戸口に眠り、新聞紙の上で眠り、雨のなかで眠る女たち。いたるところ、かびくさい寺院の玄関と、乞食《こじき》と、虱と、瘧《おこり》をわずらっている醜い老婆《ろうば》と。横町に酒樽《さかだる》のようにつみ上げられた手押車、市場の漿果《しょうか》のにおい、野菜と青いアーク灯にかこまれた古い教会堂、塵芥《ごみ》が詰ってぬるぬるする下水、夜通し乱痴気騒ぎをやったあげく悪臭と寄生虫のなかをよろめきながら歩いてゆく繻子《しゅす》の舞踏靴の女たち。サン・シュルピスの広場、森閑と人影もないそこには、真夜中ごろになると、こわれた洋傘を持ち、突飛なベールをかぶった女が、毎晩かならずやってきた。そして、その破れた洋傘の骨が折れてぶらさがったのをさしたまま、ベンチで眠った。服は色がさめて緑色になり、指は骨ばり、からだからは、すえたような悪臭を発散させていた。朝になると、ぼく自身がそこに腰をおろし、そこらじゅうでパン屑《くず》をあさっている鳩《はと》の畜生どもを呪《のろ》いながら、陽光を浴びて、しずかにまどろんだ。サン・シュルピス！　ずんぐりした鐘楼、扉に貼《は》られた、けばけばしいポスター、内陣で燃えている蠟燭《ろうそく》、祭壇からきこえてくる蜂《はち》のうなりのような祈禱《きとう》の声、ふき上げる泉水の飛沫《ひまつ》、鳩の啼《な》き声、魔法のように消えうせるパン屑、そして、ぼくのうつろな腹のなかでは鈍い音だけがごうごうと鳴っていた。アナトール・フランスがあんなにも愛したこの広場。ここでぼくは、来る日も来る日も、ジェルメーヌを想《おも》い、彼女の住んでいるバスティーユ近くのあのむさくるしい横町を想いながら腰をおろしていた。すると祭壇のうしろから、あの蜂のうなり声がきこえ、バスが通りすぎ、陽《ひ》の光がアスファルトに直射し、そのアスファルトが、ぼくのからだに作用し、ジェルメーヌがアスファルトのなかへ、そしてパリはすっかりこの大きなずんぐりした鐘楼のなかへ入りまじってしまうのであった。

わずか一年前、ボロフスキイのところからの帰り、モナとぼくとが毎晩一緒に歩いたのはボナパルト街だった。そのころはサン・シュルピスも、パリのことも、何ひとつぼくには大して意味がなかった。しゃべることにも飽きていたし、人の顔を見るとうんざりした。寺院にも広場にも動物園にも、何もかもに食傷していた。赤い寝室で書物をとりあげてみても、籐椅子《とういす》の坐《すわ》り心地は悪かった。朝から晩まで自分の臀《しり》の上に坐っているのに飽き、赤い壁紙に飽き、おもしろくもないことをべちゃくちゃしゃべる人たちに逢《あ》うことにも飽きた。赤い寝室と、いつもあけっ放しのトランク。彼女の衣類が所かまわず乱雑にとり散らかしてあった。ぼくの室内靴とステッキ、手をふれたことのないノート・ブック、冷たく死んでいる原稿などがおいてある赤い寝室。パリ！　パリとはカフェ・セレクトとドームと蚤の市とアメリカン・エキスプレスとを意味した。パリ！　それはボロフスキイのステッキとボロフスキイの帽子とボロフスキイの水彩画とボロフスキイの先史時代の魚と——それから先史時代的な駄洒落《だじゃれ》とを意味した。あの二十八年代のパリで、ただ一夜、——アメリカへ出発する前夜だけが、ぼくの記憶のなかに屹立《きつりつ》している。珍しい晩で、ぼくがその店にいる女どもを誰彼なしに相手にして踊ったので、ボロフスキイは、すこしご機嫌《きげん》ななめで、いささかぼくに不快を感じていた。だが明日の朝は、おれたちは出発するのだ！　とっつかまえるどの牝鶏《めんどり》にも、ぼくがいちいち言ってきかせたのは、そのことだった——明日の朝は出発するのだ。瑪瑙《めのう》色の眼をした金髪女に、ぼくが言ったのも、そのことだった。そして、ぼくがそう言っているあいだに、彼女はぼくの手をとって股にはさんでしめつけた。便所で、ぼくは、ものすごく勃起して、便器の前に立った。翼のある鉛の棒か何ぞのように、それは軽くもあり、同時に重いような気もした。そして、そんなふうにぼくがそこに立っていると、牝鶏が二羽、かけこんできた――アメリカ女だ。ぼくは一物を握ったまま鄭重《ていちょう》にあいさつした。女どもは、ぼくにウィンクをあたえて通りすぎた。ズボンのボタンをかけながら控えの間へ出てくると、女の一人が、便所から出てくる連れの女を待っているのに気がついた。音楽はまだやっているから、モナが呼びにくるかもしれないし、ボロフスキイが例の金の握りのあるステッキをついてやってくるかもしれないとも思ったが、しかしぼくはもう彼女の腕に抱かれており、彼女はぼくをつかまえてしまっているのだから、誰がこようが何事が起ろうが、もうどうにもならなかった。ぼくたちは便所のなかへよろめきこんだ。彼女を立たせて壁にぴたりと押しつけたが、しかしうまくいかなかった。今度は便器のシートに腰をおろしてやってみたが、やっぱりうまくいかない。どうやってみてもだめなのだ。そのあいだじゅう、彼女はずっとぼくの一物をつかまえ、まるで水難救助者のように、それにしがみついていたのだが、どうにもならなかったのである。ぼくたちは、あまりに興奮しすぎ、あまりにあせりすぎていたのだ。音楽はまだつづいていた。そこでぼくたちはワルツのステップで便所から控えの間へ出てきた。そうしてそこの部屋で踊っているうちに、ぼくは彼女の美しいガウンに、したたか注ぎかけ、ひどく彼女を怒らせてしまった。よろよろとテーブルへ戻ると、ボロフスキイの赤い顔とモナの怒っう」と言うので、みんな賛成した。ボロフスキイが、「明日はみんなでブラッセルへ行こう」と言うので、みんな賛成した。ホテルへ戻ると、ぼくはベッドのなかへも洗面器のなかへも、背広やガウンや室内靴やステッキや手をふれたことのないノート・ブックや冷たくなって死んでいる原稿の上へも――そこらじゅうにゲロを吐いた。

数カ月後。同じホテルの同じ部屋。ぼくたちは、自転車がたくさんおいてある中庭を眺めていた。その向うの屋根裏に小さな部屋があり、若いおしゃれな気障《きざ》な男が一日じゅう蓄音器を鳴らし、それに合せて声はりあげて気のきいた小唄《こうた》をうたっていた。いま「ぼくたち」と言ったが、この言い方は、すこし先走っているようだ。じつはモナは、もうよほど前からよそへ行っていて、ちょうどその日サン・ラザアル駅で彼女と逢うことになっていたのだ。暮れがた近くまで駅の柵《さく》に顔をおっつけて立っていたが、モナの姿は見えなかった。それで何度も電報を読み直したけれども何の役にも立たなかった。ぼくはカルティエへ戻って、いつもと同じように腹いっぱい食事を平らげた。それからしばらくして、ドームの前をぶらぶら通りかかると、不意に、蒼《あお》ざめた疲れた顔と、燃えるような眼と、ぼくがいつも愛してやまなかった小さな天鵞絨《ビロード》のスーツとを見た。――その下にはいつも、あたたかい乳房と、大理石のような脚と、冷たく引きしまった筋肉とがあるゆえに、ぼくが愛してやまなかったスーツである。

彼女は顔の海のなかから浮びあがってきて、ぼくを抱擁した。情熱的に抱擁する――無数の眼、鼻、指、脚、酒壜、窓、財布、コーヒー皿が、ぼくたちを睨《にら》みつけているなかで、ぼくたちは、たがいの腕のなかで恍惚《こうこつ》としていた。ぼくが彼女の側に腰をおろすと彼女はしゃべりだした――どっと溢《あふ》れでることばの洪水だ。ヒステリーと倒錯症と癩病《らいびょう》の狂暴な消耗性の徴候。ぼくは一言もきいていなかった。彼女は美しく、ぼくは彼女を愛し、そしていまぼくは幸福で死んでもいいと思っていたからだ。

ぼくたちはユージェーヌを探しながらシャトオ街を歩いていった。汽車が出てゆくのを眺めながら、いったい彼女はどこへ行ってしまったのかといつも苦痛をおぼえた鉄橋の上を歩く。橋を渡ってゆくぼくたちには、すべてがやさしく魅惑にみちていた。煙がぼくたちの脚のあいだから立ちのぼり、線路がきしみ、信号器はぼくたちの血のなかにある。ぼくは彼女のからだが寄り添うのを感じた――いまはいっさいがぼくのものであることを感じた――そこでぼくは、あたたかい天鵞絨のスーツの上をなでさするのをやめた。周囲にあるいっさいのものが砕け散り、砕け散った。そして、あたたかな天鵞絨の下の、あたたかな肉体が、ぼくを求めてうずいていた……。

さっきと同じ部屋へ戻ってきた。ユージェーヌのおかげで、ぼくは五十フラン奮発したのである。ぼくは中庭を眺めたが、もう蓄音器の音はやんでいた。トランクはあ

け放したままになっていて、彼女の持物が以前と同じように、そこらに散らかってい
た。彼女は服を着たままでベッドに横たわった。一度、二度、三度、四度……ぼくは
彼女が気ちがいになるのではないかと心配になった……ベッドのなかで、毛布の下で、
ふたたび彼女のからだに触れることができるのは、なんとありがたいことだろう！
だが、これはいつまでつづくのだろうか？　今度は長つづきするだろうか？　すでに
ぼくは長つづきしそうもない予感をもっていたのだ。
彼女は熱にうかされたように――まるで明日という日がないかのように、ぼくに話
しかけた。「静かにしておくれ、モナ！　黙っておれの顔を見ていてくれ……何も言
わないで！」とうとう彼女は、ぐったりと眠った。ぼくは彼女の下から腕を引抜き、
眼を閉じた。彼女のからだは、ここ、ぼくのそばにある……明日の朝までは、たしか
にここにあるだろう……眼もあけられぬ吹雪《ふぶき》のなかを、港から旅立ったのは二月だっ
た。最後に彼女を見たのは、窓のなかで手を振ってぼくにさよならの合図をしている
姿だった。帽子を眼深《まぶか》にかぶり、顎《あご》を襟《えり》に埋めて、街の向う側に立っていた男。ぼく
を見張っている胎児。葉巻を口にくわえた胎児。窓で別れの手を振っているモナ。白
く沈んだ顔、乱雑に垂れている髪の毛。そしていまは、しっとりと落ちついた寝室で、
彼女は規則正しい呼吸を肺から通わせ、股のあいだにまだ精液の匂《にお》いをにじませてい

た。あたたかい猫のような匂いだ。そしてぼくは彼女の髪の毛を口にくわえ、眼を閉じていた。ぼくたちはたがいに相手の口にあたたかい息を通わせあった。ぴったり寄り添った。アメリカは三千マイルの彼方《かなた》だ。ぼくは二度とアメリカなど見たくない。こうして、ぼくに呼吸を通わせ、髪の毛をぼくにくわえさせる彼女と一緒にベッドにいるということが――ぼくには何か奇跡のように思えた。もうこれで朝までは何事も起りはしまい……。

ぼくは深い眠りからさめて彼女を見た。蒼白い光が忍びこんでいた。彼女の美しい乱れ髪を見まもった。何かが頸《くび》にまつわりつくように感じて、もう一度、近々と彼女を見た。そうなのだ。彼女の髪の毛が生きているのだ！　ぼくは敷布を引きめくった――そして、もっと髪の毛を引出した。髪の毛が枕《まくら》の上にひろがった。

夜が明けて、まだいくらもたっていなかった。ぼくたちは急いで荷造りして、こっそりホテルから抜けだした。カフェはまだしまっていた。ぼくたちは歩いた。歩きながら、からだを掻《か》いた。乳白色に夜が明けた。サーモン・ピンク色の空の縞《しま》、殻を抜けだす蝸牛《かたつむり》。パリ！　パリ！　ここでは、あらゆることが起るのである。崩《くず》れかけた古壁と、便器のなかを流れる愉快な水の音。バアで口髭《くちひげ》をなめている男たち。音をたてて引きあげられる鎧戸《よろいど》、下水を流れる水の音。「アメール・ピコン」と書いた大きな緋文字《ひもじ》。ジグザグ。どの道を行こう？　そして、なぜに、どこへ、何で？

モナは空腹で、おまけに薄着だ。夜会服用の肩掛と、香水壜《びん》と、野蛮人みたいな耳飾りと、腕輪と、脱毛剤と、そのほかには何ひとつ持っていないのである。ぼくたちはメーン街の玉突屋のパーラーに腰をおろして、熱いコーヒーを注文した。便所はまだ掃除ができていなかった。他のホテルへ行ける時間まで、しばらくここに坐っていなければならないだろう。そのあいだに、ぼくたちは、たがいに相手の髪のなかから南京虫《ナンキン》をつまみだした。いらいらする。モナは癇癪《かんしゃく》を起しかけていた。風呂《ふろ》にはいらなければならない。こうしなければならない。ああしなければならない。ならない、ならない、ならないづくしだ……。

「お金はいくら残ってるの？」

お金？　そうだ、そのほうのことは、すっかり忘れていた。

合衆国《エタ・ジュニ》ホテル。昇降機。ぼくたちは真昼間からベッドにはいった。起きると、すでに暗くなっていた。まず一番にしなければならないのは、アメリカへ電報をうつだけの金を手に入れることだった。長いしめっぽい葉巻を口にくわえている例の胎児にあてうつ電報だ。そのあいだはブウルヴァール・ラスパイユにいるスペイン女だ——彼女は、いつも親切に、あたたかい食事を食わせてくれる。朝までには何かが起るだろう。すくなくとも、ぼくたちは一緒にベッドへはいった。もう南京虫はいなかった。雨季がはじまっていた。敷布には、しみ一つなかった……。

ヴィラ・ボルゲエゼで、いまぼくの新しい生活がはじまりかけている。まだ十時だというのに、ぼくたちは朝食をすませて散歩に出ている。いまぼくたちはエルザという女と一緒に暮しているのだ。「四、五日は静かにやろうぜ」とボリスが注意する。その一日が、かがやかしくはじまる。晴れた空、さわやかな風、新しく塗りかえられた家々。郵便局へ行く道すがら、ボリスとぼくは小説の話をする。『最後の書』――こういう本を匿名《とくめい》で書くことになっているのだ。

新しい日がはじまっている。このことを感じたのは、今朝、十三世紀のアルコール抜きの『家庭食事』みたいなデュフレーヌのぴかぴか光る画布の前に立ったときである。爪先《つまさき》のように薔薇《ばら》色で、肉づきよく引きしまり、ぎらぎら光る肉の波動をもつみごとな裸体である。第二次的性徴のすべてと若干の第一次的性徴。夜明けの湿りをふくんだ歌う肉体だ。静物ですら、ここでは静止していないし、死んでいない。食卓は、のせた食べもののために軋《きし》んでおり、あまり重くて額縁の外へはみだしている。十三世紀の食事――作者がよく記憶しているジャングルの気分が巧みに出ている。羚羊《かもしか》や縞馬《しまうま》の家族が棕櫚《しゅろ》の葉を嚙《か》みちぎっている。

そしていま、ぼくたちにはエルザがいる。彼女は今朝、ぼくたちがベッドにいるあいだ、ぼくたちのために演奏してくれた。四、五日は静かに、やろうだって？……よろしい！　エルザが女中で、ぼくがお客で、ボリスは主人だ。新しいドラマがはじまっているのだ。ぼくはこれを書きながら、ひとりで笑っている。奴《やつ》は、これから何が起るかを知っているのだ、あの山猫のボリスの奴は。あの男も、ものを嗅《か》ぎつける鼻を持っている。静かにやろうぜ、か……。

ボリスは、びくびくしているのだ。いつなんどき彼の女房が舞台へ登場するかわからないからだ。彼女の体重は、ゆうに百八十ポンドを越すだろう――奴の女房の体重だ。ところがボリスときたら片手でつかめるくらいなのだ。事態がどんなものか、これでわかるというものだ。彼は夜、帰り道で、それをぼくに説明しようとする。その話が、あまりに悲劇的であり、かつ滑稽《こっけい》なものだから、ぼくは、ときどき足をとめて彼の顔を見て笑わずにはいられない。「なぜきみはそう笑うのかね？」彼は、おとなしく言うが、すぐにまた、何枚フロックコートを重ね着しても一人前の男に見えそうもないと急に気がついた絶望的なヒョットコ野郎みたいに、例のすすり泣くようなヒステリックな調子ではじめるのである。彼は、いっそ名前を変えて逃げだしたいと言う。「おれを一人にしといてさえくれれば、あの牝牛《めうし》に何でもくれてやるんだがな」と彼は泣き声を出した。だが、アパートは貸すことになり、契約書の署名もすんでいるのである。他のこまごましたことには、彼のフロックコートが、すぐに役立つだろう。ところで、彼女のあの重量だ！――じつは彼を苦しめているのも、それなのだ。もし、ぼくたちが外から帰って、いきなり彼女が玄関の戸口に立っているのを見たなら、彼は気絶するにちがいない――つまりはそれも彼がいかに彼女を尊敬してるかということなのだ！

そんなわけで、ぼくたちは当分のあいだエルザとそりを合わせて行かなければならない。エルザはただ、ぼくたちに朝食をつくって――それから、たずねてきた客にアパートを見せるだけが仕事なのである。

だが、すでにエルザは、ひそかにぼくを消耗させつつある。あのドイツ人の血。あの憂鬱《ゆううつ》な歌。今朝、階下へおりながら、ぼくは新鮮なコーヒーの香りをかぎ、低くドイツ語で鼻唄《はなうた》をうたっていた。「げにそは美しかりき」……。朝食のためのものが、それなのだ。そして、すこしたつと、例のイギリス人の若い男が階上でバッハをやりだした。「あのひとは女がほしいのよ」とエルザは言う。だが、エルザにもほしいものがあるのだ。ぼくにはそれがわかる。ぼくは、そのことについて、ボリスには何も言わないが、今朝彼が歯をみがいているとき、エルザはぼくに、ベルリンの話をし、うしろから見るととても魅力のある女が、ふりかえると——なんと黴毒《ばいどく》だった——というような話を、さかんに聞かせていたのだ。

エルザが、なんとなくものほしげにぼくを見ているような気がする。朝食の食卓から持越したものが何かあるようだ。午後、ぼくたちは書斎で背を向け合って書きものをしていた。彼女はイタリアにいる恋人への手紙を書きはじめていた。ぼくのタイプライターは故障して動かなくなった。ボリスは、アパートを貸したらさっそく引越せるようにと安下宿を見に行っていて留守だった。だからエルザとふざけるよりほかに手がなかった。彼女もそれを望んでいた。それでもぼくは、すこし彼女がかわいそうな気がした。彼女はまだ恋人への手紙を一行しか書いていないのだ——彼女の上に身をかがめたとき、ぼくは、ちらと眼の隅でそれを読みとったのである。だが、ほかにどうしようもない。憂鬱で感傷的な、あの呪《のろ》われたドイツの音楽が、ぼくの胸の奥にもぐりこんでいるのだ。このときの彼女の豆粒のような小さな眼、それは、ひどく熱っぽくて、しかも悲しそうだった。

すんでから、ぼくは、何かぼくのために弾《ひ》いてくれないかと頼んだ。彼女、エルザは、割れ鍋《なべ》のような、あるいは骸骨《がいこつ》がふれあうみたいな音をさせるが、ともかく音楽家なのである。彼女は演奏しながら泣きだした。ぼくは彼女をとがめなかった。どこへ行っても同じことばかりだわ、と彼女は言った。どこへ行っても、男ができて、しばらくすると捨てられて、それから子供をおろして、それから新しく仕事を見つけて、それからまた他の男ができるけれど、誰も自分を利用するため以外には相手にしてくれないのだわ。ぼくのためにシューマンを弾奏してくれたあとで、彼女は、こんな話をしたのである――シューマン、あの愚痴っぽい、センチメンタルなドイツ人の私生児野郎め！　とにかくぼくは、ひどく彼女がかわいそうになったが、しかし全然かまいつけなかった。彼女のように音楽のやれる牝鶏は、でっかい道具をもった行きずりの男に、やすやすとやらせるような無分別なことをしてはいけないのだ。だが、あのシューマンの奴が、またしてもぼくの血のなかにはいりこむ。エルザは、まだ鼻をくすんくすんさせていたが、ぼくの心は、すでにはるか遠いところにあった。ぼくはタニアを思いだした。あの最中に緩徐調《アダジオ》で爪《つめ》で引っかくタニアを。ぼくは過ぎ去り埋もれたさまざまなことを思いだしていた。ドイツ軍が勇躍ベルギーへなだれこみ、しかしまだぼくたちが中立国への侵略に関心をもつほど無一文になっていなかったころの、グリイポイントでの、あの夏の午後のことを思いだす。あのころは、まだぼくたちは無邪気だった。だから、詩人の話に耳をかたむけたり、たそがれのなかで過ぎ去った霊魂を呼びだすためにテーブルを叩《たた》いたりして食卓をかこんでいたものだ。その日は、午後も夜も、一日じゅうの雰囲気《ふんいき》が、まるっきりドイツ音楽でみたされ、まわりにいるのも全部ドイツ人で、ドイツにいるよりもドイツ的だった。ぼくたちはシューマンとフーゴー・ヴォルフ（訳注　十九世紀のオーストリアの作曲家）と、塩漬《しおづけ》キャベツとキュンメル酒とジャガイモの蒸団子とをあてがわれた。暮れがた近く、ぼくたちはカーテンをおろした大テーブルをかこんで腰をおろしており、亜麻色の髪の毛の、いくらか阿呆《あほう》じみた女が、イエス・キリストを呼びだすのだと称して、とんとんとテーブルを叩いていた。ぼくたちは、たがいにテーブルの下で手を握りあっていたが、隣席の貴婦人は、ぼくのズボンの合せ目に二本の指を入れていた。そして、とうとうぼくたちは、誰かが退屈な歌をうたっているすきに、ピアノのかげの床の上に身を伏せた。空気は息苦しく、彼女の呼吸がせつなくなってきた。ペダルが、ぎごちなく、自動的に、上下に動いたが、その動きは、まるで二十七年もかかってその間の分量を完全に築きあげた糞《くそ》の塔のようなもので、気ちがいじみていて、ばかばかしくて、むだなものであった。女を自分の上に引上げた。すると、ぼくの耳の共鳴板が鳴りだした。部屋は暗く、絨毯《じゅうたん》は、こぼれたキュンメル酒で、べとべとしていた。急に、まるで夜が明けたような気がした——あたかも水は氷の上をさわやかに流れ、わきあがる霧で氷は青ざめ、氷河はエメラルド・グリーンの海に沈み、羚羊《かもしか》と金色の鱸《すずき》と海牛が徘徊《はいかい》し、琥珀《こはく》魚は北極圏の岸べにはねあがり……。

エルザはいまぼくの膝《ひざ》に腰かけている。彼女の眼は臍《へそ》のように小さい。ぼくは彼女の大きな口を見つめ、濡《ぬ》れて光っているその唇をぼくの唇で蓋《ふた》をする。彼女は低く鼻唄をうたっている……「げにそは美しかりき……」ああ、エルザ、おまえはまだそれが何をぼくに意味するかを知らないのだ、そのおまえの『ゼッキンゲンの喇叭《らっぱ》手《しゅ》』が。ドイツ合唱団、シュワーベン音楽堂、体育協会……左！　右！　……左！　右！……それから鞭《むち》でお臀《しり》をピシャリ……。

ああ、ドイツ人――奴らは乗合自動車のようにわれわれを引っさらってゆく。そして消化不良にしてしまう。同じ一晩のうちに、死体収容所と、救済病院と、動物園と、星座の十二宮と、哲学の地獄と、認識論の洞窟《どうくつ》と、フロイトやシュテーケル(訳注 ウィーンの精神分析学者・フロイトの弟子。一八六八―一九四〇)の奥義《おうぎ》とを、一ぺんに見てまわれるものではない……回転木馬《メリ・ゴウ・ラウンド》に乗っていたら、どこへも行けはしないのだ。ところがドイツ人と一緒だと、一晩でヴェガ(訳注 一五〇三―一五三六、スペインの詩人)からローペ・デ・ヴェガ(訳注 一五六二―一六三五、スペインの劇詩家)まで飛躍して行き、パルシファル(訳注 ワグナーの歌劇)みたいに馬鹿《ばか》になって戻ってくることができるのだ。

さっきも言ったように、その日は、かがやかしくはじまった。何週間も気づかずにいたパリを、ふたたび肉体的に感じるようになったのは、ほんの今朝のことだ。おそらくそれは例の小説がぼくの内部で成長しはじめたせいだろう。どこへ行くにも、ぼくはそれを持ちまわっている。大きなお腹《なか》をかかえて、ぼくは街を歩く。だから道を横ぎるときには、巡査が付き添ってくれる。婦人たちは立ちあがって、ぼくに座席をゆずってくれる。もはや誰もぼくを乱暴に押したりはしない。ぼくは妊娠しているのだ。ぼくは世界の重圧に抗して大きなお腹をつき出しながら不器用によちよち歩いてゆく。

ぼくの小説に最後の出版認可《アムプリマチユール》をあたえたのは、今朝、郵便局へ行く途中でのことだった。ぼくたち、ボリスとぼくとは、文学上の新しい宇宙観を展開したのである。だから、この作品――『最後の書』は、新しい聖書になるはずであった。何か言いたいことをもっている人間は、みなこのなかでそれを言うだろう――匿名で。ぼくたちは時代を使い果すだろう。ぼくたち以後、一冊の本もなくなるだろう――すくなくとも一世代の間は。これまでぼくたちは、本能のほかには何の案内者もなく、闇《やみ》のなかを掘り進んできた。いまやぼくたちは力づよい生命の流れを注ぎこむべき容器をもつにいたったのである。それは、そいつを投げつけると、世界じゅうがふっ飛んでしまうような爆弾となるだろう。ぼくたちは、その書のなかに、明日の作家たちに彼らの筋書を、彼らの劇を、彼らの詩を、彼らの神話を、彼らの科学をあたえるに十分なものを書きこむだろう。世界は、これからの一千年間、そいつを食って生きてゆけるだろう。この書は、その鬼面ひとをあざむく点において巨大であるのだ。それを考えると、ほとんどぼくたちは押しつぶされそうになる。

百年間ないしそれ以上のあいだ、世界は――われわれの世界は、死にかかっていた。そして、この最近百年内外のあいだ、天地の尻の穴に爆弾をしかけて、それを粉みじんにするほどの気ちがいは一人としていなかった。世界は腐りつつある。ばらばらに死にかけている。だが、この世界には、とどめの一撃が必要なのだ。木っ端《こば》みじんに吹きとばすことが必要なのだ。ぼくたちのうちの誰ひとり完全なものはいない。しかし、それでもぼくたちは、ぼくたちの内部に、諸大陸と、諸大陸のあいだの海と、空の鳥とをもっている。ぼくたちは、それを書こうとしているのだ――すでに死んではいるが、まだ埋葬はされていないところの、この世界の進化を。ぼくたちは時間の表面を泳いでいる。ほかの連中は、みな溺《おぼ》れてしまったか、溺れつつあるか、あるいはこれから溺れるだろう。この本は厖大《ぼうだい》なものになるだろう。そこには数個の大洋のような空間があるだろう、そのなかで動きまわり、遊泳し、歌い、踊り、這《は》いのぼり、浴《ゆあ》みし、トンボ返りをし、泣きわめき、凌辱《りょうじょく》し、殺人するところの空間が。一つの大《だい》伽藍《がらん》、正真正銘の大伽藍、その建設には、おのれの正体を見うしなったすべての人間が協力するだろう。そこでは死者のためのミサが行われるだろう。祈禱《きとう》が、懺悔《ざんげ》が、讃美歌《さんびか》が、お悔みとおしゃべりが、一種の殺人的な無関心が、そこにはあるだろう。薔薇の窓と怪物の形をした樋嘴《ガーゴイル》と、侍僧と棺衣保持者とが、そこにはあるだろう。渡廊で馬を駆足で走らせることもできるし、壁に頭をぶつけることもできる――それでも壁はへこまないだろう。好きな国語でお祈りしてもいいし、外でからだをまるめて眠っても一向にさしつかえない。この寺院は、すくなくとも一千年はもつだろう。そして再建はできないだろう。なぜなら建築家は死にたえ、建築方式も死んでしまうだろうからだ。ぼくたちは絵葉書をつくらせ、観光団を組織するだろう。伽藍のまわりに町をつくり、自由な自治体をつくりあげるだろう。天才は必要でない――天才はもう死んでいる。ぼくたちには強い働き手が必要なのだ。幽霊などとは縁を切って進んで肉の衣を着ようという人間が必要なのだ……。

気持のよいテンポでその日は過ぎてゆく。ぼくはタニアの部屋のバルコニーの上に立っている。階下の応接間ではドラマが演じられている。劇作家は病気だ。上から見ると、彼の頭は、以前にくらべて、ますますでこぼこで、毛髪は藁《わら》くずか何かのようにお粗末だ。彼の思想も藁くずみたいにお粗末である。奴の細君も、まだいくらか湿り気はあるが、やはり藁だ。ぼくはバルコニーの上で、ボリスのくるのを待っている。ぼくの最後の問題——朝食——は、どこかへ行ってしまった。ぼくは何でも簡単にすませる。もし何か新しい問題が起ると、よごれた洗濯物と一緒にリュックサックに詰めこんで持ちあるく。おれは有金をすっかりはたいてしまった。銭なんて何の必要があるのか？　おれは、ものを書く機械だ。すでに最後のネジが巻かれた。文章が流れでるだけだ。おれと機械とのあいだには何の疎隔《そかく》もない。おれは機械だ……。

どんな新しいドラマが演じられようとしているのか、彼とはまだ何も話さないが、ぼくには見当がつく。彼らはぼくを追い払おうとしているのだ。だが、ぼくは晩めしにありつこうとして、しかも奴らが予期したよりすこし早目に、ここへきているのだ。どこへ腰をおろして何をするか、ぼくは彼らにもう知らせてある。ぼくは、ていねいに、お邪魔ではないかね、などと言ってみるが、ぼくの本当の気持は、そして彼らもちゃんと知っていることは——きみたちはおれの邪魔をするつもりなのか、ということなのだ。いや、幸福なる油虫ご夫妻よ、きみたちは、おれを邪魔してはいないさ。おれを養ってくれているんだよ。きみたちは、そこにくっついて坐《すわ》っているが、おれは、きみたちのあいだに深い溝《みぞ》があるのを知っている。きみたちの近さは遊星の近さなのだ。おれが、きみたちのあいだにある空間なのだ。もしも、おれが身をひいたら、きみたちの浮游《ふゆう》する空間はなくなってしまうだろう。

タニアは意地のわるい気分になっている――ぼくにはそれがわかる。彼女は、ぼくが彼女以外の何かでみたされたことを恨んでいるのだ。ぼくの興奮の度合いから彼女の価値がゼロになったことを知っているのだ。今夜ぼくが彼女を受胎させるためにきたのでないことも知っている。彼女を破壊するものが何かぼくの内部に芽ばえていることも知っている。彼女は、さとるのが遅いたちだが、いまそれをさとりかけているのだ……。

シルヴェスターのほうは満足そうなようすだ。彼は今夜、晩餐《ばんさん》のテーブルで彼女を抱くだろう。いまでさえ彼は、ぼくの原稿を読みながら、ぼくの自我《エゴ》に火をつけて、ぼくの自我と彼女の自我とを衝突させようと準備しているのだ。

今晩は一風変った集まりになるだろう。舞台は、いま装置をしているところだ。グラスのふれ合う音がきこえる。葡萄酒《ぶどうしゅ》は、もう運ばれている。さかんに酒杯の満をひいて、病気のシルヴェスターも病気を忘れるだろう。

ぼくたちがクロンスタットのところでこの計画を立てたのは、つい昨夜のことである。そのときめたことは、女どもはかならず苦しまなければならないし、舞台裏にあっては、より以上の恐怖、より以上の狂暴、より以上の不幸、より以上の苦悩、より以上の悲嘆、より以上の悲惨がなければならないということだった。

ぼくたちのような人間をパリにもぐりこませたのは決して偶然ではない。パリは人工の舞台にほかならない。見物人に闘争のあらゆる場面をかいま見ることを許している回転舞台にほかならない。それ自体ではパリは決して何のドラマもはじめないが、しかしドラマは、いたるところで演じられる。パリは単に子宮から生きた胎児を引きはがし、それを人工保育器のなかへ移す産科の機械にすぎない。パリは人工出産の揺《ゆり》籃《かご》である。ここで揺籃にゆられながら、人々の夢は、いつしかおのれの土地へ帰るのだ。ベルリンへ、ニューヨークへ、シカゴへ、ウィーンへ、ミンスクへと、人々の夢は帰る。ウィーンは決してパリにおけるウィーンらしさ以上にウィーンらしくはない。いっさいのものが崇拝にまで高められる。それらの赤ん坊が揺籃を離れると、また新しい赤ん坊がそのあとにはいる。ゾラやバルザックやダンテやストリンドベルイや、そのほか、かつて何事かをなした人物の住んでいたここの壁の上に、ぼくたちはその主人公を読みとることができる。みんなここに、いつかは住んでいたのだが、しかも誰もここでは死なないのだ……。

階下で夫婦が話をしている。彼らの言葉は象徴的だ。「じたばた争う」という言葉が、そのなかにまじっている。病める劇作家、シルヴェスターが言っている。「おれはいま『宣言《マニフェスト》』を読んでいるんだ」するとタニアが言う――「誰の？」そうだ、タニアよ、おれは聞いたぞ。おれは、いまここでおまえのことを書いているが、おまえは、それをちゃんと嗅《か》ぎつけているのだ。おまえの言うことを書きつけるから、さあ、もっとしゃべってくれ。おれが食卓につけば、もうノートをとることはできないだろうから。……急にタニアが言う。「この家にはりっぱなホールがないのね」おや、これはいったいどういうことなのだ、もしそれに意味があるとすれば。

夫婦はいま絵を飾っている。それも、やはりぼくに当てつけているのだ。見たまえ――彼らは、こう言いたいのだ、自分たちはこの家で結婚生活をして楽しく暮している、家庭を魅力のあるものにしている、と。ぼくたちでさえ、絵のことについては、きみたちの意見に賛成しよう。やがてタニアがまた言う。「まあ、眼って、ずいぶんだまされるものね！」ああ、タニア、何ということを、きみは言うのだ！　もっとつづけるがいい、この笑劇を。もっともっと、つづけてくれ。おれはおまえが約束してくれた晩めしを待ってここにいるのだが、この喜劇は途方もなくおもしろい。すると今度はシルヴェスターのリードだ。彼はボロフスキイの水彩画の一枚を説明しようと苦心する。「ここへきてごらん。わかるかね。一人はギターを弾いている。もう一人は膝《ひざ》の上に若い女を抱きあげている」その通りだ、シルヴェスター。まったくその通りだよ。ギターをかかえたボロフスキイだ！ 膝に抱かれた女たちだ！ ただ、彼が膝の上にのせているものが何であるか、またギターを弾いているのが本当に男かどうか、それが誰にもはっきりとはわからないだけだ……。

まもなくモルドルフが四つん這いになって駆けつけてくるだろうし、ボリスも例のどうにもやるせないかすかな笑いをうかべてやってくるだろう。晩めしには金色の雉《ゴールドン・ペサント》とアンジュと短い太い葉巻が出るだろう。そしてクロンスタットは、最近のニュースを聞くと、五分間ほどは、すこしばかり真剣に、そしていくらか元気になって、人生を生きるだろう。だが、そのあとはまた彼のイデオロギーの腐植土のなかへおとなしく引っこみ、そしてまた一つ詩が生れるだろう。舌のない大きな金の鐘みたいな詩が。

一時間ばかり、ひまつぶしをしないわけにはいかなかった。また一人、アパートを見にお客さんがきたからだ。階上では例のイギリス人の野郎がバッハの練習をやっている。もうこうなっては、誰かアパートを見にきたときには、階上へ駆けあがって、ピアノをしばらくやめてくれ、とピアニストに頼むことが絶対必要になってきた。

る。エルザが八百屋《やおや》に電話をかけている。鉛管工が便器の上へ新しい台をとりつけている。ドアのベルが鳴るたびにボリスは冷静さをうしなう。興奮してコップをとり落す。彼は四つん這いになる。フロックコートを床に引きずっている。ちょっとグラン・ギニョールに似ている——肉屋の娘にレッスンを教えにくる飢えた詩人だ。電話が鳴るたびに詩人の口からは、よだれが出る。マラルメはサーロイン・ステーキのようにきこえ、ヴィクトル・ユゴーは犢の肝臓《フォア・ド・ヴォー》みたいにきこえる。エルザがボリスのためにおいしい昼食を注文しているところだ——「上等の汁の多い小さなポーク・チョップをね」と彼女は言う。大理石の上に桃色のハムが山のように冷たく横たわっているのが見える。白い脂肪に包まれた、すばらしいハムだ。まだ四、五分前に朝食を食ったばかりというのに、ものすごく空腹を感じる——ぼくが食べずにすごさなければならないランチなのだ。ぼくが昼食を食うのは水曜日だけだ。それもボロフスキイのおかげである。エルザはまだ電話をかけている——ベーコンを注文するのを忘れたのだ。「そう、上等の小さなベーコンの切身をね。そう、あまり脂《あぶら》のないところを」……ちぇッ、またか！　膵臓《すいぞう》を持ってこい、牡蠣《かき》と蛤《はまぐり》も持ってこい！　そうやっているひまに揚げた肝臓の腸詰《レバアヴルスト》も持ってこい！　おれは、いちどきにローペ・デ・ヴェガの劇詩千五百編をみんな読んじまったことがあるんだ。

アパートを見にきた女は美人だ。もちろんアメリカ人である。ぼくは彼女に背を向けて窓に立ち、雀《すずめ》が新しい糞《ふん》をつっついているのを眺《なが》めていた。すこし雨が降っている。雨滴は大きい。鳥は翼が濡れたら飛べないのではないかと、ぼくは、もとは思っていたものだ。こんな金持の淑女たちがパリへきて、みんな上等の仕事部屋を探すのには驚く。すこしばかりの才能と、ふくらんだ財布と。雨が降ったところで、それは彼女たちにとっては、新調のレーンコートを見せびらかす絶好の機会なのだ。食いものなんぞ問題ではない。ときには街をうろつくのに忙しくて昼食を食うひまさえないことがある。そんなときにはカフェ・ド・ラ・ペエかリッツ・バーで、すこしばかりのサンドイッチかウェイファァだけですませる。「良家の令嬢にかぎる」——これはピュヴィ・ド・シャヴァンヌの古いアトリエに書いてある文句だ。ついこのあいだ偶然そこを通りかかった。絵具箱を肩にかけた裕福そうなアメリカの女ども。すこしばかりの才能と、ふくらんだ財布と。

雀は舗石から舗石へと夢中で飛びまわっている。立ちどまって綿密に調べるとなれば、まったくこれは非常な努力がいる。つまり、どこにでも食べものは落ちているのだ——下水のなかにでも。美しい女は化粧室のことをきいている。化粧室《パァル・イシ》？　おれが案内してやろうか、天鵞絨《ビロード》をかぶった羚羊《かもしか》ども！　化粧室だと？　こちらへ、マダム、どうか廃兵たちのためにとってある番号をつけたところをお見落しなく《ヌブリエ・パ・ク・レ・プラアス・ニュメロテエ・ソン・レゼルヴェ・オー・ミュティレ・ド・ラ・ゲエル》。

　ボリスは、もみ手をしている――奴《やつ》はいま、この取引の最後の仕上げをやっているのだ。中庭で犬が吠《ほ》えている。狼《おおかみ》みたいに吠えている。階上ではマキヴァネス夫人が家具をあちこち動かしている。何もすることがなくて朝から晩まで退屈しているのだ。もしパン屑《くず》ほどの塵芥《ごみ》でも見つけようものなら、彼女は家じゅうを掃除するだろう。食卓の上には一房の青い葡萄と一本の葡萄酒がある――特級葡萄酒《ヴァン・ド・シヨア》、十度。

「さよう」とボリスが言う。「洗面台をつくってさしあげても結構です。ちょっとこちらへ、どうぞ。はい。これが化粧室です。二階にも、もちろん一つあります。はい、一カ月一千フランです。ユトリロは、あまりお好きではありませんか。いえ、これがそうです。新しい洗滌器《ビデエ》がいりますな。まず至急にいるのは、それだけでしょうな……」

　彼女は、もうすぐ帰るだろう。今度はボリスの奴、ぼくを紹介しようともしない。糞《くそ》野郎め！　金のある女だと、きっとおれを紹介するのを忘れやがるのだ。あと四、五分すれば、またぼくたちは腰をおろしてタイプをうつことができる。どういうわけか、今日は、もうやりたくない。元気がなくなりかけている。彼女は、一時間くらいのうちに、またやってきて、ぼくの尻《しり》の下から椅子《いす》を取りあげるかもしれない。三十分後にはどこで腰をおろせるかというときに、どうしてものが書けるだろう。もしこの金持の女めが、この家を借りてしまえば、おれは寝る場所さえなくなるのだ。こんなどたん場になると、どっちがより悪いか——つまり寝るところがないのと、仕事をする場所がないのと——これは容易に判断がつかぬ。寝るほうはたいていどんなところでも寝られるが、仕事をするには場所がなければならぬ。たとえその仕事が畢生《ひっせい》の傑作でないにしてもだ。多少まずい小説でも、腰かけるための一つの椅子と、いくらかなりと一人きりでいることが必要だ。ああした金持の女どもは、こういうことは一度も考えたことはないのだ。あいつらが、そのやわらかな尻をおろしたいと思えば、かならずそこには椅子が一つあるのだ……。

ゆうべ、ぼくたちはシルヴェスターと彼の『神』とが、ならんで暖炉の前に腰かけているのをおきざりにして帰った。シルヴェスターはパジャマを着ており、モルドルフは口に葉巻をくわえていた。シルヴェスターはオレンジの皮をむいていた。彼はその皮を寝椅子のカバーの上においた。モルドルフは彼に身をすりよせた。もう一度あのすばらしい『天国の門』というパロディを読ませてくれ、と彼は頼んだ。ぼくたち

——ボリスとぼくは外へ出たくなっていた。この病室の雰囲気《ふんいき》に辛抱していられないほど陽気になっていたのだ。タニアも、ぼくたちと一緒に出ようとしていた。彼女が陽気なのは、ここから逃げだす気になっていたからだ。ボリスが陽気なのはモルドルフのなかにある『神』が死んだからだ。ぼくが陽気なのは、それがこれからぼくたちがやろうとしている演技だからだ。

モルドルフの声は坊主《ぼうず》みたいだ。「シルヴェスター、きみが寝るまで、ここにいてもいいかね?」彼は今日で六日間ずっとシルヴェスターのそばについていて、薬を買いにいったり、タニアの使い走りをしたり、なぐさめたり、機嫌《きげん》をとったり、ボリスや彼の仲間のやくざどものような悪意の侵入者を玄関で追い払ったりしていたのである。彼は、夜寝ているうちに自分の偶像を片輪にされたことに気がついた野蛮人みたいだ。いま彼は偶像の足下にひざまずき、パンの木の実と脂とを捧《ささ》げて、ちんぷんかんのお祈りをやっているのである。彼の声は油のようにつるつるとすべり出る。彼の手足はもう麻痺《まひ》している。

タニアに向っては、彼は、まるで彼女が誓いを破った巫女《みこ》ででもあるかのような口をきく。「あんたはもっと品位を保たなければいけない。シルヴェスターは、あんたの神なのだ」そしてシルヴェスターが二階で苦しがっているすきに、(彼は胸がすこしぜいぜいいっているのだ）坊主と巫女とは、たらふくものを食ってしまうのである。「あんたは自分で自分を潰《けが》している」と彼は言う。肉の汁が唇から垂れている。彼は食うことと悩むことを同時にやれる能力をもっているのだ。物騒な連中を追い払う合間合間に、彼は肥えた小さな手をのばしてタニアの髪を撫《な》でる。「ぼくは、あんたに惚《ほ》れかかっている。あんたは、ぼくのファニイに似ている」

べつの意味でも、その日はモルドルフにとって愉快な日なのだ。手紙がアメリカからとどいたのである。モオはどの学課もみんなAをとっている。マレーは自転車の稽《けい》古《こ》をしている。ヴィクトロラの修理ができあがった。彼の顔の表情を見れば、手紙には成績表や自転車の話以外にも何か書いてあったことがすぐわかる。たしかにそうと言いきれるのは、今日の午後、彼が三百二十五フランの宝石をファニイに買ってやったからである。そのうえ、彼は二十枚もの手紙を彼女に書いたのだ。給仕は彼に、あとからあとからと便箋《びんせん》を持ってゆき、万年筆にインキを入れてやり、コーヒーと葉巻のサービスをし、汗をかけば煽《あお》いでやり、テーブルの上のパン屑を拭《ふ》き、葉巻の火が消えるとつけてやり、切手を買いにゆき、ダンスを踊り、片足の爪先《つまさき》で立ってくるくるまわり、額手礼《サラアム》をやり……くたくたになって背骨が折れるほど働いたのである。そしてチップをたっぷりもらった。コロナ・コロナより大きくて厚いチップを。モルドルフは、たぶんそのことを日記に書いただろう。それもファニイのためにだ。腕飾りと耳環《みみわ》、いずれも彼のつかった金だけのことはあった。ファニイのためにつかうほうが、ジェルメーヌやオデットのような安淫売《いんばい》にむだにつかうよりは、ずっとましだ。彼がタニアにそう言ったのだから、これは本当だ。彼は自分のトランクを彼女に見せた。贈物がぎっしり詰めこんであった——ファニイのために、モオとマレーのために。

「ぼくのファニイくらい知的な女は世界じゅうにないだろうな。ぼくは彼女の欠点を一生懸命に探したもんだが——一つもないんだ。彼女は完全だよ。ファニイにできることを、きみたちに話そうか。彼女は、いかさま師みたいにブリッジをやる。彼女は、シオニズムに関心をもっている。ためしに古帽子を一つ彼女にやって、それで何ができるか、見てみたまえ。ここをちょっと曲げる。ここにリボンを一つつける、すると、見てくれ、ほら、すばらしく洒落《しゃれ》たものになったじゃないか！　完全なる幸福とは何か、きみらは知ってるかね。モオとマレーが寝てしまってから、ファニイのそばに腰をおろして、ラジオをきくことさ。彼女はじつにやすらかにそこにいる。ぼくはただ彼女をながめているだけで、ぼくのいっさいの苦闘と傷心との代償を得ているんだよ。彼女はラジオをきいていてもじつに頭がいい。きみたちの悪臭ふんぷんたるモンパルナスのことを考え、それからベイ・リッジでファニイと一緒にご馳走《ちそう》を食ったあとの宵々のことを考えると、とても比較にはならんね。食事とか、子供とか、電灯のやわらかな光とか、そういう簡単なことでも、ファニイがそこにいて、すこし疲れてはいるが、快活に、満足して、パンで腹をみたして……ぼくらは何時間も一言も言わずに、ただ坐《すわ》っている。これが幸福というものだよ！「今日、彼女は、ぼくに手紙をくれた――退屈な、株式報告書みたいな手紙とはちがうぜ。彼女は心をこめて、しかも、うちの小さなマレーにさえわかるようなやさしい言葉で書くのだ。彼女は何事につけてもこまかく気持をはたらかせるんだ。ファニイという女はね。子供たちの教育はつづけなければならないけれど費用のことが心配だ、と書いている。小さいマレーを学校へやるには一千ドルかかります。モオは、もちろん奨学金をもらうにきまっています。でも、小さいマレー、あの小天才のマレーについては、どうしたらいいでしょうか。ぼくは心配することはないとファニイに書いてやった。マレーを学校へ入れろ、と言ってやったよ。一千ドルくらいよけいにかかったって何だ。ぼくは今年は、これまでよりもっと金を儲《もう》けてやる。小さなマレーのために儲けてやるんだ――あの子は天才だからね、マレーという子はね」

ぼくは、ファニイがトランクをあけるときに、そばにいてみたいと思う。「ごらん、ファニイ、これはぼくがブダペストで年寄りのユダヤ人から買ったものだ……これはブルガリアの人たちが着ているものだよ――純毛だぜ……これは何とかいう公爵《こうしゃく》のものだったのを――いや、それを巻いちゃいけないよ、陽にあてなきゃ……ぼくはね、オペラへ行くとき、これをきみに着けさせたいんだよ、ファニイ……さっき見せたあの櫛《くし》と一緒に、それを着けてごらん……それから、これはね、ファニイ、タニアがぼくのために探してくれたんだよ……彼女は、ちょっと、きみに似たタイプでね……」

そしてファニイは、あの石版画《オレオグラフ》にあったように長椅子に腰をかけ、一方にモオを、一方に小さいマレー、小天才のマレーを引きつけている。彼女の太い脚は、いささか短かすぎて、床にとどきかねている。その眼は、過マンガン酸塩のようなにぶい光を帯びている。熟した赤いキャベツのような乳房。彼女が前へかがむと、その乳房が、ぶるんと波をうつ。だが彼女について遺憾なのは、水々しさがなくなっていることだ。彼女は効力のなくなった予備電池みたいにそこに坐っている。彼女の顔はピントがはずれている――それをとり戻すためには、すこしばかりの精気、急激な液汁の注入が必要だ。モルドルフは肥《ふと》った蟇蛙《ひきがえる》みたいに彼女の前を跳《は》ねまわっている。肉がふるえている。彼はつんのめる。ごろりと腹這《はらば》いにもどるのが彼にはやっとなのだ。彼女は、ずんぐりとした爪さきで彼をつっつく。彼の眼が、すこしよけいにとびだす。「もういっぺん蹴《け》っておくれ。ファニイ。いい気持だ!」今度は、すこし強く突く。それで彼の尻には消えないくぼみができる。彼は顔を絨毯《じゅうたん》に伏せている。顎《あご》の垂肉が毛氈《もうせん》のけばに触れて動いている。彼は、すこし元気づき、どたばたと、家具から家具へ跳《と》びまわる。「ファニイ、おまえはすばらしい！」彼はいま彼女の肩の上に腰をおろしている。彼は彼女の耳から小さな一片を嚙《か》み切る。耳たぶの端の、痛くないくらい小さな切れ端を。だが、あいかわらず彼女は死んだみたいだ——いつまでも予備電池で、水気がないのである。彼は彼女の膝の上にずり落ち、歯痛でも起したみたいにふるえながら横たわる。からだがほてって苦しそうだ。彼の腹が人造革の靴のようにてらてら光る。一対のしゃれたチョッキのボタンが眼窩《がんか》のなかにある。「おれの眼のボタンをはずしておくれ、ファニイ、おまえをもっとよく見たい！」ファニイは彼をベッドへ運んでゆき、眼の上に熱い蠟《ろう》を数滴たらす。彼女は彼の臍《へそ》のまわりに何やら円形のものをおき、検温器を尻の穴からさしこむ。彼女が彼をそこへおいておくと、また彼はふるえる。急に彼は小さくなり、ちぢんで、完全に見えなくなる。彼女は、そこらじゅう彼を探す。彼女の腸のなかまで、すっかり探す。何かが彼女をくすぐっている——どこだかはっきりわからない。ベッドのなかは蟇蛙とチョッキのボタンだけになっている。「ファニイ、おまえはどこにいるのだ？」何かが彼女をくすぐっている——どこだかわからない。ボタンがベッドから落ちてゆく。蟇蛙が壁を這いあがっている。くすぐる。くすぐる。「ファニイ、おれの眼から蠟をとってくれ！　おれはおまえを見たいんだ！」だがファニイは笑っている。からだをよじって笑っている。何かが彼女のからだのなかにいるのだ。くすぐる。くすぐる。それが見つからないと笑い死にしそうだ。「ファニイ、トランクのなかに、きれいなものがいっぱいはいっているんだ。ファニイ、きこえるかい？」ファニイは笑っている。肥った蚯蚓《みみず》のように笑っている。腹が笑いでふくれあがっている。脚が青くなる。

「おお、どうしましょう、モリス、何かあたしをくすぐってるものがいるのよ……あたし、たまらないわ！」

日曜日！　ボリスが昼食のテーブルにつこうとしているので、ただそれだけのために正午すこし前にヴィラ・ボルゲエゼを出た。デリカシーをうしなわないために出たのだ。ぼくが空腹をかかえて画室に坐《すわ》ってるのを見るのは、ボリスには、つらくてやりきれないことだからだ。なぜ彼が一緒に昼食を食べようと言ってぼくを誘わないのか、ぼくは知らない。それだけの余裕がない、と彼は言うのだが。しかし、そんなことは言いわけにはならない。とにかく、ぼくはそれについては神経がこまかいのだ。もしぼくを眼の前において一人で食うのが彼を苦しめるのなら、彼の食事をぼくに分けることは、いっそう彼を苦しめるだろう。彼の秘密のことがらに首をつっこむのは、ぼくの役目ではない。

クロンスタットのところへ寄ったら、ここでもめしを食っている。雛鶏《ひなどり》と玄米だ。もう食べてきたような顔をしたが、じつは赤ん坊の手からチキンをひったくりかねないほどだった。これは何も偽りの遠慮ではない――一種のあまのじゃくなんだ、とぼくは考えている。二度、彼ら夫婦は一緒に食べろとすすめてくれた。いや、たくさんだ！　いや、たくさんだ！　ぼくは食事のあとのコーヒー一杯ももらおうとしなかった。おれは神経がこまかいんだ、おれは！　帰りがけ、ぼくは赤ん坊の皿に残っている鶏の骨に心残りの一瞥《いちべつ》をくれた――骨にはまだ肉がついていた。

あてもなくうろつく。美しい日だ――すくなくとも、いままでのところは。リュ・ド・ビュシは賑《にぎや》かだ。人間がうじゃうじゃいる。酒場は表を広くあけ、車道の縁石には自転車が列をつくっている。肉や野菜の市場は盛大に営業している。どの腕も新聞紙でくるんだ品物をのせている。さわやかなカトリックの日曜日だ――すくなくとも朝のうちは。

真昼だ。ぼくは空腹をかかえて、食物の匂《にお》いが湯気のように立ちのぼる曲りくねったここの小路の辻《つじ》に立っている。正面にオテル・ド・ルイジアーヌがある。かつてはリュ・ド・ビュシの悪童どもになじみの深かった陰気な古いホテルだ。ホテルと食いもの、そしてぼくは、腸を蟹《かに》に噛《か》まれながら、癩病《らいびょう》やみのように歩きまわっている。いつも日曜日の朝は、この街には熱烈さがある。おそらくイースト・サイドか、チャイム広場の周辺をのぞいたら、どこにも見られない風景だろう。リュ・ド・レショーデは煮えくりかえっている。街路は曲りくねっており、曲るごとに新手の活気にみちた群衆がいる。腕の下に野菜をかかえた人々の長い行列が、活潑《かっぱつ》な火花の出るような食欲をふりまきながら、そこでもここでも曲ってゆく。食いもの、食いもの、食いもののほかには何もない。目がまわりそうだ。

フュルスタンベール広場を通る。真昼に見ると、まるでようすがちがう。このあいだの夜通ったときには、人影がなく、さむざむとして、幽霊が出そうだった。広場のまんなかに、まだ花の咲かぬ黒い木が四本ある。敷石に養われている知的な樹木だ。T・S・エリオットの詩に似ている。もしマリイ・ロオランサンが彼女の同性愛の女たちを戸外へ引っぱりだすことがあるとすれば、ここここそは彼女たちの親しくまじわる場所だろう。ここはじつにレスビアン的だ。ボリスの心臓のように、不毛で、混血で、乾燥している。

サン・ジェルマン教会の隣の小さな庭園に、とりはずした樋嘴《ガーゴイル》が、いくつかおいてある。怖《おそ》ろしい勢いで前へつき出ている怪物ども。ベンチには、これも怪物どもがいる――老人、白痴、不具者、癲癇《てんかん》病者など。みなそこに、おとなしく丸くなって、食事の鐘が鳴るのを待っている。向うのザック画廊には、ある低能な奴《やっ》が宇宙の画をかいたのが出ている――平面の上にかかれた画家の宇宙！　変てこな、がらくたばかりの宇宙だ。ところが一段低い左手の隅《すみ》には錨《いかり》が一つある――それと食事の鐘だ。たたえよ！　おお、たたえよ、宇宙よ！

まだうろついている。午後も半ば過ぎた。腹が鳴っている。雨が降りだした。ノートル・ダムが墓のように水面からそびえ立っている。レース模様をつけた建物の前面から、樋嘴の怪物どもが思いきり首をつきだしている。まるで偏執狂の心のなかの固定観念のように、それらはぶらさがっている。黄いろい頰髯《ほおひげ》の老人が、ぼくに近づく。手にヤヴォルスキイのつまらぬ代物《しろもの》をすこし持っている。頭をそらせてぼくのほうへ歩いてくるとき、雨が彼の顔にはねかかり、金色の砂が泥に変った。ラウール・デュフィの水彩画をショー・ウインドーにかざった本屋。薔薇《ばら》の花叢《はなむら》に脚をうずめて立っている下女たちをかいた画だ。ジョアン・ミロの哲学についての論文。哲学だぞ、気をつけろ！

同じ窓に――『切身にされた男』！　第一章、家族の眼から見たある男。第二章、情婦の眼から見た同上。第三章――第三章はない。明日はまたきて第三章と第四章を見なければならぬ。毎日このショー・ウインドーの装飾屋が新しいページをめくるのだ。切身にされた男……。こういう標題を考えつかなかったことに、どんなにぼくが腹を立てているか、きみにはとてもわかるまい！「情婦の眼から見た同上……の眼から見た同上……同上」――？　この著者はどこにいるのだ？　いったい何者なのだ？ぼくはそいつに抱きついてやりたい。こんな標題を――気のちがった雄鶏だとか、その他ぼくの発明した馬鹿《ばか》げた題ではなく――こんな標題を思いつく頭脳がぼくにあったら。しかたがない、家鴨《あひる》でも抱いていろ！　やはりぼくは彼を祝福する。彼のすばらしい標題の成功を祈る。ここにきみの役に立つ切身がいるぞ――きみのつぎの作品に！　いつか電話をかけたまえ。ぼくはヴィラ・ボルゲエゼにいるよ。われわれはみんな死んだか、死にかけているか、これから死ぬかなのだ。いい標題がほしい。肉がほしい。肉の切身を、いくつもだ――汁気のたっぷりした軟肉、上等の腰肉のステーキ、牛か豚の肝臓、マウンテン・オイスター、膵臓《すいぞう》。ぼくはいつか、四十二番街とブロードウェイの角に立って、この標題を思いだし、頭にうかんでくるあらゆるものを書きとめるつもりだ――キャヴィヤ、雨のしずく、潤滑油、イタリア素麵《そうめん》、肝臓腸詰――その薄い切身。そしてぼくは、すっかり書きとめたあと、なぜ急に家へ帰って、赤ん坊を切り刻んで切身にしたか、その理由を誰にも言わないだろう。あなたへの感《アン・アクト・グラテ》謝の行為ですよ。切身にされたからね、紳士よ《ユイ・プウル・ヴウシエル・ムツシユウ・シ・ビアン・クウベ・アン・トランシエ》！

どうして一人の男が一日じゅう空《す》き腹かかえてほっつき歩くことができ、しかも、ときどきは勃起《ぼっき》さえおこしていられるかという事情は、「霊魂の解剖学者」たちによって、わけもなく説明される秘密である。日曜日の午後、店々の鎧扉《よろいど》はおろされ、プロレタリアートが啞のごとき無感覚で街を占領しているとき、縦に切り開かれた大きな下疳《げかん》性の陰茎以外の何ものも連想させない街路がある。そして、まさにこれらの大道路――たとえばリュ・サン・ドニとかフォーブウル・デュ・タンプルなど――こそ、ちょうど昔のユニオン・スクエア界隈《かいわい》とか、バウワリの上《かみ》のほうなどで、人々がショー・ウインドーに黴毒《ばいどく》その他の性病で食い荒された肉体の諸器官を蠟《ろう》細工でこしらえた見世物のある十仙博物館《ダイム・ミュジアム》にひきつけられたように、耐えがたい魅力をもって、われわれをひきつけるのである。この都市は全身を病魔にむしばまれた巨大な有機体のように、これらの美しい街路を発生させているのだ。ただ、それらは膿汁《うみ》をすっかり洗い流しているという点で、いくらか不快さがすくないだけである。

デュ・コンバ広場の近くのシテ・ノルティエで、ぼくは、この場面の汚穢《おわい》をたっぷり呑《の》みこもうとして、数分間、足をとめる。これは矩形《くけい》の空地であって、パリの古い動脈の側面をとりまく低い路地裏をのぞきこむと、たいてい見かける、あれと同じものだ。空地のまんなかに一かたまりの腐れ朽ちた建物がある。それは完全に腐朽して、折り重なって崩《くず》れ落ち、まるではらわたとはらわたが抱きあっているようなかっこうだ。地面は、でこぼこで、石畳は軟泥《なんでい》でぬるぬるしている。焚《た》きつけや乾いた塵芥《ごみ》と一緒に押しこまれた一種の人間の塵芥捨て場だ。太陽は駆足で沈《ビスタ》もうとしている。あたりの色は死んでゆく。紫から乾いた血の色に、真珠母《ナアクレ》色から濃褐色へ、冷やかな死人のような灰色から鳩《はと》の糞《ふん》のような色に変ってゆく。ところどころ、ゆがんだ姿勢の怪物が窓に立って、梟《ふくろう》のようにまたたきをしている。蒼《あお》い顔をして手足が骨と皮ばかりの子供たちが金切り声をあげる。鉗子《かんし》の跡のついている、ひよわな小僧たち。いやな臭気が壁からにじみ出る。黴《かび》の生えた藁布団《わらぶとん》のにおい、ヨーロッパの――中世の、グロテスクな、怪物的な――Bモル（訳注 短音階の意）の交響楽。道路のすぐ向う側では、シーヌ・コンバが、このへんのお上品な観客たちに『メトロポリス』を提供している。

そこを立ち去りながら、ぼくの心は、つい二、三日前に読んだある書物へ戻ってゆく。「この町は修羅場であった。虐殺者によって、めった斬《ぎ》りに斬りきざまれ、掠奪《りゃくだつ》者《しゃ》によって衣類を剝《は》ぎとられた死体が、街に山をなして横たわっていた。狼《おおかみ》どもが近郊からその死体を食うために忍びこんできた。黒死病やその他の疫病《えきびょう》が狼どもの仲間になろうとして這《は》いよってきた。そのなかをイギリス軍が行進してきた。そのあいだに、あらゆる墓地では、墓石のあたりで骸骨踊り《ダンス・マカアブル》が跳梁《ちょうりょう》していた……」愚王シャルル時代のパリだ！　美しい本だ！　気分をさわやかにし、食欲を起させる本だ。ぼくは、いまでもまだそれに魅せられている。ルネサンス時代の芸術の保護者や先駆者たちのことは、あまり知らないが、「美しきパン屋の女房」と呼ばれたマダム・パンペルネルや、金銀細工師ジュアン・クラポット親方などは、いまでも折にふれてぼくの心にうかぶ。ロダン、あのさまよえるユダヤ人の邪悪な天才も忘れられない――「かの黒白混血児スシリイのためにのぼせあがり、裏をかかれる日まで」極悪非道な行いをしつづけたのは彼だ。タンペルの広場に腰をおろして、ジャン・カボッシュにひきいられた廃馬商人どもの行為について思いふけっていたぼくは、愚王シャルルの哀れな運命について長いこと痛ましい気持で考えていた。オテル・サン・ポールの廊下をうろついていた愚人、不潔きわまるぼろをまとい、潰瘍《かいよう》や寄生虫に身をむしばまれ、疥癬《かいせん》を病んだ犬のように人々から投げつけられる骨をかじっていた彼。リュ・デ・リオンで、ぼくは、かつて彼が飼っていた古い動物園跡の石を探してみた。哀れな痴人、彼の唯一《ゆいいつ》の気ばらしは、「身分いやしきものどもを仲間として」のカルタ遊びのほかには、オデット・ド・シャンディヴェールがいるだけだった。

はじめてぼくがジェルメーヌに逢《あ》ったのは、ちょうど今日のような日曜日だった。ぼくは妻が一生懸命アメリカから電報為替《かわせ》にして送ってくれる百フランなにがしかで懐中あたたかく、ブウルヴァール・ボオマルシェをぶらぶら歩いていた。空気はもう春めいて、マンホールからでも噴きだしたような毒気をふくんだ罪悪的な春のきざしがあった。夜ごと、このあたりの癩を病んだような街々に心ひかれて、ぼくはここへあらわれた。これらの街々が、その邪悪な豪華さをあらわすのは、日の光が薄らぎ消えて、淫売《いんばい》どもが、いつもの持場にちらほら立ちはじめるころからであった。とくにぼくが思いだすのはリュ・パストゥルワグナアである。まどろむ蜥蜴《とかげ》のように並木路の陰にかくれているリュ・アムロの角だ。ここに、いわば壜《びん》の頸《くび》にあたるところに、いつも一群の兀鷹《はげたか》がたむろしていた。兀鷹どもは啼《な》き声をたて、きたならしい翼をぱたぱたうごかし、鋭い爪《つめ》をのばして男を軒下へ引っぱりこんだ。用がすんでから男にパンツのボタンをかけるいとまもあたえぬほど陽気で欲の深い悪魔たちである。通りから離れた小さな部屋、たいがいは窓のない部屋へ男をつれてゆき、スカートをまくりあげてベッドの端に腰かけ、すばやく検分させ、ペニスに唾《つば》をつけて、適当に処理してくれるのである。一人が洗滌《せんじょう》をしているあいだに、早くも他の一人はドアのところで彼女の獲物《えもの》を握りしめて立っており、洗滌の終るのを、のんきな顔で眺めている。

ジェルメーヌは、そんなのとはちがう。見かけからいうと、べつに異なっていると思わせるところはない。毎日午後、あるいは夕方、カフェ・ド・レレファンで逢う他の淫売たちと、どこといって区別のつくところはない。前にも言ったように、その日は春で、妻が、なけなしの金を電信で送ってくれた何十フランかが、ぼくのポケットでちゃらちゃらしていた。バスティーユへ着くまでには、これらの兀鷹どもの一人に引っぱられるだろうという、ぼんやりした予感のようなものがあった。ブウルヴァールをぶらつきながら、ぼくは彼女が淫売婦特有のせかせかした一風変った歩きつきで、こちらに近づいてくるのに気がついた。すりへらしたかかと、安宝石、ルージュばかりが目立つ彼女たち特有の青白い表情。相談がまとまるのに手間はかからなかった。ぼくたちはレレファンという小さな煙草屋《たばこや》の奥に腰をおろし、いそいでその相談をした。数分後には、ぼくたちはリュ・アムロの五フランの部屋にいた。カーテンが引いてあり、掛け布団はまくったままになっていた。ジェルメーヌは決してことを急がなかった。彼女は洗滌器の上にしゃがんで石鹸《せっけん》をつかいながら、愉快そうに、いろんなことをぼくに話した。彼女は、ぼくのはいているニッカボッカが気に入っていた。とてもシックね！　と彼女は言った。以前はその通りだったが、いまは尻《しり》がすり切れているのだ。さいわい上着が尻のところをかくしていた。やがて彼女は立ちあがって拭《ふ》きながら、まだ楽しそうにおしゃべりをしていたが、すると急にタオルを床に落し、大儀そうにぼくのほうへ歩みよってきて、いかにもいとおしげに彼女の小猫《プッシィ》をこすりはじめた。二本の手で、さすったり、愛撫《あいぶ》したり、軽くたたいたりした。そのときの彼女のおしゃべりや、ぼくの鼻さきへあの薔薇のつぼみを押しつけるしぐさなどに、何か忘れられぬものが残った。彼女はそれを、莫大《ばくだい》な金額を支払って手に入れた格別の珍品、その値うちが時とともに増して、いま彼女にとっては世界一貴重なものとなった品物か何ぞのように、それについて語った。彼女の言葉は、一種特別な芳香を、それにしみこませた。それはもはや単なる彼女ひとりの器官ではなく、宝物であり、魔術的な力を有する宝であり、神の賜物であった——彼女がそれを毎日なにがしかの銀貨と取引するからといって、その値うちは、すこしも減じるものではない。彼女が両脚を大きく開いてベッドに身を投げだしたとき、彼女はそれを両手でおおい、またしばらく撫でさすりながら、そのあいだずっと、あのしわがれた、ひびの入ったような声で、これは優秀よ、美しい宝ものよ、可愛《かわい》い宝ものよ、と、つぶやいていた。そして事実それはよかった、その彼女の小猫は！　あの日曜日の午後、毒をふくんだ春の息吹《いぶ》きとともに、あらゆるものが、ふたたびうまくゆきはじめた。ホテルを出しなに、ぼくは、きびしい昼の光のなかで、もう一度彼女を見直し、彼女がどんな淫売婦であるかをはっきりと知った——金歯、帽子にさしたゼラニウム、破損した靴のかかと、等、等。彼女がぼくから晩めしと煙草とタクシーとをせびったことすら、ぼくには爪の垢《あか》ほどもいやな感じを起させなかった。実際に、ぼくのほうから進んでそうさせたのである。あまり彼女が好きになったので、夕食のあと、もう一度ホテルへ戻って、もう一発やらかしたほどである。今度は「恋のため」である。そしてもう一度、彼女はあの大きな茂みのようなものに花を咲かせ、魔法をつかった。それは、ぼくにとっても、一つの独立の存在になりはじめていた——。ジェルメーヌがあり、そして彼女のあの薔薇の茂みがある。ぼくは、この両者を別々に好きになり、そして両者を一緒に好きになった。

前に言った通り、彼女はちがうのだ、ジェルメーヌという女は。後日、彼女がぼくの本当の境遇を知ったとき、彼女はぼくを、じつにみごとに待遇してくれた——ぼくのために散財して酒をおごってくれ、勘定を払ってくれ、ぼくの品物を質に入れ、友達にぼくを紹介してくれた。ぼくに金を貸さなかったことについては詫《わ》びさえもした。そのことについては、ぼくは、彼女の情夫が誰であるかを教えられてからは、十分よく了解した。毎夜ぼくはブウルヴァール・ボオマルシェを歩いて、彼女たちの集会所になっている例の小さな煙草屋へ行き、彼女がふらりとはいってきて貴重な時間の数分間をぼくのために割《さ》いてくれるのを待った。

その後すこしたって、ぼくがクロードのことを書くようになったとき、ぼくが頭においていたのはクロードではなく、ジェルメーヌであった……。「彼女とベッドをともにした大勢の男たち。だが、いまはおれだ。おれだけだ。そして艀《はしけ》は進む。帆柱《マスト》も船体も、大いなる呪《のろ》わしい生の流れが、おれを通じ、彼女を通じ、おれの前とおれの後《あと》にくるすべての男たちを通じてながれる。花と鳥と日光とが、そこへ流れこみ、その芳香は、おれを息苦しくし、おれを死滅させる」あれはジェルメーヌのことだ！クロードを、ぼくは夢中で崇拝していたけれど――一時は彼女を愛していると思ったほどだけれど――ジェルメーヌと同じではなかった。クロードには魂と良心とがあった。洗練されたところもあった。それがいけないのだ――娼婦《しょうふ》としては。クロードは、いつも悲しげな感じをあたえる。彼女は、もちろん自分ではそんなつもりはなく、運命が彼女を滅亡させようとさだめている流れに、またしても一人の客を加えたにすぎないという印象を相手に残す。そんなつもりはないのに、というわけは、クロードは絶対に、そんな想像を故意に男の心に起させるような女ではないからだ。彼女は、そんなことをするには、あまりにも神経がこまかく、敏感なのだ。つきつめればクロードは、ごく普通のしつけと知性とをそなえた善良な一人のフランス娘にすぎない。何かの拍子で人生がこの娘をペテンにかけたのである。彼女には日々の経験があたえるショックに耐えられるほどしっかりしていないところがある。ルイ・フィリップ（訳注　一八七四―一九〇九、フランスの小説家）の、つぎのような怖《おそ》ろしい言葉は、彼女のために言われたのだ――

「そしてついに、ある夜、すべての終るときがくる。あまりに多くの顎《あぎと》が、われわれをくわえこみ、もはやわれわれには耐える力がなくなる。そして、われわれの肉は、それらのすべての口によって嚙《か》み砕かれたかのように、われわれのからだにぶらさがる——そのような夜が」これとは反対に、ジェルメーヌは、揺籃《ゆりかご》のなかからの娼婦だ。彼女は、胃袋が痛むとか、靴がいたむとか、そうしたつまらぬ表面的なことのほか、まったくおのれの役割に満足し、実際にそれを享楽《きょうらく》している。何ものも彼女の魂のなかに食いこむものはない。何ものも呵責《かしゃく》とはならない。倦怠《アンニュイ》！　彼女の感じる最悪のものといえば、せいぜいこれだ。たしかに、ぼくたちのいう満腹した日々はあったであろう。だが、それ以上のことはなかったのだ！　多くの場合たいがい彼女はそれを楽しんでいた——あるいは楽しんでいるという錯覚をあたえた。もちろん誰と一緒に寝たかということ——あるいは誰と満足したかということによって差別はある。しかし、かんじんなことは「男」だ。男！　彼女が切望するものは、それだった。彼女をくすぐり、彼女を恍惚《こうこつ》にもだえさせることのできるもの、彼女の薔薇の茂みを両手でつかみ、うれしそうに、誇らしげに、いばって、結合の感じ、生命の感じを味わいながら、こすらせることのできるものを股《また》のあいだに持っている男。おのれの両手がつかまえうる下のほうの部分——それだけが彼女にとっては人生を経験する唯一の場所なのだ。

ジェルメーヌは頭のてっぺんから足のさきまで娼婦だった。善良な心のその奥底まで娼婦だった。彼女の娼婦の心は、じつは善良ではなく、自堕落な、無頓着《むとんじゃく》な、ほんのちょっとだけ感動させられるもろい心、内部に一つも固定したよりどころのない心、その本体から瞬時だけ離れることのできる虚弱な娼婦の心であった。彼女がみずからつくりだした世界が、どれほどいやしく束縛の多いものであろうとも、彼女はその世界のなかで非のうちどころなくふるまった。そしてそれは、それ自体が強壮剤のようなものであった。ぼくとなじみが深くなってから、彼女の仲間の連中は、ぼくがジェルメーヌに惚《ほ》れているといって、ぼくに文句をつけた。（これはあの連中にとっては、ほとんど考えることもできない関係なのである）そのとき、ぼくは言ったものだ。

「そうとも！　たしかにおれはあいつに惚れている！　そればかりじゃない、おれはあいつに忠実になりたいと思っているんだ」もちろん、これは嘘《うそ》だ。なぜならぼくは、蜘蛛《くも》に惚れることができないように、ジェルメーヌに惚れることなど思いもよらなかったからだ。またもし、ぼくが忠実だったとしたら、それはジェルメーヌに対してではなく、彼女が股のあいだに持ちあるいているあの毛深いものに対してなのである。ぼくは他の女を見ると、いつもすぐにジェルメーヌを、彼女がぼくの記憶に残し、決して消すことのできないあの燃えるような茂みのことを思った。あの小さな煙草屋のテラスに腰をおろして、彼女が商売に精をだしているところを観察し、彼女がぼくに見せたのと同じような渋い顔をして見せたり、同じ嘘をついたりして、他の男たちと駆引きしているのを観察するのは、ぼくには楽しかった。「あいつは商売をやっているんだ！」――それがぼくの感想であり、ぼくは彼女の取引を是認しながら眺めていた。その後ぼくは、クロードとできてしまってから、くる夜もくる夜も彼女が、なじみの席に坐《すわ》り、コール天の寝椅子《ねいす》に、そのまるい小っちゃな臀《しり》を、ふっくらと落ちつけているのを見ると、一種の何ともいえぬ謀叛気《むほんぎ》を彼女に対して感じた。娼婦というものは、貴婦人のようにあんなところに坐って、誰かが近づいてくるのを臆病《おくびょう》に待ちながら、つつましくショコラなんぞをすすっている権利はないはずだ。ぼくはそんな気がした。ジェルメーヌは、まめだ。男がそばへくるのを待ってなんぞいなかった――自分から出かけていって男をつかまえるのである。ぼくは彼女のストッキングの穴や破れたぼろぼろの靴を、よくおぼえている。彼女がバーに立って、無茶な、勇敢な、挑戦的な態度で、強い酒を胃の腑《ふ》のなかへほうりこんでは、また出て行ったのも、よくおぼえている。まったく、まめな女だ！　彼女の酒くさい息を嗅《か》ぐのは、たぶんあまり愉快ではなかったかもしれぬ。――コーヒーと、コニャックと、アペリティフと、ペルノと、その他、彼女が合間合間に飲むいろんな酒のまじりあった匂《にお》い、それらは彼女のからだをあたためると同時に気力と勇気とをふるいおこすためのものであったが、その火気が彼女の肉体をつらぬいて、彼女の股のあいだの、すべての女が燃えあがらすべきところで燃えあがり、そして男に脚の下の大地をふたたび感じさせるあの接地回路《サーキット》を完成させたのである。彼女が両脚を開いて横たわり、うめき声をあげるとき、たとえ彼女が、どんな男とでも、かならずそんなふうにうめき声をあげるにしても、それは、まったく好ましかった。それは適切な感情の表出であった。彼女は、うつろな顔で天井をみつめたり、壁紙にいる南京虫《ナンキン》を数えたりはしなかった。つねに頭から商売という考えをはなさず、男が女の上に乗ったときに聞きたいと思うようなことについてしゃべった。ところがクロードのほうは――クロードの場合は、たとえ男と一緒に毛布の下へはいったときでも、いつも一種のデリカシーがあるのだ。そのデリカシーが、ぼくにはしゃくにさわるのである。誰がデリカシーのある淫売なんぞほしがるものか。クロードは洗滌器の上にまたがるとき、あっちを向いていてくれ、などと男に頼んだりする。大まちがいだ！　男が欲情に燃えているときには、何でも見ていたいのだ。女たちが小便をするところさえ見たいのだ。女にも、ひとかどの考えがあると知るのは、まことに結構なことではあるが、淫売婦の冷たい死骸《しがい》から聞かされる文学の話は、ベッドにおけるサービスとしては最悪のものだろう。ジェルメーヌの考えは正しい。彼女は無知で肉欲的だ。彼女は心も魂もすべて自分の商売にうちこんでいる。彼女は全身これ娼婦だ！　――そしてそれが彼女の美点なのだ！

凍えた兎《うさぎ》のように復活祭《イースタア》がきた——だが、ベッドのなかは、まことにあたたかだ。今日もまた好天気で、たそがれどきのシャンゼリゼエ一帯は、黒い瞳《ひとみ》の悦楽の園の美女たちで、息苦しい戸外のトルコの後宮のようだ。樹々《きぎ》は葉がいっぱいに茂り、新緑は、あまりに青々として豊かなので、まるでまだ露に濡《ぬ》れかがやいているかと思えるほどである。ルーヴル美術館からエトワールまで、緑はピアノのための小曲のようである。五日間、ぼくはタイプライターに手もふれず、一冊の書物も見なかった。また、アメリカン・エキスプレスへ行くことのほか、頭のなかには一つの考えも思いうかばなかった。アメリカン・エキスプレスへは、今朝九時に、戸をあけている最中に一度行き、一時にまた行った。何の知らせもなかった。四時半、最後の一分に突撃してやろうと決心してホテルをとびだした。角を曲ると、とたんにウォルター・パックとすれちがった。先方は、ぼくに気がつかず、ぼくのほうでも、べつに何も言うこともないから彼をつかまえようとはしなかった。後刻チュイルリイで脚《あし》をのばしているとき彼の姿が心によみがえった。あの男は、すこしかがみかげんで、しょんぼりとしていて、顔に静かな控えめな微笑をうかべていた。やわらかにエナメルを塗ったような空を見あげながら——空の色は、まことに薄く、今日は重い雨雲もはらまず、古陶器の一片のようにほほえんでいた——ぼくは考えた。四巻の分厚い『美術史』の翻訳をしたあの男は、あの伏眼になった眼でこの祝福すべき宇宙をとらえるとき、何を心にうかべるのだろう？

シャンゼリゼエを歩いてゆくと想念が汗のようにぼくから流れでた。ぼくは歩きながら、筆記をさせる秘書をやとえるくらいの金持にならなければだめだと思った。ぼくのいちばんすぐれた思想は、いつもタイプを離れているときに湧《わ》き起ってくるのだから。

シャンゼリゼエを歩きながら自分のまったくすばらしい健康のことを考えつづけた。ぼくが「健康」と言うとき、じつはそれはオプティミズムを意味する。いやしがたいほど楽天的なのだ！　ぼくは、まだ十九世紀に片足つっこんでいるのである。ぼくは、大多数のアメリカ人のように、いささか遅れているのだ。カールは、この楽天主義を嫌悪《けんお》する。「おれが食事の話をしさえすれば」と彼は言う。「かならずおまえはうれしそうに、にこにこしやがる！」たしかにその通りだ。食事のことだけを考える——つぎの食事のこと——それだけで、ぼくは若返るのだ。食事！　それは何事かが進行することを意味する――数時間みっちり働くこと、場合によっては一つの創造を意味する。それを否定しはしない。ぼくには健康がある。りっぱな、たくましい、動物的な健康がある。ぼくと未来とのあいだに介在するただ一つのものは食事だ。つぎの、つぎの食事だ。

カールはというと、あの男は、このごろ調子が狂っているようだ。とり乱している。神経が空転している。彼が病気だというのは嘘《うそ》ではないと思うが、それに対して気の毒とも感じない。感じることができないのだ。じつをいうと、笑わせやがるという気持だ。だから、もちろん彼は憤慨している。あらゆるものが彼を傷つける――ぼくの笑い、ぼくの飢え、ぼくの執拗《しつよう》さ、ぼくののんきさ、ぼくのすべてが。彼は、ある日には、こんな虱《しらみ》のたかったヨーロッパの穴には、もうこれ以上がまんができぬといって、頭をぶち割りたがるかと思うと、またつぎの日には、アリゾナへ行こうと言いだす。「あすこは客をまともに扱うからね」「行けよ！」とぼくは言う。「何でもしたいことをするがいい。だが、おまえの憂鬱《ゆううつ》な吐息で、おれの健康な眼を曇らさないでくれよ」

だが、問題はそれだ！　ヨーロッパでは人間は何もしないことに馴《な》れてしまうのである。でんと腰をすえて、日がな一日、泣きごとを言っている。汚辱に染まるのだ。

腐るのだ。

本質的にカールは俗物だ。自分ひとりの早発性痴呆《ちほう》症の王国に住んでいる貴族主義的な、けちな奴《やつ》だ。「おれはパリがきらいだ！」と彼は泣きごとを言う。「朝から晩までカルタばかりしている馬鹿野郎《ばか》ども……あいつらを見ろ！　そしてこのものを書くという仕事！　言葉と言葉をならべたって何の役に立つんだ。書かずに作家になることはできんのかね。おれが一冊の小説を書いたとしても、それで何が証明されるのだ！　とにかく、おれたちは小説を書いてどうしようと言うんだ？　小説は、いままでに、ありすぎるほどある……」

ばかなことだ。だが、おれもそういう境地を一とおり通ってきたのだ――もう何年も前のことだ。おのれの憂鬱な青春を卒業したのだ。いまではぼくは、自分の背後にあるもの、自分の前方にあるものに、一顧もあたえない。ぼくは健康だ。いやしがたいほど健康だ。悲しみもなく、悔恨もない。過去もなく、未来もない。現在だけで、ぼくには十分だ。その日、その日。今日！　美しき今日！

カールは一週間に一度外出する。そして、その日の彼は、そういうことが想像できるなら、一週間の他のどの日よりもいっそうみじめなのだ。食いものを軽蔑《けいべつ》すると称してはいるが、外出の日の彼の享楽《きょうらく》の唯一《ゆいいつ》の方法は、盛大なご馳走《ちそう》を注文することであるらしい。たぶん彼は、ぼくのために、そうするのだろう——ぼくは知らないし、ききもしない。もし彼が、みずから彼の悪徳のリストに殉教という一項目を加えたいのなら加えさせてやろう——ぼくのほうはO・Kだ。とにかく、先週の火曜日、盛大なご馳走で散財した後、彼はぼくをドームへ引っぱって行った。ぼくが外出の日に最も行きたがらぬ場所の一つへだ。だが、ここでは人間は従順になるばかりでない——不精にもなるのである。

ドームの酒場にマーロウが立っていた——ぐでんぐでんに酔っている。ここ五日ばかり、彼は、彼のいわゆる曲り角にさしかかっているのだ。のべつ幕なしに飲みつづけ、昼も夜も、ぶっつづけで酒場から酒場へと漂泊の旅をし、最後にアメリカン・ホスピタルでぶっ倒れるという意味だ。マーロウの骨張った、やせた顔は、一対《いっつい》の死んだ蛤《はまぐり》が埋まっている二つの深い眼窩《がんか》をぶちぬいた頭蓋骨《ずがいこつ》以外の何ものでもない。彼の背中には鋸屑《おがくず》がいっぱいついている——いましがた便所でちょっと居睡りをしてきたのである。上衣のポケットには雑誌の次号の校正刷がある。どうやら彼は、その校正刷を持って印刷所へ行く途中、誰かにそそのかされて飲みに行ってしまったものらしい。その話を、彼は一カ月も前の話のように話す。校正刷をとりだして、スタンドの上にひろげる。コーヒーのしみや乾いた唾《つば》が、いっぱいついている。彼はギリシア語で書いた自作の詩を朗読しようとするが、校正刷は判読できない。そこで彼はフランス語で一席ぶつ決心をする。しかし支配人がそれをやらせない。マーロウは不興になる。フランス語で給仕にもわかるようにしゃべることが、彼の野心の一つなのだ。古代フランス語にかけては、彼は大家だ。シュール・リアリストの作品にかけては、彼は、すばらしい名訳をやってのけているのである。しかし、「ここから出て行け、このひょっとこ野郎！」といったふうな簡単なことになると——これは彼の能力を超《こ》えるのだ。誰にもマーロウのフランス語はわからない。淫売《いんばい》でさえもわからない。その点では、雲行きのけわしいときには、彼の英語ですら理解するのは容易ではない。まるで不治の吃《ども》りみたいに泡《あわ》を吹いたり唾《つば》を吐いたりする……彼の言葉には段落もなければ連続もない。「おまえ、払え！」——かろうじて明瞭《めいりょう》に彼が言いえたのは、これ一つなのである。

たとえ酒びたしになっても、ある優秀な自己保存の本能が、かならずマーロウに、お芝居をすべき時機を教える。飲んだ酒の代を、いかにして支払うべきかについて、すこしでも疑問が頭にうかぶと、彼は、かならず離れ業《わざ》をやってのけるのである。よくやるのは盲目になりかかっているふりをすることだ。カールは、いまでは彼の詭計《トリック》を、ことごとく知っている。だからマーロウが急にこめかみを両手で叩《たた》いてお芝居をやりだすと、カールは彼の尻《しり》に一蹴《け》りくれておいて言うのだ。「おい、よせ、よせ！おれにそんなまねをして見せなくてもいいよ！」

それが狡猾《こうかつ》な復讐《ふくしゅう》の一部であるかどうか、ぼくは知らない。しかし、とにかくマーロウはカールに現金で借金を返しているのである。いかにも秘密めかして、ぼくたちのほうへ身をのりだし、酒場から酒場への漂泊のあいだに拾いあつめたゴシップを、彼は、しわがれた、鴉《からす》の啼《な》き声のような声で物語るのだ。カールが驚いて顔をあげる。その顔が蒼《あお》ざめている。マーロウは、ところどころ筋を変えて、同じ話をくりかえす。そのたびごとにカールの顔から、すこしずつ血の気がなくなってゆく。「しかし、そんなことはありえないよ！」とうとう彼は破裂する。「ありうるさ！」とマーロウが啼く。「きみは馘《くび》になるぜ……たしかにおれは聞いたよ」カールは絶望の眼をぼくに向ける。「あいつは、ぼくをよそへ追い払おうとしているのかね？」彼は小声でぼくの耳もとにつぶやく。それから声を高くして言う——「じゃ、おれはどうするんだ。他の仕事なんぞ見つかりっこないじゃないか。いまの仕事にありつくのに、おれは一年もかかったんだぞ」

これが、マーロウの聞こうとして待っていたことであるらしい。とうとう彼は自分よりも困る人間を見つけたのである。「実際、暮しにくい世の中さ！」と彼は啼く。

骨張った頭が冷たい電気の光に輝く。

　ドームを出がけに、しゃっくりをしながらマーロウは、サンフランシスコへ帰ることになった、と説明した。いまはカールの不安に心から同情しているように見えた。彼は、カールとぼくとが、彼の留守中、雑誌の仕事を引きついではどうかなどと言いだした。「おまえなら信頼できるよ、カール」と彼は言う。そのあとで急に彼は発作におそわれた。今度のは本物だ。彼は溝《みぞ》のなかに崩《くず》折《お》れてしまいそうになった。ぼくたちはブウルヴァール・エドガール・キネで彼を酒場に投げこみ、そこに坐《すわ》らせた。今度は本当にやられたのだ――眼のくらむような頭痛で、悲鳴をあげたり、うなったり、鉄鎚《てっつい》で殴《なぐ》りつけられた獣のように前後左右にからだをゆすったりしていた。ぼくたちはフェルネエ・ブランカを二杯ばかり彼の咽喉《のど》に流しこんでやり、ベンチの上に寝かせて、マフラで眼をおおってやった。彼は、うめきながらそこに横たわっていた。すこしたつと、いびきがきこえてきた。

「奴の提案をどうしよう」とカールは言う。「とりあげたほうがいいかね。奴は帰ってきたら一千フランおれにくれると言うんだ。くれないことはわかっているが、どうだろうかね？」彼はベンチにだらしなくのびているマーロウを見て、その眼からマフラをとり、またもとに戻した。急に意地のわるい苦笑が彼の顔にうかんだ。「おい、ジョー」と彼はぼくを手真似《てまね》でそばへ呼びながら言う。「奴の話にのってやろうじゃないか。こいつの薄ぎたない雑誌を引受けて、こいつにふさわしく締めあげてやろうじゃないか」

「それはどういう意味だ」

「他の寄稿家を全部お払い箱にして、おれたちの書いたものばかりのせるのさ――それがいい」

「うん、だが、どんなものを書くんだ？」

「何だっていいさ……こいつは、それに対してどうすることもできないんだ。こいつにふさわしく十分にやっつけてやるのさ。一号出せば、それっきりで雑誌は廃刊だ。ジョー、一勝負やる気はないかね」

にやにやくすくす笑いながら、ぼくたちはマーロウを起して立たせ、カールの部屋に投げこんだ。電灯をつけて見ると、女が一人、ベッドのなかでカールを待っていた。

「この女のことを忘れていたよ」とカールは言った。ぼくたちは女を帰してマーロウをベッドに押しこんだ。一分ばかりしてドアにノックがきこえた。ヴァン・ノルデンである。彼は、ばかに愛想がよかった。義歯《いれば》をなくしたよ――ネグル舞踏場でなくしたらしい、と彼は言う。とにかく、ぼくたちは四人でベッドにはいった。マーロウは燻製《くんせい》の魚のようにくさかった。

朝マーロウとヴァン・ノルデンとは義歯をさがしに行った。マーロウは、めそめそ泣いていた。彼は、なくなったのが自分の歯だと思いこんでいたのだ。

劇作家の家で食べるぼくの最後の夕食である。夫婦は最近、新しいピアノ、音楽会用のグランド・ピアノを借りた。ぼくはシルヴェスターが花屋の店先からゴムの木をかかえて出てくるのに出会った。彼は、葉巻を買いに行くから、そのあいだゴムの木をぼくに持って行ってくれという。つぎからつぎへ、ぼくは自分で苦心して計画したこの種のただでありつくご馳走《ちそう》から自分を締めだしてゆくようである。つぎからつぎへと、夫か妻かが、ぼくに反感をもつのだ。植物をかかえて歩きながら、ぼくは、この考えが最初に頭にうかんだ四、五カ月前のある夜のことを考えた。そのときぼくはクウポールに近いベンチに腰をおろして、ドームの給仕《ギャルソン》に質入れを頼んだことのある結婚指輪をいじくっていた。彼が六フランの値をつけたので、ぼくは腹をたてていた。しかし、いまは腹のほうが重大になってきた。モナと別れてから、ぼくはこの指輪を小指にはめていたのである。まるでぼくのからだの一部分みたいなものだったから、売るという考えは一度も起らなかった。ホワイト・ゴールドにオレンジの花模様をあしらった、よくあるやつだ。以前は一ドル五十セント、あるいはそれ以上もしたのである。三年間、ぼくたちは結婚指輪なしで暮していたのだが、ある日、波止場へモナを迎えに行く途中、ふとメイドン・レインの宝石商の飾り窓の前を通りかかると、窓じゅう全部、結婚指輪ばかりならべてあった。波止場へ行ったが、モナの姿は見えなかった。ぼくは船の梯子《はしご》板をおりてくる最後の客まで待ったがモナはいなかった。最後に船客名簿を見せてくれと頼んだ。彼女の名はのっていなかった。ぼくは結婚指輪を小指にはめた。それいらい、ずっとはめていたのである。一度、公衆浴場におき忘れたことがあるが、そのときはとり戻した。オレンジの花が一つ欠けてしまった。とにかく、ぼくが首うなだれてベンチに腰をおろし、指輪をまさぐっていると、ふいに、ぼくの背中を叩《たた》くものがある。簡単にいうと、そうしてぼくは一回の食事と、おまけに何フランかを手に入れたのである。それで稲妻《いなずま》のようにぼくの頭にひらめいたのは、人がもしそれを求める勇気さえもっているなら、何人《なんぴと》も彼に一度の食事を拒絶するものではないということである。ぼくはすぐカフェへ行って一ダースばかり手紙を書いた。「週に一度、きみと一緒に夕食を食べたいと思います。何曜日がいちばん都合がいいか、知らせてください」まるで魔法のようにうまくいった。ぼくは食をあたえられただけでなく……酒宴の饗応《きようおう》までうけた。毎晩ぼくは酔っぱらって帰った。これら気前のいい「週一度」の連中も、ぼくに十分な待遇をあたえるとまではいかなかった。

他の日にぼくがどうしているかは、彼らの知ったことではなかった。ときどき考えぶかい連中は巻煙草《たばこ》や電車賃をくれた。彼らはみな明らかに一週間に一度だけぼくに逢《あ》えばいいと知って、ほっとしたのである。そして彼らは、ぼくが「もうこれからはいいよ」と言ったとき、いっそうほっとしたのだ。なぜかとは決してたずねなかった。彼らは、ぼくに祝いを言い、そしてそれだけだった。その理由は、ぼくが、よりよいパトロンを見つけたからである場合が多かった。ぼくは気づまりな連中を除外することができたのである。だが、そうとは彼らは決して気がつかなかった。最後に、ぼくは着実堅固なプログラム——さだまったスケジュールをもてるようになった。火曜日にはこの種の食事ができるし、金曜日にはあの種の、といったぐあいである。クロンスタットはシャンペンと手製のアップル・パイをぼくに用意してくれることを、ぼくは知っていた。またカールは、ぼくを外へつれだし、そのたびに別の料理屋へ案内しては珍しい葡萄酒《ぶどうしゅ》を注文し、食後には劇場へ誘ったり、メドラノのサーカスへつれて行ったりした。ぼくの施主《せしゅ》たちは、たがいに他の施主について好奇心をいだいていて、たずねるのであった。誰をいちばんおまえは好きか、どこの料理がいちばんうまいか、など、など。ぼくはクロンスタットの宿がいちばん気に入っていたと思うが、それは彼が食事のたびごとに献立の費用を壁にチョークで計算するからである。それによってぼくは彼にどれだけの負債があるかがわかるからである。ぼくの良心が楽になるためではない。なぜなら、ぼくは彼に借りを払うつもりはないし、彼のほうでも返してもらえるなどという幻想はもっていなかったからだ。ぼくの興味をそそったのはじつにその端数《はすう》なのだ。彼は、いつも最後の一サンチームまで計算するのである。もしぼくが、きちんと借りを払うとすれば、一スウの銅貨を、いくつにも割らなければならないだろう。彼の妻は、すばらしい料理の名人で、クロンスタットの計算するサンチームには一顧も払わなかった。彼女はカーボン紙の写しをぼくからとり上げることで、ぼくに払わせるのである。本当なのだ！ もしぼくが彼女にわたす新しいカーボン紙を持たずに姿をあらわそうものなら、彼女は、すごく失望落胆するのである。そして、そのために、ぼくは翌日リュクサンブウルへ女の子をつれて行き、二、三時間彼女と遊んでやらなければならなかった。彼女はハンガリー語とフランス語しか話さないので、この労働は、ぼくをくたくたにした。要するに彼ら、ぼくの施主たちは、奇妙な連中ばかりだった……。

タニアの家で、ぼくはバルコニーからご馳走のならんだのを見おろした。モルドルフがいて、彼の偶像の隣に腰をおろしていた。彼は暖炉で足をあたためているのだ。彼のうるんだ眼には醜怪な感謝の表情があった。タニアは、例のアダジオでしゃべっていた。アダジオは、きわめて明晰《めいせき》に語った。愛の言葉は、もはやささやかれなかった！　ぼくはまた泉水のところへ行って、亀《かめ》が緑色の乳汁を排泄《はいせつ》しているのを眺めた。シルヴェスターが胸いっぱいの愛情をかかえてブロードウェイから帰ってから、まだ間がなかった。夜もすがら、ぼくは遊歩道の外のベンチに横たわっていたが、そのあいだ、この円形の泉の水は温かい亀の小便でしぶきをあげ、怒れる男根神《プリアピック》のごとく硬くなった馬どもは決して大地に足をふれることなく狂奔していた。夜もすがら、ぼくは彼女が髪を梳《けず》っている暗い部屋のライラックの花の香りを嗅《か》いだ。彼女がシルヴェスターに逢いに行ったときぼくが買ってやったライラックの花だ。彼は胸いっぱいの愛情をかかえて帰ってきた、と彼女は言った。そしてライラックは、彼女の髪に、彼女の口に、彼女の腋《わき》の下に、むせかえるばかりであった。室内は愛情と亀の小便と、温かいライラックとで充満しており、馬どもは狂奔していた。翌朝、窓ガラスによごれた歯《は》と歯糞《くそ》とが映った。遊歩道へ行く小門はしまっていた。人々は仕事に出かけ、鎧扉《よろいど》が鎖帷子《くさりかたびら》の上着のようにがたがた鳴った。池の向う側の本屋には、チャド湖（訳注　中央アフリカの湖水、一名ウァンガラ湖）の物語の本と、豪奢《ごうしゃ》なガムボージ色の蜥蜴《とかげ》の剝製《はくせい》があった。ぼくが彼女に書いた手紙——酔っぱらって、ちびた鉛筆で書いたのや、木炭をたたきつけた気ちがいじみたのや、ベンチからベンチへと渡り歩いて書いた短い走り書きなど、それからカンシャク玉、卓のナプキン、果物菓子、それらはみな、ひとまとめにして彼らのものになるだろう。そして彼は、いつかぼくにお世辞を言うだろう。彼は葉巻の灰を落しながら言うだろう。「まったく、きみはよく書くね。まてよ、きみはシュール・リアリストじゃないのかね?」かわいた、軽薄な声、歯糞がいっぱいついている歯、太陽神経叢《ソウラー・プレクサス》の独奏曲《ソロ》、狂気《ガガ》のG。

ゴムの木のある階上のバルコニー、そして下では、なおもアダジオがつづいている。ピアノの鍵《けん》は黒と白だ。いまは黒、つぎは白、それから白と黒。おまえは、ぼくのために何か弾《ひ》けるかどうかと、それを知りたがっているのだね。よろしい、おまえのその大きな指で何か弾いておくれ。それがおまえの知っているたった一つのことなんだから。アダジオを弾くがいい。弾け。弾いたら、おまえのその大きな指を切ってしまうがいい。

ああ、あのアダジオ! ぼくは、なぜ彼女が、いつもあれを弾きたがるのか、わからない。

古いピアノでは彼女は満足しなかった。彼女はグランド・ピアノを借りなければならなかった——アダジオのためにだ! 鍵盤《キイ》を押す彼女の大きな指と、ぼくのそばにある愚劣なゴムの木とを見ると、ぼくは、着物を脱ぎすてて冬の木の枝に裸で腰かけ、鰊《にしん》の凍りついている海のなかへ木の実を投げこんだ、あの北国の狂人みたいな気持になる。この動作には何かしらむしゃくしゃさせるものがある。何か憂鬱《ゆううつ》になりきれぬもの、熔岩《ようがん》に書かれた文字のようなもの、鉛とミルクとを混ぜあわせた色のようなものがある。するとシルヴェスターが、競売人のように頭を片方にかしげて言う。「今日おまえが練習していたもう一つのを弾いてごらん」スモーキング・ジャケットを着て、上等な葉巻をすって、女房にピアノを弾かせるなんて、まことに結構なお身分である。じつに、ゆったりしたものだ。じつに心しずもる風景だ。幕間《まくあい》には誰でも煙草をすいに出て、新鮮な空気を吸うからね。そう、彼女の指はしなやかだ。並はずれてしなやかだよ。彼女はバティク蠟《ろう》染めの製作もやる。ときにブルガリアの巻煙草を一本どうかね？　おい、鳩胸《はとむね》さん、おれの大好きな楽章は何だっけ？　スケルツォよ！　ああ、そうだ、スケルツォだ！　すてきだ、スケルツォは！　ワルデマール・フォン・シュウィッセンアインツーグ伯爵《はくしゃく》がおっしゃる。冷やかな、目やにのたまった眼。呼吸の異常悪臭。派手な短靴下。それから、青豆スープのなかの巴豆《はず》は、どうかね。気に入ったら、やってくれたまえ。うちでは金曜日の夜は、いつも青豆スープを食べるんだ。赤葡萄酒を、すこしどうかね？　赤葡萄酒は肉のときにはいいもんだぜ。乾いた、かさかさの声。葉巻をやらんかね？　そう、ぼくは自分の仕事を気に入ってはいるが、りっぱなものだとは、すこしも思っていないよ。今度の脚本には宇宙の多元論的な見方をとり入れるつもりだ。カルシウム灯をつけた回転太鼓だ。オニイルはもう死んでいる。ねえ、おまえ、もっと活潑《かっぱつ》にペダルから足をあげるべきだと思うがね。そう、そこのところは、たいへんいい、たいへんいい、きみはそう思わんかね。人物はみなズボンのなかにマイクロフォンを入れて歩くんだ。背景はアジアにとる。雰囲気《ふんいき》的条件が扱いいいからね。小さなマンジュウを一つ食べてみたまえ。きみのために特別に買っておいたんだよ……。

食事のあいだじゅう、こんなおしゃべりがつづく。まるで割礼《かつれい》を受けた彼の一物を引っぱりだして、おれたちに小便をひっかけているような、ちょうどそんな感じだ。タニアは興奮で爆発しそうになっている。胸いっぱいの愛情をかかえて帰ってきていらいというもの、この独白は、ずっとつづいているのだ。着物を脱いでいるあいだも、おしゃべりしているのよ、と彼女はぼくに言う――まるで膀胱《ぼうこう》がパンクしたように、温かい小便が絶え間もなく流れ出る。この破裂した膀胱と一緒に、タニアがベッドに這《は》いこむことを考えると、ぼくは腹が立ってくる。ブロードウェイ向きの安っぽい脚本をかかえた、みすぼらしい老いぼれ野郎が、ぼくの愛する女に小便をひっかけていると思うと、腹が立ってくるのだ。赤葡萄酒だの、回転太鼓だの、豆スープのなかの巴豆だのとぬかしやがって！　何という厚かましさだ！　おれが奴《やつ》のために焚《た》きつけたストーブのわきに横になって小便をたれるほかに何もしないとは！　この下司《げす》野郎め、きさまは、ひざまずいておれに礼を言うべきなんだぞ。いまきさまは家に一人の女をもっているのだぞ。それがおまえにわからないのか？　彼女が破裂しかかっているのがわからないのか。きさまは、そのくびれたアデノイドで、おれに向って言っている——「ところでだね、ぼくの考えを言うと……その見方は二つあるんだ……」きさまの二つの物の見方なんぞ糞《くそ》くらえだ！　きさまの多元的宇宙もアジア的音響も糞くらえだ！　赤葡萄酒もマンジュウも、おれはいらない……彼女をよこせ……彼女はおれのものだ！　きさまは池のそばにいて、おれにライラックの香りでも送ってよこせ！　眼から目やにをとれ……そして、あんな下劣なアダジオなんぞ、フランネルのパンツに包んでしまえ……もう一つの小さい楽章《ムーヴメント》も……その他、きさまがきさまの弱い膀胱で行う動作《ムーヴメント》も全部だ。きさまは、いかにも心やすげに、いかにも意味ありげに、おれに笑って見せる。おれはきさまを、うまいことまるめこんでいるんだぞ。それがわからないのか。おれが、きさまのうわごとを謹聴しているすきに、彼女は手をおれにあずけているんだぞ——だが、おまえにはそれが見えない。きさまは、おれが苦しむことを好んでいると思っている——それがおれの役割だと、きさまは言う。

O・K。彼女にきいてみるがいい！　おれが、どんなに苦しんでいるか、彼女が話してくれるだろう。「あんたは癌《がん》と譫妄《せんもう》症を病んでいるのよ」電話で彼女は先日もおれに言ったものだ。いま彼女も、それにとりつかれている。癌と譫妄。そして、まもなくきさまは瘡蓋《かさぶた》をむしるようになるだろう。いいか、彼女の血管は破裂しかかっているのだ。そして、きさまのおしゃべりは鋸屑《おがくず》だらけだ。いくらたくさん小便を出したって、きさまはその孔《あな》に栓《せん》をすることはできないのだ。レン氏は何と言った？　言葉は孤独です。おれは、ゆうベテーブル・クロスの上に、きさまにあてて短い書置きを残しておいたのだが――きさまはそれを肘《ひじ》でかくしてしまった。

彼は、まるで彼女が不潔な悪臭を放つ聖者の遺骸《いがい》でもあるかのように、彼女の周囲に垣を張りめぐらす。もし彼に、「彼女をさらって行け！」と言えるだけの勇気があったら、おそらく奇蹟《きせき》が起るだろう。ただ一言、「彼女をさらって行け！」それだけで万事がうまくゆくと、おれは断言する。そのうえ、おそらくおれは彼女を奪わないだろう――奴にははたしてこの考えがうかばないのだろうか？　あるいは、彼女をしばらく奪っておいて、それから返すだろう。進歩した彼女を。だが、彼女の周囲に垣を張ってしまったのでは、そういうわけにはいかない。人間の周囲に垣はつくれない。そんなことは、もう役に立たぬ……きさまは、みじめな老いぼれ野郎のきさまは、おれを彼女のためにならないと思っている。おれが彼女を堕落させ、彼女の神聖を汚《けが》すと思っている。汚された女が、どんなに甘美なものか、精液の変化が、いかに女を開花させるか、きさまは知らないのだ！　胸いっぱいの愛情だけで十分だと、きさまは思っている。そして、おそらく正しい女には、その通りだろうが、きさまは心臓なんぞ、もう持ってはいないじゃないか……きさまは大きな、からっぽの膀胱以外の何ものでもないのだ。きさまは歯をといで、唸《うな》り声をたくわえている。番犬みたいに彼女のあとを追って走り、いたるところで小便する。彼女は、きさまを番犬だとは思っていなかった……詩人だと思っていたのだ。もとは詩人だったのよ、と彼女は言った。それで、いまのきさまは何だ？　勇気をだせ、シルヴェスター。勇気をだすんだ！　ズボンのなかからマイクロフォンを出せ。後足をあげるのをやめろ。どこへでも小便をひっかけるのをやめろ。勇気をだせ、とおれが言うのは、彼女がもうきさまを捨てているからだ。彼女はすでにけがされているのだ。だから垣根を取払っても同じことなのだ。このコーヒーは炭酸みたいな味がしないかね、などと、おれに親切らしくきいてもだめだ。おれは、ちっとも怖《こわ》くない。コーヒーのなかへ殺鼠剤《さっそ》でもガラスの砕粉でも何でも入れてみるがいい。小便を熱く沸かして、そのなかへ肉豆蔲《にくずく》でもすこし落してみるがいい……。

過去数週間のぼくの生活は共産的生活だった。ぼくは自分を他人と共有しなければならなかった。主として数人の気ちがいじみたロシア人、一人の酔っぱらったオランダ人、それからオルガというブルガリア人の大女と。ロシア人のうち主な人間はユージェーヌとアナトールとだ。

オルガが、いくつかの管状器官を焼いて、過剰な体重をいくらか減らし、病院から出てきたのは四、五日前のことである。だが彼女は、ひどい苦しみをへてきたようには見えない。彼女は駱駝《らくだ》の背中をした機関車くらいの目方がありそうだ。汗をだらだら流し、口臭を匂《にお》わせ、家具につめる木屑みたいなサーカスの仮髪《かつら》を、まだかぶっている。顎《あご》のところに二つの大きな瘤《こぶ》があって、そこから短い毛が群生している。おまけに口髭《くちひげ》を生やしている。

退院した翌日から、オルガはまた靴をつくりはじめた。朝の六時に彼女は自分のベンチに腰をおろす。そして一日に二足の靴を叩《たた》きだす。ユージェーヌはオルガが重荷だとこぼすけれど、じつはオルガがユージェーヌ夫婦を一日二足の靴で養っているのだ。もしオルガが働かなければ、食いものがなくなるのである。そこで、みんなはオルガを時間どおりに寝かしたり、仕事がつづけられるように十分な食いものをあてがったり、その他、大いに骨を折っているのである。

食事は、いつもスープではじまる。玉葱《たまねぎ》スープであれ、トマト・スープであれ、野菜スープであれ、何スープであれ、スープはいつも同じ味だ。たいていぼろを煮こんだような味がする——ちょっと酸《す》っぱくて、黴《かび》くさくて、鉱滓《かな》くさい。ぼくはユージェーヌが食事のあとで便器のなかへそれをかくすのを知っている。つぎの食事まで、それは腐りながら、そこにおかれている。バタも便器のなかへかくされる。三日後、それは死人の大きな足指のような味になる。

腐ったバタの焼ける匂《にお》いは、あまり食欲をそそるものではない。ことに料理をする場所に最小限度の換気装置もないときては、なおさらそうだ。ドアをあけるが早いか、ぼくは病人になる。だがユージェーヌは、ぼくの足音を聞くとすぐに、たいていは鎧《よろい》扉《ど》をあける。あるいは日光にあてないために魚網のように巻いてあるベッドの敷布をひろげたりする。哀れなユージェーヌ！　彼は、わずかばかりの家具や、よごれた敷布や、よごれた水を入れたままの洗面器などを見まわして言う。「おれは奴隷《どれい》だ！」毎日、彼はそれを言う。一度ではない、十ぺんも言うのだ。それからギターを壁から取って歌いだす。

だが腐ったバタの匂いについては……それについては、よい連想もないではない。この腐ったバタのことを考えると、ぼくは自分が、小さな、古めかしい裏庭、ひどく悪臭のする、わびしい裏庭に立っているのが見えてくる。鎧扉の割れ目から、不思議な姿をしたものが、ぼくを覗《のぞ》いている……肩掛けをかけた老婆《ろうば》、矮人《こびと》、鼠《ねずみ》のような顔をした女衒《ぜげん》、腰のまがったユダヤ人、女工、顎鬚《あごひげ》を生やした白痴など。彼らは水を汲《く》みに、あるいは汚水桶《おすいおけ》を洗うために、裏庭へよろめき出る。ある日ユージェーヌが、桶の中身を捨ててくれと、ぼくに頼んだ。ぼくはそれを持って庭の隅へ行った。地面に穴があって、よごれた紙が穴のまわりに落ちていた。小さな穴は排泄物――英語でいえば shit（糞）でぬるぬるしていた。桶をかたむけると、不潔なごぼごぼという音と一緒にはねがあがり、それにつづいて、また一つ、思いがけないはねがあがった。戻ってみると、スープの皿が出ていた。食事のあいだ、ぼくは自分の歯ブラシのことを考えていた――それはもう古くなって毛が歯にはさまるのである。

食事の席につくときには、ぼくは、いつも窓の近くに腰をおろした。食卓の向う側に腰かけるのは怖《おそ》ろしいのだ――そこはベッドに近すぎ、ベッドには虫がうようよいるからだ。鼠色の敷布の上には、眼をやれば血の痕《あと》が見えるけれど、ぼくは、そっちを見ないようにして、人々が桶のよごれを洗っている裏庭のほうを眺めていた。

食事は音楽なしでは決して終らない。チーズがまわされるころには、もうユージェーヌは飛びあがって、ベッドの向うにかけてあるギターを手にとる。いつも同じ歌である。十五種か十六種の演目を持っていると彼は言うが、ぼくは三つ以上きいたことがない。彼の十八番は『うるわしき恋の詩』である。これには「悩み《アンゴワス》」や「悲しみ《トリステス》」が、ふんだんに出てくる。

午後、ぼくたちは涼しくて暗い映画館へ出かける。ユージェーヌは大きな土間のピアノの前に腰をおろし、ぼくはいちばん前のベンチに腰をおろす。館のなかはからっぽだ。しかし、ユージェーヌはヨーロッパじゅうの王さまたちを聴衆にしたように歌う。庭のドアが開いているので、濡《ぬ》れた木の葉の匂いがまぎれこみ、雨の音がユージェーヌのアンゴワスやトリステスとまざりあう。真夜中、観客が館内を汗と不潔な息とで飽和させると、そのあと、ぼくはまたここへきてベンチの上に眠る。煙草《たばこ》の煙の円光のなかで泳いでいる出口の灯火が、アスベストのカーテンの下のほうの隅に、ほのかな光を流している。ぼくは毎夜、義眼の上で、ぼくの眼を閉じる……。

ガラスの片眼で裏庭に立っている。世界は半分しか感知できない。石は濡れて苔《こけ》が生え、石の隙間《すきま》に黒い蟇蛙《ひきがえる》がいる。大きなドアが、穴倉への入口をふさいでいる。階段はすべりそうで、蝙蝠《こうもり》の糞《ふん》がたまっている。ドアはふくれ、そりかえって、蝶番《ちようつがい》が落ちかかっているが、板に、すこしも剝《は》げていないエナメルの文字がある――「かならずドアをしめること」なぜドアをしめるのか？　ぼくには合点がいかない。もう一度看板を見直すが、それはとりはずされている。そのあとに色ガラスが一枚はまっている。ぼくは義眼をはずして、それに唾《つば》をふきかけ、ハンカチでみがく。一人の女が、すごく大きな彫刻のあるデスクの上の台座に坐っている。頸《くび》のまわりに一匹の蛇を巻いている。部屋じゅうに、書物と、色ガラスの鉢のなかで泳いでいる珍しい魚とが、ならんでいる。壁には地図や海図がある。大疫癘《えきれい》以前のパリの地図、古代世界地図、クノッサスとカルタゴ、海水につかる以前と以後のカルタゴの地図など。部屋の隅に鉄のベッドが見え、その上に死骸が一つ横たわっている。女は、ものうげに立ちあがり、死骸をベッドから動かして、放心したようにそれを窓から投げだす。それから巨大な彫刻のあるデスクへ引きかえし、鉢から一匹の金魚をつかまえてそれを飲みこむ。ゆっくりと部屋がまわりだし、一つ、また一つと、大陸が海のなかへすべり落ちてゆく。残っているのは女だけだが、彼女のからだは一塊の地理である。ぼくは窓から身をのりだす。するとエッフェル塔は泡だつシャンペンだ。それは全体が数でできており、黒いレースの棺衣をまとっている。下水渠《げすいきょ》が激しい音をたてている。見えるのは、どこも屋根ばかりであり、しゃくにさわる幾何学的狡智《こうち》で布置されている。

ぼくは弾薬筒のように世のなかからはじきだされている。深い霧がおり、大地は凍った脂《あぶら》でよごれている。ぼくは、市街がなまあたたかい肉体からとり出されたばかりの心臓ででもあるかのように鼓動しているのを感じることができる。ぼくのホテルの窓は腐爛《ふらん》し、燃えている薬品からでも出るような濃いつんとする臭気を発散している。セエヌ河をのぞきこむと泥と荒廃とが見える。街灯は溺《おぼ》れ、男も女も死にそうに息をつまらせ、橋は家々におおわれ、家々は恋の絞殺場《こうさつば》である。一人の男がアコーディオンを紐《ひも》で腹にしばりつけ、壁を背にして立っている。彼の手は手首のところで切りとられているが、アコーディオンは両の切株のあいだで蛇の袋のようにうねっている。宇宙が縮小する。それは、ほんの一ブロックほどの長さになり、星もなく樹木もなく河もない。ここに住む人々は死んだ。彼らは、他の人々が彼らの夢のなかで腰をおろすための椅子《いす》になる。街のまんなかに車輪が一つある。その車輪の轂《こしき》に首吊《くびつ》り台がとりつけてある。すでに死んだ人々は死物ぐるいでその首吊り台にのぼろうとしている。しかし車輪の回転があまりに速いので……。

ぼくは自分を正気にもどすために何かが必要だった。昨夜ぼくはそれを発見した

——パピニだ。ぼくにとっては、彼が排外主義者であるか、ちっぽけなキリスト者であるか、それとも近視眼的な衒学家《ペダント》であるかは問題でない。一つの失敗として見ても、彼はすばらしい……。
　彼の読んだ書物——しかも十八歳で——は、ホーマー、ダンテ、ゲーテばかりでなく、アリストテレース、プラトーン、エピクテートスばかりでなく、ラブレー、セルバンテス、スウィフトばかりでなく、ウォルト・ホイットマン、エドガー・アラン・ポー、ボードレール、ヴィヨン、カルドゥッチ、マンゾニ、ローペ・デ・ヴェガばかりでなく、ニイチェ、ショーペンハウアー、カント、ヘーゲル、ダーウィン、スペンサー、ハックスリーばかりでなく——これらばかりでなく、そのあいだに下らぬ雑書まで読んでいるのだ。このことは十八ページに書いてある。さて、二百三十二ページにいたって、ついに彼は、ぶっ倒れて懺悔《ざんげ》をする。私は何も知らぬ——そう彼は自覚する。私は標題を知っている、私は書誌を編纂《へんさん》した、私は批評的エッセイを書いた……私は敵視され侮辱をうけた……私は五分間でも五日間でもしゃべることができる、だが、そのあとで私は精も根もつきて搾滓《しぼりかす》になってしまった。
　これにつづけて——「誰もが私に会いたがる。誰もが私と話をしたいと強要する。人々は私を悩まし、また私が何をしているかと質問して他人を悩ます。彼はどうしているか？　彼はすっかり元気を回復したか？　彼はいまでも田舎《いなか》へ散歩に出るか？　彼は仕事をしているか？　彼は著述を書きあげたか？　彼はまもなくつぎの著述にとりかかるのか？

「ある吝嗇《りんしょく》なドイツ人の猿が、私に彼の著作の翻訳をさせたがっている。獣的な眼をしたロシア人の娘が、彼女のために私の生活について何か書けと言う。アメリカの一婦人は私についてのごく最近のニュースをほしがる。アメリカの一紳士は私を晩餐《ばんさん》につれて行くために乗りものをよこす——折入って秘密の話があるからと言って。古い学校友達で、十年前の親友だった男が、私の書いたものを、書くそばからみな読んで聞かせろと言う。友人の画家は約束どおりの時刻に私が彼のためにポーズするものと期待している。ある新聞記者は私の現在の住所を知りたがる。知人のある神秘主義者は私の魂の状況について質問する。もっと実際的な知人は私の紙入れの状況について質問する。クラブの会長は、私が少年たちのために演説をする気があるかどうかと心配する！　心霊学的傾向のある一淑女は、私ができるだけ頻繁《ひんぱん》に彼女の家へお茶を飲みに行くことを希望する。彼女はイエス・キリストについての私の意見を聞きたいと思い、かつ——私があの新しい霊媒についてどう思うかを……。

「大いなる神よ！　私は何者になったのか？　きみたちは、何の権利があって、私の生活を騒がし、私の時間を盗み、私の霊魂に探りを入れ、私の思想を吸いとり、私を、きみたちの友人、秘密の告白相手、情報局にするのか？　私を何者だと思っているのか？　私は毎晩きみたちの間抜けな鼻さきで知的な笑劇を演じることを要求される、やとい演芸師であるのか？　私は、きみたち怠《なま》けものの前で腹這《はらば》いになったり、きみたちの足もとに私のすること知っていることを全部ならべて見せるために、やとわれ、賃金をもらっている奴隷であるのか？　私は淫売屋《いんばいや》へやってくる第一番目の客のりゅうとした服装の紳士から要求されて、スカートをまくったりシュミーズを脱いだりする醜業婦であるのか？

「私は英雄的な生涯を生き、おのれの見るところの世界を、より忍耐しやすいものにしたいと思っている人間である。もし、一時の弱気や弛緩《しかん》や必要から、私が、たまった蒸気――言葉となって、すこしばかり冷却された赤熱せる憤《いきどお》りの一部――を噴《ふ》きだすとしたら、また情熱的な夢が心象に包まれしばられるとしたら――そのときは、それを取るなり捨てるなりなさるがよい……だが私の邪魔はしないでほしい！

「私は自由人である――だから私は私の自由を欲する。私は孤独を欲する。ひとり静かに私の恥辱や私の絶望について思索することを欲する。私は同伴者なしに、会話することなしに、日光と街の舗石とを欲する。自分自身と面《つら》つきあわせ、私の心の音楽のみを道づれとして。きみたちは、私に何を望むのか？ 私に何か言いたいことがあれば、私はそれを印刷にする。私に何かあたえたいものがあれば、私はそれをあたえる。きみたちのものほしげな好奇心は、私の胸をむかつかせるだけだ！ きみたちのお世辞は、私に屈辱をおぼえさせる。きみたちのお茶は、私に毒を盛るのだ！ 私は、何人《なんぴと》にも何ひとつ負目《おいめ》をもたぬ。私は神に対してのみ責任をとる――もし神が存在するならば！」

パピニが孤独になりたいという欲求について語るとき、ほんの毛筋ほどのことだが、何かを見逃《のが》しているように、ぼくには思われる。人間は貧しく失意の境にあれば、孤独になるのは困難ではない。芸術家は、つねに孤独だ――もし彼が芸術家であるならいな、芸術家が欲するものこそ孤独なのである。

芸術家、ぼくはぼく自身をそう呼ぶ。だから、そうなればいいのだ。今日の午後、まことに快い仮睡をむさぼり、まるで脊椎《せきつい》のあいだに天鵞絨《ビロード》でも詰めたような気分だ。三日くらいはもちそうな想念を生みだした。エネルギーをぎっしり詰めこんで、しかもそれで何もしない。すこし散歩することにする。街で考えを変える。映画へ行くことにする。映画へは行けない――二、三スウ足りないのだ。では散歩だ。映画館の前を通るたびに絵看板を見て、それから料金表を見る。安いものだ、これらの阿片窟《あへんくつ》は。安だがおれには二、三スウ足りないのだ。もしこんなにおそくなければ、引きかえして空壜《あきびん》でも金に代えるのだが。

　アメリイ街までくるころには、映画のことはすっかり忘れている。アメリイ街は、ぼくの好きな街の一つだ。それは幸運にも市当局が舗装するのを忘れている横町の一つである。大きな玉石が、ごろごろと路《みち》の端から端まで敷いてある。長くて狭い一郭だけの通りだ。オテル・プレティは、ここにある。アメリイ街には小さな教会堂もある。それは特別に共和国の大統領とその家族のためにつくられたかのように見える。たまには質素な小会堂を見るのもいいものだ。パリにはいばりくさった大寺院が多すぎる。

　アレキサンダー三世橋。橋に近い大きな吹きさらしの空地。陰気な裸の街路が、その鉄格子《てつごうし》で数学的に固定されている。廃兵たちの陰鬱《いんうつ》さが円屋根《ドオム》から湧《わ》きあがって、広場の隣の街路にあふれ出ている。詩の屍体《したい》置場。ひとびとは、いま彼を、かの偉大なる戦士を、ヨーロッパの最後の大人物を、彼らがいまおきたいと思うところに安置しているのだ。彼は御影石のベッドに熟睡している。彼の恐怖は墓のなかでは寝返りしない。ドアはぴっちりとしめきってある。蓋《ふた》はしっかり伏せてある。眠れ、ナポレオンよ！　彼らが欲したのは汝《なんじ》の思想ではなかった。それは汝の遺骸《いがい》にすぎなかった！

河は、あいかわらず水嵩《みずかさ》をまし、泥色をして、光の縞《しま》を浮べている。この暗い、動いてやまぬ速い流れを見るとき、ぼくの内部に押しあがってくるものが何であるかは知らないが、ある大きな興奮がぼくを持ちあげ、決してこの土地を離れまいという心のうちの深い希望を肯定する。ぼくは先日の朝、アメリカン・エキスプレスへ行く途中、この道を通ったことを思いだす。そのときぼくは、郵便も小切手も電信も、何ひとつとどいていないことを、前もって知っていた。ギャルリイ・ラファイエットのほうからきた荷車が橋を渡って行く。雨がやんで、石鹼《せっけん》のような雲を破って出た太陽が、冷たい火を濡れ光る屋根の瓦《かわら》に触れさせている。ぼくはいま、その車から身をのりだした男が河上のパッシイの方角を眺《なが》めていたのを思いだす。じつに健康な、単純な、肯定的な視線であり、まるで「ああ、春がくるな！」と、ひとりごとを言っているようであった。そして神ぞ知る、パリに春がくるとき、この世の最も卑賤《ひせん》な生きものですら天国に住んでいるような気がするにちがいないことを。だが、それだけではなかった――この情景に眼をとめた彼の親近感が、そこにはあった。それは彼のパリであった。このようにパリを感じるためには、金持である必要はない。市民である必要すらもない。パリには貧しい人々が多すぎる――かつてこの地上を歩いた最もいばった最もきたない大勢の乞食たち、ぼくにはそう思える。だが彼らは、いかにも故郷にでもいるような錯覚をあたえる。パリ人を他のあらゆる大都市の市民と区別するのはこれだ。

ニューヨークのことを考えると、非常にちがった感じをいだく。ニューヨークは金持にさえ自分がつまらぬものだという感じをもたせる。ニューヨークは冷たく、ぎらぎらして、意地がわるい。建物が支配しているのだ。そこに進行している活動に対する一種の原子的な錯乱がある。夢中になって歩度を早めれば早めるほど、ますます元気がうしなわれる。絶えず沸騰《ふっとう》しているが、それは試験管のなかでの出来事と同じだ。誰も、これがどういうことなのかを知らぬ。誰もこのエネルギーを指揮しない。厖大《ぼうだい》。魁偉《かいい》。手のほどこしようがない。絶大な創造的迫力、だが絶対的な不整合。

ぼくが生れて育ったこの都市、ホイットマンが歌ったこのマンハッタンについて考えるとき、盲目的な白熱した憤怒《ふんぬ》が、はらわたを焼きつくす。ニューヨーク！　あの白い牢獄《ろうごく》、蛆《うじ》のたかった歩道、パンの列、宮殿のような阿片窟、そこにいるユダヤ人、癩《らい》病人、暗殺団、そして何よりもその倦怠《けんたい》、単調な顔、街、脚、家々、摩天楼、食事、ポスター、仕事、犯罪、そして恋――都市ぜんたいが虚無の空洞の上に建てられているのだ。無意味だ。絶対的に無意味だ。そして四十二番街！　世界の頂点、そう彼らは呼ぶ。では、底点はどこにあるのか？　きみは手をさしだして街を歩くことができる。だが人々は、きみの帽子に鉄滓《かなくそ》を投げこむだろう。金持でも貧乏人でも、人々は頭を仰向けて、頸骨《けいこつ》を折らんばかりのかっこうで美しい白堊《はくあ》の牢獄を見あげながら歩いている。彼らは盲目の鵞鳥《がちょう》みたいに街を歩く。サーチライトが彼らの空虚な顔に忘我の斑点《はんてん》をはねかす。

「人生は人が終日考えていることにある」とエマスンは言った。もしそうなら、ぼくの人生は大きなはらわた以外の何ものでもない。ぼくは終日食いものについて考えているばかりでなく、夜もそれについて夢をみる。

だが、ぼくはアメリカへ帰らせてくれとは頼まない。ふたたび夫婦共稼《ともかせ》ぎをして踏み車をふむような仕事をしたいとは思わない。いな、ぼくはヨーロッパの貧民となることをえらぶ。神ぞ知る、ぼくは十分に貧しい。単に一人の男だということだけしかぼくには残っていない。先週、ぼくは生計の問題はあらまし解決したと思った。自活してゆけそうだと思った。偶然に一人のロシア人にぶつかった――名はセルジュという。彼はシュレーヌに住んでいるが、ここには亡命移民《エミグレ》や零落した芸術家の植民地《コロニィ》がある。革命前、セルジュは近衛大尉《このえたいい》だった。靴下ばきで六フィート三インチもあり、魚のようにウオトカを飲む。彼の父は提督か何かそれに似たもので、戦艦ポチョムキンに乗組んでいたという。

ぼくは、いささか奇妙な事情のもとにセルジュと逢《あ》った。食いものの匂《にお》いを嗅《か》ぎ求めながら、ある日正午ちかく、ぼくはフォリイ・ベルジェールの近傍にいる自分を見いだした——その裏に、つまり突当りに鉄門のある狭い小さな路地のなかにいたのだ。ぼくは踊り子の一人とでも何気なくすれちがうことでもあればというぼんやりした期待をいだいて、楽屋口のあたりにぐずぐずしていた。すると無蓋《むがい》のトラックが一台、歩道に横づけになった。両手をポケットに入れて立っているぼくを見ると、運転手は、つまりそれがセルジュなのだが、ぼくに鉄の樽《たる》をおろす手伝いをしてもらえまいかと言った。ぼくがアメリカ人で素寒貧《すかんぴん》だと知ったとき、彼は、うれしさのあまり泣きそうになった。きいてみると彼は、かねがね英語の教師をさがしていたのだそうである。ぼくは劇場のなかへ殺虫剤の樽をころがすのを手伝い、踊り子たちがそのへんを跳《は》ねまわるのを思うぞんぶん眺《なが》めた。この出来事は、ぼくにとって奇妙な関係で発生した——空家、翼《ウイング》のなかで跳ねている鋸屑《おがくず》人形、殺菌剤の樽、戦艦ポチョムキン——なかんずくセルジュの人柄のよさ。彼は、おとなしい大男で、頭から爪《つま》さきまでりっぱな男だが、女のこころをもっていた。

近所のカフェ——カフェ・アルティスト——で、彼はさっそく、ぼくを泊めてやろうと申し出た。廊下の床に藁布団《わらぶとん》を敷いてくれるというのだ。課業《レッスン》の謝礼としては毎日の食事を提供するという。ロシア式の量の多い食事をだ。そして、もし何かの理由で食事が出ない場合には五フラン出すというのである。ぼくには、これはすばらしいことに思えた――すばらしい。ただ一つの問題は、どうしてシュレーヌからアメリカン・エキスプレスまで毎日行くかである。

セルジュは、すぐにはじめようと言ってきかない――夕方、シュレーヌまでの電車賃をくれると言いだした。ぼくは夕食のすこし前、セルジュにレッスンを授けるためにナップサックをかついで到着した。幾人かの客人が、もうきていた――彼らは、いつも集まって食事をするらしく、誰でも割りこんでくるらしい。

食卓についたのは八人――と三匹の犬だ。犬どもが、さきに食べた。やつらはオートミルだ。それから人間が食べはじめた。ぼくたちもオートミルを食べた――前菜というわけだ。「シェ・ヌウ」とセルジュが眼を輝かせて言う。「こいつは犬の食いものだよ、このオートミルというやつはね。これからは紳士の番だ。さあ、どうぞ」オートミルのあとは蕈《きのこ》スープと野菜、そのあとはベーコン・オムレツ、果物、赤葡萄酒《ぶどうしゅ》、ウオトカ、コーヒー、巻煙草《たばこ》。ロシア料理はわるくない。誰もみな口をいっぱいにしながら話をした。食事の終りごろになると、セルジュの女房、これはアルメニア人の自堕落女だが、これが長椅子《いす》にどさりと腰をおろしてボンボンを齧《かじ》りはじめた。肥えた指で罐《かん》のなかを探り、小さな一粒を、なかに汁《つゆ》があるかないか見るために齧ってみて、それからそれを床の犬に投げてやるのである。

食事がすむと、客たちは、われがちに出て行った。まるで疫病《えきびょう》を恐れてでもいるように、せっかちにとびだして行くのである。セルジュとぼくは、犬と共にあとに残った——女房は長椅子の上で眠ってしまった。セルジュは、それにかまわず、犬に残りものを掻《か》き集めてやっていた。「犬は大好きなんだ」と彼は言った。「犬には、これはすごいご馳走《ちそう》だ。その小犬は虫がついているんだ……まだほんの子供だよ」彼は身をかがめて、犬の前肢《まえあし》のあいだにいる白い虫を調べた。そして、その虫のことを英語で説明しようとしたが、それには語彙《ごい》が足りなかった。とうとう彼は辞書を引いた。「おお」と彼は興奮してぼくのほうを見ながら言った。「tape-worms（サナダムシ）だ！」ぼくの反応はあきらかにあまり敏感でなかった。セルジュはまごついた。彼は、もっとよく調べるために手と膝《ひざ》をついた。一匹を拾いあげて、テーブルの上の果物のわきにおいた。「ふむ、あんまりでっかくねえな」彼は不平そうに言う。「このつぎは虫のことを教えてくれないか。きみは、いい先生だ。きみにつけば、うまくなるだろう」

廊下の藁布団の上に寝て、殺菌剤の臭気にむかつく。はげしい辛い匂いが、あらゆる毛孔から侵入するかのようだ。食べたものが順に頭にうかびはじめる——クエカア・オーツ、蕈、ベーコン、焼林檎《やきりんご》。小さなサナダムシが果物のそばにいるのが見え、犬の病気を説明するためにセルジュがテーブル・クロスに描いてみせた各種の虫が見える。フォリイ・ベルジェールの、がらんとした土間が見え、そのあらゆる隙間《すきま》に南《ナン》京《キン》虫や虱《しらみ》や蚤《のみ》がいるのが見える。人々が気ちがいのようにからだを掻《か》きむしり、血が出るまで掻きに掻くのが見える。虫の群が赤蟻《あかあり》の大群のように見わたすかぎり這《は》いまわっていて、ありとあらゆるものを食い荒して行くのが見える。コーラス・ガールが薄物の衣裳《いしょう》を脱ぎすてて、裸で通路を去ってゆくのが見える。土間にいた観客も、衣服を脱ぎすてて、猿のようにめいめいからだを掻いているのが見える。

ぼくは気をしずめようとする。結局、これがぼくの発見した住居であり、食事が毎日ぼくを待っていてくれるのだ。それにセルジュは好人物だ。その点は疑う余地がない。だが、ぼくは眠れない。屍体《したい》置場で寝るようなものだ。藁布団には屍体防腐剤がしみこませてある。これは虱と蚤と南京虫とサナダムシの屍体置場《モルグ》だ。これではおれはがまんできない。がまんしたくない！　結局おれは人間なのだ。虱ではない。

翌朝、ぼくはトラックに荷を積むためにセルジュを待った。パリへつれて行ってくれと頼んだ。ここを去ることを彼に告げる気持はなかった。残っているわずかな持物を入れたナップサックは、おいて行くことにした。ペレール広場についたので、とび降りた。ここで降りるという特別の理由はなかった。何事にも特別な理由はない。ぼくは自由なのだ——そして、それが大切なことなのだ……。

小鳥のように軽々とぼくは町から町へと動きまわる。まるで牢獄《ろうごく》から解放されたみたいだ。ぼくは世界を新しい眼で見る。すべてが深くぼくの興味をひく。どんなつまらぬことでも。リュ・ド・フォーブウル・ポアソニエールで、ぼくは、ある肉体文化施設の窓の前に立ちどまる。男性の「前と後」の標本の写真がある。みんなフランス人だ。あるものは鼻眼鏡か顎鬚《あごひげ》だけつけた裸体だ。どうしてこれらの鳥どもが平行棒や鉄亜鈴に熱中するのか、合点がいかない。フランス人はド・シャルリュ男爵《だんしゃく》のように、もうすこし腹が大きいはずだ。顎鬚や鼻眼鏡をつけるのはかまわないが、裸で写真をとられるにもおよぶまい。フランス人たるものは、光った革の長靴をはき、背広の胸ポケットから白いハンカチを四分の三インチだけ外へ出しているべきだ。できることなら折襟《おりえり》のボタン孔に赤いリボンでもさすべきだ。寝るときはパジャマを着るべきだ。

暮れがた近くクリシイ広場に近づいて、毎日毎晩ゴーモン宮の反対側に立っている義足の淫売《いんばい》の前を通った。ある日、見ると、彼女は十八を越しているとも見えなかった。たぶん常連の客を待っているのだろう。真夜中すぎると、彼女は黒い衣裳《いしょう》をきて、その場所に根が生えたように立つのだ。彼女の背後には地獄のように灯の燃えている小さな小路がある。いま軽やかな気持で通りすぎると、彼女は、どこか杭《くい》につながれた鵞鳥《がちょう》を思いださせた。肝臓を病む鵞鳥、それだから世のなかにパテ・ド・フォア・グラア（訳注 脂濃い肝臓の挽肉料理）なるものが存在するのだ。あの義足と一緒にベッドへはいるのは、さだめし奇妙であるにちがいない。いろんなことを想像するだろう――焚《た》きつけとか、その他いろんなことを。だが、とにかく蓼《たで》食う虫も好き好きだ！

リュ・デ・ダームを降りながら、ぼくはペッコヴァとぶつかった。これも紙の上で仕事をするかわいそうな男の一人である。彼は一晩に三、四時間しか眠れないとこぼす――歯医者のオフィスで働いているので、朝の八時に起きなければならないのである。その仕事をやっているのは金のためではない、そう彼は説明する――義歯を入れたいからなのだ。「眠くなってこくりこくりしながら校正刷を読むのはつらいよ」と彼は言う。「女房の奴《やつ》は、ぼくが楽な仕事をしていると思っているんだ。あんたが失業したら、あたしたち、どうしたらいいの、なんてぬかしやがる」だがペッコヴァは仕事には、まるで関心をもたない。その仕事は金を使うことすら彼に許さないのである。彼は煙草の吸殻をためておいて、パイプに詰めて、それを用いなければならない。上着はピンであちこち留めてある。彼は口臭がつよく、手からは汗が出る。そして一晩に三時間しか眠らない。「人間の扱いじゃないね」と彼は言う。「そして、おれの雇《やと》主《ぬし》は、おれがセミコロン一つ抜かしても頭ごなしにどなりつけるんだ」女房の話になると彼はつけ加えて言うのである。「おれの女房はね、彼女は全然、閨房《けいぼう》的に感謝の気持をもたないんだよ、うちあけた話がね！」

別れ際《ぎわ》に、ぼくは、やっと彼から一フラン五十せびりとった。もう五十サンチーム絞ろうと思ったのだが、こいつは無理だった。とにかくこれでコーヒー一杯と三日月パンだけのものはできた。サン・ラザアル駅の近くに値段の安いバーがある。

運のいいときはいいもので、ぼくは洗面所で音楽会の切符を見つけた。羽毛のようにうきうきと、ぼくはサール・ガヴォへ出かけて行った。案内人は、ぼくが知らぬ顔をしていて彼にわずかなチップもやらないので、ひどく落胆していた。ぼくのそばを通るたびに、彼は、ぼくが急にチップのことに気がつくのを期待するのか、意味ありげにぼくの顔を見た。

りっぱな身なりの人々と同席するのは久しぶりなので、ぼくはすこし狼狽《ろうばい》気味だ。ぼくの鼻はまた蟻酸《ぎさん》アルデヒドの匂いを嗅《か》ぎつけた。たぶんセルジュは、ここにも配達しているのだろう。だが、ありがたいことに、からだを掻いている人は見あたらない。ほのかな香水の匂い……じつにほのかに匂うのだ。音楽のはじまる前から、人々の顔には例の退屈そうな表情がある。みずから課した拷問《ごうもん》の礼儀正しい形式、音楽会。一瞬、指揮者が小さな棒で叩《たた》くとき、はりつめた精神集中の痙攣《けいれん》が起るが、たちまち全体的に気分が崩れ、おだやかな、植物的な安息が、オーケストラからの着実な、邪魔されることのない細雨によって、もたらされる。ぼくの心は不思議に敏感だ。まるで頭蓋骨《ずがいこつ》のなかに無数の鏡があるかのようだ。神経は緊張しきってぴりぴりしている。音楽は百万の噴水の上で踊っているガラスの球のようだ。ぼくは、こんなに空腹のまま音楽会へきたことがない。何ひとつ、ぼくは聞きもらさない。小さな針一本落ちる音でも。まるでぼくは一枚も着るものをつけず、毛孔の一つ一つが窓になり、その窓が全部開いて、光線が腹のなかに溢《あふ》れているような気がする。その光が、ぼくの肋骨《ろっこつ》の円天井の下で屈折し、肋骨は、反響にうちふるえているうつろな本堂の上にかかっているのが、ぼくにはよくわかる。この状態が、どのくらいつづくものか、ぼくには見当がつかない。ぼくは、時間、空間の感覚を、すべてうしなってしまう。永遠とも思われるものが終った後に、自分の内部に大きな湖水があるのを感じるほど冷然とした沈静によっておぎなわれた半意識の状態が、しばらくつづく。それはジェリイのように涼しく、燦然《さんぜん》たる光彩にいろどられた湖水で、いま、この湖水の上に、巨大な螺《ら》旋《せん》を描いて、無数の鳥の大群、すらりとした長い肢《あし》と華麗な羽毛の魁偉《かいい》な渡り鳥の大群があらわれる。一群、また一群、鏡のごとく冷やかにしずまった湖面から天翔《あまが》って、ぼくの鎖骨の下を過ぎ、空間の白い海に姿を消す。やがて、ゆっくりと、まことにゆっくりと、白い庇帽《ひさしぼう》をかぶった老女がぼくのからだのまわりを歩くようにゆっくりと、毛孔の窓は閉じられ、ぼくの内臓は空間のそれぞれの位置におさまる。急に灯火が明るく燃え、白いボックスのなかの、トルコ人の将校でもあるかと思っていた男が、じつは頭の上に花瓶《かびん》をのせた女だったと気がつく。

ざわめきが起り、咳《せき》をしたかった連中が、いっせいに心ゆくまで咳をする。足を引きずる音、座席を持ち上げる音、目的もなくからだを動かしたり、プログラムをひらひらさせて読むような顔をしたかと思うと床へとり落して、座席の下を足でごそごそやったり、人々は絶え間なくざわざわ音をさせて、どんなにくだらぬ出来事に対してでも、自分たちはいったい何を考えているのかと自問したくなるのを邪魔してくれさえすれば、それに感謝するのである――彼らは、いま自分たちが何を考えているかを知ったら、気が狂うにきまっているのだ。強烈な灯火の光のなかで、彼らは空虚に、たがいの顔を眺めあう。その眺めあう凝視には何か奇妙な緊張がある。そして、指揮者がまた棒で叩くと、人々は、ふたたび硬直状態にもどる――無意識にからだを掻くか、さもなければ急にどこかのショー・ウインドーに出ていたスカーフとか帽子とかを思いだす。彼らは、そのウインドーを隅から隅まで、びっくりするほど明瞭《めいりよう》に思いだすが、それがどこにあったかは、はっきり思いだせない。そのことが彼らの心を騒がせ、落ちつきをうしなわせ、睡気《ねむけ》をうしなわせる。それで、いま彼らは改めて注意力をかきたてて音楽にきき入る。なぜなら彼らは睡気をさまされ、どんなすばらしい音楽だろうと、あのショー・ウインドーと、そこにぶらさがっていたスカーフなり帽子なりを意識するのをやめさせてはくれないからだ。そして、この強烈な注意力の集中は他にも伝達される。オーケストラまでが感電したように異常に敏感になる。第二曲目が独楽《こま》のように爆発する――あまりテンポが速いので、とつぜん音楽が終って電灯がついたとき、聴衆のなかには、にんじんのように座席に突き刺さったままでいるものもある。顎が、ひきつれるように動いていて、もし、いきなり彼らの耳に、「ブラームス、ベートーヴェン、メンデレイエフ、ヘルツェゴヴィナ」とでも叫んでやったら、おそらく彼らは何も考えずに返事をするだろう――4, 867, 289.

ドビュッシイの曲まで進んだころには、雰囲気は、すっかり毒されている。ぼくは自分が、もしおれが女だったら性交中どんな気持がするだろうかとか、快感は女のほうが鋭いのだろうかとか、そんなことを考えていることに気がつく。股《また》ぐらへ何かが押しこまれるのを想像してみる。しかし、ぼんやりした苦痛の感覚だけしかない。ぼくは注意を集中しようとするが、音楽は、つるつるとすべって、つかまえどころがない。ぼくには、花瓶《かびん》が一つ、ゆっくりと廻転して、その模様が空間へ落ち散ってゆくことだけしか考えられない。しまいには廻転している光だけになり、どうして光が廻転するのかと、ぼくは自問する。隣の席の男は、ぐっすりと、よく眠っている。大きな下腹や蠟《ろう》づけしたみたいな口髭から察するに、この男はブローカーらしい。こんなふうな男を、ぼくは好きだ。とくに、その大きな下腹と、この腹を大きくするために詰めこまれたすべてのものが好きだ。なぜ、この男は、こんなによく眠るのだろう？もし音楽をきくつもりなら、この男は、いつだって切符の料金ぐらい稼《かせ》ぐことができるのだろう。ぼくの観察では、よい身なりをした連中ほど、ぐっすりとよく眠っているようだ。金持は気楽な良心をもっているのだ。貧乏人は、ほんの二、三秒でもうとうとすると、ひどく後悔する。作曲者に対して罪を犯したように妄想《もうそう》する。

スペインの曲がはじまって、場内は電気にうたれたようになる。みんな椅子のふちにまっすぐになっている――ドラムが彼らの眼をさましたのだ。ドラムが鳴りだしたとき、ぼくには、それが永久に鳴りつづけるかに思われた。人々が桟敷《さじき》からころがり落ちたり、帽子を投げだしたりする光景が見られるかと思った。その曲には何かヒロイックなものがあり、彼――ラヴェルは、もしその気になれば、ぼくたちを狂気に駆りたてることができたかもしれない。だが、それはラヴェルではない。急に、すっかりやんでしまった。まるで道化芝居の最中に作者が前裾《まえすそ》の開いたスーツを着ていることを思いだしたかのようだ。彼は自分を抑制したのである。ぼくの貧しい意見では、これは大きな失敗だ。芸術は行くところまで行くことによって成り立つ。もしドラムからやりだすなら、最後はダイナマイトか高性能爆弾で終らなければならない。ラヴェルは、形式のために、人々が寝る前に消化しなければならない野菜のために、何ものかを犠牲にしたのである。

ぼくの思いはひろがる。音楽は、ドラムがやんでから、ぼくから遠のいてゆく。場内の人々は、みな秩序整然としている。出口の灯火の下に、ウェルテルが一人、絶望に沈んでいる。両方の肘《ひじ》をついて、身をかがめ、眼がうるんでいる。ドアの近く、大きなケープにくるまって、スペイン人が一人、縁広帽子《ソムブレロ》を手に持って立っている。まるでロダンの『バルザック』のポーズをしているようなかっこうだ。頸《くび》から上はバッファロ・ビルを連想させる。ぼくの真向いの向う桟敷《さじき》、最前列に、股《また》を大きく開いて腰かけている女が、頸が抜けたように頭をぐっとうしろへそらしている。赤い帽子の女は手摺《てす》りにもたれて居眠りをしている――もし気管から血を出してもしたらすばらしいのだが！　もしも、いきなり下にいる糊《のり》のきいたシャツの上にバケツ一杯の血をこぼしでもしたら。あの下劣なろくでなしどもが、シャツの胸に血をつけて家へ帰るところを想像するがいい。

眠りがキイ・ノートになった。誰も、もうきいていない。考えたりきいたりすることは不可能だ。いくら音楽そのものが夢にすぎないとしても、夢みることは不可能だ。白い手套《てぶくろ》の女は、膝《ひざ》に白鳥を一羽抱いている――伝説では、レダが孕《はら》ませられたとき、彼女は双生児を生んだ。誰でもみな何かを生んでいる――誰でもといっても上の雛段《ひなだん》にいる同性愛の女は別だが。彼女は頭をそらし、咽喉《のど》を大きく開いている。彼女は敏感そのものだ。ラジウムのシンフォニーから炸裂《さくれつ》する火花のシャワーでぴりぴりしている。ジュピターが彼女の耳をつらぬいている。カリフォルニアからの短信、大きな鰭《ひれ》の鯨、ザンジバール、スペインの宮殿。グァダルキヴィル河に沿うて行けば、千百の回教寺院、おぼろに浮びいでたり。氷山の奥ふかく、ライラック匂う日々。二本の白い馬繋《つな》ぎの杭《くい》があるマネー・ストリート。樋嘴《ガーゴイル》……ヤヴォルスキーのナンセンスをもっている男……河の灯……あの……。

アメリカで、ぼくはインド人の友達を大勢もっていた。あるものは善人だったし、あるものは悪人だった。あるものは、そのどちらでもなかった。偶然の事情から、ぼくは幸いにも彼らを援助できる立場におかれた。ぼくは彼らのために職を見つけてやったり、かくまってやったり、必要に応じては食うほうの心配までしてやった。彼らは、心から感謝した。あまりに感謝されたため、じつは、ぼくの生活は、彼らのその心づくしのためにみじめになった。二人のインド人は、聖人とはどんなものかを、もしぼくが知っているとすれば、まさしく聖人であった。とくに、グプテといって、ある朝、咽喉《のど》を一文字にかき切っているのを発見された男などは、そうだった。グリニッジ・ヴィレッジの小さな下宿屋で、ある朝、彼はベッドのなかに素裸で、フルートをそばにおき、いま言ったように一文字にかき切った咽喉から血を噴きだして、のびているのを発見されたのである。殺されたのか自殺したのか最後までわからなかった。

だが、それはどうでもいい……。

ぼくは、ぼくを最後にナナンタティの家へつれて行くことになった一連の事情を思いかえしているのだ。先日、リュ・セルスのみすぼらしいホテルの一室に寝ころんでいたときまで、ナナンタティのことを、すっかり忘れていたのが、じつに不思議なことに思えてならない。ぼくはその部屋の鉄製のベッドの上に寝ころんで、自分がまったくのゼロになってしまったことを考えていた。まったく、なんたる無能、なんたる無力――とたんに、あの言葉がとびだしてきたのだ、ノネンティティ（NON-ENTITY！）――これこそぼくたちがニューヨークで彼を呼んでいた名前なのだ――ノネンティティ、あれども無きにひとしきもの。ミスター『無用の人《ノネンティティ》』

ぼくはいま、彼がニューヨークにいたとき自慢していた豪奢《ごうしゃ》なホテルの続き部屋の床《ゆか》の上に寝ころんでいる。ナナンタティは「よきサマリア人《びと》」の役割を演じている。彼は二枚のちくちくする毛布、これは馬の毛の毛布だが、それをぼくにくれたので、ぼくは埃《ほこり》のたまった床の上で、そのなかにくるまっているのである。一日じゅう、毎時間でも、くだらぬ仕事がある――もしぼくが家のなかに閉じこもっているほど馬鹿《ばか》な人間だったらの話だが。午前中は、彼は昼食のための野菜をぼくに用意させるため、手荒くぼくをたたき起す。玉葱《たまねぎ》、ニンニク、ソラマメなど。彼の友人のケピが、彼の食事なんぞ食わぬようにと、ぼくに注意してくれる――彼の食事はまずいのだそうだ。しかし、まずかろうとうまかろうと、それがどうだというのか？　めし！　問題はそれがめしだということなんだ。すこしばかりの食いもののために、ぼくはよろこび勇んで折れた箒《ほうき》で彼の絨毯《じゅうたん》を掃き、彼の衣類を洗い、彼が食事を終るとすぐに床に落ちたパン屑《くず》を掃除する。彼は、ぼくがきていらい、完全に清潔になった。いまでは何でも一つ残らず埃を払わなければならなくなった。椅子《いす》は一定のかたちにきちんと整頓《せいとん》されていなければならない。掛時計は鳴らなければならず、便所は、ちゃんと水が出なければならない……もしそんなものがいるとすれば、奴《やつ》はまさしく瘋癲《ふうてん》インド人だ！　そして隠元豆のようにけちんぼだ。奴の恐ろしい羽搔《はがい》の下から脱けだしたら、そいつを大笑いに笑いとばしてやるのだが、いまのところは囚人だ。身分《カスト》のない人間、不可触賤民《せんみん》なのだ……。

もしぼくが、夜、うっかり帰ってきて馬の毛の毛布にくるまったりすると、奴は、ぼくの顔を見て言うのである。「なんだ、きみはまだ死なずにいたのか。死んだと思っていたのに」そして現在のぼくが無一文なのを知っているくせに、毎日のように、近所にやすい貸室が見つかったというような話をするのである。「でも、ぼくはまだ間借りはできないよ。きみだって知ってるはずだ」とぼくは言う。すると、支那《しな》さんみたいに眼を細くして、彼はぬけぬけと答えるのである。「おお、そうだった、きみに金がないことを、おれは忘れていたよ。どうもおれは忘れっぽいんでね、アンドレエ……しかし電報為替《かわせ》がくれば……モナさんが金を送ってくれれば、そうすればおれと一緒に貸間さがしに行けるんだろう、そうだろう？」そして、そう言った口の下から、彼は、好きなだけここに泊っていろとすすめるのである——「六カ月でも……七カ月でも、ね、アンドレエ……きみは、とてもおれによくしてくれるからね」

ナナンタティは、アメリカでぼくが何もしてやらなかったインド人の一人だ。彼はぼくに対して、パリのラファイエット街に、ぜいたくな部屋を借りており、ボムベイに別邸を、ダージイリンに山荘を持っている富裕な真珠商人だと自己紹介した。ぼくは一瞥《べつ》したときから、こいつ、すこし足りない奴だとわかったが、しかしそうすると、足りない人間というものは時には財産をつくる天才をもっていることになるわけである。ぼくは彼がニューヨークで、ホテル代として二粒の大きな真珠を支配人の手にのせて立ち去ったという話を知らなかったのだ。この小鴨《こがも》が、かつて黒檀《こくたん》のステッキをついてニューヨークのホテルのロビイを濶歩《かっぽ》し、ベル・ボーイどもをこき使い、訪問客の昼食を注文し、ポーターを自室へ呼びつけて劇場の切符を買わせ、タクシーを一日借切りにし、等、等、——ふところに一文の銭も持たずに、それらのことをやってのけていたことを、いま思うと、ぼくは愉快でたまらないのである。ただ、頸《くび》にかけた大粒の真珠の頸飾りをもっていただけで、それを一粒一粒、時のたつにつれて現金に換えていったのである。それから彼が、いつもぼくの背中を叩いて、インド人の青年たちに親切にしてくれるといって礼を言ったときの間のぬけたようすを思いだす――「みんな賢い連中ばかりだよ、アンドレエ……じつに賢明だ！」そして何とかいう善き神がぼくの親切に報いてくれるにちがいないと、つけ加えるのである。それらの賢いインド青年たちに、五ドル紙幣を一枚ナナンタティから借りたらどうかとぼくが示唆《しさ》したとき、彼らが、いつもくすくす笑っていた理由も、それで説明がつくというものだ。

何とかいう名の善き神が、いまこうして善意への報賞をぼくにあたえてくれているとは、じつに愉快だ。ぼくはいま、この肥《ふと》っちょの小鴨の奴隷《どれい》以外の何ものでもないのだ。ぼくは朝から晩まで彼に顎《あご》でこき使われているのである。おれはこの家でおまえを必要としている――面と向って、ぼくにそう言うのだ。彼は便所へはいるとき大声でどなる――「アンドレエ、水さしに水を一杯持ってきてくれないか。からだを拭《ふ》かなきゃならないから」このナナンタティという奴は、トイレット・ペーパーを使うことは考えないのだ。紙を用いるのは、きっと奴の宗教に反するのだろう。そうなのだ、奴は水さしの水と手拭《てぬぐい》を持ってこいと命じるのである。この肥っちょの小鴨先生、なかなかお上品なのだ。時折、薔薇《ばら》の葉を落した茶をぼくが飲んでいるときなど、そばへやってきて、真正面から大きな屁《へ》を放すことがある。決して、「失敬」とは言わない。この言葉は奴のグジャラァティ語の辞書には抜けているのだろう。

ぼくがはじめてナナンタティのアパートへきた日、彼は、ちょうど斎戒沐浴《さいかいもくよく》の行を行なっている最中だった。つまり、よごれた盥《たらい》の上につっ立って、頸のうしろのほうへ曲った腕をまわしているところだったのである。盥のそばには水を換えるのに使う真鍮《しんちゅう》の大きな椀《わん》がおいてあった。彼は、この儀式のあいだ黙っていることをぼくに要求した。ぼくは命令された通り黙ってそこに腰かけて、彼が歌ったり祈ったり、ときどき盥のなかへ唾《つば》を吐いたりするのを見物していた。ニューヨークで彼が吹聴《ふいちょう》していたすばらしい続き部屋というのは、なるほどこれだったのか！　ラファイエット街！　ニューヨークにいたころは、すごくりっぱな街のように聞いていたものだ。ぼくは百万長者や真珠商人しか、その街には住んでいないものとばかり思っていたのである。ラファイエット街というと、大西洋の向う側では、すごくすばらしいものにきこえるのだ。こっちにいれば、五番街《フイフス・アヴェニュ》だって、これと変りはないのだ。このへんのすばらしい通りに、どんな水たまりがあるか、誰も想像がつかないだろう。とにかく、こうしてぼくは、ついにラファイエット街の豪奢《ごうしゃ》なアパートに腰をおろしているのである。そして、この腕の曲った瘋癲鴨《ふうてんがも》は、いま沐浴の儀式を行なっているのである。ぼくが腰かけている椅子はこわれているし、ベッドはばらばらになりかけているし、壁紙はぼろぼろだし、ベッドの下には蓋《ふた》をとりっぱなしの旅行鞄《かばん》のなかにうすよごれた洗濯物がまるめこんであるというありさまだ。ぼくが腰かけている場所から、下のみじめな中庭が見え、そこではラファイエット街の貴族たちが、ゆったりと腰をおろして粘土のパイプをくゆらしている。彼が祝詞《のりと》をあげているあいだ、ぼくは、ダージイリンにあるという山荘なるものははたしてどんなようすをしているのだろうと考えた。祝詞と祈禱《きとう》は果てしもなくつづく。

彼の説明によると、彼は一定の規則にしたがってからだを洗う義務があるのだそうだ――彼の宗教が、それを要求するのだそうである。だが日曜日には、錫《すず》製の浴槽《よくそう》に入浴する――「偉大なる我在り」の神様が、またたきをして、それを嘉納《かのう》されるのだ、と彼は言う。着物を着てしまうと、今度は戸棚《とだな》のところへ行って、下から三段目の棚に安置した小さな偶像の前にひざまずき、ムニャムニャをくりかえす。こうして毎日お祈りさえしていれば安穏息災にすごすことができるのだそうである。何とかいう名の善き神は、絶対に従順な奉仕者を忘れることはないのだそうだ。それから彼は、例の曲った腕をぼくに示して、これはあきらかに自分が歌と踊りとの祭祀《さいし》を完全に行うことを怠った日にタクシーの事故でやられたのだと説明する。その腕は、こわれたコンパスみたいに見える。それは、もはや腕ではなく、柄をくっつけた節のある骨にすぎない。腕を療治していらい、彼は腋《わき》の下に一対のふくれあがった腺《せん》を発達させている——犬の睾丸《こうがん》そっくりの、まるっこい、小さな腺だ。おのれの不幸を嘆いているうちに、ふいに彼は医者からもっと栄養豊富な食事をとるようにとすすめられていたことを思いだす。彼は、いきなりぼくにその場で、魚と肉をふんだんに使った献立をつくってほしいと頼む。「牡蠣《かき》はどうかね、アンドレエ——この可憐《かれん》な兄弟のために」だが、こんなことはすべてぼくに対してもったいをつけるだけのことなのだ。彼は牡蠣を——また肉も魚も、買うつもりは毛頭ないのである。すくなくとも、ぼくがここにいるあいだは。当分のあいだ、ぼくたちは、扁豆《ふじまめ》と米と、そのほか彼が屋根裏に貯蔵している乾物類だけで養われるはずなのだ。彼が先週買いこんだバタも、決してむだづかいはしない。彼がそのバタを焼きはじめたりすると、その臭気は、とてもがまんがならない。はじめのころ、ぼくは彼がバタを火にかけはじめると逃げだしたくなったものだ。しかし、いまでは、どうにか辛抱している。おそらく彼は、ぼくが食べたものをもどしたところで、大よろこびによろこぶだけだろう——つまりそれは、干《ひ》からびたパンや黴《かび》の生えたチーズや、それからすえたミルクと腐敗したバタとを使って彼が自分でこしらえる小さな油揚げ菓子などと一緒に、戸棚のなかにしまいこむものとなるわけだ。

過去五年間、彼は指一本動かすほどの仕事もせず、一文の銭も稼《かせ》がなかったらしい。商売はペチャンコにだめになってしまったのである。彼はぼくに印度洋《インド》の真珠の話をする——一生食っていけるほど、まるまるとした大きなやつがあるそうだ。アラビア人が、おれたちの商売をつぶすのだ、と彼は言う。だが、そう言いながらも、彼は毎日、主なる神々にお祈りを捧《ささ》げ、そのおかげで無事息災に日をすごしているのである。この神様には、彼は、おそろしくとり入っているらしく、この神様におべっかを使っては何スウかの銭をくすねだす術《すべ》を心得ているらしい。それは純粋に商業的関係なのである。その戸棚の前での世迷言《よまいごと》と交換に、腋の下のふくらんだ睾丸はむろんのこと毎日の扁豆とニンニクの配給を受けているのである。結局は万事がうまくゆくものと彼は信じこんでいる。真珠は、いつかまた売れるようになるだろう。いまから五年さきか、あるいは二十年さきかもしれないけれど——主神ブーマルームのお気持がうごいたときに。「そして商売がうまくいけば、ねえ、アンドレエ、手紙を書いてもらったお礼に、きみに一割あげるよ。だが、まず第一に、インドから金を借りられるかどうか、それをたしかめる手紙を書いてもらわなくてはね。返事がくるまでには六カ月かかるだろう、それとも七カ月かな……インドの船は、おそいからね」この小鴨は時間の観念が全然ないのだ。よく眠れたかときくと彼は言うだろう――「ああ、じつによく眠るよ、ぼくは、アンドレエ……ときには三日間に九十二時間も眠るんだ」

たいがい朝は彼は元気がなくて何の用事も足せない。あの腕！　哀れな、こわれたコンパスみたいな腕！　ぼくは彼が頸のうしろあたりでその腕をねじりまわしているのを見ると、はたしてもとへ戻せるのだろうかと心配になることがある。もし、あの小さな腹がなかったら、彼はぼくにメドラノ・サーカスの軽業師《かるわざし》を思いださせるだろう。彼に必要なのは脚を一本折ることだけだ。ぼくが床を掃いているのを見ると、ひどい埃の雲を立ててるのを見ると、彼は矮人《ピグミィ》のように咽喉を鳴らしはじめる。「結構！　たいへん結構だ！　アンドレエ！　では今度は、ぼくがすこし落穂を拾おうかね」

というのは、ぼくが見逃したごみ屑《くず》が、すこし残っているという意味である。皮肉になるのが、ぼくを鄭重《ていちょう》に待遇する彼の方法なのだ。

午後は、いつも真珠商売のほうの親友が二、三人ぶらりと彼を訪《たず》ねてくる。この連中は、いずれも、やさしい、牝兎《めうさぎ》みたいな眼をして、とても物静かに粘っこい調子でしゃべる。テーブルをかこんでシュッシュッと大きな音をたてて香りの高い茶をすする。するとナナンタティのほうは、びっくり箱の人形のようにピョンピョン跳《は》ねたり、床のパン屑を指さして例のやわらかな、なめるような声で、「すまないが、アンドレエ、あれを拾ってくれないかね」などと言ったりする。客がくると彼は、すべるように例の戸棚のところへ行き、たぶん焼いてから一週間にもなる黴くさい木片みたいな味のする干《ひ》からびたパンの破片《かけら》をとり出してくる。一つまみのパン屑でも捨てられることはない。もしパンが酸《す》っぱくなりすぎると、彼はそれを、階下の、彼に言わせると非常に親切にしてくれる門番女のところへ持ってゆく。彼の話では、この門番女は黴の生えたパンをもらうと、とてもよろこぶのだそうである——それを使ってパン・プディングをつくるのだそうだ。

ある日、友人のアナトールが、ぼくに会いにきた。ナナンタティは、よろこんだ。お茶を飲んで行けとアナトールにしきりにすすめた。例の油揚げ菓子や黴くさいパンを食べていってくれと無理強《じ》いするのである。「毎日いらっしゃい」と彼は言う。「そして、ぼくにロシア語を教えてください。美しい言葉ですね、ロシア語は……ぼくはあれを使ってみたいんだ。あれは何と言ったかね、アンドレエ——ボルシュトかな？ちょっと書いておいてくれないか、アンドレエ……」そこでぼくはタイプにそれを打たなければならない。同時に、それによって彼は、ぼくの技倆《ぎりよう》をも知ろうとするわけだ。彼は怪我《けが》をした腕の療治をしたあと、タイプライターを買った。医者が、いい運動になるから、とすすめたのである。ところが彼は、まもなくタイプライターにあきてしまった。それは英文のタイプライターだったからだ。

アナトールがマンドリンを弾《ひ》くという話をきくと、彼は言った。「それはいい！あんた、ぜひ毎日きて、ぼくに音楽を教えてください。商売がぐあいよくなったら、さっそくマンドリンを買います。ぼくの腕のためにもいいんですよ」翌日、彼は門番女から蓄音機を借りた。「アンドレエ、ぼくにダンスを教えてくれないか。腹が張っているんだ」ぼくはいつか彼がポーターハウス・ステーキを奢《おご》ってくれるだろうと期待しているから、そのときは彼に向ってこう言ってやろうと思っている——「ミスター『無用の人《ノネンティティ》』よ、これをぼくのために嚙《か》んでくれないかね、ぼくは歯が丈夫でないから！」

いましがた言ったように、ぼくがきてから、彼は、ばかに小うるさくなった。「昨日はきみは三つのまちがいをやったぜ、アンドレエ」と彼は言う。「第一に、きみは便所のドアをしめるのを忘れた。だから一晩じゅうドアがバタンバタン鳴っていた。第二に、きみは台所の窓をあけっぱなしにしといた。だから今朝は窓にひびが入っている。それから、きみは牛乳壜《びん》を外へ出すのを忘れた！　頼むから寝る前に、かならず牛乳壜を外へ出しておいてくれないか。それから朝は、かならずパンを部屋へ入れておいてくれたまえ」

毎日、彼の友達のケピが、インドから誰か訪ねてこなかったかと調べにくる。彼はナナンタティが部屋を出るのを見すましては、戸棚のところへとんで行き、ガラス壺《つぼ》にかくしてあるパンを平らげる。まずいパンだ、と言っているくせに、まるで鼠《ねずみ》みたいに平らげてしまうのである。ケピは寄生虫だ。いちばん貧乏な同国人の皮膚にでも食いついて離れぬ人間ダニみたいな奴だ。ケピの立場からすると同国人はみなお殿様《ナボブ》なのである。両切りのマニラ煙草《たばこ》一本、酒一杯飲むための、はした銭のために、彼は、どんなインド人の尻《しり》からでも血を吸うだろう。ただしインド人のである。まちがってはいけない。イギリス人の尻ではない。彼はパリじゅうの淫売屋《いんばいや》の所番地と、その値段とを知悉《ちしつ》している。十フランの安宿からでも、彼は、わずかな手数料をとる。また彼は、きみがどこでも行きたいと思うところへ行くいちばんの近道を知っている。彼はまず、タクシーで行きたいのか、ときみにきくだろう。きみが、いや、と答えたら、彼はバスに乗ることをすすめるだろう。それでも高すぎるといえば、電車か地下鉄かをすすめるだろう。それとも歩いて行って一フランか二フラン倹約してはどうかと言うだろう。そして、かならず途中に煙草屋が一軒あるから、どうか私に葉巻を一本おごってください、と言うだろう。

ケピはおもしろいところもある。毎日かならず一度は女を抱くことのほか絶対に何の野心ももたぬ人間だからだ。一文でも金が手にはいれば――そして、それはきっと、わずかな金にきまっているのだが、ダンスホールで使ってしまう。ボンベイに妻が一人と子供が八人いるのだが、そんなことは一向おかまいなしに、彼の誘いにのってくるほど馬鹿でお人よしの女給仕に結婚を申しこむ。リュ・コンドルセエに月六十フランで借りている部屋がある。その部屋の壁紙は全部彼が自分で貼《は》ったものである。また、それをひどく自慢にしている。これがいちばん万年筆にもちがよいと言って紫色のインクを使う。自分で靴をみがき、自分でズボンのプレスをし、自分で洗濯をする。小さな葉巻一本、あるいは相手しだいでは両切り煙草一本のために、パリじゅうお供をして歩く。もしきみが、シャツ一枚、カラー・ボタン一つにでも眼をとめたと見ると、彼の眼は、きらりと光る。「ここで買ってはいけません」と彼は言うだろう。「この店は高いです。ぼくがもっと安い店を教えてあげます」そして、それについてきみが考えるいとまもないうちに、彼は、きみを引っさらって、同じネクタイ、同じシャツ、同じカラー・ボタンを売っている店のショー・ウインドーの前へ、きみを立たせてしまうだろう――ことによったら、それは同じ店かもしれない！　だがきみには、どこがちがうのかわからない。きみが何かを買いたがっていると聞くと、ケピの魂は活気づいてくる。彼は、きみに無数の質問をあびせかけ、あちらこちらと引っぱりまわす。だから、きみは、どうしても咽喉《のど》がかわいて、何か飲みたいと言いださざるをえない。すると、とたんにきみは、ふたたび一軒の煙草屋――ことによったら同じ煙草屋かもしれない――の前に立っている自分自身を発見してびっくりするだろう――そしてケピは、また例のなめらかな声で言うのである。「すみませんが私に葉巻を一本おごってくださいませんか」きみが何をしようと、何を言いだそうと――たとえ、そこの街角を曲ろうといったようなことでも――ケピは、きみに倹約をさせるだろう。ケピは、きみにいちばん近い道、いちばんやすい店、いちばん量の多い料理を教えるだろうが、それは、きみが何をしてもかならず一軒の煙草屋の前を通るからであり、そして革命が起きようとストライキがあろうと戒厳令が布《し》かれようと、ケピは、音楽のはじまる時分にはムーラン・ルージュかオラムピヤかアンジュ・ルージュにいなければ承知しないのである。

先日、彼はこれを読めと言って一冊の書物を持ってきてくれた。それは、ある聖人と、あるインド新聞の発行者とのあいだに起った有名な訴訟事件について書かれた本である。その新聞は、聖人がみっともない生活をしているといって、公然と攻撃したらしい。それ以上に、聖人は悪い病気にかかっているとまで攻撃したらしい。ケピはその病気をフランス黴毒《ばいどく》にちがいないと言ったが、ナナンタティは日本の淋病《りんびょう》だと断言した。ナナンタティにかかると何事もいささか大げさにならざるをえないのである。とにかくナナンタティは、ほがらかに言うのだ。「アンドレエ、すまないが、その本に何と書いてあるか教えてくれないかね。おれは本が読めないんだ――手が痛くなるんだよ」それからぼくを元気づけるつもりで言う――「これはじつによく性交について書いてある本だよ、アンドレエ。ケピは、きみのために持ってきてくれたんだ。あいつは女の子のことしか考えない奴《やつ》でね。なにしろ、とてもいろんな女の子と寝てるからね、あいつは――まるでクリシャナ仏みたいにね。ぼくたちはそういうことは信じていないけどね、アンドレエ……」

その後すこしたって、彼はぼくを階上の屋根部屋へ案内した。そこにはインドからきた麻布や、南京《ナンキン》花火紙に包んだ錫罐《すずかん》や、その他こまごましたものがおいてあった。「ぼくはここへ女の子を引っぱりこむんだ」と彼は言った。それから、すこし悲しそうにつけ加えた。「おれは、あのほうは、あまりうまくないんだよ、アンドレエ。いまでは女の子を無理やりやっつけることはしなくなったよ。抱いてやって、話をするだけなんだ。いまでは話だけしているのが好きになったよ」それ以上きくにはおよばない。腕の話をするにきまっているのだ。肩の蝶番《ちょうつがい》がはずれて、腕をベッドの端からぶらぶらさせて、そこに寝ている彼の姿が眼にうかぶ。だが驚いたことに、彼はつづけて言うのである。「おれは女と寝るのが下手なんだよ、アンドレエ。もとから下手なんだ。おれの兄貴は上手だったよ！　一日に三度はやったね、しかも毎日さ！　それからケピも。あいつも上手だ——まるでクリシャナ仏だよ」

彼の頭からは、いま「女と寝る仕事」が離れなくなっている。彼は階下の、いつも彼が開いた戸棚の前でひざまずく小部屋へ戻り、まだ彼に金があって女房と子供がこっちにいたころのことを話しだした。休日には細君を万国会館へつれて行き、部屋を借りて泊ったものである。どの部屋も、それぞれちがった様式だった。細君は、それがとても気に入った。「女と寝るには、すばらしい家だよ、アンドレエ、あそこの部屋は、ぼくはみんな知っているがね……」

ぼくと彼が居間にしている小部屋の壁には、いちめんに写真がべたべた貼ってある。彼の一族の家系が一つ残らずここに示されているのである。まるでインド帝国の横断面図のようだ。この大樹のような系譜に属する人々の大部分は、枯葉ばかりらしい。女たちは、弱々しく、びっくりしたような、おどおどした眼つきをしている。男たちは、ひきしまった、知的な顔つきをしていて、教育のあるチンパンジーに似ている。全部で九十人ばかりだが、みなそこにいる。白い牡牛《おうし》も、牛の糞《ふん》も、そのやせた脚も、旧式な眼鏡も、そこにある。背景には、乾いた土や、こわれかかった破風《はふ》造りの建物や、腕の曲った偶像や、人間の形をした百足《むかで》のようなものが、ときどきちらりと見える。この画廊には、ひどく空想的な、不調和なところがあって、それを見るものは、どうしてもヒマラヤからセイロンの端までつらなっている厖大《ぼうだい》な数の寺院、圧《お》しつぶされるほど美しく、しかも同時に怪物のように異様な、雑然紛然とした建築の巨大なかたまりを思いださずにはいられない。その意匠の千変万化する複雑さから醱酵《はっこう》し沸《ふっ》騰《とう》する生殖力が、インドそのものの土壌をすら荒廃させてしまったかと思わせる、そのための異様さ、怪物的な怖《おそ》ろしさである。寺院の前に群がっている蜂《はち》の巣を突いたような群衆の姿を見ていると、誰でも三十世紀以上もつづいた性的抱擁のうちに彼らの神秘な流れを巻きこんでしまったこれら皮膚の黒い美貌《びぼう》の民族の生活力に圧倒されてしまうだろう。これらの写真のなかから突き刺すような眼でにらんでいる弱々しい男女は、この国で血をまじえ混淆《こんこう》した諸民族の英雄的な神話が、永久に国民の魂にまつわりついているようにと、インドの端から端まで石塔や壁画に彼らの姿を刻みこんだ、あの繁殖力の旺盛《おうせい》な大衆の、やせさらばえた幽霊のように見える。それらの石に刻まれた広漠たる夢想の断片、人間の精液が凝固してできたような宝石に飾られたこれら頭でっかちの鈍重な大建築を一目見ただけで、ぼくは、それぞれ先祖を異にする五億の民衆に、彼らのあこがれの最もとらえがたい表現をこのように形象化せしめた、その奔放な空想の目くるめくばかりの壮大さに圧倒されるのである。

いまナナンタティが産後に死んだ妹のことをくどくど話すのを聞いていると、何とも説明のできぬ奇妙な感情のもつれが、ぼくを襲ってくる。彼女の姿は壁にかかっているのである。ひよわそうな十二、三の少女が、おずおずと老いぼれの夫の腕にすがっている。十歳のとき彼女は、それまでにすでに五人の妻の葬式を見送ったこの老好色漢の妻にもらわれた。そして七人の子供を生んだ。そのうち彼女の死後まで生き残ったのは一人だけである。彼女は一族の真珠を守るために、この老ゴリラにあたえられたのである。あの世へ行くとき――そうナナンタティは言うのである――彼女は医師にささやいた。「あたしは夫とするのがいやになりました……もうしたくないのです、先生」この話をぼくに語りながら、彼は力をうしなった腕で、おごそかに頭を掻《か》くのであった。「性交はよくないよ、アンドレエ」と彼は言う。「だがぼくは、きみがいつも幸運になれる言葉を教えよう。それを毎日くりかえしてとなえるんだ。何べんでも、百万べんでもとなえるんだ。これはあらゆる言葉のなかで最高の言葉だよ、アンドレエ……さあ言ってみたまえ……ウウマハルムウマア！」

「ウウマラブウ……」

「ちがうよ、アンドレエ……こうだ……ウウマハルムウマア！」

「ウウマブウムバ……」

「ちがうよ、アンドレエ……こうだよ……」

……だが、この薄暗い光線、不細工な印刷、破れてぼろぼろになった表紙、不揃《ふぞろ》いなページ、不器用な指、フォックストロットを踊る蚤《のみ》、朝寝坊の虱《しらみ》、この男の舌の上の泡、眼にたまった泪《なみだ》、咽喉《のど》ぼとけ、コップの飲みもの、掌のかゆみ、風の泣き声、呼吸にまじった悲しみ、神経衰弱の霧、良心の痙攣《けいれん》、高まる怒り、臀《しり》の穴からの噴出、食道の火、尻尾《しっぽ》のくすぐったさ、奴の屋根部屋の鼠、その騒音と耳の垢《あか》——ともかく行進曲ひとつこっそり憶《おぼ》えるのに一カ月もかかったところをみると、彼は一週間に一語以上はかならず憶えようと固く決心していたのだ。

もし運命が干渉してくれなかったら、ぼくはいつまでもナナンタティの爪《つめ》に引っかけられたまま脱けだすことができなかっただろうと思う。ある晩――幸運はたいていそんなふうにして訪れるものだが、ケピがぼくに、彼のお客さんの一人を近所の淫売《いんばい》屋まで案内して行ってくれないか、と頼んだ。若いその男はインドからきたばかりで、使う金も、あまりたくさんはもっていなかった。ガンジーの一味で、例の塩の問題で海に向って歴史的な行進をやらかした少数の仲間の一人である。節制禁欲の誓いを立てたにしては、ひどくほがらかなガンジーの使徒だと言わなくてはならない。あきらかに彼は長いあいだ女には眼もくれなかったらしい。ぼくとしては、ラフェリエール街まで彼を案内して行くのが、せいいっぱいだった。だらりと舌を垂らしている犬のような男なのだ。おまけに何という尊大な、わからずやの小僧だろう！　彼はコール天の背広、ベレー帽、籐《とう》のステッキ、ウィンザー・ネクタイというでたちで姿をあらわしたのであった。万年筆を二本、コダックを一つ、それに、しゃれた下着を何枚か、すでに買いこんでいた。彼が使った金はボンベイの商人たちからもらってきた金だ。商人たちはガンジーの福音を宣伝するため彼をイギリスへ派遣したのである。

ミス・ハミルトンの店へはいると、とたんに彼は冷静をうしないはじめた。ふいに裸体の女の群にとりかこまれていることに気がついたとき、彼は、びっくり仰天してぼくの顔を見た。「ひとり選びなさい」とぼくは言った。「きみの好きなのを買っていいんだ」彼は、あまり狼狽《ろうばい》したので、女たちのほうを、ろくろく見ることもできない始末である。「あんた、代りに選んでくれませんか」真っ赤になって、彼はぼくにささやいた。ぼくは冷静に一同を見渡して、羽根がたっぷり詰っていそうな、まるまるとした若い娼婦《しょうふ》を選びだした。ぼくたちは引付部屋に腰をおろして酒を待った。マダムが、なぜあなたは女を買わないのか、とぼくにきく。「そうだ、あんたも一人買いなさい」と若いインド人が言った。「ぼくはあの女と二人きりになりたくない」そこでまた女たちが呼びこまれた。ぼくは自分のを選んだ。憂鬱《ゆううつ》そうな眼をした、やせぎすで背の高い女だ。その引付部屋に四人だけになった。しばらくすると、ぼくの若いガンジーは、からだをのりだしてきて、ぼくの耳に何かささやいた。「いいとも、あの女のほうがよかったら、そっちをとんなさい」とぼくは言い、そこで、すこし遠慮しながら、そして、かなり恥ずかしい思いをして、二人の女に、入れ代ってもらいたい、と頼んだ。ぼくはすぐに、これはまずかったなと気がついたが、そのときはすでに、ぼくの年少の友は陽気に肉欲的になっていて、早く階上へ行って用をすませないことには、どうにもしようがなかった。

ぼくたちはドアで往《ゆ》き来《き》のできる隣りあった部屋をとった。ぼくの連れは、ぼくの見るところでは、その痛烈な飢えをみたしたあとで、もう一度女をとりかえる気になったらしい。とにかく、女たちが用意をするために部屋を出るが早いか彼がドアをノックするのがきこえた。「トイレットはどこですか」と彼がきく。べつに大したことも思わず、ぼくは洗滌器《ビデエ》のなかで用を足せ、とすすめた。女たちがタオルを手にして戻ってきた。隣室で彼がくすくす笑っているのがきこえた。

ぼくがズボンをはいていると、急に隣室で一騒動もちあがった。女が彼を、この豚野郎め、小ぎたない小豚め、と罵《ののし》っているのだ。こんな騒ぎになるようなどんなことを彼がしでかしたのか、ぼくには想像がつかなかった。片脚をズボンにつっこんだまま、ぼくは一心に耳をすました。彼は英語で女に説明しようとしていた。声がだんだん高くなり、とうとう悲鳴になった。

ばたんと扉があいて、マダムがぼくの部屋へとびこんできた。顔を赤蕪《あかかぶ》のように真っ赤にし、腕を猛然とふりたてた。「あなたって、ずいぶんひどいことをするじゃありませんか」と、マダムは金切り声をあげた。「あんなのを、あたしのお店へつれてくるなんて。あいつは野蛮人です……豚ですよ……あの男は！」ぼくの連れは彼女のうしろの戸口につっ立っていた。まるでしょげきった顔つきだ。「何をしたんだ？」ときいてみた。

「あの男が何をしたかって？」と、マダムは吠《ほ》えたてた。「お見せしましょう……こっちへきてごらんなさい！」そう言って、ぼくの腕をひっつかみ、ぐいぐい隣の部屋へ引っぱって行った。「あれですよ！　あれです！」と、彼女は洗滌器を指さしてわめいた。

「行きましょう。出ましょうよ」と、インドの青年は言う。

「ちょいと待ってくださいよ。そうやすやすと出られてたまりますかね」

マダムは洗滌器のそばに立って、さかんにいきまき、唾を吐きちらした。女たちも、手にタオルを持ったまま、そこにつっ立っている。ぼくたち五人は、そこにつっ立って洗滌器を眺めた。水のなかに、ごつい黄いろのやつが二つ、ぽかりと浮いているのだ。マダムが、かがみこんで、その上にタオルをかけた。「ひどいわ！　ひどいわ！」と、彼女はぐちった。「こんなことって、あたしゃ、はじめてだよ。豚だよ、ほんとに！　きたない小豚だよ！」

インドの青年は、うらめしげに、ぼくを見た。

「ちょっと一言、注意してくださればよかったのに！」と、彼は言う。「下に流れ落ちないとは知らなかったのですよ。便所のありかをきいたら、あれを使えとあなたが言ったもんだから」彼は、いまにも泣きだしそうだ。

ついにマダムが、ぼくをわきのほうへつれて行った。やっとすこし気が落ちついたようだ。結局は過《あやま》ちなのだ。たぶん、このお客たちは、階下へ降りて、よろこんでさらに酒を注文してくれるだろう——女たちにもふるまってくれるだろう。女たちにしてみれば、ちょっとどぎもを抜かれた事件である。いかに彼女たちといえども、こんなことには慣れていないからである。あなたがたは、りっぱな紳士だし、たいへんおやさしいから、サービスに出たお腰元のことを、お忘れにはならないと思うわ——お腰元にしては、あんまりきれいじゃないな——この馬鹿《ばか》女郎は。このむさくるしい馬鹿女は。マダムは肩をゆすってウィンクした。残念な出来事ですわ。でも、悪意のある出来事ではありませんものね。ちょっとこちらでお待ちになってってくだされば、すぐ女中にお飲みものを運ばせますわ。シャンペンはいかが？　およろしいじゃありませんか。

「ぼくは出たいです」と、インドの青年は、おそるおそる言う。

「あのことを、そう気になさらないでくださいましよ」と、マダムは言う。「もうすんだことじゃございませんか。過ちは、よくあることでございますものね。このつぎにはトイレットをおたずねくださいましな」彼女はトイレットの話をつづけた——各階に一つずつあるらしい。それに浴室まである。

「あたしのお店にはイギリスのお客さまが大勢いらっしゃいますわ」と、彼女は言う。「みなさん紳士でいらっしゃいますわ。こちらは、インドの方ですわね。チャーミングな人たちですわね、インドの方は。とても聡明《そうめい》で、とても善良な方ばかりですわ」街に出ると、そのチャーミングな青年紳士は、いまにも泣きださんばかりであった。いまはコール天の服や籐のステッキや万年筆を買ったことまで悔んでいた。彼は、彼が行なった八つの誓いや味覚の抑制などについて語りはじめた。ダンディへの行進中は一皿のアイスクリームすら食べるのを禁じられていたという。紡車《つむぎぐるま》の話――ガンジー主義の小団体が、いかに師の献身ぶりにならっているかということなどを語った。彼がその師と並んで歩き、師と言葉をかわしたときの模様を、誇らしげに語るのである。おかげでぼくは十二使徒の一人の前に進み出ているような錯覚におちいった。

それから数日間、ぼくたちは、たびたび一緒になった。新聞記者とのインタビューの手筈《てはず》をきめたり、パリ在住のインド人相手の講演の準備をしたりしたのである。この脊骨《バックボーン》のない悪魔どもが、いかにおたがい同士を押えつけようとしているかを見ると唖然《あぜん》とするばかりだ。こういう実際的なことにかけては、いかにだらしがないか、これまた驚くばかりである。嫉妬《しっと》、陰謀、けちな、きたならしい、ひがみ根性。ヒンズー人が十人寄ると、インドの全宗派、分派、民族、言語、宗教、政治の対立が一堂に会したことになるのである。ガンジーの前では、ちょっとのあいだは彼らも奇蹟《きせき》的な団結を味わっているのだが、ガンジーが立ち去ると、とたんにそれが崩れて、インド人の特徴ともいうべきあの軋轢《あつれき》と混沌《こんとん》のなかに完全に落ちこんでしまうのだ。例のインドの青年紳士は、むろん楽天家である。彼はアメリカへ行ったことがあり、アメリカ人の安手な理想主義にかぶれていた。どこにでもころがっている浴槽《バスタブ》、十セント・ストアのがらくたもの、雑踏、能率、機械、高賃金、無料図書館、エトセトラ——にかぶれてしまっていたのだ。彼の理想はインドのアメリカ化にある。彼はガンジーの後退的マニアに全然満足していなかった。まるでYMCAの会員そのままに「前進せよ」と彼は叫ぶのである。彼のアメリカ談義を聞いていると、宿命の流れの方向をそらす奇蹟などをガンジーに期待するのが、いかにばかげているかがわかる。インドの敵はイギリスではなく、アメリカである。そしてインドの敵は、この時代精神である。もはや、ひっこめることのできぬ手である。何ものも全世界を毒しつつあるこのヴィールス菌を食いとめることはできないであろう。アメリカこそは、まさにこの宿命の化身である。アメリカは全世界を底なしの奈落にひきずりこむだろう。

彼はアメリカ人を、きわめてだまされやすい国民だと思っている。アメリカで彼を救済した盲信的な人間どもについて彼は語った——クエイカー教徒、ユニテリアン教徒、接神論者《セオソフィスト》、新思想家、セヴンス・デイ・アドヴェンティスト等々について。この利口な青年は、どこへ舟を漕《こ》いで行くべきかを心得ていた。どこで眼に涙を浮べるべきか、ちゃんとその時を心得ていた。いかに募金に応ずべきか、牧師の細君にはどう訴えるべきか、母親と娘とを同時に口説くにはどうしたらよいか、すべてちゃんと心得ていた。彼の顔を見ると人は彼を聖人と思うだろう。たしかに彼は聖人である――モダンな型の聖人。愛情、同胞、浴槽、衛生、能率、等々を同じ口でしゃべれるアメリカかぶれの聖人だ。

彼のパリ滞在の最後の夜は例の「性の仕事」に当てられた。その日は終日、予定のプランで埋っていた――会議、電信、インタビュー、新聞の写真、インドに忠実な人たちとの惜別の宴、彼らへの忠告、等々。晩餐《ばんさん》のときに彼は悩みを片づけようと決心したらしい。食事と一緒にシャンペンを注文し、給仕《ギャルソン》に向って指をパチンと鳴らした。概してこの男は野暮な百姓みたいなふるまいをするのである。また事実彼はそうなのだが。それから、これまでは高級なところばかりで堪能《たんのう》したから、もっと安っぽいところへ案内しろ、とぼくに言った。うんと安っぽいところへ行って一度に二、三人の女を相手にしたい、と言うのである。ぼくは彼を案内してブウルヴァール・ド・ラ・シャペルを行きながら、財布に気をつけていてくれ、と道々彼に注意した。オウベルヴィリエを曲って安っぽい淫売屋にはいりこんだ。とたんに、ぼくたちは数人の女どもをかかえこんだ。しばらくのあいだ、彼は一人の素裸の女を抱いて踊った。両の頬にくびれのあるブロンドの大女だ。そいつの尻《しり》が、部屋じゅうに張りめぐらした鏡に映るのを、ぼくは十何度か見た——彼の黒い骨張った指さきが執拗《しつよう》に女にからみついた。テーブルにはビールのコップが林立していた。自動ピアノが、ぜいぜい息を切らせながら鳴っている。用のない女どもは革張りの長椅子《いす》におとなしく腰かけ、のんびりとからだを掻《か》いていた。まるでチンパンジーの家族みたいだ。あたりには、ある種のおし殺された暴力の気配がみなぎっていた。抑圧された暴虐《ぼうぎやく》の空気が。あたかも、なにかごく微細な、しかも、あらかじめ準備されてもいず完全に予期されてもいない、あるきわめて微小な部分が補塡《ほてん》されるのを待って爆発が引きのばされているかのようであった。やがて、何かの行事に人を参加させておきながら、しかも全然つっぱなしておくといったような半ば放心的な状態のなかで、欠けていたわずかな細部が、窓ガラスにかかる霜のように、ぼんやりとではあるが強烈に凝結し、怪異な水晶のような形態をとりはじめたのであった。そして、おそろしく怪奇であり、まるで奔放自在で幻想的なデザインには見えるが、しかも、きわめてきびしい法則にしたがっているこれら霜の紋様のように、ぼくの内部に形象化をはじめたこの感覚も、同じく抵抗できぬ法則に服従しつつあるかのようであった。ぼくの全存在が、かつて経験したこともない周囲の命令のままになっているのだ。ぼくが自己と称しうるところのものは収縮し、凝固し、末梢《まっしょう》神経の調節しか知らぬ程度の陳腐きわまる通常の肉体の限界から次第に萎縮《いしゅく》してゆくかのようであった。

ぼくの患部の核が強固になればなるほど、堅固になればなるほど、ぼくを締めつけていた現実、そしていま手近に触知できるものとしてあらわれた現実は、いっそう甘美に、いっそう放埒《ほうらつ》となるのであった。ぼくが一段と金属的になってゆく度合いにしたがって、それに応じてぼくの目の前の光景も膨張してくるのである。たった一つの異質の分子、それも顕微鏡的な微小な分子の導入が、あらゆるものを粉砕せんばかりとなったいま、緊張の状態は、じつに見事に、ぴんと張りつめられていたのだ。一秒の何分のいくつかのあいだ、癲癇《てんかん》患者のみが知るのを許されているというあの完全な透明状態を、ぼくは経験した。その瞬間、ぼくは完全に時空の幻覚をうしなった。世界は軸のない子午線に沿って、いっせいにその劇を展開した。この、いわばちょっと触れただけで発射する触発引金のごとき永遠のなかに、あらゆるものが正当化される絶対の正当性をあたえられるのをぼくは感じた。ぼくは、このどろどろした粉砕と破壊の背後にとり残された自己の内部で行われている闘いを感じた。ぼくは、かまびすしい悲鳴となって明日姿をあらわすためにここに沸きかえっている罪悪を感じた。杵《きね》と臼《うす》でみずからをすり減らしている悲惨を感じた。不潔なハンカチのなかに滴《したた》りおとす、ながい、退屈なみじめさだ。時間の子午線の上には何ひとつ不正はない。そこにはただ真実と劇の幻影を創《つく》りだす運動の詩があるにすぎない。いかなる瞬間かに、どこかで絶対者と対決することがあったら、釈迦《しゃか》やイエスのごとき人々を神聖らしく見せているあの偉大なる同情は冷却して去るであろう。おそるべきは、人間が糞《くそ》の山から薔薇《ばら》を創造してきたことではなくて、あるさまざまの理由から薔薇を欲せずにはいられないというそのことなのである。ある理由、そして他のさまざまの理由から人間は奇蹟を探し求める。それを手に入れるために彼は血のなかにはいりこむ。彼は、いろんな観念で、おのれ自身を瞞着《まんちゃく》する。おのれの人生のただの一秒間でも現実のいまわしさに眼を閉じることができるなら、彼は、はかない影にでも、よろこんでとりすがるであろう。彼は何事も耐えしのぶ――恥辱、貧困、戦争、罪悪、倦怠《アンニュイ》――一夜明ければ何事かが、奇蹟が、人生を耐えうるものとする奇蹟が起るだろうと信じて――。しかもそのあいだ、つねに内部においてはメーターがまわりつづけており、その内部に手をとどかせることも進行をとどめることもできないのである。始終、誰かが生命の糧《パン》を食い、葡萄酒《ぶどうしゅ》を飲んでいる。穴倉にかくれている不潔な肥《ふと》った坊主《ぼうず》の油虫野郎が、そいつをたらふく食っているのである。それなのに一方、街の灯に照らしだされた向うでは、亡霊のごとき群衆が唇をなめており、そして彼らの血は水のように薄い。しかも際限のない苦痛、悲惨から、奇蹟は一つもあらわれない。ほんの微小な救いの痕跡《こんせき》すらもない。ただ観念が、殺戮《さつりく》によって肥えふとるべき蒼《あお》ざめやせ細った観念があるだけだ。胆汁のように出てくる観念、死体を切り開いたとき出てくる豚の臓腑《ぞうふ》のように観念があるだけだ。

そこでぼくは、人が永劫《えいごう》にわたって待ち望むこのような奇蹟とは、この忠実なるガンジーの弟子が洗滌器のなかに落しこんだあの二つのでっかい糞以上の何ものでもないと知ったとき、いったい奇蹟とは何だろうかと考える。もしも、われらの最後の日、饗宴《きょうえん》の卓の用意がととのい、ドラが鳴りわたり、そしてそこに、不意に、全然警告もなしに出されたものが一枚の銀盆であり、その上に二つのでっかい糞塊――それ以上でもそれ以下でもないことが盲人にでもわかる糞のかたまりがのっていたとしたら、どうだろう。ぼくは信じる、それこそ人間が探し求めてきた何ものにもまさる奇蹟ではないかと。それこそ奇蹟的ではないだろうか。なぜなら、それは夢想だにされなかったものだからだ。それこそ最も奔放なる夢以上の奇蹟であろう。なぜなら、その可能性くらいは想像できたものがいるにしても、そこまで想像したものは一人もなく、またおそらく今後といえどもいそうもないからだ。

とにかく、何事も当てにすべきではないという認識は、ぼくにはありがたい効果があった。幾週間となく、幾月間となく、幾年間となく、いや事実、今日までの一生、ぼくは、何事かが起るのを、ぼくの人生を一変してくれるような外在的事件が起るのを、期待してきた。ところが、いま卒然として、あらゆることとの絶対の絶望に目ざめて、ぼくは、ほっと救われた思いがした。肩から、どえらい重荷がとりのけられたように感じた。夜明けにぼくは、ちょうど部屋代程度の数フランをせびってから、インド青年と別れた。モンパルナスに向って歩きながら、ぼくは、潮のまにまに身をまかせよう、それがどんな形をとってあらわれてこようと絶対に運命には抵抗しまい、と肚《はら》をきめた。今日まで、ぼくの身に起ったことは、一つとして、ぼくを破壊するほどのものではなかった。ぼくの幻影以外、なにものも破壊されはしなかった。このおれは無傷だった。世界は無傷だった。明日にでも、革命か、疫病《えきびょう》か、地震かが起るかもしれない。明日にでも、同情を、救いを、誠実を求めうる人間は、ただの一人も残らないかもしれない。すでにして大災害が姿をあらわしているかに思える。いまこの瞬間ほど、おれが本当に孤独だということはありえないだろう。もう、何ものにもすがるまい、とぼくは決心した。何ものも当てにはしまい。今後おれは動物として、猛獣として、浮浪者として、掠奪者《りやくだつしや》として生きてゆこう。よしや宣戦の布告があろうと、それはおれの行くべき運命だ。おれは銃剣を取りつっこんでやる。猛然とやってやる。柄《つか》までつっこんでやる。強姦《ごうかん》がその日の命令なら、いくらでも強姦してやる。いまこの瞬間、この静かなる新しい日のあかつきに、地上は罪悪と苦悩のために眼がくらまないのか？　人間の本性のただの一点も変えられないのか？　歴史の絶え間ない進行によって本質的に土台から改造されなかったのか？　いわゆる人間の本性のよりよき部分によって、人間は裏切られてきたのである。それだけのことだ。精神的存在のぎりぎりの限界までくると、人間は、ふたたび野蛮人のごとく裸にされた自己を発見する。人間が神を見いだすとき、いわば彼は、きれいさっぱりとむしりとられたのだ。骸骨《がいこつ》だけになったのだ。もう一度肉をつけるために彼は人生にもぐりこまなければならない。言葉は肉とならなければならない。かくて霊魂は渇望《かつぼう》する。どんな屑《くず》でも、おれの眼にとまれば、おれはとびこんで行って、それをむさぼり食う。生きることが至高のものなら、たとえ人食い人種になろうと、おれは生きる。これまで、おれは自分の貴重な皮を貯《たくわ》えておこうとつとめてきた。骨をかくしているわずかばかりの肉を保存しておこうとつとめてきた。そのことに、いまはまいっている。おれは忍耐の極限に達してしまったのだ。壁に押しつめられているのだ。もう一歩も退けない。歴史が進行するかぎり、おれは死んでいる。もし向う側に何かあるなら、おれは、はねかえさなければならない。おれは神を見いだした。しかし、それでは足りないのである。おれは単に精神的に死んでいるだけだ。肉体的に生きているのだ。道徳的には自由だ。おれがいま別れてきた世界は檻《おり》にはいった野獣の見世物だ。いまや新しい世界の夜明けである。鋭い爪《つめ》をもった、やせた精神が徘徊《はいかい》しているジャングルの世界である。もしおれがハイエナであるなら、それは、やせさらばえた飢えたハイエナだ。おれを肥らせるために、おれは前進する。

一時半に、ぼくは約束通りヴァン・ノルデンを訪《たず》ねた。もしおれが返事をしなかったら、まだ誰かと、たぶんおれのジョージア女の尻《しり》でも抱いて寝ていると思ってくれ、そう彼はぼくに注意したことがある。

何にしても、とにかく彼は、ぬくぬくと寝床にもぐりこんで寝ていた。例によって、ぐったりと疲れているふうだ。彼は、わが身を罵《ののし》り、あるいは仕事を、あるいは人生を呪《のろ》いながら、眼をさます。しんから退屈しきって、がっかりして、一夜明けてもまだ自分が死んでいなかったと思い、それをくやしがりながら眼をさますのである。

ぼくは窓際《まどぎわ》に腰をおろして、せいぜい彼に元気をつけてやるのだが、こいつはなかなか厄介な仕事なのだ。何だかだと彼をなだめすかして起してやらねばならないからである。いつも朝になると——彼にとって朝というのは、どこにいようと午後の一時から五時までのあいだである——彼は夢想にふける。夢想するのは、たいてい過去のことだ。彼の「女の尻」のことだ。女どもの肌ざわりはどうだったか、きわどい瞬間に女どもが彼に向って何と言ったか、女どもをどこへ寝かせたか、等々のことを彼は懸命になって思いだそうとする。そしてベッドに寝たまま、苦笑し、いまいましがりながら、例の奇妙な、退屈しきった様子で、彼の嫌悪《けんお》感が言葉ではあらわせないほどひどかったという印象を、伝えようとでもするかのように、指さきを動かす。寝台の上のほうに洗滌《せんじょう》用の袋がぶらさがっている。これは彼が非常時に備えて用意しているものだ――つまり彼が探偵犬みたいに後《あと》をつけまわす処女のためである。彼は、これらの神話的な女どもと寝たあとでも、そいつを処女と呼んでいる。名前では決して呼ばないといっていい。「おれの処女」と言うのである。「おれのジョージア女」というように。彼はトイレットへ行きがけに言う。「おれのジョージア女が訪ねてきたら待たせておいてくれ。おれが待ってろと言ったと言ってな。なんなら、あの女をものにしてもいいぜ。おれは、あいつにゃあきたよ」

彼は空模様をちらと横眼で見て深い溜息《ためいき》をつく。雨だと、こう言う。「畜生め、なんていまいましい天候だ。病気になってしまうぜ」また、陽が明るく照っていると、こう言う。「畜生め、あの糞《くそ》ったれの太陽め、盲目になっちまうぜ！」髭《ひげ》を剃《そ》りにかかると、きれいなタオルが一本もないことに不意に気がつく。「畜生、このホテルの馬鹿《ばか》野郎め、おそろしく吝《けち》ときてやがる。だもんだから、毎日きれいなタオル一本だせやしないのだ！」彼は何をやっても、どこへ行っても、物事がうまくいかない。いまいましい国だったり、いまいましい仕事だったり、そうかと思うとくそいまいましい女にしてやられてしまったりするのだ。

「おれの歯は全部腐っているんだ」彼は、うがいをしながら言う。「このホテルで食わせるあのひでえパンのおかげだ」彼は口を大きくあけ、下唇を下に引っぱる。「見ろよ、この通りだ。昨日は六本抜いた。そのうちまた義歯を入れなければならねえ。生活のために働いていると、このざまだ。おれが何もせずにぶらぶらしていたころは、歯も眼も、きらきら光って、きれいなもんだった。いまのおれを見てくれ！　これでもまだ女ができるとは不思議みたいなもんだ。なあ、おれの望みは、すばらしい女を見つけることだよ――あの抜け目のない、チビ助の、睾丸《こうがん》野郎のカールみてえにな。奴《やつ》は女からもらった手紙をきみに見せたかい。何という名の女だか知ってるか。あのおけら野郎め、おれに女の名をどうしても言わねえ……おれに寝取られやしないかと心配しているんだ」彼はまたうがいをして、抜歯のあとを、ながいあいだ見ている。「きみは運がいいぜ」と彼は、うらやましげに言う。「すくなくとも、きみには友達がいるからな。おれは一人もいない。いるとすれば、あのきざな睾丸野郎だけだけれど、あいつは、あのすばらしい女のことで、おれを夢中にさせやがる」

「おい」と彼は言う。「きみはノーマという女を知らないか。一日じゅうドームのあたりをうろついてる女だよ。あいつは変ってると思うね。昨日、あいつをここへつれこんでね、お尻をくすぐってやったんだ。ところが、どうしてもさせねえ。ベッドに引っぱりこんで……パンティをぬがすとこまでは行ったんだけどね……。そしたら、おれは急にいやになっちまったんだ。あんなふうにじたばた手間のかかる奴は、もう面倒くさいね。それほどの価値はないよ。女たちがやろうとやるまいと——奴らとどたばたやって時間を浪費するのはばかくさいや。あんなけちな淫売《いんばい》相手にどたばたやるくらいなら、店さきのテラスには、すぐに熱っぽくなる女がいくらでもいるというもんだ。ほんとうだよ。みんな抱かれにここへやってくるんだ。しかもそれを罪深いことか何ぞのように思っていやがる……哀れなる阿呆《あほう》どもよだ！　西部から出てくる学校の女教師たちのなかには、ほんとうに処女がいるぜ……ほんとうさ！　一日じゅうでも便所にしゃがみこんであのことを考えているような手合いでね。そんな女は口説き落すのに、大して手間はかからんよ。やりたくてたまらない女たちだもの。このあいだ、おれは人妻をものにしたが、その女は半年間一ぺんもしなかったとおれにうちあけた。そんなことが考えられるかね。いやはや、すごいの何のって。引きちぎられやしないかと思ったよ。はじめから終りまで気ちがいみたいにうめきつづけなんだ。ところでその女め、何をしたがっていたと思うかね。ここへ引越してきたいというのさ。そして、考えてもみろよ、あたしを愛している？　なんてききやがるんだ。こっちは、そいつの名前さえ知らねえというのに。だいたい、おれは女たちの名前なんぞ知りやしないよ……知りたいとも思わない。亭主持ちの女どもなんぞな！　いやどうも、おれがここへつれこむ人妻どもを見たら、きみなんかきっと幻滅してしまうことだろうな。奴らは処女よりもひどいよ、人妻ってやつはね。こっちがしかけるのを待っていないんだ——向うからせがむんだ。それから、すんだあとで、愛だ恋だとぬかしやがる。はっきり言うがね、おれは実際、女がいやになってきたよ！」

彼は、ふたたび窓の外を眺《なが》める。びしょびしょと雨が降っている。こんな調子で、ここ五日間ほど、降りつづいているのだ。

「ドームへ行くかい、ジョー」ぼくは彼をジョーと呼ぶ。彼がぼくをジョーと呼ぶからだ。カールが一緒だと、彼も同じくジョーだ。誰もかれもジョーだ。そのほうが簡単だからだ。それに、このほうが、それほど相手を真面目《まじめ》に考えないですむから気持がいい。とにかくジョーはドームには行きたがらない——そこには借金がありすぎるからだ。彼はクーポウルへ行こうという。その前に一区画ほどぶらついて散歩をしたいという。

「だけど雨が降ってるぜ、ジョー」

「知ってるよ、だが、それが何だい。おれは健康のために散歩をする必要があるのだ。おれの腹のなかの汚れたものを洗いだす必要があるのだ」彼がこんなことを言うと、ぼくは、全世界が彼の腹のなかに包みこまれて、そのなかで腐敗しているかのような印象を受ける。

彼は服を着ながら、またしても半睡状態に戻ってゆく。片腕を上着の袖《そで》に通して立ったまま、帽子を間抜けたふうに頭にのせ、声にだして夢想しはじめる――リヴィエラのこと、太陽のこと、一生を怠けて暮すことなどについて。「おれの人生の願いは、ただ」と彼は言う。「一群の本、一群の夢、一群の女だ」瞑想《めいそう》的にこう言いながら、このうえもなくやさしい、おそろしく陰険な微笑をうかべて、ぼくを眺める。「この微笑が好きかね？」と彼は言う。それから、げっそりしたふうにつけ加える。「畜生、こんな微笑ができるすばらしい牝鶏《めんどり》を見つけることさえできたらなあ！」

「すばらしい牝鶏だけが、いまのおれを救うことができるんだ」彼は疲れきったようすで言う。「四六時中、新しい女の尻を追いまわしているのは、もううんざりだ。機械的になっちまってね。困ったことには、きみも知っているように、おれには恋愛というやつができんのだよ。あまりにエゴイストでありすぎるのだな。女は単におれに夢みる力をかしてくれるだけなんだ。それだけだよ。それは酒か阿片《あへん》同様に一つの悪徳だ。おれは毎日、新しい奴を手に入れずにはいられない。手にはいらないと、おれは病的になるんだ。つよすぎるんだな。ときどきおれは自分にぎょっとすることがあるよ。あんまり一物を引っぱりだすのが早いことに――それでいてそれが実際にはほとんど無意味なことに。おれはまるで機械的にやっているだけなんだ。ときには全然女のことを考えていないときもある。しかし、おれのほうを見ている女に、ふっと気がつくと、あっと思って、またもと通りにやりはじめる。ともかく自分が何をやっているのか気がつく前に、もうおれは女を部屋に引っぱりこんでいるんだ。女に何を言ったか憶《おぼ》えてもいない。いつしか女を部屋へ引っぱりこんで、奴の尻をたたいているんだ。そして、何をやっているか気がつく前に、もう終っているんだ。まるで夢みたいなものさ……おれの言うことがわかるかね」

彼はフランスの女にはあまり用がない。フランスの女は歯に合わないのだ。「奴らは金をほしがるか、さもなければ結婚したがる。本質的に言って、フランスの女は、みんな淫売だよ。おれはむしろ処女を相手に取組むのがいいな」と彼は言う。「処女は、いくらか幻想をあたえてくれるからね。すくなくともファイトを引きだしてくれるよ」

テラスをちらと眺めわたしてみると、彼が抱いて寝たことのある淫売が、依然として、かならず一人は、いないことがない。酒場のスタンドの前に立って、彼はぼくに一人一人指さして示し、彼女たちの分析をはじめる。そのいい点と悪い点を説明する。「あいつらは、みんな冷感症なんだ」と彼は言う。それから、たちまち、発情している甘美な汁気の多い処女のことを考えて両手をこね合せはじめる。

彼は恍惚境《こうこつ》にひたっている最中に、突如としてわれに返り、興奮してぼくの腕をつかみ、ちょうど席に腰をおろそうとしている一人の巨大な女のほうを指さす。「おれのデンマーク女がいるぜ」と彼は低い声で言う。「あの臀《しり》を見ろよ。まさにデンマーク的じゃないか。あの女は、すごく好きなんだ！　すぐにおれにせがむんだよ。こっちへきたまえ……さあ、横からあの女を見てみろよ。あの臀を見ろ。どうだい。でっかいだろう。あいつがおれの上に乗っかると、おれは両腕をまわしても、とどかねえくらいだ。あの臀は世界じゅうをやっつけてしまうよ。まるで自分があのなかで這《は》いずりまわっている小さな虫けらみたいな感じにさせられるんだ。なぜおれがあの女にはまりこむのか、自分でもわからん——たぶん、あいつの臀のせいだろうな。どうもしっくり合わないみたいなんだけどね。しかし、あの襞《ひだ》ときたら！　ああいう臀は、ちょっと忘れられないな。こいつは事実だよ……厳然たる事実だ！　ほかの女たちのなんか、退屈させられるか、あるいは、つかの間《ま》の幻惑をあたえられるくらいが落ちだけどね。だが、あの女のは——なにしろ、あのお臀をもっているんだからな！——それに、その他にも、いろいろあるんだ。誰しもあの女を抹殺《まっさつ》することはできないよ……まるで上に記念碑をのっけてベッドにはいるようなもんだからね」

デンマーク女の電気が彼に伝わったらしい。いま、例の鈍重な不活潑《かっぱつ》さは、もう彼には全然ない。眼が、ぎろりととびだしている。もちろん、一つのことが他のあることを思い起させたのである。彼は、いやらしいホテルを出たがっていた。騒々しくてかなわないからである。何か考えを集中するために、彼も本を書きたいのである。だが、くそいまいましい勤めのために、それができないのだ。「そのためにできないんだよ、あの愚劣な勤めのためにさ！　おれはモンパルナスのことを書きたいんじゃない……おれの人生、おれの思想を書きたいんだ。おれの腹のなかから汚れたものを渫《さら》いだしたいのだ……おい、向うにいるあいつを見ろよ。おれは、ずっと前に、あの女とやったことがある。あの女はいつも市場の付近に神輿《みこし》をすえているんだ。おかしな牝鶏だよ。ベッドの端に横になって服をまくり上げるんだ。そんなふうにしてやってみたことがあるかね。わるくないぜ。一向に、おれをせきたてようともしない。おれがぐずぐずしていると、ただ仰向けにひっくり返って、自分の帽子をもてあそんでいるだけなんだ。そして、おれがやってしまうと、まるで退屈しきったみたいにこう言うんだ——もうすんだの？　やったあとも、けろりとしているんだ。むろん、やったからって、何の変化も起るわけのもんじゃないけどさ。そんなことは、おれだって百も承知してるけどさ……だけど、あの女の冷血的な態度というものは……おれは、そいつが気に入ったんだ……そいつが魅力的なんだ。わかるかね。あの女が、からだを拭《ふ》くときには、歌をうたいだすんだ。ホテルを出ても、まだうたっていやがる。さよならとも言わないんだ！　帽子をふりまわして、鼻唄《はなうた》みたいなものをやりながら立ち去ってゆく。そんな淫売ってあるかね。だけど抱きごこちはいいぜ。おれの処女よりもよかったように思うよ。やってもしがみついてこない女をしめつけるのは、そこに何か堕落の香気があるようだ。血がかっと燃えたつ……」それから彼は、しばらく考えこむ。

「もしあの女に感情というものがあるとしたら、それはどんなものか、想像がつくかね」

「なあ、おい」と彼は言う。「明日の午後、一緒にクラブまで行ってもらいたいんだがね……ダンスがあるんだ」

「明日はだめだよ、ジョー。カールを助けだしてやる約束なんだ」

「おい、あんな野郎のことなんぞ忘れろよ！　きみに、どうでもしてもらいたいことがあるんだよ。それはつまりこういうことなんだ」――彼は、またもや両手をこね合せはじめる。「じつは目星をつけている女があるんだ……その女と、おれが夜の非番のときには一緒にすごすと約束したんだ。しかしおれは、そいつには、まだそれほど積極的じゃないんだ。ところでその女にはおふくろがいるんだ……絵かきの端くれか何かなんだが、そいつが、おれと会うごとに、おれの耳をかじるんだよ。じつは、おふくろの嫉妬《しっと》じゃないかと思うんだがね。だから、もしおれが、おふくろのほうとさきに寝てやったら、そう気にしないんじゃないかと思うんだ。そこのところ、きみにはわかるだろう……まあ、いずれにせよ、おふくろを抱いたからって、おそらくきみは気にしまいと思うけどさ……おふくろだって、そうわるくはないんだ……もしおれがさきに娘と会わなかったら、おふくろに目をつけたかもしれないよ。娘のほうは、とてもかわいくて若くて、新鮮なんだ。わかるだろうな、この意味? 娘は清潔な匂《にお》いがして……」

「ちょっと待てよ、ジョー、きみは誰か別の女を見つけたほうがよかったんじゃないのか」

「おい、そんなふうには考えないでくれよ。きみの気持はわかるさ。きみに助力を頼んだりするのも、ちょいとしたおれの好意なんだぜ。あの老いぼれ牝鶏《めんどり》を、どう追い払ったらいいものか、おれにはわからないんだ。最初は、酔いつぶしてやろうと思った――だが、それでは若いほうがいやがるだろうと思うんだ。連中ときたら感傷的だからね。ミネソタだかどこだか、あのへんからきたんだ。とにかく明日、おれのところへ寄って起してくれないか。そうでないと、おれは寝すごしてしまうからね。それから部屋を探すのを手伝ってもらいたいんだ。知っての通り、おれはそのほうのことでは役に立たないからね。どこかこの近くの静かな通りに探してくれよ。この近くでないとぐあいがわるいんだ……ここだとおれは信用があるからね。いいか、おれのために、いま言ったことをやってくれると約束してくれないか。ときどき、食事くらいおごるよ。とにかく寄ってくれ。ああいう馬鹿な女どもを相手に話をしていると、おれは頭が変になってくるんだ。おれはきみとハヴェロック・エリス論でもやりたいよ。畜生、おれはあの本を、もう三週間も借りだしているんだけど、まだ読んでないんだ。きみは、このところちょっとくさっているようだね。ほんとうとは思わないだろうが、おれはまだ一度もルーヴル美術館へ行ったことがないんだ――コメディ・フランセエズ座へもね。こいつは行くだけの価値があるかね。それでも、いくらかは、くだらないことから考えをひき離してはくれるだろうね。きみは、一日じゅう、どうして暮しているんだい。退屈しないかね。女と寝るほうは、どうしているんだ。おい……こっちへこいよ！　まだ逃げちゃいけないよ……おれはさびしいんだ。何かいいことないかね——もしこのままの状態が、あと一年もつづいたら、おれは気が狂ってしまうよ。おれは、このくそいまいましい国から逃げださなければならない。ここには、おれのためになるものは何もないんだ。いまはアメリカだって虱《しらみ》たかりの状態だが、それでも全然むかしと変っちゃいない……ここにいると変になってくるよ……ここに一日じゅう腰をすえている安っぽい連中は、みんな自分たちの仕事の自慢ばかりしているが、いずれも鼻もちならぬ臭気にも値しないような奴らばかりだ。みんな落伍者《らくごしゃ》だよ——だからこそ、はるばるパリくんだりまで渡ってきたのさ。なあ、ジョー、きみはホームシックになることはないかね。きみは変りものだよ……ここにいるほうが好きらしいね。ここに何があると言うんだい……聞かせてもらいたいね。ああ、何とかして自分自身について考えることをやめられるといいんだがな。おれの内部は、すっかりねじくれているんだ……内部にこぶでもあるみたいだ……ねえ、おれはきみを退屈させていることは知っている。だけど、誰かにしゃべらずにはいられないんだ。階上のあんな奴らには言えないよ……あのろくでなしどもが、どんな奴らか、それはきみだって知ってるだろう……あいつらはみんな署名入りの記事を書くことにばかり身を入れてやがるんだ。それに、あの小僧っ子のカールだが、あいつは、おそろしく利己的な野郎だ。おれはエゴイストではあるが、利己的じゃない。これは区別すべきだね。おれは神経病患者なのかもしれないね。自分自身について考えることをやめられないのだ。だからといって、自分をそれほど大した人間だと思っているわけじゃない……単に他のことが考えられないだけだ。それだけのことだよ。多少でも救いになってくれそうな女と恋愛できるといいんだが。しかし、おれに興味をもつ女なんて見つからないしね。おれは支離滅裂なんだ。それはきみにもわかるだろう。わからないかね。どうしたらいいと、きみは思うかね。きみが、おれの立場にあったら、どうするかね。なあ、おい、もうこれ以上きみを引きとめようとは思わないよ。だけど、明日は起してくれよ――一時半にね――いいだろう。おれの靴をみがいてくれるんなら、何か特別に出すよ。それから、いいかね、もし、きみが特別上等のワイシャツ――うんと清潔なやつを持っていたら、それを持ってきてくれないかね。ひどいもんさ、おれは、あの勤めに粉骨砕身してるんだが、さっぱりしたワイシャツ一枚買えないんだからね。おれたちを、まるでニグロの群れみたいにこき使っていやがるんだ。まあいいや、畜生め！　おれは散歩に行くぜ……腹のなかから汚物を洗いだすんだ。忘れないでくれよ、明日のことをな！」

六カ月、あるいはそれ以上のあいだ、金持の女、イレエヌとの文通はつづけられてきた。最近ぼくは、この事件を最後の段階にまで追いこんでやろうと、毎日カールに報告してきた。そのわけは、イレエヌがかかわりあっているかぎり、事態はぐずぐずと、とめどなく進行する可能性があるからである。最後の数日間には、まさに雪崩《なだれ》のごとき手紙がとりかわされた。ぼくたちが出した最後の手紙は、ほとんど四十ページの長さに達し、しかも三カ国語で書かれていた。それは……つまり最後の手紙は、腐敗せる雑文集であった――古い小説の最も劣悪な部分、新聞の日曜付録からの断片、ロナやタニアにあてた古い手紙の焼き直し、ラブレーやペトローニウスからの下手くそな抜粋訳――要するに、ぼくたちは自己を使い果して枯渇《こかつ》してしまったのである。ついにイレエヌは彼女の殻から抜けでる決心をした。とうとう彼女のホテルでの逢《あ》いびきを約束する手紙がついたのである。カールはパンツのなかで小便をもらしてしまった。知らない女性にあてて手紙を書くことと、その女性を訪ねて抱いて寝ることとは、別である。いざというときになると彼はがたがた震えだすのである。ぼくが代役をしなければならないのではないかと心配になったほどだ。彼女のホテルの前でタクシーをおりると、彼は、ぶるぶる慄《ふる》えていた。だから、まず彼を一区画ほど歩かせなければならなかった。彼は、すでに二杯もペルノーをひっかけていたのだが、それがすこしも効果をあたえていなかったのである。ホテルの外観自体が彼を圧《お》しつぶすに十分であった。いやに気どったホテルで、よくあるあの広々とした人気のないロビーがあり、そこにイギリスの婦人たちが小一時間も身じろぎもせずに腰をおろして、彼が逃げだすかどうかをたしかめようと頑張《がんば》っていた。ポーターが彼の来訪を取次ぐために電話をかけているあいだ、ぼくは、かたわらに立っていた。イレエヌはいた。彼のくるのを待っていた。彼はエレベーターに乗りこみながら、ぼくに最後の絶望的な一瞥《べつ》を投げかけた。犬の首に絞《しば》り縄をかけるときに見る、あの口のきけぬ訴えの一瞥である。回転ドアを抜けながら、ぼくはヴァン・ノルデンのことを考えた……。

ぼくは下宿へ引きかえして、電話がかかってくるのを待った。彼は一時間しか使える時間がなかった。勤めに出かける前に結果をぼくに知らせると約束したのである。ぼくはありのままの状況を想像しようとしたが、それができなかった。彼女の手紙は、ぼくたちのよりもりっぱだった——真面目《まじめ》であった。それははっきりしている。いまごろはもう彼らも、おたがいの寸法がわかったであろう。彼はまだパンツのなかで小便を洩《も》らしているだろうか。

電話がかかってきた。彼の声が、まるで怯《おび》えて、しかも同時に陽気にはしゃいででもいるかのように、妙にかすれてきこえた。おれの代りに事務所へ行ってくれないかと、ぼくに頼むのである。「そして、あの野郎に何とでも言っといてくれないか。おれが死にかけているとでも言ってくれ……」

「おい、カール、何だかわからないが……」

「もしもし、あなたはヘンリ・ミラーさん？」女の声である。イレエヌだ。彼女はぼくに、もしもしと言っていた。彼女の声は電話では美しくきこえた……ほんとにきれいだ。一瞬、ぼくは完全に混乱した。何と言っていいのかわからなかった。こうぼくは言いたかったのだ。「ねえ、イレエヌ、あなたは美しい……ほんとにすばらしいと思うよ」どんなに愚劣にきこえようと、たった一つだけ本当のことを彼女に言いたかったのだ。彼女の声を耳にしたいま、すべてが一変したからである。しかし、うまい機知も思いつかぬうちに、またカールが電話に出た。あの妙なかすれ声で言っている。「彼女はきみを好きなのだよ、ジョー。おれは、きみのことを、すっかり話してきかせたんだ……」

事務所でぼくは、ヴァン・ノルデンの校正の手伝いをしてやらなければならなかった。中休みのときになると、彼はぼくをそばへ引きよせた。不機嫌な消耗しきった顔つきだった。「あのチビ助野郎が死にかけてるんだって？　そうか、だけど、本当はどうなんだい?」

「あの金持の女に会いに行ったんだと思うよ」と、ぼくは落ちつきはらって答えた。

「何だって? じゃ、あいつは女を訪ねたのか!」彼はわれを忘れたふうである。

「おい、その女はどこに住んでいるんだ。何という名前なんだ?」

ぼくは何も知らないふりをした。

「ああ」と彼は言う。「きみはいい人間じゃないか。どうしておれをその陰謀に入れてくれないのだい」

彼をなだめるために、ついにぼくは詳細がわかりしだいいっさい話してやると約束した。ぼく自身カールと会うまで待っていられないほどだった。

つぎの日の昼ごろ、ぼくは彼の部屋のドアをノックした。彼はすでに起きていて、髭《ひげ》を石鹼《せっけん》の泡だらけにしていた。彼の表情からは何もつかめなかった。彼が、ありのままをぼくに語るつもりなのかどうかすら、つかめなかった。日光が開け放った窓からさしこみ、小鳥がさえずっていた。だのに、どういうものか、なぜかわからないのだけれど、室内は以前にもましてさむざむと、貧乏たらしく見えた。床には石鹼の泡がとび散っており、手拭《てぬぐい》掛けには一度もとり換えられたことのない不潔なタオルが二本かかっていた。しかも、どういうものか、カールには、すこしも変ったところがなかった。それが何よりもぼくを当惑させた。今朝は世のなかが、いいにしろ悪いにしろ一変していなければならないはずなのである。根底から変化していなければならないはずなのだ。それなのにカールは、そこに立って顔に石鹼をぬっており、どこも全然変化していないのである。

「かけないか……そこのベッドへかけてくれ」と彼は言う。「すっかり話してきかせるけどね……まあ、待ってくれ……しばらく待ってくれよ」彼は、ふたたび顔に石鹼をぬたくりはじめた。それから剃刀《かみそり》をとぎにかかった。彼は水のことで文句を言った……また湯が出ないのだ。

「ねえ、カール。気をもませるなよ。いじめるのは後でもいいじゃないか。さあ、教えてくれ、たった一つだけでいい……よかったかね、わるかったかね?」

彼は刷毛《ブラシ》を手にしたまま鏡からふり返って、妙な薄笑いをして見せた。「待てよ……これから洗いざらい話してきかせるから」

「すると、失敗だったんだね」

「いや」と彼は言葉を吐きだしはじめた。「失敗ではないが、さりとて成功でもなかった……ところで、きみは事務所で、おれのためにちゃんとやってくれたのかい。事務所へは何と話してくれたのかね？」

彼から話を引きだそうとしてもむだだとわかった。ちゃんと準備ができたら話すだろう。それまではだめだ。ぼくはベッドにひっくりかえって、蛤《はまぐり》のように黙りこんだ。彼は髭を剃りつづけた。

ふいに、何の前置きもなく彼は語りはじめた——はじめは脈絡もなく、やがてしだいにはっきりと、語勢を強めて、決然と。それを切りだすのは容易ならぬ努力だが、彼は全部をぶちまけようと肚《はら》をきめたらしい。まるで良心から何かを引きずりだすかのようであった。それがぼくに、彼がエレベーターへ乗りこんだときのあの眼つきを思いださせた。しばらく躊躇《ちゅうちょ》するように、あれと同じ眼つきをして見せた。あたかも、あらゆることがあの最後の瞬間にふくめられていることを暗示するかのように、また、もし彼が事態を一変する力をもっていたならエレベーターから外へは一歩も出なかったにちがいないと思わせるかのように。

彼が訪ねたとき、彼女は化粧衣姿でいた。化粧台にはシャンペンの壜《びん》を入れた容器がのっていた。室内は、かなり暗く、彼女の声は美しかった。彼はぼくにその部屋のことを詳しく話してくれた。シャンペンのこと、給仕《ギャルソン》がその壜をあけたときのこと、壜をあけたときの大きな音、彼女が彼を迎えるために歩みよってきたときの化粧衣の衣《きぬ》ずれの音など——彼は、ぼくが聞きたいと思っている以外のことは、すべて語ってきかせた。

彼がその女を訪ねたのは八時ごろであった。八時半になると、彼は勤めのことが気になって、いらいらしてきた。「おれがきみに電話をかけたのは九時ごろだったね、そうじゃなかったかい」と彼は言う。

「うむ、そのころだった」

「おれはいらいらしていたんだ。わかるだろう……」

「わかるよ。それからどうなんだ……」

彼の言うことを真《ま》に受けていいものかどうか、ぼくには判断がつかなかった。なにしろぼくたちがでっち上げたあんな手紙のあとなのだから。彼の言うことを言葉通りに聞いていたかどうかもわからない。なぜなら、彼の語ることは、まるで空想的なものにきこえたからだ。そのくせ、彼の人物がわかっているだけに、本当らしくもきこえるのであった。そのときぼくは例の電話の声を思いだした。怯《おび》えと、うきうきした気分との奇妙に入りまじったあの声を。しかし、いま彼は、なぜもっと陽気でないのか？　彼は絶えず微笑をうかべていた。腹いっぱい血を吸った薄桃色のかわいい南京《ナンキン》虫みたいな微笑である。「九時だったね」と彼は、もう一度言った。「おれがきみに電話したときさ、そうだったろう？」ぼくは、ものうげにうなずいた。たしかに九時だった。いまになって彼は、そのとき時計を引っぱりだして見たのを思いだし、それで九時だったことがはっきりした。とにかく彼が、ふたたび時計を見たときには十時になっていたのである。十時に彼女は両手で急所をおさえて寝椅子《ねいす》に横たわっていた。こんな調子で彼は話をすすめていったのである――すこしずつちびちびと。十一時に事はきまった。つまり彼らはボルネオへ駆落ちしようということになったのである。亭主なんぞくそくらえだ！　いずれにしろ彼女は夫をすこしも愛してはいなかったのである。もし夫が老いぼれて情熱がないという事情さえなかったら、彼女は最初から手紙などくれはしなかっただろう。「それから彼女は言うんだ。『でも、ねえ、あたしがいやにならないってことが、どうしてわかるの？』」

これを聞いて、ぼくは思わず吹きだした。まるで阿呆《あほ》らしくて吹きださずにはいられなかったのだ。

「それで、きみは何と言ったんだ？」

「何て言ったと思う？　おれは言ってやったよ、あなたにあきる男なんてありうるでしょうか、とね」

それから、どういうことがあったか、彼はそれを説明した。彼は身をかがめて彼女の乳房に接吻《せつぷん》した。熱烈に接吻したあとで、彼女のコルセージだか何だか、とにかくそんなふうなもののなかに乳房を戻しこんだ。そのあとは、またしてもシャンペンの盃《さかずき》であった。

真夜中ごろに給仕がビールとサンドイッチ――キャビアのサンドイッチを持ってきた。そのあいだずっと彼は、いまにも小便が洩れそうで死ぬ思いだったという。一度、おそろしくつらい思いをしたが、やがてそれは薄らいだ。ずっと彼の膀胱《ぼうこう》は、いまにも破裂しそうになっていたのである。けれども彼は――この小男で抜け目のない睾丸《こうがん》野郎は――状況は上品さを必要とすると思いめぐらしていたのであった。

一時半に彼女は、馬車をやとって森《ボワ》をドライブしようと言いだした。彼の頭には、ただ一つの考えしかなかった……いかにして小便をするか。「ぼくはあなたを愛している……あなたにあこがれている」と彼は言った。「あなたのおっしゃるところなら、どこへでも行く――イスタンブールでもシンガポールでもホノルルでも。しかし、いまはおいとましなければならない……時刻もおそくなったし」

彼は以上のようなことを、彼の不潔な小さな部屋で語ってきかせるのであった。日光は、さんさんと注ぎこみ、小鳥たちは気ちがいみたいにさえずっていた。彼女が美しいかどうか、まだぼくにはわかっていなかった。彼自身にもわからなかった――この馬鹿野郎《ばか》にも。どっちかといえば美しくはなかったと彼は思っているようだ。室内は暗く、しかもシャンペンが出て、彼の神経は、ぼろきれのようになっていたのである。

「それにしても、美人かどうかぐらいわかっていなければならないと思うがね――もしこの話が、てんからでたらめでないとすれば」

「ちょいと待ってくれ」と彼は言う。「待てよ……考えさしてくれ！　いや、美人じゃなかったよ。いま、はっきりした。額に白髪が一すじ垂れかかっていた……思いだしたよ。しかし、そんなことなら、大したことでもないだろうな――ほとんど忘れてしまったくらいだからね。そうだ、奴《やつ》の腕だ――おそろしく細かったよ――細くて、いまにも折れそうなんだ」彼は行ったりきたり歩きだした。ふいに、ぴたりと立ちどまった。「せめてあの女がもう十年若かったらなあ！」と彼は大きな声で言った。「せめてもう十年若かったら、おれはあの白髪も気にならなかっただろう……あの折れそうな腕だって。だが、いくら何でも年齢《とし》をとりすぎているよ。そうじゃないかね、女も、ああなると一年一年が重大だからね。あいつは来年には一つ年齢《とし》をとるだけじゃすまないからな――十年も老《ふ》けてしまうだろう。さらにもう一年たつと、二十年老けてしまうだろう。それなのに、おれのほうは、たえず若返ってゆくように見えるだろうからね——すくなくとも、まだこれからさき五年くらいは……」

「それにしても、結末はどうなったのだい？」とぼくは彼の言葉をさえぎった。

「それだけのことさ……結末なんてものはなかったよ。おれは火曜日の五時ごろ彼女と会う約束をした。ところが、そいつがまずいんだ。わかるだろう。あの女の顔には皺《しわ》があるんだよ、それが昼の光で見たら、もっとひどいだろうと思うんだ。あの女は火曜日にはおれにつっついてもらいたいと思っているんだ。昼間の情事か——きみは、あんな女を相手にはしないだろうね、ことに、あんなホテルのなかでじゃね。いっそおれは非番の夜やりたいよ……ところが火曜日の夜は非番じゃないんだ。おまけに、それだけじゃない。そのあいだに手紙をやると約束したのだ。いまさら、どう手紙を書いたらいいんだい？ 何も言うことはないよ……畜生！ あいつが、せめてもう十年若かったらなあ。おれは、あの女と一緒に行くべきだと、きみは思うかね……ボルネオだろうと、どこだろうと、彼女が行きたいと思うところへさ？ あんな金持の女が相手では、おれも手をやくんじゃないかな。おれは銃の射ち方を知らないんだ。おれは銃とかそういうものは、すべて怖《こわ》いんだよ。それに彼女は昼となく夜となくせがむだろうしね……四六時中、狩猟と、あればかりでは……とてもおれにゃつとまらないよ！」

「きみが思うほど、そうわるいことではないかもしれないぜ。ネクタイでも何でも買ってくれるだろうし……」

「きみも、おれたちと一緒にきてくれるだろう？　おれは、きみのことを、すっかり話したのだ……」

「おれが貧乏だと話したのかい。いろんなものを必要としていることを話したのかい」

「ことごとく話したよ。くそッ、せめて彼女がもう五つ六つ若かったら、万事申しぶんないのになあ。彼女はやがて四十歳だと言ったよ。ということは、つまり五十歳か六十歳ということさ。まるで自分のおふくろとやるようなもんさ……そんなことはできないよ……こいつは不可能だよ」

「それにしても、彼女にも多少は魅力があったにちがいない……きみは彼女の乳房に接吻したと言ったじゃないか」

「彼女の乳房に接吻する――なんということもないじゃないか。おまけに暗かったんだからね、さっきも言ったように」

彼がズボンをはこうとすると、ボタンが一つはずれて落ちた。「これを見てくれ。

とれかかっているんだ。いまいましい服だよ。こいつをおれは、もう七年間も着ふるしてきたのだ……それに、この代金を、おれは一文も払っていないんだ。かつては上等の服だったが、いまでは悪臭を放っていやがる。あの女は、おれに服も買ってくれるだろう。おれのいちばん気に入りそうなものを何でも買ってくれるだろう。しかし、そんなのはいやだね。女に支払いをさせるなんてのはね。おれは、これまで一度だって、そんなことはしなかった。それはきみが考えそうなことだ。いっそ一人で暮したほうがましだよ。くそッ、ここはいい部屋だ。そうじゃないかね。どこが気にくわないんだ。彼女の部屋よりも数段りっぱに見える。そうじゃないか。彼女の泊っている上等のホテルなんて、おれは好かんよ。あんなホテルは性に合わん。彼女にそう言ってやったんだ。そしたら、あたしはどこで暮そうとかまわないって言うんだ……あなたがそうしてほしいと思うんなら、このホテルを出て、あなたと一緒に暮すとぬかしやがるのさ。彼女が、でっかいトランクや、帽子の箱や、いつも引きずりあるいている下らない代物《しろもの》をみんな持ってここへ引越してくる光景を想像できるかね。あいつは、むやみと物を持ってるんだ……多すぎるよ、服にしても、酒壜にしても、すべてがね。まるで病院だね、彼女の部屋は。指に小さな引掻き傷でもつくろうものなら、いやはやたいへんな騒ぎさ。それに、やれマッサージをしなければならない、髪にはウェーヴをかけなければならない、これを食べてはならない、あれを食ってはいけない。なあ、ジョー、彼女が、もうちょっと若ければ申しぶんないんだがね。若い女なら何でも大目に見てやれる。若い女は頭脳をもつ必要がないからね。頭のないほうがいいんだ。ところが大年増《どしま》とくると、たとえそいつが輝くばかりりっぱで、世界じゅうでいちばん魅力のある婦人であっても、全然変りがない。若い女は一つの投資さ。ところが婆《ばあ》さんときたら、すごい浪費だ。せいぜい婆さんにできることといったら、まあ、いろんなものを買ってくれるくらいのことさ。だけど、いくらそんなことをしたところで、あの腕に肉がつくわけでもなし、股《また》ぐらに汁気が多くなるわけでもない。だけど彼女はわるくはないぜ。イレェヌはね。事実、きみだったら彼女を気に入るんじゃないかと思うよ。きみの場合だと、また話は別さ。きみなら彼女を抱いて寝てやる必要もないしね。きみなら、どうにかがまんして好きになれるよ。あのドレスだとか酒壜だとかその他いろんなくだらないものは、おそらく好きになれないだろうが、しかし大目には見てやれるだろう。彼女は相手がきみなら退屈させないだろう、そいつは断言できるな。興味さえおぼえるかもしれない。しかし、なにしろしぼんでしまっているのでね。おっぱいは、まだまあまあだが——なんといってもあの腕さ！　おれは、そのうちきみをつれて行くと彼女に約束したのだ。きみのことを、ずいぶん話してきかせたよ……何を話したらいいのかわからなかったものだからね。きみなら、あの女を好きになるかもしれないな。ことにドレスを着ているときの彼女をね。おれにはわからんが……」

「待てよ、彼女は金持だと言ったね。おれは好きになるよ！　どんなに年をとっていたって、ちっともかまわないよ。鬼婆《おにばば》でないかぎりはね……」

「鬼婆なんかであるもんか！　何を言ってるんだ。彼女はチャーミングだぜ。それはたしかだよ。話もうまいし、顔もいいしね……ただ、あの腕が……」

「よし、事実それだけのことなら、おれが相手になってやるよ——きみが相手になりたくないというんならね。彼女にそう伝えてくれ。だけど、うまくやってくれよ。そういう女が相手だと、ゆっくり事を運ばなくちゃいけないからな。おれをつれて行って、自然に事を運ばせるんだ。まずおれをくそみそにこきおろすんだ。嫉《や》いているようにふるまうんだ……畜生、ことによったら、おれたち二人で一緒に彼女を抱いて寝てやってもいいじゃないか……そして、みんなで一緒に、いろんなところへ行って、めしを食ったり……ドライブをしたり、狩猟に行ったり、しゃれた服を着たり。もし彼女がボルネオへ行きたいんなら、一緒につれてってもらおうじゃないか。おれも銃の扱い方は知らないけれど、そんなことは、どうだっていいさ。彼女のほうだってそんなこと気にしやしないよ。彼女はただ一緒に寝てもらいたいだけなんだ。それ以外にはないよ。きみは、さっきから始終、彼女の腕のことばかり言っているけど、しかし何も四六時中、腕を見ている必要もないじゃないか。そうだろう？　この布団《ふとん》を見ろよ！　それから、あの鏡！　これでも住居と言えるかね。いつまでも気むずかしいことを言って、一生きみは虱同然の生活をしたいと思うのか。きみは自分の宿料も払えないんじゃないか……きまった職すらないんじゃないか。こんな暮し方ってあるもんじゃない。おれは彼女が七十歳だってかまわねえぞ——それでも、こんなざまよりはましだ……」

「なあ、ジョー、おれの代りに彼女を抱いて寝てやってくれ……そしたら万事うまくいく。おれも、たまにはやってやるよ……おれの非番の夜にでもね。おれはもう四日間、糞《くそ》が出ないんだ。何かがおれにしがみついて離れないんだ。葡萄《ぶどう》の房みたいに……」

「すごく詰りすぎているんだよ。きっとそうだ」

「髪の毛まで、ばらばら脱け落ちやがるんだ……それに歯医者にも、みてもらわなければならない。まるで自分というものが、ばらばらに脱け落ちていくような気持だ。おれはきみを、じつにおもしろい男だと言って彼女に話しておいたよ……きみは、おれの代りに、いろいろやってくれるだろうな、え？　きみは、あまりに弱すぎるってことはないだろうね。ボルネオへ行けば、おれは、もう痔《じ》を起すこともないだろう。もしかしたら何か他のものが起るかもしれないな……もっと悪質のやつが……おそらく熱病か、あるいはコレラかが。くそッ、尻《しり》の穴に葡萄がつまって、ズボンのボタンが脱け落ちて、新聞の仕事で一生をすりへらしているよりは、そんな結構な病気にかかって死ぬんなら、死んだほうが、まだましだよ。たとえ一週間でもいいから、金持になってみたいもんだ。そして、結構な病気――なにか生命《いのち》とりの病気にかかって病院にはいるんだ。病室に花を飾る。看護婦たちが、ベッドのまわりを右往左往する。見舞いの電報が、いくつもいくつも舞いこんでくる。金持だと、よく面倒をみてくれるぜ。看護婦たちは、からだを綿で洗ってくれるし、髪も梳《す》いてくれる。くそッ、まったくその通りなんだ。もしかすると、おれは運よく死なないかもしれない。一生、不具ですごすことになるかもしれない……からだがきかなくなって椅子車に坐《すわ》らなければならないかもしれない。だけど、おれは同じように面倒をみてもらえるだろう……よしんば、もう金を持ってなくともね。廃人になったら――ほんものの廃人さ――世間は飢えさせはしないよ。寝るにも清潔なベッドがある……タオルも毎日とり換えてくれる。そんなぐあいに、誰もひどい目にあわせない。ことに職をもっている場合にはね。世間の奴らは、人が職をもっていれば当然幸福だと考えていやがる。きみは、どうありたいかね——一生不具者ですごすか、それとも職をもつか……それとも金持の女と結婚するか？　きみなら、むしろ金持の女と結婚するのを望むだろうな——おれにはわかるよ。きみは念頭ただ食物のことしかないんだからね。だが、かりにきみが彼女と結婚して、勃起《ぼっき》しなくなったら——こいつはよくあることなんだ——そのときはどうする？　きみは彼女のお情けで生きている。まるで狆《ちん》ころみたいに彼女の手から食わしてもらわなければならない。きみは、そういうことで満足するかね。どうだい？　それとも、そんなことは考えないかな。おれは、あらゆることを考えるのだよ。自分が選びそうな服のことも考えるし、行きたいと思うところも考えるけれど、またその他のことも考えるんだ。そいつは重大なことなんだ。勃起不能になったとしたら、しゃれたネクタイや美服が何の役に立つのだ。きみは彼女を裏切ることすらできないんだぞ——彼女が始終きみのあとについてまわっているからな。いや、いちばんいいのは、彼女と結婚したらすぐに病気になることだろうな。しかし黴毒《ばいどく》だけはいけないな。コレラか、まあ黄熱病だね。そこで、たまたま奇蹟《きせき》が起って、生命《いのち》だけはとりとめ、生涯の残りを不具者ですごすとしよう。そしたら、もう彼女をほじくってやる心配もいらないし、しかも部屋代で苦労することもないわけだ。たぶん彼女はきみに、あらゆる種類の操縦桿《かん》や、その他いろんな付属物がついているゴムタイヤのりっぱな椅子《いす》車を買ってくれるだろう。きみは両手だけうまく使えるかもしれない――つまり、ものを書くことができる程度にだ。あるいは、そのことのためなら秘書をやとえばいいわけだ。そうだ――それが作家にとってはいちばんいい解決だ。人間は両手や両脚に何の用があるのだ？　ものを書くのに手足は必要じゃない。必要なのは、生活の保障……安定……庇護《ひご》だ。椅子車に乗ってぞろぞろ通ってゆくあの帰還戦士たち――彼らが作家でないのは遺憾《いかん》千万だよ。戦争に行って、脚だけ吹っ飛ばされるということがはっきりわかっているなら――そのことがたしかめられるなら、明日にでも戦争をおっぱじめようじゃないかと、おれは言いたいね。おれは勲章のことをいのは、りっぱな椅子車と、一日三度の食事と、それだけだ。そしたらおれは奴らに罵倒《ばとう》したりはしないだろう――勲章をつけたい奴は、つければいいんだ。おれのほし何か読みものをあたえてやるよ、あの馬鹿野郎どもにね！」

つぎの日の一時半、ぼくはヴァン・ノルデンを訪ねた。その日は、彼の非番の日、というより非番の夜なのだ。彼はぼくに、今日引越しをするから手伝ってくれとカールを通じて言ってよこしたのである。

ぼくは異常なほど憂鬱《ゆううつ》な状態にいる彼を見いだした。一晩じゅう一睡もしなかった、と彼は言った。何か頭から離れぬものがあるのだ。彼を食いつくす何かがあるのだ。まもなく、それが何であるかがわかった。彼はそれをうちあけようと、ぼくが行くのをいらいらして待っていたのである。

「あいつは」と彼は切りだした――カールのことである。「あいつは芸術家だよ。微に入り細をうがって描写しやがった。じつに詳細に語ってきかせてくれた。だからおれには、それがとんでもないでたらめだとわかっているんだが……しかし、そいつを頭から追い払うことができないんだ。おれの頭がどうはたらくかは、きみも知っているだろう？」

彼は言葉を切って、カールがぼくに全部を話したかどうかときいた。カールが、ぼくと彼には、まったく別のことを話したらしいということを、すこしも疑っていなかった。故意に彼をいじめるためにでっちあげた架空の話だと思っているらしいのである。捏造《ねつぞう》された話だという程度にも考えてはいないようだ。彼にとっついているのはカールが彼の頭へ残していった「イメージ」だというのである。よしんば話が全部嘘《うそ》であっても、イメージは現実的である。おまけに現実に金持の女が登場しているのであり、現にカールはその女を訪ねているという事実がある。これは否定できないことだ。実際にどういうことがあったかは第二義的な問題である。当然カールはその女と肉体的に関係したと彼は思っている。だが彼をやけくそな状態に追いやっているのは、カールが描写してきかせたことが、いかにもありそうだという考えである。

「いかにもあいつらしいよ」と彼は言うのである。「奴《やっ》は六回か七回あの女と行なったというんだからね。なるほど、こいつは大したもんだし、そんなことは、おれはさほど気にならないけれど、しかし彼女が車をやとって森《ボワ》へ奴をつれて行き、二人で亭主の毛皮の外套《がいとう》を毛布代りに用いたというにいたっては、すこしひどすぎるよ。運転手が、うやうやしく待っていたという話は、きみも聞かされただろう……おい、奴は、エンジンの音がそのあいだじゅう、どんなふうに唸《うな》っていたかということまで、きみに話したかね。畜生、じつに手際《てぎわ》よくでっちあげたもんだ。こんなふうに、やけにこまかなとこまで考えつくなんて、いかにもあいつらしいや……そんなふうに微細にわたるということは、物事を心理的に真実らしくする一つの手だよ……聞かされたものは、あとあとまで頭からそいつを追い払うことができない。奴はそのことを、いやにすらすらと自然に話すのだ……奴は、あらかじめ考えてつくりあげてきたのだろうか、それとも、あんなぐあいに思わず頭のなかからとびだしただけなのだろうか。奴はああいう目から鼻へ抜けるような利口な嘘つきだから、奴をだしぬくなんてことは、とてもできるもんじゃない……まるで奴がきみに対して手紙を書いているようなもんだ。あいつが夜通しかかってつくる花火の一つみたいなもんだ。どうしてあんな手紙が書けるのか、おれには合点がいかない……その背後の心理がつかめないよ……一種の自慰行為じゃないかね……きみはどう思う？」

だが、ぼくが思いきって意見を述べる機会をつかまぬうちに、あるいは彼の鼻さきで笑いださぬうちに、ヴァン・ノルデンは独白《モノローグ》をつづけるのであった。

「いいかい、奴はきみに、いっさいがっさい話したと思うけれど……月光の露台に立って彼女と接吻《せっぷん》したときの模様を語ったかね。こんなことを二度もくりかえして言うと陳腐にきこえるもんだが、あの野郎は、うまいこと描写しやがるんだ……あのチビ助野郎が露台に立って女を腕に抱いているのが眼に見えるようだよ。そして奴は女にまた別の手紙を書いている。屋上のあたりで炸裂《さくれつ》する花火のことなどをね。いずれもフランスの作家たちから盗んだ出まかせさ。あいつは独創的なことなど一つも口にしたことはないんだ。おれはそのことを発見したんだ。きみも手がかりになるようなものを探りだす必要があるね……最近、奴が何を読んでいるかを嗅《か》ぎだす必要があるよ……こいつはむずかしいけれどね、なにしろ奴は、おそろしく秘密主義をとっていやがるから。もし、きみが奴と一緒にあすこへ行ったということを知らなかったら、おれは、あの女の存在を信じなかっただろうよ。ああいう男は自分で自分に手紙を書くことくらい平気でやるからね。それに奴は運のいい男だよ……あんなふうに、おそろしくチビ助で、やけに弱々しくて、ひどくロマンチックな風貌《ふうぼう》をしているもんだから、ときどき女は、ころりとまいってしまうのだ……なんとなく彼のことばに引っかかるんだ……奴がかわいそうになるんだろうね。それに、女のなかには草花の鉢《はち》をもらうのが好きな奴がいるもんだ……つまり、それをもらうことで女は自分が大したもののような気持になるんだろうね……ところがその女はインテリ婦人だと奴は言う。きみは知っているはずだ……彼女の手紙を見たのだからね。この種の女が彼のなかに何を見たと思うかね？　彼女が奴の手紙にころりとまいったのは察しがつく……だけど、彼女が奴に会ったとき、どう感じたか、想像がつくかね？　しかし、こんなことはすべて本体からそれている。おれが言おうとするのは、奴が話したその方法だよ。奴が、物事をいかに粉飾するかは、きみも知っている……とにかく、露台での場面のあとで――奴はそれを、まるで前菜《オル・ドーブル》か何かみたいに説明しやがった――そのあとで、二人は室内にはいったそうだ。それから奴は彼女のパジャマのボタンをはずした。何を笑っているんだ？　奴はこのことでおれに出まかせを言ったのか？」

「いや！　まさにきみの話している通りだよ。彼が聞かせてくれたことはね。それから……？」

「それから」――ここでヴァン・ノルデンは思わず一人でにやにや笑いだした――「それから、いいかね、彼女が両脚をあげて椅子に腰かけた模様を奴は物語ったよ……一糸も身にまとっていない……彼のほうは床の上に坐《すわ》って彼女を見あげていた。とても彼女が美しく見えたそうだ……マチスの絵みたいだった、そうきみには言わなかったかね？……ちょっと待ってくれ……奴の言った言葉そのままを思いだしたいんだ。ここで奴はオダリスク（訳注　マチスが好んで描いた帝政時代のトルコ後宮の女官のこと）に関する気のきいた、うまい文句をぬかしやがったっけ……とにかく、オダリスクというのは何だったかな？　奴はそれをフランス語で言ったよ。だから、そのわいせつさが思いだせないんだ……だけど、しゃれてきこえたぜ。いかにも奴の言いそうなことにきこえたよ。だから、たぶん彼女は、それを奴の独創だと思ったにちがいない……彼女は奴を詩人か何かと思ったかもしれないな。だが、そんなことはどうでもいい……それについては、おれは奴の想像力を、いくらか大目に見てやる。そのあとで起ったことが、おれを気ちがいみたいにするのだ。一晩じゅう、おれは、奴がおれの頭のなかへ残していったイメージをいじくりまわして悶々《もんもん》としていたんだ。頭から追い払うことができないのだ。おれにとっては、おそろしく現実的にきこえるのだよ。だから、もし実際になかったことなら、奴をしめ殺してやる。そういうことを発明する権利を人間はもっていないはずだ。それでなければ、その人間は病気にかかっているんだ……。おれの言いたいのは、つぎの瞬間のことなんだ。奴は膝《ひざ》をついて、細い二本の指で小さな花をおし開いた……そう奴は言うんだ。きみも憶《おぼ》えているだろうが、彼女は椅子に腰をおろして、椅子の肘掛《ひじか》けに脚をかけていたというじゃないか。そしたら、ふいに奴の頭にインスピレーションが閃《ひらめ》いたというんだ。しかも、これはすでに奴が二回も行なったあと、ちょいとしたマチス論をやらかしたあとなんだよ。音がしたそうだ。小さな粘液的な音が——。畜生、一晩じゅうその音がおれの耳にきこえていやがった！　つづけて奴は言うのだ——まるで、それだけではまだおれに十分でないみたいにね——それから奴は顔を彼女のなかに埋めた。奴がそうすると、ああ、畜生、助けてくれ、こともあろうに彼女は脚をそのまましめつけたんだそうだ。それでおれはまいっちまったんだ！　想像してみろよ、ああいう美しい上品な女が、脚を奴の首に巻きつけたんだぜ！　この情景には、何か、何か毒々しいところがあると思わないか。いかにもまことしやかにきこえるほど空想的だよ。奴がシャンペンのことや、森《ボワ》のドライブのことや、せいぜい露台での場面のことを話しただけだったら、おれはそのことを頭から追い払うことができただろう。だけど、こいつはあまりにも信じられないことなので、かえってもう嘘のようにはきこえないのだ。おれは奴が何かの本でそんなことを読んだとは信じられない。多少でもそこに真実性がなければ、そういうことを、どうして奴が思いつくことができたかも見当がつかぬ。あんなチビ助野郎にだって、それはいろんなことがあるさ。もしかしたら奴は全然彼女と行わず、彼女はただ奴がふざけるままにさせておいたのかもしれないな……相手がああいう金持の女では、何をしてもらいたいのか、かいもくおれたちには想像がつかないよ……」

やっと彼がベッドから抜けだして髭《ひげ》を剃《そ》りはじめたころには、すでに午後もかなりおそくなっていた。ぼくはやっと彼の思考を、他のことに、主として引越しのことに切りかえるのに成功した。引越しの準備ができたかどうかを見に女中がはいってきた——正午までには部屋を明け渡すことになっていたのである。彼は、ちょうどズボンに脚をつっこもうとしているところだった。彼が言いわけもしなければ、顔をそらすこともしないのに、ぼくは、いささかあきれた。ズボンの隠しボタンをかけながら、そこにしゃあしゃあとつっ立って、女中に用事を言いつける彼を見ているうちに、ぼくはくすくす笑いだした。「こんな女中なんか気にするなよ」と彼は最大級の軽蔑《けいべつ》をこめた眼《まな》ざしを彼女に投げかけて言った。「こいつは身体《からだ》のでっかい牝豚《めすぶた》にすぎないんだ。よかったらお尻《けつ》でもつねってやれよ。何も言いやしないだろう」それから彼女に英語で話しかけた。「おい、牝犬、こっちへきて、これにさわってみろ！」これでぼくはとうとうたまりかねて吹きだしてしまった。ヒステリックな笑いの発作だ。それが、何のことやらわけがわからないながら、彼女にもうつった。女中は、ずらりと壁にかかっている、大部分は彼自身の絵や写真を、とりはずしにかかった。「おい」と彼は拇指《おやゆび》をふりまわして言った。「ここへこいよ！　おれの思い出のよすがになるものがここにあるぜ」——壁から一枚の写真を引き剝《は》がしながら彼は言葉をつづけた——「おれが出て行ったら、こいつでお前の尻《しり》をふいてもかまわないぜ」それから彼は、ぼくのほうをふり向いて言った。「この女は啞みたいな奴さ。おれが何をフランス語で言ったって、ちっともわかったような顔をしないだろう」女中は口をぽかんとあけてその場に立っていた。てっきり彼を狂人だと思いこんでいるふうだ。「おい、きみ！　そうだ、おまえだ！　こういうふうにな……！」そう言って彼は、写真を、彼自身の写真を手にして、それで自分の尻をぬぐってみせた。

「こんなふうにだ！　わかったかね。きみは彼女のために絵をかいてやる必要があるね」と言い、おれは絶対にいやだとでもいうように下唇をつきだして見せた。

彼女が彼の品物を大きな鞄《かばん》のなかに投げこんでいるのを、彼は、どうしようもなく見守っていた。「ほら、こいつも入れといてくれ」と彼は歯ブラシと洗滌袋《せんじょう》とを彼女に手渡した。彼の持物の半分が床の上にほうりだしてあった。鞄はぎっちりいっぱいになり、絵や書物や半分空《から》になった罎《びん》などを入れる余地はなかった。「ちょっと坐れよ」と彼は言った。「時間はたっぷりある。こいつをなんとか考えださなければならない。きみがきてくれなかったら、おれは、ここから一歩も出やしなかっただろう。知っての通り、おれはまったく頼りない男だからね。電球をはずすのを忘れないように注意してくれ……みんなおれのだから。あの屑籠《くずかご》も、おれのだ。豚みたいな暮しをすればいいと思っていやがるんだ、ここのインチキ野郎どもは」女中は麻紐《あさひも》をとりに階下へおりて行った……。

「見てろよ……あいつは、たとえわずか三スウの値段でも、麻紐の代金を、おれからとりやがるから。ここの奴らはズボンのボタン一つ縫いつけるんでも、かならず料金をとるんだ。人のものをくすねる虱《しらみ》みたいなきたねえ奴らだよ！」彼は暖炉棚からカルヴァドスの罎をとり、他の罎もとるようにぼくに合図した。「こんなものを引越しさきへ持って行ったって仕方がない。いま全部あけてしまおうじゃないか。だけど女中には一杯も飲ませるなよ。あの私生児野郎にはね。あいつにはトイレットペーパー一切れだって残して行ってやるものか。出て行く前に、ここをめちゃくちゃにしてやる。いいか……きみもよかったら、ここの床に小便しろよ。事務所の机の引出しにある金をかっぱらえるといいんだがな」彼は、たまらないほど自己に、そしてあらゆるものに嫌悪《けんお》をおぼえ、その感情のはけ口を、どこへ持ってゆけばいいのかわからないでいたのだ。壜を手にしてベッドのそばまで歩みより、布団《ふとん》をめくって敷布団の上いちめんにカルヴァドスをぶちまけた。それでもあきたらず、敷布団を踵《かかと》でぎりぎり踏みつけた。運わるく彼の靴の踵には泥がついていなかった。とうとうシーツを引っぱがして、それで靴をみがきはじめた。「こうしておけば奴らもいくらか手数がかかるだろう」と彼は、恨み骨髄といったようすでつぶやいた。それから、ぐいと酒を口いっぱいあおって、顔をのけぞらせ、がらがらとうがいをやり、いいかげんがらがらやったあとで、ぺっと鏡に向って吐きだした。「やい、この安っぽい糞《くそ》ったれ野郎め！おれが出て行ったら、あとで掃除するがいいや」彼は、ぶつぶつひとりごとを言いながら、部屋のなかを行ったりきたりした。床に落ちている自分の破れ靴下を見ると、それをつまみあげ、ばらばらに引き裂いてしまった。絵も彼にとっては憤慨のたねであった。それを取りあげた——彼の友人である同性愛の女がかいた彼自身の肖像画である。そいつを足で突き破った。「この牝犬め！　厚かましくもこの女が何をおれに頼んだか知っているか？　彼女はおれに、おれの用がすんだあとの女どもをまわしてくれと頼みやがったんだ。彼女のことを新聞でほめて書いてやっても一スウもよこさなかった。ミネソタからきた女をとりもってやるとおれが約束しなかったら、この絵だって、くれはしなかったろう。彼女は、あの女に夢中になったんだ……まるで、さかりのついた犬みたいに、いつもおれたちをつけまわしていやがった……この牝犬をまくことは、どうしてもできなかったよ！　おかげで、おれはつくづく人生がいやになったのだ。いまにも彼女がわっと押しこんできやしないかと、びくびくして、女をここに引っぱりこむのが怖いくらいになってしまったのだ。まるで泥棒みたいに、こっそりこの部屋に忍びこんで、なかにはいると、やにわにドアの鍵《かぎ》をかけたものだ……彼女とあのジョージア女――あいつらが、おれを気ちがいみたいにするのだ。一人は、いつもさかりがついているし、もう一人は、いつもがつがつ飢えていやがる。おれは飢えている女とするのは大きらいだ。まるで餌《えさ》をそいつの腹のなかに押しこんで、また押しだすのと同じじゃないか……畜生、それで思いだしたけれど……おれはあの青い軟膏《なんこう》を、どこへおいたっけかな。あいつは大切なのだ。ああいうものを用いたことがあるかね？　粉薬よりもつらいぜ。そいつも、どこで手に入れたのか、おぼえてないよ。先週は、むやみやたらと女どもを引きずりこんだものだから、いちいち憶《おぼ》えていないんだ。おもしろくもあったね。みんな、いやに新鮮な匂《にお》いがしてね。それがどういうのか、きみにはわかるだろう……」

女中が彼の荷物を歩道へつみあげた。主人が不機嫌なようすで見ていた。いっさいがっさいタクシーのなかへつみこんだら、一人しか乗る余地がなかった。車が動きだすと、さっそくヴァン・ノルデンは、新聞紙を一枚とりだして、薬罐《やかん》や鍋《なべ》類を包みはじめた。新しい宿では煮炊《にた》きはいっさい禁じられているのである。目的地につくころまでには、荷物は全部くずれてしまっていた。車を乗りつけたちょうどそのときマダムが戸口から首をつきださなかったら、ぼくたちも、そう大して困りもしなかったであろう。「あれまあ！」と彼女は叫んだ。「いったいぜんたい、これは何ですかね。どういうおつもりなんですかね」ヴァン・ノルデンは、すっかりおどかされて、「それは、ぼくのですよ、マダム」と言う以外、なにも思いつかないありさまだった。それから彼は、ぼくのほうをふり返って、憎々しげにつぶやいた。「この牝鶏《めんどり》め！　この女の顔に気がついたかね。わざわざおれのために、おっかなく見せようとしていやがるんだ」

ホテルは、むさ苦しい路地の奥にあって、現代風の監獄におそろしくよく似た長方形をなしていた。事務所は大きくて、タイル張りの壁から明るい反射があるにもかかわらず、ひどく陰鬱《いんうつ》だった。窓には鳥籠《とりかご》がつるしてあった。そして、小さなエナメルの札がいたるところにかかっていて、陳腐な文句で、こういうことをしてはいけません、あれを忘れないでください、と客に訴えていた。事務所は汚点《しみ》一つないほど清潔ではあるが、いやに貧乏くさく、黴《かび》くさく、陰気くさかった。布張りの椅子《いす》が針金で結びあわせてあった。それが不快にも電気椅子を連想させた。彼がはいるはずの部屋は五階にあった。階段をのぼりながら、ヴァン・ノルデンは、かつてここにはモーパッサンが住んでいたことがあるのだと、ぼくに教えてくれた。その同じ口の下から、廊下には変な臭気がすると注意した。五階には窓ガラスが幾枚かなくなっていた。ぼくたちは、ちょっとたたずんで、中庭の向うの間借人たちを眺めた。夕食の時刻に近いので、人々は、正直に生活の資をかせいでいることからくるあの疲れた無気力なようすで、ふらふらしながら各自の部屋へ帰って行くところであった。たいていの窓はあけ放してあった。むさくるしい部屋部屋は、たくさんの口が欠伸《あくび》をしているように見えた。部屋の住人たちも、ものうげに、欠伸をしているか、からだを掻《か》いているか、そのどちらかであった。彼らは、一見大した目当てもなく動きまわっていた。まさに狂人たちと言ってもよかろう。

　廊下を折れて五十七号室へ向っていると、前方の一枚のドアが不意に開いて、髪をふり乱し、マニア的な眼つきをした、すごい老婆《ろうば》が顔をつきだした。ぎょっとなって、ぼくたちは立ちすくんだ。まる一分近く、われわれは、動く力をうしない、あるいは気のきいた身振りをする力さえなく、その場につっ立っていた。老婆の背後に台所のテーブルが見え、その上に丸裸の赤ん坊が寝ていた。せいぜい羽毛をむしった若鶏くらいしかない、ちっぽけな餓鬼である。やっと老婆は、そばの汚水桶《おけ》を取りあげて前へ歩きだした。ぼくたちは彼女を通すためにわきのほうへどいた。そのあとでドアがしまると、赤ん坊が鋭い泣き声をたてた。それが五十六号室で、五十六号と五十七号のあいだに便所があり、老婆はそこで汚水をあけていた。

階段をのぼりはじめてからヴァン・ノルデンは、すっかり黙りこんでいた。けれども彼の表情は雄弁に何かを語っていた。彼が五十七号のドアをあけると、ほんの一瞬だが、ぼくは発狂したような感覚を味わった。緑色の紗《しゃ》でおおわれ、四十五度の角度にかしいだ巨大な鏡が、書物をぎっしり詰めこんだ乳母車《うばぐるま》の上方、入口の真向いにかかっているのだ。ヴァン・ノルデンは、にやりとも笑わず、平然と乳母車に歩みよって、一冊の書物を取りあげ、ぱらぱらとページをめくった。まるで公共図書館にはいっていちばん手近の書架に何の考えもなく歩みよってやるときのように。すると、それと同時にぼくが片隅《かたすみ》にほうりだしてある一対のハンドルに眼をとめなかったら、それも大してぼくにはおかしく感じられなかったかもしれない。ハンドルは、まるで何年間もそこで仮睡をむさぼっていたかのごとく、まったく安らかに満足しきっているかに見えた。そのため不意に、まるでぼくたちが、この部屋のなかに、全然いまのままの姿勢で、無限のながい時間立ちつくしてでもいたかのように、ぼくには思われた。まその姿勢で、二度とそこから出てくることのない夢のなかに――ちょっとでも体を動かしたら、またたき一つしても、ばらばらにこわれてしまいそうな夢のなかに落ちこんででもいたかのように。けれども、それよりさらに奇妙なのは、ついこのあいだの夜実際にみた夢の記憶が、いきなりうかんできたことであった。その夢のなかでぼくは、ちょうどいまハンドルのそばに立っているのとそっくりの、部屋の片隅にいるヴァン・ノルデンを見たのである。ただ夢のなかでは、ハンドルの代りに、両脚を引きよせてうずくまっている一人の女がいた。彼は、その女を見おろして、何か強烈に欲望をいだく場合に見せるあの敏捷《びんしょう》な貪欲《どんよく》な表情を眼にうかべて立っていた。そのことが演じられている街路は、ぼやけており――ただ二つの壁でつくられた角だけが鮮《あざ》やかだった。そして、そこに這《は》いつくばっている女の姿も。彼が、あの特有のすばやい動物めいた動作で、周囲に何事が起っているかそんなことには頓着《とんじゃく》なく、おれはやりたいことだけをやるのだと決心して女に挑《いど》みかかってゆくのが見えた。彼の眼の表情は、こう言っているようであった――「おれを殺すんなら、あとでやってくれ。いまは、こいつを入れさせてくれ、頼む」彼は相手のほうにかがみこんだ、二人は頭を壁にぶつけた。彼は、すごく勃起《ぼっき》して、簡単には、いかなかった。ふいに彼は、いかに引上げるべきかを心得きっている例のいや気のさしたようなようすで立ちあがり、服装をととのえた。立ち去ろうとしかけたとき、ふと自分のペニスが歩道にころがっているのに気がついた。それは切り落した箒《ほうき》の柄くらいの大きさであった。彼は平然とそれを拾いあげ、小脇《こわき》にかかえこんだ。彼が歩み去って行くとき、ぼくは、二つの大きな球、チューリップの球根ほどの球が、その箒の柄からぶらさがっているのに気がついた。そして彼がひとりごとをぶつぶつつぶやいているのがきこえた。

「花火……花火」

給仕が息をきらし、汗をかいてやってきた。ヴァン・ノルデンは、けげんな面持で彼を見やった。今度はマダムがのりこんできた。彼の手から書物を引ったくり、乳母車のなかへそれをつっこみ、一言も口をきかずに乳母車を押して廊下へ出て行った。「ここはまるで気ちがい病院だな」ヴァン・ノルデンは困ったように薄笑いをうかべて言った。それは、ひどく弱々しい、何とも形容できない微笑であった。だからぼくたちは、どんづまりにゆがんだ鏡のある長い廊下の端にでも立っているような気がしてきた。そして、この廊下を、ヴァン・ノルデンは、その困惑を煤《すす》けたランタンのように振りまわしながら、行ったりきたりした。すると、あちこちのドアがあいて、手が彼を引っぱったり、足が彼をつきだしたりするのであった。彼が遠くのほうへさまよって行けば行くほど、その困惑ぶりは痛切になった。夜、舗道が濡《ぬ》れてすべるときなど、自転車乗りが歯のあいだにくわえて持つランタンみたいに、彼はその困惑を身につけていた。むさくるしい部屋部屋を、彼は出たりはいったりした。椅子に腰をかけると、それはがらりとこわれるし、鞄《かばん》をあけると、なかには一本の歯ブラシしかはいっていなかった。どの部屋にも鏡があり、彼はその前に注意深く立って怒りを嚙《か》みしめた。絶えず嚙んでいるため、そしてまた、低く唸《うな》り、ぶつぶつ文句を言い、つぶやき、罵《ののし》るため、顎《あご》がはずれてしまい、だらりと垂れさがった。髭をこすると、顎が崩れ落ちた。ひどい自己嫌悪から、自分の顎を踏んづけ、大きな踵で粉々にこすりまわした。

そのあいだ荷物が運びこまれた。そして、ものが前よりもいっそう気ちがいじみて見えてきた——体操具を寝台の枠《わく》にとりつけてサンドウ体操をはじめだすと、ことにそれがひどかった。「おれはここが好きだよ」と給仕に笑いかけながら彼は言った。彼は上着とチョッキを脱いでしまった。給仕は面くらったようすで彼を見まもっていた。一方の手には鞄を、他方の手には洗滌袋をさげていた。ぼくは緑色の紗をかけた鏡を捧げて、脇室に離れて立っていた。実用的なものは一つとしてないように見えた。脇室そのものが無用の長物であり、納屋《なや》に取りつけた大玄関みたいであった。コメディ・フランセエズ座やパレ・ロイアル・テアトルにはいったときに受ける感じとそっくりである。それは骨董《こっとう》の、落し戸の、両腕のついた半身像とワックス塗の床の、華麗な燭台《しょくだい》と甲冑《かっちゅう》の武士の、眼のない彫像の、そしてガラス箱のなかの恋文の世界であった。何かが進行していた。しかしそれは何の意味もなかった。鞄に入れる余地がないので半分残っているカルヴァドスの壜を飲みほすのに似ていた。

ついさっきも述べたように、階段をのぼりながら彼は、かつてモーパッサンがここで暮していたことがあるという事実を語った。この偶然の一致は、彼に、ある感銘をあたえたようである。モーパッサンが名声をかちえたあの不気味な作品の幾編かを生みだしたのも、まさにこの部屋においてであったと、彼は信じたいらしいのだ。「奴《やっ》らは豚みたいに暮していたんだ、あの下らない糞野郎どもは」と彼は言った。ぼくたちは紐や締具でとめた、一対の古い安楽椅子に腰をかけて丸テーブルに向っていた。ベッドは、ぼくたちの右脇にあり、それに足をのせることができるほどすぐ近くにあった。衣裳簞笥《いしょうだんす》が、うしろの片隅に立っていた。これまた都合よく手をのばせばとどく近さであった。ヴァン・ノルデンはよごれた洗濯物をテーブルの上においた。ぼくたちは、そのきたない靴下やシャツのなかに両脚を埋めて腰をすえ、ひどく満足げに煙草《たばこ》をふかした。あたりの薄ぎたなさが彼に魔力をあたえたらしい。彼はここで満足していた。ぼくが電灯をつけようと立ちあがると、食事に出かける前にトランプを一勝負やろうと誘った。そこでぼくたちは窓際《まどぎわ》に腰をかけた。床には不潔な洗濯物が散乱し、サンドウ体操具がシャンデリアからぶらさがっていた。ぼくたちは二人遊びのピナクルを二、三回やった。ヴァン・ノルデンはパイプをしまいこみ、一かたまりの嗅《か》煙草を下唇の裏側に詰めこんだ。ときどき窓からぺっと唾《つば》を吐いた。褐色《かっしょく》の汁の、大きな健康な唾液《だえき》だ。そいつが下の舗道にびしゃりと音をたてた。いま彼は満足しきっているふうであった。

「アメリカにいたときには」と彼は言った。「こんなところに住もうとは夢にも思わなかったにちがいない。おれが浮浪生活をしていたときですら、ここよりはましなところで寝た。しかし、この土地では、これがあたりまえらしいな――きみの愛読する作品に似ている。万一向うへ帰るようなことがあったら、おれはこんな生活のことなど、すっかり忘れてしまうよ。悪夢を忘れてしまうのと同じにな。おれは、おそらくアメリカを去ったときのままの昔の生活を、またはじめるだろう……帰るようなことがあったらな。ときどきおれは昔の夢をみることがある。それが、やけに鮮やかなので、いま自分がどこにいるのかをたしかめようとして、思わずからだをゆすってみずにはいられない。ことに、そばに女がいるときには、そうだ。女というやつは、どんなものよりも、おれの心をひき離す力があるからね。おれが女に望むのは、それだけだよ——われを忘れることとさ。ときには、空想のなかへ深くはまりこんでしまって、女の名も、どこで拾ったのかも思いだせないことがある。おかしなものだ。朝、眼がさめたとき、かたわらに潑剌《はつらつ》とした温かい肉体があるのは、いいものだな。気分がしゃんとするよ。何だか精神的になる……女のやつが、愛だの何だのと、例のくだらぬことをならべはじめるまではな。女というやつは、どいつもこいつも、何だってあやたらと愛についてしゃべるのかね。きみにはわかるかい？　女というやつは、抱かれていい気持にさせてもらうだけでは足りないらしいな……人の魂までほしがるのだ……」

ところで、ヴァン・ノルデンの独白のなかにしばしばとびだしてくるこの魂という言葉は、はじめぼくに珍妙な効果をあたえたものである。彼の口から魂という言葉を聞くと、いつもぼくはヒステリックになったものだ。なんとなくそれが贋金《にせがね》みたいに思えた。それが、たいていは彼の口の端からだらだら垂れてくる褐色の唾液と一緒にとびだしてくるものだから、なおさらそう思えた。ぼくがいつも彼の鼻さきで遠慮もなく笑いだすので、このちょっとした言葉がとびだすと、かならず彼は、ぼくが弾《はじ》けるように笑いだすまで口をやすめて待っていた。そして、何事もなかったかのように、すまして、また独白をつづけ、その言葉をますます頻繁《ひんぱん》に使うのであった。そのたびにいっそういとしげに力をこめて口にするのである。女たちがつかもうとしていたのはおれという魂なのだ――そのことを彼は、ぼくにはっきりさせた。それを何度もくりかえし説明した。けれども、くりかえすたびに、まるでその強迫観念に対する偏執狂のように、あらためてまた魂に戻るのであった。ある意味では、ヴァン・ノルデンは狂人である。ぼくはそう確信している。彼のただ一つの恐怖は孤独にとり残されることである。そして、この恐怖は、あまりにも根深く執拗《しつよう》なので、彼は女の上にのっかっているときですら、さしこんでいるときですら、みずからつくりあげたこの牢獄《ろうごく》から逃《のが》れられないのである。「おれは、あらゆることをためすのだ」と彼は説明する。「ときには数をかぞえてみる。あるいは哲学上の問題を考えはじめたりする。だが、だめなのだ。まるで、おれという人間が二人いて、その一人が間断なくおれを見張っているみたいなのだ。おれは、どうにもならぬほど自分に腹が立ってきて、自分を殺しかねないほどになる……ある意味では、オルガスムに達するたびごとに、それをくりかえしているともいえる。一瞬おれは自己を忘却する。そのときには、もう一人のおれもいない……何もない……女すらも存在しない。聖体拝受のときみたいだ。誠実という意味だよ。そのあとすこしのあいだ美しい精神的な輝きにつつまれている……もしかしたら無限にその状態がつづくかもしれない——そいつは、しかし誰にもわからないがね——もしもそばに女がいて、注水バッグがあって、水が流れているという事実さえなかったらね……こんなくだらないものがすべて、いたたまらぬほど自己を意識させ、絶望的なほど孤独にするのだ。その瞬間の解放感のあいだ、あの愛だの恋だのというたわごとに耳をかたむけなければならないとは……時折それがおれを気ちがいみたいにするのだ……たちまち女を蹴《け》とばしてやりたくなる……実際、ときには蹴とばすのだ。けれども、そんなことでは女は退却しはしない。じつは女はそれをうれしがるのだよ。女をかまいつけないようにすればするほど、女はあとを追いまわす。何かしら女には片意地なところがあるんだ……女はみんな心のなかではマゾヒストなのだよ」

「しかし、それでは、きみが女に求めるのは何だ?」とぼくはきく。

彼は両手をこね合せはじめる。下唇がだらりと垂れる。完全に挫折《ざせつ》の表情だ。たまたま、どもりながら断片的なことを言える場合があっても、そのときには、その言葉の背後にどうともしがたい無能ぶりがひそんでいるという自覚を引きずっているのである。「おれは自分自身を全部女にひき渡すことができたらいいと願っているんだ」と彼は口走る。「おれ自身から、おれというものを女に引きずりだしてもらいたいんだ。だが、そのためには女がおれよりもすぐれていなければならない。思想をもっていなければならない。ただ女というだけではだめなんだ。おれにはその女が必要なのだ、その女なしには生活できないのだと、どうだね、そんな女を見つけてくれないかね。見つけることができたら、おれの職を、きみにゆずるよ。そうなったら、おれの身に何事が起ろうと、おれは一向かまわない。職も友人も書物も、何もいらない。この地上に、おれ自身よりも大切なものがあるということを、女がおれに信じさせてくれさえすれば、それでいいんだ。畜生、おれは自分自身が憎い！　だが、それ以上に、あのくだらぬ女どもが憎いよ――どいつもこいつも何の役にも立ちやしないんだから。

「おれは自分自身がかわいいのだときみは思っている」と彼はつづける。「だとすれば、きみには、おれという人間が、ほとんどわかっていないんだ。おれは自分を大した奴だと思っている……おれに何かがなければ、こんな問題など考えもしないだろう。だが、おれを食い荒しているのは自分自身をはっきりと表現できないことだ。人々はおれを女の尻《しり》ばかり追いまわしている助平野郎だと思っている。それこそ、奴らがいかに浅薄かという証拠だ――あのハイ・ブラウの奴らがさ。あいつらは一日じゅうカフェのテラスに腰をすえて心理的反芻《はんすう》をやっていやがるんだ……こいつは、ちょいとわるくないね――この心理的反芻という言葉は……書きとめておいてくれよ。来週、コラムを書くときに使うから……ところできみはシュテーケルを読んだことがあるかね。いくらか読む価値があるかね。おれには単に症状の記録程度にしか思えないが、おれも分析医を訪《たず》ねてみるくらいに神経が興奮できるといいのだが……むろんりっぱな分析医でないとだめだけれど。きみの友人のあのボリスのような、山羊鬚《やぎひげ》をはやしてフロックコートを着こんだ、けちな弁護士みたいな奴に会うのは、まっぴらだよ。きみは誰とよくきみは、あんな奴らにがまんしていられるな。うんざりしないかね。きみは誰とでも話をするんだね。きみは気むずかしいことを言わないからね。きみの態度のほうが正しいかもしれないな。おれも、むやみと人のあらさがしをやらずにすむといいのだが。しかし、ドームあたりをうろつくあの不潔でけちなユダヤ人連中ね、奴らには、おれは虫酸《むしず》が走るよ。奴らの言うことは、まるで教科書そっくりだ。毎日きみを相手に話ができたら、たぶんおれは、この胸のなかから、いろんなものを吐きだすことができるだろうと思うよ。きみは、きき上手だからね。きみが、おれのことをとやかく言わずに、がまんしているのは知っているよ。それに、きみは発展させる何の理論ももっていないしね。おそらくあとで、きみの持っているあのノート・ブックに、このことを書きとめるだろうとは想像するがね。いいかね。おれのことを、きみが何と言おうと気にしないが、助平野郎とするのだけは、かんべんしてくれ——あまり単純すぎるよ。そのうち、いつかおれは、自分自身のこと、自分の考えについて、本を書くよ。単なる内省的分析の作品ではなくて……自己を手術台の上に横たえて、おれのあらゆる内臓を暴露するつもりだ……ありとあらゆる不潔なものを、いまだかつて、そんなことをやったものは、いやしないだろう——いったいきみは何がおかしいんだ。幼稚にきこえるのか？」

ぼくが笑っているわけは、彼がいつか執筆するつもりでいるこの本のことが話題に出てくると事態がかならず妙にちぐはぐな様相をおびてくるからである。彼はただ「おれの本」とだけしか言わないが、そのとたんに世界はヴァン・ノルデン商会という個人的次元に収縮するのである。その作品は、絶対に独創的で、絶対に完璧《かんぺき》なものでなければならなかった。他にもいろいろ事情はあるが、そのために彼は作品にとりかかれずにいるのである。ある一つの観念を思いつくと、片っ端からそれに疑問を持ちはじめるのだ。ドストエフスキーかハムズンか誰かがすでに使用ずみだった、と彼は思いだす。「おれは彼らの上をゆく傑作を書きたいというのではなく、彼らとちがったものでありたいのだよ」と彼は説明する。だから、作品には取組まずに、作品を片っ端から読破し、自分が彼らの私有財産の上を踏みつけることがないよう、それを確実にしておこうとするのである。しかも多くを読めば読むほど彼は軽蔑《けいべつ》的になる。どの作家にも満足しない。彼が自己に課している高度の完璧にまで到達している作家は一人もいない。そこで、自分はまだ一章も書いていないことは完全に忘れて、その作家たちのことを高いところから見おろすような口調で語るのである。まるで彼の名を冠した著書が一書棚ほども存在し、しかもそれらは、あまねく人の熟知するところであり、いまさら書名を述べる必要もないといわんばかりの調子なのである。このようなことについて、彼は、あからさまに嘘《うそ》をついたことは一度もないが、それにもかかわらず、自分の個人的な哲学、批評、不満をぶちまけるために彼が無理矢理ひきとめる人々は、当然、彼のとりとめもない言葉の裏には具体的な作品が存在しているものと思いこんでしまう。自作の詩を読んできかせるという口実で、あるいは、もっと体裁のいい口実としては知恵をかしてほしいなどと甘いことを言って、彼が部屋に引っぱりこむ若い愚かな処女たちにいたっては、とくにそうだ。罪悪感や自意識などいささかもなく、彼は数行ほど書きなぐったきたならしい一枚の紙を彼女たちに渡す——新作の詩の構想だと説明する——そして、まじめくさった顔つきで彼女たちに率直な意見を聞かせてほしいなどと求めるのである。たいてい女たちには批評という方法でしゃべることなど何もなく、その詩の完全な無意味さに途方に暮れる。するとヴァン・ノルデンは、すかさずその機をつかんで、滔々《とうとう》と彼の芸術観を展開するのである。芸術観とはいっても、それは思いつくままその場にふさわしくでっちあげたものであるのはいうまでもない。彼がこの役割のエキスパートになってしまったいまでは、エズラ・パウンドの詩から寝台までの推移は、ある音調《キイ》から別のそれへと変る転調と同様に、しごく簡単で自然なものになっている。事実、それが行われないと不協和音的にさえなるのだ。ところが、それが時折起るのである。彼が「カモ」と称するあの馬鹿《ばか》女どもについて失敗をやらかすときである。むろん彼は、性格的にそうではあるけれども、この種の致命的な判断の失敗を引合いに出すのをしぶる。けれども、みずから進んでこの種の失敗を告白する段になれば、何一つ包みかくそうとはしない。実際、彼は自分の不手際《ふてぎわ》を、ながながと論じることに意地の悪い快感を感じているのではないかと思う。たとえば、かれこれ十年間も彼がものにしようとしてきたある女がいる――はじめはアメリカで、最後はこのパリでだ。彼が誠実で親密な関係をたもっているただ一人の異性である。彼らは、たがいに好きだというばかりでなく、たがいに理解しあっているらしい。最初は、もし彼がこの女を本当につかむことができたら、彼の問題も解決するのではないかと私は思ったものである。うまくゆく結合のあらゆる要素がそこにはあったのである——ただし根本的な要素を除いて。ベッシーは、彼女なりに、彼と同じくらいに変っていた。男にからだをあたえることなど、食後のデザートぐらいにしか思っていなかった。たいてい彼女は自分から相手を選んで、すすんでプロポーズした。不器量ではないが、さりとて美人ともいえなかった。見事な肢体《したい》だった。彼女の主たるものはそれだった――そして彼女はあれが好きだとみんなが言っていた。

二人は、ひどく、仲がよく、ときには彼女の好奇心を満足させるため、（と同時に強豪ぶりを示すことによって彼女を興奮させようというむだな希望から）ヴァン・ノルデンは、例の密会をやっているあいだ、彼女を戸棚のなかにひそませておいたりした。それが終ると、ベッシーは、かくれ場所から出てきて、いまのことを何気ない態度で、つまり「テクニック」以外のことには全然興味がないといったようすで、彼を相手に論じあうのである。テクニックというのは彼女の愛用語の一つである。すくなくとも、そういう議論において、ぼくが興味ふかく拝聴する特権にあずかった言葉の一つである、「おれのテクニックのどこがまずいのだ？」と彼は言う。するとベッシーは、いつもこう答える。「あなたは不器用すぎるのよ。あたしをよろこばせるつもりなら、もっとデリケートにならなければだめだわ」

いまも言ったように、二人のあいだには、きわめて完全な理解があったから、ぼくが一時半にヴァン・ノルデンを訪ねると、ベッシーが寝台に腰をかけているのを見いだすことも、しばしばだった。掛布団《かけぶとん》がめくってあって、ヴァン・ノルデンが、こすってくれといって彼女を誘っている……「ほんのちょっとだけ、軽く撫《な》でてくれよ」と彼はいつも言うのだ。「そしたらおれは起きだす勇気がわいてくる」あるいはまた、ペニスを吹いてくれとうながすこともある。やってもらえないと、彼は自分でペニスをつかんで、食事のベルみたいに振りまわす。そして二人は死にそうなほど笑いの発作に落ちこむのである。「おれはもうこいつとは絶対にしないよ」と彼は言う。「この女は、おれをすこしも尊敬していないのだ。おれが、こいつを信頼して自分の秘密をさらけだしたあげくが、これなのだからね」それから、だしぬけに彼はつけ加える。「昨日、きみに見せてやったあの金髪女ね、あれをきみはどう思うかね?」むろんベッシーに向って言っているのである。するとベッシーは彼を嘲笑《ちょうしょう》して、あんたは好みというものがないのね、ときめつける。「ふん、そんな科白《せりふ》は、おれには効果がないよ」と彼はいつも言う。それから、ふざけて――おそらくそれは何千回目かにあたるだろう、というのは、それは二人のあいだの常套《じょうとう》的な冗談になっていたからだ――「ねえ、ベッシー、早いとこ一発どうだい。ほんのショート・タイムだよ……いやか」

この冗談が、いつもの通りに過ぎ去ると、彼は同じような調子で言い添える。「それじゃ、この男とはどうだい。なぜきみはこの男にさせてやらないんだい」

ベッシーについての総括的な点は、彼女が自分自身を単なる性交の相手とみなすことができない、あるいは、みなそうとしない、ということだ。彼女は、まるですばらしい新語ででもあるかのように情熱について語る。そして、ものごとに、性交のようなくだらぬことにまで、情熱的なのである。それに魂をうちこまずにはいられないのだ。

「おれだって時には情熱的になるぜ」とヴァン・ノルデンは言う。

「へえ、あんたが」とベッシーは言う。「あんたは、ただのすり切れた好色家よ。情熱の意味がわかっていないのだわ。あんたは勃起《ぼっき》すれば情熱的になったと思っているんだわ」

「なるほど、そいつは情熱ではないかもしれない……しかし情熱的になれば勃起せずにはいられないぜ。こいつは真理だよ。そうじゃないかね」

ベッシーに関する以上のこと、それから彼が明けても暮れても自分の部屋へ引っぱりこむその他の女たちのことが、レストランに向って歩いてゆくぼくの頭を占領する。ぼくは彼の独白に対しては、きわめて巧みに自分を調節している。だから、おのれ自身の幻想を中断することなしに、求められれば、彼の声が消えたとたんに、どんな意見でも自動的に述べることができるのである。いわば二重唱だ。しかも、自分の歌の出番を知らせる合図、それだけに備えて注意深く耳をすませる二重唱みたいなものだ。彼の非番の夜ではあり、彼と一緒にいてやる約束をしたので、ぼくはすでに彼の質問に頭がぼけてしまっていた。夕方の終らぬうちに完全に消耗してしまうことが自分でわかった。運がよければ、つまり何とかかとか口実を設けて彼から数フランくすねることができさえすれば、彼が便所へはいったとたんに、ずらかってしまうのだが。だが彼は、ぼくのずらかる習癖を知っているので、恥をかかされるかわりに、もっぱら財布を固く守って、この可能性を警戒するのである。もしぼくが煙草《たばこ》を買うから銭をくれと頼むと、彼は一緒に買いに行こうと言いはる。一秒間でも一人にされまいと用心するのだ。彼がうまく女をさらうのに成功したときでさえ、そのときですら彼は一人きりにされるのを怖《おそ》れるのである。なろうことなら、女との行為中でも、ぼくを部屋のなかに坐《すわ》らせておきたいのだろう。髭《ひげ》をそっているあいだでも、そばにいてくれとぼくに頼みたいところだろう。

ヴァン・ノルデンは、非番の夜は、たいてい工面してポケットにすくなくとも五十フランは持っていた。そして状況のゆるすかぎり、見込みのありそうな奴《やつ》に出会うと、かならず当ってみるのである。「やあ」と彼は言う。「二十フランくれないか……必要なのだよ」彼は、それと同時に、あわてふためいたふりをする手を用いる。そして、もし拒絶にあうと、彼は、ぐっとずうずうしくなる。「そうかい、だけど、せめて酒の一杯ぐらいおごってくれてもいいだろう」酒にありつくと、彼は、さらにいんぎんに言う――「なあ、それじゃ五フランくれよ……二フランでもいい……」こうしていつも数フランずつ貯《た》めこんでゆくのである。

クーポウルで、ぼくたちは新聞社の酔漢と出会った。階上の連中の一人である。たったいま社で椿事《ちんじ》があったと彼はぼくたちに知らせてくれた。校正係の男がエレベーターの穴に落ちこんだ、とても生命は助かるまい、というのだ。はじめヴァン・ノルデンは愕然《がくぜん》とする。深刻におどろく。けれども、それがイギリス人のペッコーヴァだと知ると、ほっと安心した顔になる。「かわいそうな奴だな」と彼は言う。「あの男は生きているより死んだほうが幸福だよ。あいつも先日義歯《いれば》を入れたばかりだが……」

義歯の話がでると、それが階上の男の心を泣くほどゆさぶった。彼は嗚咽《おえつ》しながら椿事にまつわるちょっとした出来事を物語った。彼はそのことに心をかき乱されているのだ。惨事そのものよりも、このちょっとした出来事のほうに動顚《どうてん》しているのである。ペッコーヴァは、穴の底にぶつかったとき、人々が救助に駆けつける前に意識をとり戻したらしい。両脚が折れ肋骨《ろっこつ》が砕けていたにもかかわらず、どうにか四つん這《ば》いになってからだを起し、手さぐりで義歯を探しまわった。救急車のなかでも、うわごとで、なくした義歯を求めて叫んでいた。この出来事は、哀れな話だが、同時に滑《こっ》稽《けい》でもあった。階上の男は、それを語りながら、笑っていいのか泣いていいのかわからないようであった。それは、じつに微妙な一瞬であった。というのは、こういう酔払いが相手だと、うっかりへまをやれば脳天に罎《びん》を叩《たた》きつけられるおそれがあるからだ。この男は、とくにペッコーヴァと親しかったわけではない——じつのところ校正部へはめったに足を踏みいれたことがなかった。階下の連中とのあいだには眼には見えない壁のようなものがあったのだ。ところが、いま彼は、ペッコーヴァの死に感動して、同僚精神を示したくなったのである。できれば、自分がまともな人間だということを見せるために泣きたかったのである。ところが、ペッコーヴァをよく知っているばかりでなく、彼が大した価値もない人間だったことも知っているジョーとぼくとは、たとえ二、三滴の涙でも、この酔いどれの感傷には、いささかへきえきした。彼にそう言ってやりたいのだが、相手がこんな男では、うっかり正直なことは言えなかった。花輪を買って葬式に行き、殊勝げな顔つきをしていなければならないだろう。

また、彼の筆になる名文の死亡記事に対しては、ほめてやらなければならないだろう。彼は何カ月もその名文の小さな死亡記事を持ちまわって、この事態について彼のとった処置を自画自賛するだろう。ぼくたち、ジョーとぼくとは、ながいこと一言も口にしなくとも、右のようなことを感じていた。ぼくたちは、そこにつっ立って、黙殺的な軽蔑《けいべつ》をもって彼の言葉を聞いていた。逃げだせる機会をつかむと、ぼくたちは、さっそく退散した。そこのスタンドで、ペルノーの杯の上におおいかぶさって、おいおい泣いている彼を残して。

彼に見えないところまでくると、たちまちぼくたちは狂気のように笑いこけた。義歯か！　その哀れな奴のことを、ぼくたちがなんと噂《うわさ》しようと、また彼のことを、どんなによく言おうと、かならず話は義歯に戻ってきた。世の中には死をすら滑稽に感じさせるほど滑稽な人物に思える人間がいるものである。死にざまが怖ろしければ怖ろしいほど、彼らは滑稽に見える。その最期《さいご》に、いくらかでも厳粛味を添えてやろうと工夫しても、むだである――彼らの死に多少でも悲劇的なものを見つけだすためには、嘘つきになるか、あるいは偽善者にならないわけにはいかない。しかも、いまは表面をとりつくろう必要がないのだから、ぼくたちは思うぞんぶんその出来事を笑ってやることができた。一晩じゅう、ぼくたちは笑っていた。そして、その合間に階上の連中に軽蔑と嫌悪《けんお》をはきかけてやった。ペッコーヴァはいい人間であり、彼の死は痛ましい悲劇だなどと無理にも思いこもうとしているあの馬鹿野郎ども。ありとあらゆるおかしな記憶が思いだされてきた──彼はよくセミコロンを見落し、そのために奴らは彼を口ぎたなく罵《ののし》った。奴らは、そのとるに足らぬセミコロンや、いつもへまばかりやらかすささいなことを笑いものにして、彼の人生をみじめにしたのである。一度など、彼が酒くさい息をして出勤したという理由で馘《くび》にしようとしたことさえある。社の連中は、彼がいつもみじめなようすをしており、湿疹《しっしん》や頭垢《ふけ》だらけだというので彼を軽蔑しきっていた。彼らに関するかぎり、彼は一個のろくでなしにすぎなかった。しかるに、彼が死んだとなると、あの連中は、われもわれもと割りこんできて、大きな花輪を買って供え、死亡広告欄に太い活字で彼の名を出してやったりするのである。すこしでも彼らに名誉をもたらすものがそこにあるとしたら、そして、そのことが可能ならば、連中は彼を大人物に祭りあげることだってやりかねないだろう。だがペッコーヴァにとって不運なことには、彼については、でっちあげる材料が皆無にひとしいのだ。彼は零《ゼロ》であった。彼が死んだという事実すらも彼の名に何一つつけ加えないのである。

「それでもたった一つだけいい面があるよ」とジョーは言った。「奴の職にきみはありつけるじゃないか。そして、きみに運があったら、エレベーターの穴へ落ちこんで、きみも首の骨を折るかもしれない。そしたら、おれたちは、きみにりっぱな花輪を買ってやるぜ。約束するよ」

夜明け近くまで、ぼくたちはドームのテラスに腰をすえていた。ぼくたちは、とっくに気の毒なペッコーヴァのことなど忘れてしまっていた。ネーグル舞踏場で、すこし興奮して、ジョーの思考は、いつしか例の永遠の関心事、女のことに戻っていた。非番の夜もそろそろ結末に近づいているこの時刻になると、彼の不安は熱病的な状態にまで高まってゆくのだ。彼は宵の口にすれちがった女たちのことを考える。また、彼が飽きるということさえなければ、頼んででも、きまった情婦になってもらったかもしれぬ数人の女たちのことを考える。彼は、きまってあのジョージア女のことを思いだす――彼女は近ごろ、彼のあとを追いまわして、自分を世話してほしい、せめて職が見つかるまででもいいから、と頼んでいたのである。「たまにめしを食わせてやるくらいのことはかまわないのだがね」と彼は言う。「しかし、あいつだけを特定の相手として引きとることはできないよ……あいつのために、ほかの女たちとの楽しみがぶちこわされるからね」彼女に関して彼を何よりも閉口させているのは、彼女がすこしも肉づきがよくないことだ。「まるで骸骨《がいこつ》を抱いて寝ているようなものさ」と彼は言う。「このあいだの晩、あいつを相手にしてやったんだ――憐《あわ》れさのあまりね――そしたら、あの気ちがいめ、自分のからだに何をやらかしていたと思うかね？あそこをきれいに剃《そ》ってやがるんだよ……一本の毛もないんだ！　あすこを剃っちまった女と寝たことがあるかね。いやなもんだぜ。それにまた滑稽だよ。まるで気ちがいだ。ちっともそれらしく見えない。死んだ蛤《はまぐり》か何かみたいなんだ」彼は好奇心からベッドを出て懐中電灯をさがしたときのようすを描写してきかせた。「開かせておいて懐中電灯でそいつを照らして見たのさ。そのときのおれを、きみにも見せてやりたかったな……まさに喜劇だよ。おれは、まるっきり彼女のことなど忘れてしまうほど、そのことに熱中してしまった。いままで、あんなに真剣に女の部分をのぞいたことはないよ。しかも、見れば見るほど、そいつに興味がなくなってきた。結局のところ、あれにには何もないということがわかっただけさ。ことに剃ってある場合にはね、あれを神秘的なものにしているのは毛だよ。彫像を見ても冷静でいられるのは、そのためなんだ。一度だけ、おれはほんとに陰部のある彫像を見たことがある――ロダンの作品だ。きみもいつか、そいつを一度見るといいな……その彫像の女は両脚を大きくひろげているんだ……頭はなかったように思う。ただの陰部にすぎないじゃないか、ときみは言うかもしれない。だけど、畜生、そいつにはぞっとしたね。事実――女なんてものは、みんな似たりよったりだね。服を着ているときの女を見ると、あらゆることを想像する。個性みたいなものがあると誰でも考えるが、むろん、そんなものはありはしない。両脚のあいだに割れ目があるだけのことさ。そいつに男はみんな夢中になるんだ――ところが、誰も、そいつを時間の半分も見るわけじゃない。あれがあすこにあるのだと知って、考えることといえば、ただそのなかに銃杖をさしこむことだけだ。まるでペニスが代りに考えてくれてるようなもんさ。そんなものは幻想だよ！無に対して熱をあげているのさ……草でおおわれた、あるいは草のない割目に対して夢中になっているのさ。おれがあれを見るのがたまらなく好きだったのも、あれが絶対に無意味だからだよ。十分間、あるいはもっと長い時間、じっくりあれを調べてみるべきだったと思うよ。そういう態度、つき放したような態度で、あれを見ていると、妙な考えがうかんでくる。性を神秘だとかなんとか思っているが、それが無だということを発見するわけだ――ただのブランクさ。そのなかにハーモニカやカレンダーを発見したらおもしろいだろうな。ところが、あすこには何もない……全然何もない。いやらしいものだよ。おれは頭が狂いだしそうになった……いいかね、そのあとで、おれがどうしたかわかるかね。早いとこ一発すませると、くるりと背を向けた。本当だよ。おれは本を取り上げて読んだのさ。書物からは、くだらぬ書物からでも何かを得ることができる……しかるに陰部は、こいつは、ただの時間の浪費にしかすぎないよ……」

彼がこの話に結論をつけかけたとき、たまたま一人の淫売婦《いんばいふ》が、ぼくたちに眼をつけた。とたんに彼は、だしぬけにぼくに向って言った。「あの女と寝てやったらどうだ。大して高くはないぜ……おれたちなら二人一緒にひきうけるだろう」そして返事も待たずに、よろめきながら立ちあがって女のほうに近づいて行った。すぐに戻ってきた。「きまったぞ」と彼は言う。「そのビールをあけてしまえよ。あの女は腹がへってるんだ。こんな時刻では、どうしようもない……おれたち二人で十五フランでいいと言うんだ。おれの部屋へ行こう……そのほうが安あがりだ」

ホテルへ行く途中、女が震えているので、ぼくたちは足をとめて彼女にコーヒーをおごってやらなければならなかった。どちらかといえば、おとなしいたちの女で、見てくれも、そうわるいほうではない。あきらかにヴァン・ノルデンを知っており、彼からは十五フラン以外には何も当てにできないのも知っていた。「きみは一文も持っていないね」と彼は息をひそめて、わたしに小声で言った。ぼくはポケットに一サンチームも持っていないのだから、おかしなことをきくものだと思っていると、とうとう彼は笑いだした。「冗談じゃない、おれたち破産状態なんだ。部屋へあがってから妙な仏心を出すんじゃないぜ。こいつはきみに別にいくらかせびるつもりなんだから——おれはこの女を知っているんだ！　おれが頼めば、この女は十フランで相手になるよ。こいつらをつけあがらせたら、ためにならんよ……」

「意地悪なのね、あのひと」彼の英語の言葉を断片的に推測して、ものうげな調子で彼女はフランス語でぼくに言った。

「いや《ノン》、意地悪じゃない《イル・ネ・パ・メシャン》よ、とてもやさしいよ《イル・レ・トレ・ジャンティ》」

彼女は笑いながら首を振った。「あたしには、ちゃんとわかるわ、どういう人だか」そう言って彼女は、病院のこと、滞った部屋代のこと、田舎《いなか》にいる赤ん坊のことなど、哀れっぽい話を語りはじめた。けれども彼女は、それを誇張しはしなかった。ぼくたちが耳をふさいでいるのを知っているのである。しかし彼女の胸のなかには、みじめさが石のようにあって、ほかのことを考える余裕がすこしもなかったようだ。ぼくたちの同情心にすがろうとしているのではなかった——胸のなかの大きな重石《おもし》を、よその場所に移そうとしているだけなのだ。ぼくは何だかこの女が好きになった、どうかこの女が病気を持っていませんようにと祈った。

部屋にはいると彼女は機械的に支度にとりかかった。「パンはもう一かけらもないの？」と洗滌器《せんじょうき》の上にしゃがみこんできいた。ヴァン・ノルデンは、それに笑いで答えた。「ほら、一杯やれよ」と、彼女に向って酒壜をふって見せた。彼女は飲みものは何も欲してはいなかった。早くも胃袋が痛いとこぼしはじめた。

「これがこの女のいつもの手なんだ」と、ヴァン・ノルデンは言った。「うっかりひっかかって同情なんかするなよ。あいかわらずだな、この女の奴。何かほかの話でもすりゃいいのに、がつがつ飢えている女を抱いているとき、いったいどうしたら情欲をすこしでもかきたてることができるというのかね」

まさにその通りである。ぼくたちは、いずれも全然欲望を感じなかったのである。また女のほうにしても、この女が情欲の火花を見せると期待するのは、ダイヤモンドの首飾りを生みだすのを期待するにもひとしいであろう。だが、十五フランのことがある。だから何とかしなければならない。まさしく戦争と同じである。戦争の状態に駆りたてられた瞬間から、誰も平和以外のことは考えず、それを乗り越えることばかり考えるものである。そのくせ武器をすてて、「もうたくさんだ……おれはまいった」

というだけの勇気は誰ももたない。そうだ、十五フランは、どこかに存在しているのだが、誰も、もはや騒ぎたてもせず、何とかして最後にそれを手に入れてやろうとするものもいないのだ。十五フランが、物事の主たる目的のごとくになり、自己の心の声に耳を傾けるより、あるいは主たる目的に向って歩みだすというより、むしろその場の勢いに負け、殺戮《さつりく》に殺戮を重ねるのである。そして人は臆病《おくびょう》になればなるほど勇ましいふるまいをするものである。かくて、ついに耐久力がつき果てる日がくると、突如、砲門はいっせいに沈黙し、担架手たちが、手足をうしなったもの、血を流している勇士たちを拾いあげ、彼らの胸に勲章をかざるのだ。かくて人は余生を十五フランのことを考えてすごすのである。眼や胸や脚はないけれども、残る生涯、みんなが忘れてしまっている十五フランのことを夢想する慰めがあるわけだ。

まさに戦争の状態とそっくりだ――ぼくは頭からそのような考えを追いだすことができなかった。ぼくの内部に情欲を燃えたたせようと働きかける彼女のやりかたが、ぼくに考えさせるのである――もしぼくが、こんなぐあいに罠《わな》にひっかかって前線に引っぱりだされるほど馬鹿《ばか》野郎だったら、どういうみじめな兵隊になっていただろうか。ぼくは修羅場《しゅらば》からのがれ出ようとして、何もかも、名誉もひっくるめて、すべてを投げすててしまうだろう。それは自分にもわかっている。ぼくは、すこしも欲望を感じなかった。他にどうしようもなかった。だが女は十五フランのことを思いつめていた。だから、もしぼくのほうに戦いをいどむ欲求がないとすると、女は、どうでもぼくに戦いをやらせようとするだろう。しかし男にすこしもファイトがなければ、男のからだにファイトを注入するわけにはいかないだろう。男たちのなかには、いくら殺すぞとおどかされても、どうにも勇士に仕立てあげることのできない奴《やつ》がいるものである。われわれは、あまりに多くを知りすぎているのかもしれない。現在の瞬間に生きないで、すこし前方、あるいはすこし後方で生きている人間がいるものだ。ぼくは終始平和条件のことばかり考えていた。こんな面倒をひき起したのも、あの十五フランであるということが、ぼくには忘れられなかった。十五フラン！　ぼくにとって十五フランは何の意味があるのか。ことにそれが自分の十五フランでない場合に。

ヴァン・ノルデンのほうが正常な態度を保っているようであった。いまは十五フランのことなど全然気にかけていないようだ。彼をそそのかしているのは、この場の状況自体なのである。つまり大いに元気のあるとこを見せずにはすまされないのだ——彼の男性が黙ってひっこんでいないのである。十五フランは、ぼくたちが成功しようとしまいと、もはや、うしなわれているのである。まだ他《ほか》にも参加しているものがある——それは、単に男というだけでなく、意志である。またしても塹壕《ざんごう》のなかの男に似てくるようだ。つまりその男は、なぜ自分が生きながらえねばならないのか、その理由が、もはやわからなくなっているのだ。なぜなら、いま逃げても、あとで捕まるだけだからだ。しかも彼は依然として生きつづける。そして、たとえ油虫程度の魂しかなく、自分でもそれくらいにしか認めていなくても、銃か短剣か、あるいは、むきだしの爪《つめ》でもあたえるなら、彼は、いつまでも殺戮をつづけてゆくだろう。手をとめて、なぜこんなことをするのかと自問するどころか、百万の人間を殺戮するだろう。

ヴァン・ノルデンが女に組みついているのを見ていると、歯車の歯がくいちがっている機械でも眺《なが》めているような感じがする。するがままにまかせておけば、彼らは、こんなぐあいに永久につづけてゆけるだろう。まわしたり、すべったりして、いつまでたっても何事も起らないだろう——手がモーターの電流を切るまでは。そのかっこうは二匹の山羊《やぎ》が何の情欲の火花もなくつがっているみたいだ。十五フラン以外には何の理由もなく、ただこねまわし、好奇心を満足させるという非人間的な感情のほかは、ぼくの感情の最後の一片をも洗い流してしまうのである。女はベッドの端に寝ていた。ヴァン・ノルデンはサチロス神（訳注　ギリシア神話、半人半馬あるいは半人半羊の森林の神で、きわめて色を好むといわれている）のごとく二本の脚をしっかと床に植えつけて、彼女の上にかがみこんでいた。ぼくは彼のうしろの椅子《いす》に腰をかけ、冷静な、科学的な、つき放した気持で、二人の動作を見まもっていた。それが永久につづいたとて、ぼくにとっては一向に何でもなかった。新聞を吐きだす——無意味な見出しをのせた数百万、——数十億、数兆の新聞を吐きだす、あの気ちがいじみた機械の一つを眺めているのと同じであった。機械のほうが気ちがいじみてはいるが、まだ新聞をつくりだす人間や事件などよりも正気であり、見てもおもしろかった。ヴァン・ノルデンと女とに対するぼくの興味は虚無《ニヒル》であった。もしぼくが、こんなふうに腰をおろして、いま世界じゅうで行われている行為の一つ一つを眺めることができるとしたら、ぼくの興味は虚無以下でさえあるだろう。この現象と、降雨や火山の爆発とのあいだに区別をつけることが、ぼくにはできないだろう。情欲の火花が脱落しているかぎり、この行為には、なんら人間的意義はなかった。機械を眺めているほうがましだった。この二人は歯車の歯がくいちがった機械に似ていた。人手を借りて、それを正しく合わせてやる必要があった。機械技師が必要なのだ。

ぼくはヴァン・ノルデンのうしろで両膝《ひざ》をついて、その機械を、もっと綿密に調べた。女は頭を一方に投げだし、ぼくに絶望的な視線を投げてよこした。「こたえないの」と彼女は言った。「だめなのよ」これを聞くとヴァン・ノルデンは一段と力をこめた。老いぼれた牡山羊《おやぎ》そっくりである。あきらめるよりは自分のものを折ったほうがましだと考えるほど彼は頑固《がんこ》な奴なのだ。ぼくが彼の尻《しり》をくすぐってやったので、彼は怒りだした。

「頼むから、ジョー、あきらめろよ！　かわいそうに、きみはこの女を殺してしまうぜ」

「ほっといてくれ」と彼はうなった。「もうすこしのところで、どうにかなりそうなんだ」

彼がこんなことを口走る心構え、その決意の方法が、一瞬、不意に、ぼくの頭にあの夢の記憶をよみがえらせた。ただ、彼が去りがけに平然としてひょいと小脇《こわき》にかかえこんだあの箒《ほうき》の柄だけは、いまは永久になくなっているように思えた。それは夢のつづきのようであった――同じヴァン・ノルデンではあるが、主たる目的はうしなわれていた。彼は戦争から帰還した勇士に似ていた。夢の現実の外で生きている哀れな不具者だ。腰をかければ、かならず椅子はこわれてしまう。どの扉口からはいっても、いつも部屋のなかはからっぽである。口に入れるものは、すべていやな後味がするだけだ。何もかも以前とすこしも変らない。要素は変化していない。夢は現実と何のちがいもない。ただ、時の合間に彼は睡《ねむ》りに落ちこみ、眼がさめたときには肉体を盗まれていたのだ。彼は、新聞を日々何百万、何億と吐きだす機械に似ている。第一ページに大惨事、暴動、殺人、爆発、衝突などの記事をのせているが、彼には何の意味も感じられない。もし誰かがスイッチを切らなければ、死とはどういうことか、彼には、ついにわからずじまいであろう。自分の固有の肉体を盗まれてしまったら、死ぬこともできはしないのである。女をやっつけて、いつまでも牡山羊みたいにやりぬくことはできる。塹壕にはいりこんで、木っ端《こっぱ》みじんに吹きとばされることもできる。だが、人間の手の介入がなければ、何をやっても、あの情熱の火花を創造することは不可能なのだ。もし歯車の歯を、ふたたび嚙《か》み合せようとするならば、誰かが機械のなかに手をつっこんで、いったんそれをもぎ離さなければならない。報酬も望まず、十五フランへの関心もなしに、誰かがそれをしなければならないのである。勲章が背中をせむしのように曲らせるほど薄べったい胸をもった誰かが。そして誰かが空腹の女に食物を押しこんでやらなければならない。ふたたびそれは押しだされるかもしれないという危惧《きぐ》をいだかずに。そうでなければ、この見世物は永久につづくだろう。この悪戦苦闘から脱けだす道はないのである……。

まる一週間。上役の頓馬《とんま》野郎のご機嫌をとって――パリではそうしなければだめなのだ――ぼくは、やっとのことでペッコーヴァの勤めの後釜《あとがま》に坐《すわ》った。彼は気の毒にもエレベーターの底にぶち当ってから数時間後に完全に死んでしまったのである。そして、ぼくの予想通り、奴らは彼に厳粛なミサ、大きな花輪、その他すべてそういった盛大な葬式を出してやった。まさに完璧である。葬式が終ると、奴ら、階上の連中は酒場《ビストロ》でパーティをやった。ペッコーヴァが、わずかながらもその分け前にあずかれなかったのは残念である——階上の連中と同席して、彼の名前がしきりとみんなの口にのぼるのを聞いたなら、奴も、さだめしありがたがったことであろう。

はじめのあいだは、何も愚痴をこぼすほどのことはなかったといわなければならない。それはまるで余生を自慰行為をやってすごしてもかまわぬ精神病院のなかにでもいるようなものであった。世界をすぐ鼻の下へもってこられ、ぼくに要求されているのは、いろんな災厄に句読《くとう》点をつけることだけでいいのである。階上の敏捷《びんしょう》な連中が手玉にとらぬものは一つとしてなかった。どんな歓喜も、どんな悲惨も、気づかれずにはすまなかった。彼らは人生のきびしい事実——現実のなかで暮しているのだ。それは沼のごとき現実であり、彼らは、せいぜいわめくよりほかにすることもない蛙《かえる》みたいなものであった。わめけばわめくだけ、人生は現実的となった。弁護士、僧侶《そうりょ》、医者、政治家、新聞人——この連中は世界の鼓動に指をふれている藪《やぶ》医者だ。絶え間ない災厄の雰囲気《ふんいき》。それは驚異的であった。あたかも晴雨計がすこしも変化しないかのようであり、つねに半旗をかかげているかのようでもあった。いまにして、天国の観念が、どのように人間の意識をつかんでいるものか、あらゆる支柱が天国の土台から打ち倒されてしまったときですら、どのようにその観念が基礎を固めるものかを思い知るのである。いっさいが乱雑に投げこまれているこの沼のかたわらに、もう一つの世界があるにちがいない。それが、人々が夢みているこの天国が、どういうところかは想像しがたいが、むろん蛙の天国にきまっている。瘴気《しょうき》、あぶく、睡蓮《すいれん》、よどんだ水。他から邪魔されることもなく、一日じゅう睡蓮の葉の上に坐って鳴いている蛙。およそそんなものだろうとぼくは想像する。

——ぼくが校正をするそれらの惨事は、ぼくに不思議な治療的効果をもたらした。完全な免疫の状態、魔力にかけられた存在、猛毒のバチルスの真っ只中《ただなか》における生命の絶対保障を想像してみたまえ。何ものもぼくの心を動かさなかった。地震も、爆発も、暴動も、飢饉《ききん》も、衝突も、戦争も、革命も。ぼくは、あらゆる病気、災厄、悲哀、悲惨に対して予防接種をされていた。それこそ安全堅固な人生の極点である。せまい片隅に腰をおろしているぼくの手を通して、日ごとに発生する世界のあらゆる毒が通過して行った。指の爪すら毒に染まらなかった。ぼくは完全に免疫になっていたのだ。実験室にいる人たちよりも安全であった。ここには悪臭はいっさいなく、ただ加熱した鉛の臭気があるだけであった。世界が破裂しても一向意に介さず——依然としてぼくはここでコンマやセミコロンをつけているだろう。おまけに残業手当までもらうこともあるのだ。というのは、大きな事件があると、どうしても最終の特別版になるからである。世界が爆発し、最終版が印刷にまわされてしまうと、校正係は静かにコンマ、セミコロン、ハイフン、星印《ほしじるし》、小カッコ、大カッコ、ピリオッド、感嘆符等々を全部集めて、それを編集長の席の上方にある小さな箱に入れる。かくのごとくすべて規定《レグレ》されているのである……。

同僚たちのなかでも、なぜぼくがこんなに満足しきっているかわかっているものは、一人もいないらしい。彼らは、始終ぶつぶつ不平を言っていた。彼らは野心をもっており、プライドや鬱憤《うっぷん》を見せたいのだ。りっぱな校正係というものは、野心もなければプライドも鬱憤もない。りっぱな校正係は、いくらか全能の神に似ている。彼は、この世のなかにはいるけれど、世俗的ではない。彼は日曜日のためだけに存在している。日曜日は彼の非番の夜だ。日曜日になると祭壇からおりてきて忠実なる連中に尻を見せる。週に一度、彼は世界の人々の個人的な悲しみやみじめさに耳を傾ける。それだけで十分一週の残りの期間もつのだ。一週の残りのあいだ彼は凍りついた冬の沼の状態でいる。絶対者、瑕瑾《かきん》一つない絶対者である。ただ、広大無辺の虚空《こくう》から彼を区別するために予防注射の痕《あと》があるだけだ。

校正係の最大の災厄は職をうしなう脅威である。休み時間に集まると、ぼくたちの背筋をぞっとさせる質問はこれだ。もし失職したら、きみはどうするつもりか？　馬《ば》糞《ふん》をかき集めるのが仕事である厩舎《きゅうしゃ》の人たちにとって最大の恐怖は馬のいない世界の可能性だ。一生を馬糞掃除で送るなんて、いやなことだ、などと彼に向って言うとしたら、それは愚の骨頂である。生活をそれにかけており、彼の幸福もそのなかにあるとしたら、人は糞だって愛する気持になれるのである。

たとえぼくが、いまだにプライドや名誉心や野心などというものをもっている男であったとしても、屈辱のどん底のように思えるこの生活をも、いまは、廃疾者がよろこんで死を迎えるようにぼくは歓迎する。それは死と同様に否定的現実である——苦痛も死の恐怖もない天国の一種である。この下界において重大な唯一《ゆいいつ》のものは綴字法《つづりじ》と句読法だけなのだ。綴りさえまちがっていなければ、どんな種類の悲惨事であろうと、そんなことは問題ではない。イヴニング・ガウンの最新流行型、新造戦艦、疫《えき》病《びょう》、高性能爆弾、天文学上の発見、銀行のとりつけ騒ぎ、列車事故、上向き相場、百倍の割増金、死刑執行、強盗、暗殺、その他なんであろうと、すべて同じことだ。校正係の眼をのがれるものは一つもない。彼の防弾チョッキを貫徹するものは、さらにいっそうない。インド人のアガ・ミールにあてて、マダム・スキアー（以前のミス・エステーヴ）が、彼の施術にたいへん満足している旨《むね》の手紙を書き送った。「私は六月六日に結婚いたしました。ありがとうございます。私たちはとても幸福でございます。あなたのお力によって永遠にこうして幸福でいられるようにと願っております。お礼に電報為替《かわせ》にてお金……をお送りいたします」インド人のアガ・ミールは、あなたの運勢を占い、また、あなたの考えを神秘的な方法でぴたりとあてます。彼はあなたに忠告し、どんな悩みごと、どんな心配ごとも、とり除いてさしあげます、うんぬん。パリ、マクマホン街二十番地にご来訪またはご通信ください。

彼はきみの考えをすべて驚異的方法であてる！　それはつまり例外なしに最も些末《さまつ》な考えから最も破廉恥《はれんち》な考えにいたるまでをさすものと、ぼくは解釈する。彼は、よほど閑暇をもてあましているのにちがいない。このアガ・ミールという男は。でなければ電報為替で金を送る人々にだけ考えを集中しているのか？　同じ新聞の版で、ぼくは「宇宙は急速に膨脹《ぼうちょう》しつつあり、やがて爆発するであろう」という見出しに眼をとめた。その下に、割れるような頭痛の写真がある。さらにまた、テクラという署名入りで真珠に関する談話がのっていた。牡蠣《かき》は両方とも真珠を産出する、と彼は一人一人に説得していた。両方、すなわち「天然」の、つまり東洋真珠と、「養殖」真珠とである。その同じ日に、トリエールの寺院においてドイツ人がキリストの上着を展示していた。四十二年目に、はじめてそれは防虫剤のなかから取りだされたのだそうだ。ズボンとチョッキのことは何も言っていなかった。やはり同じ日に、ザルツブルグにおいて、嘘《うそ》かまことか、人間の胃袋のなかで二十日鼠《はつかねずみ》が二匹うまれた。ある有名な映画女優の足を組んだ写真が出ている。またその下には、ある著名な画家の言葉があった。ハイド・パークで一休みしているところである。「クーリッジ夫人は非常に魅力と個性のある方ですから、たとえ夫君が大統領でなかったとしても、アメリカにおける十二人の有名人の一人になっておられたことでしょう」ウィーンのハンマル氏の会見記から、ぼくはつぎの文句を拾った……「終りにのぞんで」とハンマル氏は語っているのである。「申しあげたいのですが、完璧《かんぺき》な仕立てと、からだにぴたりと合うことだけでは、十分ではありません。よい仕立ての証拠は着てみてわかります。上着は、からだの屈曲に沿うていなければなりませんが、それでいて、着ている人が歩いているときでも、腰をかけているときでも、その線が崩れてはいけません」また、炭坑――イギリスの炭坑である――に爆発があると、かならず国王と皇后が、すぐに電報で見舞の言葉を送ることに注意されたい。またこのお二方は、いつも大レースには臨席されるのである。先日、原稿によるとそれはたしかダービーの日だったと思うが、「両陛下のいたく驚かれたことには豪雨が降りだしてきた」そうである。けれども、さらに気の毒なのは、つぎのような記事だ。「イタリアにおいては、教会に対しては迫害はないと主張されている。だが、それにもかかわらず、教会のきわめて微妙な部分に対して、それが行われている。それは法王に対してではなく、法王の心と眼そのものに向けられている」というのである。

ぼくは世界じゅうを残るくまなく一周してみて、結局ここがいちばん居心地がよくて愉快な片隅だと知らされた。まるで信じられないくらいである。アメリカにいたとき、胆力、度胸をつけるために尻の下へ人々が仕掛ける花火、あれをさんざんやられたものだが、ぼくのような気質の男にとって理想的な地位は、綴字法の誤りを見つけだすことだったと、どうしてぼくに予言できたであろう？　海の向うでは、人々は、いつの日か合衆国の大統領になることしか考えない。潜在的には、あらゆる人間が大統領の器なのである。ここではちがう。ここでは、あらゆる人間が潜在的にはゼロなのだ。もし何ものかになれば、それは偶然のことにぞくする。奇蹟《きせき》である。生れ故郷の村を出るなどというチャンスは千に一つしかない。脚《あし》を砲弾で吹きとばされたり、眼玉がとびだしたりするチャンスは千に一つだ。奇蹟でも起って将軍か提督にでもならないかぎりは。

けれども、チャンスが万人にないからこそ、ほとんど希望がないからこそ、ここパリでは人生が楽しいのだ。くる日も、くる日も、昨日もなければ、明日もない。晴雨計は決して変らない。旗は、つねに半旗である。きみは腕に黒の喪章をつけている。ボタン穴に小さなリボンをつけている。そして、もし運よく買うだけの余裕があったら、軽量の義肢《ぎし》を、できればアルミニウム製のを一対《つい》買うことだ。それなら、アペリティフを楽しむにも、動物園の動物を見物するにも、鵜《う》の目鷹《たか》の目で絶えず新しい腐肉をあさってはブウルヴァールを往き来《ゆきき》している兀鷹《はげたか》どもとたわむれるにも、さまたげとはならない。時は過ぎる。もしきみが外国人であり、そして、きみの新聞がしっかりしているなら、病毒に感染することを怖れることなく、きみは病毒の感染に身をさらすことができる。できれば校正係の職についたほうがいい。このようにすべては《コム・サ・トラート》規定《サランジュ》されているのだ。その意味は、もしきみが、たまたま午前三時にぶらぶら家へ戻る途上、自転車に乗った警官にとめられたら、そいつに向って指をぱちんと鳴らせばいいということだ。朝、市場がはじまっていれば、一個五十サンチームでベルギー産の卵が買える。校正係は、たいてい正午まで、あるいは、もうすこしあとまで起きないのが普通だ。映画館の近くのホテルを選ぶと便利だ。というのは、寝すごすくせがあっても、マチネの時間には開場のベルが起してくれるからである。映画館付近のホテルを見つけることができなかったら、墓地の近くのを選ぶことだ。同じことになる。何よりも、決して絶望するなかれだ。決して絶望してはならない《イル・ヌ・フォ・ジャメ・デゼスペレ》。

これはぼくが毎晩カールとヴァン・ノルデンにやかましく吹きこんでいることだ。希望のない世の中、だが絶望ではない。それは言ってみれば、ぼくが新しい宗教に改宗したみたいでもあり、夜ごと慰めの聖母に対して定期的な九日間の勤行《ごんぎょう》をやっているみたいでもある。たとえぼくが新聞の編集長、あるいは合衆国の大統領になったところで、どういう得《とく》があるものか見当もつかない。ぼくは袋小路にはいりこんでおり、しかもそれは小ぢんまりとして、なかなか居心地がいいのだ。一枚の原稿を手に周囲の音楽に耳を傾ける。低い、ねむたげな人声、植字機の金属的音響、それはまるで、おびただしい銀の手枷《てかせ》が搾取者《さくしゅしゃ》の手をすりぬけてゆくかのようだ。ときおり鼠がこそこそと足もとを走りぬけたり、油虫が眼の前の壁を細い脚で敏捷《びんしょう》に用心深く這《は》いおりてきたりする。一日の出来事が、鼻さきを、静かに、つつましやかにすべってゆく。ときおり、人間の手の自我《エゴ》の、一抹《まつ》の虚栄の存在を示す傍線がついている。その行列は、墓地の門をはいる鹵簿《ろぼ》のように、静々と通過する。複写机の下にある紙は、非常に厚くて、ふかふかとけばだった絨毯《じゅうたん》のような手ざわりがする。ヴァン・ノルデンの机の下は褐色《かっしょく》の汁でよごれている。十一時になると、南京《ナンキン》豆売りがやってくる。薄馬《ば》鹿《か》のアメリカ人で、これまた自分の人生の運命に満足している。

ときにはモナから、つぎの船で到着するつもり、という電報がくることがある。

「アトフミ」と電報には、いつも書いてある。この調子が、もう九カ月もつづいているのだが、到着する船の船客名簿に彼女の名を見たことは一度もないし、給仕《ギャルソン》が銀盆に手紙をのせてとどけてきたこともない。そのほうでも、ぼくはもう何の期待ももっていない。万一彼女が到着すれば、階下でぼくをさがしだすことができるだろう。便所のすぐ奥だ。彼女は、おそらく、これは不衛生だと、すぐに言うだろう。ヨーロッパについてアメリカの女がまっさきに注意をひかれるのは、そんなことである——不衛生ということ。彼女たちにとっては、近代的水道施設なしには天国《パラダイス》を考えることができないのだ。南京虫でも発見しようものなら、すぐに商業会議所へ手紙を出したがる。ぼくがここで満足していると、どうして彼女に説明することができよう? 彼女はぼくを堕落しきっていると言うだろう。彼女がどうするかについては、はじめから終りまでわかっている。庭園つきのアトリエをさがしまわるだろう——むろん浴槽《よくそう》もついている。彼女はロマンティックなふうに貧乏であることを欲する。ぼくには彼女がわかる。だが今度は、その彼女に対しても準備ができているのだ。

それでも太陽が出て、踏みなれた小路を行きながら、むさぼるように彼女を思う日々がある。ときには、残忍な満足感からではあるが、別の生活の仕方について考え、若々しい溌剌《はつらつ》とした女がそばにいたら、どう生活がちがってくるだろうかなどと考える。困ったことには、彼女がどんな女であるか、抱いたときの感じがどんなであったかさえ、はっきりとは思いだせないのだ。過去のものであるいっさいが海のなかへでも落ちこんでしまったかのようなのだ。いろんな記憶はあっても、イメージが鮮やかさをうしない、何か生気がなく、散漫で、まるで沼地にはまりこんで歳月にむしばまれたミイラみたいになっているのだ。ニューヨーク時代の生活を回想しようとつとめると、夢魔のごとく、緑青《ろくしょう》のふき出たようなばらばらの断片が、わずかにうかんでくる。それはあたかも、ぼくの本質的存在が、どこかで、自分では正確に明らかにしえないところで、終ってしまったかにさえ思えるのである。ぼくは、もはやアメリカ人でもなければニューヨーク人でもない。いわんやヨーロッパ人でもパリ人でもない。国家に対する忠誠はなく、責任もなく、憎悪《ぞうお》も、憂慮も、偏見も、情熱も、さらにない。賛成でもなければ反対でもない。ぼくは中立だ。

ぼくたち——われわれ三人——が歩いて夜道を帰るとき、嫌悪の最初の発作のあとで、しばしば、人生においてすこしも活潑《かっぱつ》な役割をもたぬ人間だけが熱中しうるあの熱狂さをもって、いろんな世情を語りあうことがあった。ベッドにもぐりこんで、ときどき奇妙に思われるのは、こんな熱狂も、すべてはただひまつぶし、社からモンパルナスまで歩くのにかかる四十五分間のひまつぶしのために起るものにすぎぬということであった。あれこれの改善のための、きわめてりっぱな、きわめて実行性のある考えを、ぼくたちは思いつく場合もあるのだが、それを用いる手段がなかった。さらに奇妙なのは、観念と生活とのあいだに関連がないため、それがぼくたちに何の憤慨も不快も起さないことだった。ぼくたちは、あまりにも順応的になっている結果、かりに明日逆立ちして歩けと命令されても、いささかの抗議もせずに、そうするだろう。むろん新聞がいつも通りに発行されればという条件において。また、給料をちゃんと渡してくれるという条件において。それ以外は何ものも問題ではなかった。何事も。ぼくたちは東洋人と化し去っていた。苦力《クーリー》になってしまっているのだ。毎日一つかみの米で黙らされている高等苦力だ。アメリカ人の頭《ず》蓋骨《がいこつ》の固有の特徴は、このあいだぼくは読んだのだが、後頭部に、ウォームス骨（訳注　頭蓋縫合線にある小骨）すなわちオス・イナカエがあることだそうだ。この骨の存在は――と、その道の権威者は、つづけて書いているのである――普通なら胎児の期間にのみかぎられている後頭部を横断する縫合が、いつまでも頑固《がんこ》に残っていることに由来する。だから、これは発育不全の証拠であり、劣等人種の証拠なのである。「アメリカ人の頭蓋骨の平均容積は」と、彼は、さらにつづけて言う。「白人種のそれを下まわり、黒人種のそれを上まわる。男女双方をあげれば、今日のパリ人は一、四四八立方センチの頭蓋容積を有し、黒人は一、三四四立方センチ、アメリカ・インディアンは一、三七六立方センチである」ぼくはアメリカ人であってインディアンではないから、こんなことから何も推論しようとは思わない。しかし、物事をこんなふうに、たとえば骨だとかオス・イナカエだとかいって説明するのは利口なやりかたである。単にインディアンの頭蓋骨の例で、一、九二〇立方センチという、他のいかなる人種も凌駕《りょうが》するもののない異常な頭蓋容積が出たという事実を認めたところで、彼の学説の邪魔には、すこしもならないのである。ぼくが満足をもってみとめるところによると、男女いずれのパリ人も、ノーマルな頭蓋容積をもっているらしい。後頭部を横断する縫合は、彼らの場合、あきらかにそう頑固ではないらしい。彼らはアペリティフをいかに楽しむべきかを心得ており、たとえ家にペンキが塗ってなくても気にしない。頭蓋指数に関するかぎり、彼らの頭蓋骨にはなんら異常なものはない。彼らを、かくもみごとな完璧性にいたらしめた生活の術については、また別の説明があるにちがいない。

通りの向いの酒場《ビストロ》、ムッシュ・ポールの店には、奥の一部屋が新聞社の連中のためにとってある。ぼくたちはそこでつけで食事ができる。それは床に鋸屑《おがくず》をしき、季節かまわず蠅《はえ》のいる愉快な小部屋である。新聞社の連中のためにとってあるとは言ったが、それは、ぼくたちが人目を避けて食事をするという意味ではない。反対に、ムッシュ・ポールの店の常連のなかでも、さらに実質的な要素をなしている売春婦やポン引きたちとまじわる特権をもっているということである。このとりきめは階上の奴《やつ》らには、まったく好都合なのだ。というのは、彼らはいつも女の尻《しり》ばかり追いまわしているからである。特定のフランス女の情婦をもっている連中でも、ときにはスイッチの切り換えをやるのもいやではないからだ。一回だけやるというのが主要なことではない。ときには、まるで流行病が社を荒しまくっていったかのようであり、あるいは彼らが全部同じ女と寝たという事実によって説明がつくかもしれない。とにかく彼らが、いささか商売不振とはいっても、比較すればぜいたくな生活をしているポン引きの横に坐《すわ》らなければならないとき、どこまでみじめなようすに見えるかを観察するのは興味がある。

いまぼくが、とくに考えているのは、自転車でアヴァス通信を配達している背丈《せたけ》の高い金髪の男のことである。彼は、いつも汗をぐっしょりかき、いつも顔をほこりだらけにして、いつも食事にすこしおくれてはいってくる。気どった、おずおずしたようすで、ふらりとはいってきて、二本の指で、みんなにあいさつし、手洗所と炊事場のちょうど中間にある流しに向って一直線に歩いてゆく。顔をぬぐいながら、食物をすばやく眺めまわす。厚板の上に、うまそうなステーキがのっているのを見ると、それを取りあげて匂《にお》いを嗅《か》ぐ。あるいは大きなポットのなかに杓子《しやくし》をつっこんでスープを一杯味わってみる。まるで鼻をいつも地面に向けている優秀な猟犬みたいである。予備行動を終え、小便をしてから、猛烈に鼻をかむと、平然として淫売婦《いんばいふ》のところへ歩みより、尻をやさしくぽんと叩《たた》いて、大きな音をたてて接吻《せつぷん》する。この淫売婦が、いやに薄ぎたないようすをしているところなど、ぼくは一度も見たことがない――たとえ夜の商売をすませた午前の三時であろうと。いまトルコ風呂《ぶろ》から出たばかりといったかっこうをしているのである。こういう健康な動物を眺めているのは愉快だ。彼らが見せるような憩《いこ》い、愛情、食欲を見るのは愉快だ。いまぼくが語っているのは夕食のことである。彼女が商売にかかる前にとる軽い食事のことである。しばらくすれば、彼女は、この大男の金髪の動物と、いやでも別れて、どこかの大通りをのそのそ歩き、彼女の消化剤をのまざるをえないだろう。商売が面倒くさく、疲れて消耗しても、彼女は決してそんなようすを見せない。この大男が飢えた狼《おおかみ》みたいになってやってくると、彼女は腕をまわして抱きつき、むさぼるように接吻してやる――彼の眼、鼻、頬、髪、うなじに。……公然とすることができるなら尻にだってキッスしてやるだろう。この男を彼女は恩にきているのだ。それが、はっきりとわかる。彼女は決して賃金の奴隷《どれい》ではない。食事のあいだじゅう痙攣《けいれん》的に笑っている。この世のなかに彼女の悩みがあるとは思えない。ときおり愛情の表現として彼の頬《ほお》をぴしゃりと手でたたく。校正係などをきりきり舞いさせるような平手打ちだ。

二人は、自分たちのことと、大口にぱくついている食物のこと以外は、眼中にないらしい。それほど完全な満足、調和、相互理解なのだ。それが二人を見まもっているヴァン・ノルデンを気ちがいのようにさせるのである。ことに彼女が、手を男のズボンのボタンのあいだにすべりこませて愛撫《あいぶ》し、するとそれに応じて彼が女の乳首をにぎって、もてあそぶときには。

このほか、いつも同じくらいの時刻にやってくる二人づれがいる。彼らのふるまいは夫婦者そっくりだ。衆人の面前で口喧嘩《げんか》をやり、内輪の恥をさらけだす。自分たちにとっても他の人々みんなにとっても不愉快なことをやったあと、おどかし、罵《のの》り、非難し、罪のなすり合いをやったあとで、そのつぐないに、まるで恋人同士か何かみたいに甘ったるい睦言《むつごと》をかわす。ルシアンヌ、と男は彼女を呼んでいるが、その彼女は残忍な陰気なようすの濃いプラチナ・ブロンドである。厚ぼったい下唇をしており、かんしゃくを起しはじめると、はげしく唇を噛《か》む。それに、色のあせた陶器の青色を思わせる冷やかなガラス玉のような眼をもっているが、その眼で彼をじっとにらみすえると、男は汗をたらす。だが、口論がはじまったときに見せるのはコンドルみたいな横顔だが彼女は人はいいらしい。彼女の手提には、いつも金がぎっしりつまっている、それを用心深くとりだして払う。しかし、それは彼の悪い習癖を助長したいからではない。彼は性格が弱いのである。むろんルシアンヌの長談義を真にうければの話だが。彼は、女がくるのを待っているあいだ一晩に五十フランはつかう。女給が彼の注文をとりにきても、全然食欲がない。「まあ、またお腹《なか》がすいてないんだね!」とルシアンヌが叱言《こごと》をいう。「ふん、フォーブウル・モンマルトルであたしを待っていたという寸法ね。さぞお楽しみだったでしょうよ。このあたしが奴隷のようにあんたのために働いているというのに。馬鹿、どこへ行っていたのか正直に言ってごらん」

こんなふうに彼女が燃えあがり、怒りだしてくると、彼は、おずおずと女を上眼づかいに見て、それから、まるで沈黙こそ最上の策とでも決心したかのごとく、うなだれて、ナプキンをいじくりまわす。だが、彼女には百も承知の、しかも男が罪を感じていると確信するだけに、むろん内心ではわるい気持のしないこのちょっとしたゼスチュアも、いたずらにルシアンヌの怒りをたきつけるだけである。「言ってごらん、馬鹿!」と彼女は金切り声をあげる。すると、かすれた臆病《おくびょう》な小さな声で、彼は、待っているあいだ、あんまり腹がへったので、サンドイッチとビールを一杯やるために、あそこへ立ちよらずにはいられなかったのだ、とおそるおそる言いわけする。それだけで食欲がなくなっちまったんだよ――と彼は悲しげに言うのだが、いまは食いもののことなど、すこしも彼の心をなやましていないのは明らかだ。「でも」――彼はさらに納得させるような声を出そうとつとめる――「おれは、そのあいだじゅう一生けんめいおまえを待っていたんだぜ」と口走る。

「嘘《うそ》つき！」彼女がわめく。「嘘つき！　ああ、さいわいなことに、あたしも嘘つきだわ……気のきいた嘘つきだわ。あんたのくだらないけちな嘘には、あたし、胸くそがわるくなるわ。どうしてあんたはもっと大きな嘘をつかないのかねえ」

彼は、またしても頭をたれて、放心したようにパン屑をかき集めて口へはこぶ。すると彼女は、その彼の手を、ぴしゃりと叩く。「よしてよ、そんなこと。あんたには、ほんとにうんざりするわ。あんたという人は、そういう馬鹿なんだわ。嘘つき！　ちょっとお待ちってば！　もうすこし言うことがあるんだから。あたしも嘘つきだよ。だけど、あたしは馬鹿じゃないよ」

けれども、しばらくすると彼らは、ぴったりと寄りそい、手をにぎり合って、彼女は甘ったるく低い声で言う。「ああ、かわいい兎《うさぎ》さん、もうあんたとは別れられないわ。さあ、キッスしてちょうだい！　今夜はどうするつもりなの？　本当のことを言ってよ、あたしのかわいいひと。……ごめんなさいね、あんなみっともないかんしゃくなんか起して」彼はおずおずと彼女に接吻する。長いピンク色の耳をした小兎そっくりで、キャベツの葉でももぐもぐ嚙んでいるかのように、彼女の唇を軽く吸う。と同時に彼は、まるい眼を輝かせて、腰掛の彼女のそばにあけたままおいてある財布を愛撫するように見やる。いまはもう言葉たくみに彼女をごまかしてずらかるチャンスをうかがっているにすぎない。女から逃げだして、リュ・ド・フォーブウル・モンマルトルの、どこか静かなカフェに落ちつきたくて、むずむずしているのだ。

ぼくは、兎のような、まるい、おびえたような眼をした、この罪のない小悪魔を知っている。また、フォーブウル・モンマルトルが、どんなひどい街かも知っている。真鍮《しんちゅう》の表札にゴム製品、灯火が夜通しきらめき、セックスが下水みたいにこの街を流れすぎる。ラファイエット街から大通りまで歩いてゆくのは笞刑《ちけい》を受けるのに似ている。女たちが馬の鼻挟《はなばさ》みみたいにつきまとって離れない。女たちが蟻《あり》のように内部にくい入ってくる。だましたり、すかしたり、おだてたり、せがんだり、泣きついたりする。それをドイツ語、英語、スペイン語などでやるのだ。引きちぎれた胸や、すり切れた靴を見せつけたりする。この巻きつく触手を切りすててからしばらくあとまで、はあはああえぐ沸騰《ふっとう》が終ったあとも、ながいあいだ手洗鉢《ちょうずばち》の匂いが鼻孔につきまとっている——それはダンセの香水の匂いだが、その効目《ききめ》が保証されるのは二十センチの距離までにすぎない。大通りとラファイエット街とのあいだのあの短い距離で、ぼくたちは一生涯を排泄《はいせつ》してすごすことができるだろう。どの酒場も活気にあふれ、脈うち、賽《さい》コロがつみ重ねてある。胴元が兀鷹《はげたか》がとまっているみたいに高い腰掛の上に腰をすえている。彼らが扱う金には人間の臭《にお》いがしみこんでいる。フランス銀行《バンク・ド・フランス》には、ここで流通している殺人償金《ブラッド・マネー》に相当するものはない。人間の汗でぎらぎら光り、野火のごとく人手から人手へと渡って、あとに、ぶすぶすくすぶる悪臭を残す金である。夜中に、あえぎもせず、汗もかかず、あるいは口に祈りか呪《のろ》いの言葉も出さずに、フォーブウル・モンマルトル街を通りぬけることのできる男がいたら、そんな男は睾丸《こうがん》をもっていないのだ。もしもっているなら睾丸を抜きとるべきだ。

この気の弱い小兎がルシアンヌを待っているあいだに毎晩五十フラン使うとしたら？　腹がへってサンドイッチと一杯のビールを買うとか、あるいは寄り道して誰かよその淫売婦とおしゃべりすると仮定したら？　だとすれば彼はきっと夜ごとくりかえすその行為にくたびれてしまうだろう。きっとそれは彼の上に重くのしかかり、彼を苦しめ、ついに死に追いやるのではないか。ポン引きなんて奴は人間ではないなどと思ってもらいたくない。ポン引きにだって人には言えぬ悲しみやみじめさがあることを忘れないでもらいたい。おそらく彼は、毎晩、二匹の白犬と一緒に街角に立って、犬どもがおしっこをするのを眺めているのがいちばん好きなのだろう。おそらく彼は、ドアを開けると、そこにパリ・ソワール紙を読んでいる彼女がいて、その眼がもうねむくて、いくらか重たげであるのを見るのが好きなのだろう。おそらく彼がルシアンヌの上にかがみこみ、よその男の息を嗅ぐのは、それほどうれしいことではないのではないか？　その紫色にあざのできた唇を味わうよりは、ポケットにはたった三フランしかなくても街角でおしっこをする二匹の白犬と一緒にいるほうがましなのではないか？　彼女が彼をぴったりとしめつけるとき、彼だけが届ける方法を知っているあの情欲の小包をせびるとき、きっと彼は獅子《しし》奮迅《ふんじん》の勢いでそれを注入し、彼女の両脚のあいだを進軍する連隊を一掃しようとして苦闘することだろう。女のからだを抱いて新しい型を行うとき、おそらくそれは彼にとっては欲情とか好奇心などでは全然なく、暗闇《くらやみ》のなかの苦闘、城門に殺到する軍勢に対して孤軍奮闘するたたかいであろう。その軍隊は彼女の上にのりかかり、踏んづけ、しかもルドルフ・ヴァレンチノのごとき男ですらいやすことのできぬほどの貪欲《どんよく》な後味を女に残すのだ。ルシアンヌのような女に向ってあびせかけられる罵りの言葉を聞くとき、彼女は冷たくて金銭ずくだとか、あまりに機械的すぎるとか、あまりにも急ぎすぎるとか、その他いろんな理由から彼女が辱《はずか》しめられたり軽蔑《けいべつ》されたりするのを聞くとき、ぼくは心のなかでつぶやくのだ。おい、そこにがんばっていろ。そう急ぐな！　忘れるなよ、きみは行列に、うんとおくれているんだぞ。あらゆる部隊が彼女を包囲攻撃してきたのじゃないか。彼女は、さんざん荒され、盗まれ、掠奪《りゃくだつ》されてしまっているのじゃないか。ぼくは、ひとりごとを言う。いいか、よく聞きたまえ、彼女の情夫《ひも》がフォーブウル・モンマルトルでむだ使いしているのを知っているからといって、女にやる五十フランのことを、けちけちこぼしたりするな。それは彼女の金だし、彼女の情夫《ひも》なのだ。それが殺人償金なのだ。それをつぐなうものがフランス銀行にないからこそ、今後も決して流通をとめられることのない金なのだ。

こんなぐあいに、ぼくは、自分の小さな片隅でアヴァス通信を巧みにごまかしたり、シカゴやロンドンやモントリオールからの電信を解きほぐしたりしながら、しばしば考えるのである。ゴムや絹のマーケット、ウィニペッグの穀物相場の合間に、フォーブウル・モンマルトルの沸騰が、ちびちびとにじみ出てくる。束縛が軟弱化し、海綿状となり、中枢部《ちゅうすうぶ》が膨脹し、揮発性のものが興奮してくるとき、穀物市場がすべりだし買方《ブル》が吠《ほ》えはじめるとき、あらゆるおそろしい惨事、広告、スポーツ記事、流行欄、船の入港、旅行談、ゴシップの見出しに句読点がつけられ、照合され、訂正され、釘《くぎ》にかけられ、銀の枷《かせ》を通してしばりあげられるとき、第一面が、がっちり槌《つち》でたたきこまれる音を聞き、蛙《かえる》が酔っぱらった爆竹みたいにはねまわるのを見るとき、ぼくはルシアンヌが翼をひろげて大通りをしゃなりしゃなりと歩いて行くすがたを考えるのである。緩慢な交通の潮にせきとめられた巨大な銀の兀鷹《コンドル》、白っぽい薔薇《ばら》色をした腹部に強靭《きょうじん》な瘤《こぶ》のあるアンデス山脈の頂上からきた怪鳥。ときどきぼくは一人で帰宅する。そして暗い街をぬけて彼女のあとをつけてゆく。ルーヴルの中庭をぬけ、デ・ザール橋を越え、アーケードをぬけ、裂目や孔《あな》をくぐる。睡気、薬品常用者の蒼白《あおじろ》さ、ルクセンブルグの焼肉、からみあった樹枝、いびきや唸《うな》り、緑色のスレート屋根、やかましい楽器の音、星の尖端《せんたん》、金箔《きんぱく》、黒玉、彼女がその翼のさきでかすめて行く青と白の縞《しま》の日除《ひよ》け。

電気じみた黎明《れいめい》の蒼ざめた光のなかに、南京《ナンキン》豆の殻が青白く、おしつぶされて見える。モンパルナスの岸べに睡蓮《すいれん》がうなだれ、折れている。ひき潮になって、数人の黴《ばい》毒《どく》の人魚が、塵芥《じんかい》のなかに乗りあげたまま、とり残されている。ドームは旋風におそわれた射的場のように見える。あらゆるものが徐々に下水管に向って戻ってゆく。一時間ほど、嘔吐《おうと》物を片づけているあいだは、死のような静寂がある。不意に樹々《きぎ》が悲鳴をあげはじめる。大通りの端から端まで狂った歌声が湧《わ》きあがる。それは取引の終りを知らせる合図だ。あらゆる希望が一掃されてしまったのである。最後の袋いっぱいの尿を排泄《はいせつ》する瞬間がきたのである。黎明がレプラ患者のように忍びこもうとしている。

夜勤をやっている場合、用心しなければならないことの一つは自分のスケジュールをこわさないことだ。小鳥どもがさえずりはじめる前に寝床にはいらなければ、寝るのは全然無意味である。今朝は別にこれといってすることもないので、ぼくは植物園へ行った。チャプルテペック（訳注　メキシコにある公園）からきた華麗なペリカン、まぬけな眼つきで人を見る斑点《はんてん》模様の翼の孔雀《くじやく》。突然、雨が降りだしてきた。

モンパルナスに戻るバスのなかで、向いにいる一人の小柄なフランス女が注意をひいた。まるで、いまにも嘴《くちばし》で自分の羽毛を整えようとしているかのように、身をぴんとまっすぐに起して腰かけている。豪華な尾羽根をくずすのをおそれるかのごとく、座席の端に腰をのせている。不意に身をふるわせて、あの尻から、長いつややかな羽根の巨大な斑点模様の扇形の翼をさっと開いたら、さぞ華麗だろうと思った。食事に寄ったカフェ・ド・ラヴニューで、大きなお腹をした女が、そのお腹の大きい状態においてぼくの気をひこうとこころみた。おそらくぼくを彼女の部屋へつれこんで、一、二時間すごさせたいのだろう、妊娠している女から誘いをかけられたのは、ぼくにとって、これがはじめてだ。一つためしてやろうと、誘いの手にのりかかった。赤ん坊が生れて、その筋の施設へ渡してしまったら、また商売に戻ってくるわ、と彼女は言った。ぼくが次第に興ざめしてゆくのに気がついて、ぼくの手をとって腹にあてがった。内部で何かぴくぴくするものを感じた。それがぼくの食欲を奪い去ってしまった。

性的食物の多種多様という点で、ぼくはパリに類するところを見たことがない。女が前歯をなくしたり、片眼あるいは片脚をなくしたりすると、たちまち自堕落になる。アメリカでは、もし女が切断する以外に手がない場合には、彼女は餓死するほかはない。しかし、ここでは事情がちがう。歯が欠けているとか、鼻がくさって落ちているとか、子宮が崩れているとか、その他、女のもって生れた不器量をさらに目立たせる不運なことが、ここでは男の減退した食欲をそそる香味料、刺激物とみなされているらしい。

むろんぼくは大都会につきもののあの世界について語っているのである。つまり機械のために最後の汁の一滴までしぼりとられる男と女——現代的進歩の殉教者——の世界だ。肉づけするのがきわめて困難だと画家たちが思い知るものこそ、この骸骨《がいこつ》とカラー・ボタンの集合なのである。

午後おそくなってから、ぼくはリュ・ド・セエズにある画廊のなかでマチスの男や女たちにとりかこまれている自分を見いだした。そしてやっと、ぼくは人間らしい世界の周辺に立ちかえった気がした。いま、絢爛《けんらん》と燃えあがっている壁のあるその大ホールの入口で、ぼくは、しばらくたたずみ、日常の灰色の世界がばらばらに崩れ、人生の色彩が歌や詩となって噴出するときに経験するショックから、やっと立ち直った。自分自身を見うしなうほど自然で完璧《かんぺき》な世界に、ぼくははいりこんでいた。そして、どんな場所、どんな位置、どんな姿勢からでも焦点の合う、まさに生命の中枢部にひたっているという感覚を味わった。芽ぐむ樹林の奥深くに没入し、バルベックのあの豪壮な世界の食堂に坐《すわ》って我を忘れながらも、ぼくははじめて、視覚と触覚とをふせぐ魔除《まよ》けを通してみずからの存在を示す、それらの内奥の静けさの深い意味をとらえた。マチスが創造したその世界の入口に立って、プルーストをして、彼と同じようなな人々にだけ音と感覚の錬金術がわかり、人生の否定的現実を芸術の本質的な意味深い輪郭に移すことができるように人生の描写のデフォルマシオンをさせたあの啓示の力を、ぼくは、ふたたび経験した。光線を自己の胸中にさしこませることのできる人間だけが、心のなかにあるものを翻訳できるのだ。いま鮮やかにぼくは思い起す、重々しいシャンデリアから放射する光線のひらめきがくだけ散り、血を噴《ふ》きだし、窓外のにぶい黄金色の上に単調にぶつかる波頭に斑点をまきちらした光景を。浜べにはマストと煙突とが交錯し、煤色《すすいろ》の影のようにアルベルティーヌの姿が寄せ波のあいだをすべって、原形質的世界の神秘な中枢と分光《プリズム》のなかに溶けこみ、彼女の影を死の夢と死の前駆に結びつける。一日が終るにつれて、地上から立ちのぼる靄《もや》のごとくに苦痛は高まり、悲哀は閉じこめられ、はてしない海と空の遠望を寸断する。二本の蠟《ろう》のような手が寝台にぐったりとおかれ、青い静脈に沿うて、貝殻の笛の音のつぶやきは、その誕生の伝説をくりかえす。

マチスのどの詩にも、死の完了を拒んだ人間の肉の一分子の歴史がある。頭髪から足の爪先《つまさき》まで、肉の全体は呼吸の奇蹟《きせき》をあらわす。あたかも内なる眼が、より大いなる真実にあこがれて、肉のすべての孔《あな》を、ものの見える飢えた口に改造したかのように。人が、どのような幻を描こうと、そこには航海の匂《にお》いとひびきとがある。波のうねり、とび散る飛沫《ひまつ》の冷たさを感じることなく、人の夢の一隅なりと凝視することはできない。彼は舵輪《だりん》の前に立って、じっと青い瞳《ひとみ》を時のポートフォリオに凝らす。いかに遠い隅々《すみずみ》にも、彼は、ながいあいだ、斜めの凝視を送らなかったであろうか？　鼻さきの広大な岬を見おろして、彼は、あらゆるものを眺めてきた――太平洋のなかに崩れこんだ大山脈を、犢皮紙《とくひし》にしるされた民族四散の歴史を、ふるふると笛を鳴らす浜べの崩壊を、法螺貝《ほらがい》のごとく彎曲《わんきょく》するピアノを、光の全協和音を発する花冠を、書物の出版の下にのたうつカメレオンを、塵芥の海のなかで息絶える後宮を、苦痛のかくれた彩層から炎のように噴きだしてくる音楽を、大地を実らしめる胞子と緑石を、苦悶《くもん》の輝ける鯆《はららご》を吐きだす臍《へそ》を……。彼は輝かしき賢者であり、踊る観客であり画筆の一はけをもって、どうにも制御することのできぬ人生のもろもろの事実のために人間のからだがしばりつけられている醜悪な絞首台をとり除く。もし今日、天才にめぐまれた人間がいるとするなら、彼こそその人である。彼は人体をどこで分解するかを知っているし、血のリズムとつぶやきを検出せんがために調和をもつ線を犠牲にする勇気をもっており、自己の内部において分析した光線を用いて、それを色彩の鍵盤《けんばん》に氾濫《はんらん》させる。人生の細部、混沌《こんとん》、嘲弄《ちょうろう》の背後に、彼は眼に見えぬ型を看破する。自己の発見を空間の形而上《けいじじょう》的色彩のなかに布告する。公式の探求もなければ、観念の磔刑《たっけい》もない。創造すること以外の強制もない。世界が崩壊に向いつつあるこのときですら、その核心にとどまるものが一人いるのだ。彼は分解の過程が速くなるにつれて、ますます固く定着し、投錨《とうびょう》し、遠心的となる。

世界は、ますます昆虫《こんちゅう》学者の夢に似てくる。地球は、その軌道の外で回転し、軸は移動し、北方から巨大な刃物の青の色をおびた吹雪《ふぶき》となって雪が吹きまくってくる。新しい氷河時代にはいりつつあるのだ。横断する縫合線は閉ざされつつあり、穀物帯のいたるところで、胎児の世界は、しぼんだ乳頭突起物と化して死に瀕《ひん》している。三《さん》角洲《かくす》は、じりじりと干《ひ》あがりつつあり、河床はガラスのようになめらかだ。新しい夜明け、冶金《やきん》術の時代がはじまりつつある。やがて大地は輝かしい黄色の粗金《あらがね》の驟雨《しゅうう》で金属音をたてるであろう。寒暖計がさがるにつれ、世界の形は、ぼやけてくる。しかも浸透性もあるし、ここかしこに関節もある。けれども、表面では血管はすべて怒張し、光波は屈折し、日光は破れた直腸のように出血する。

このばらばらにこわれた車輪の轂《こしき》にマチスがいるのだ。しかも彼は、車輪を構成しているすべてのものが分解してしまうまで、回転をつづけてゆくであろう。すでに彼は地球の相当な範囲にわたって、ペルシア、インド、支那《しな》の彼方《かなた》まで回転してきた。クルジスタン地方、バルチスタン地方、ティンバクトゥ（訳注 サハラ砂漠南端の都市）、ソマリーランド、アンコール、ティエラ・デル・フエゴ（訳注 南米の南端にある諸島）などから磁石のように顕微鏡的微粒子を自己に吸いつけてきた。オダリスクを彼は孔雀石と碧玉《へきぎょく》をもってちりばめ、その肉体《フライシュ》を、無数の眼、鯨の精液にひたしたかぐわしい眼をもっておおった。微風のそよぐところには、どこにも、雲母《うんも》のように冷たい乳房《ちぶさ》があり、白い鳩《はと》が舞いおりてきてヒマラヤ山脈の氷のごとく青い静脈のなかで発情する。

科学者たちが現実の世界をおおってきた壁紙は、いまやぼろぼろに剝《は》げ落ちつつある。彼らが生命を素材にしてつくりあげた大淫売窟《いんばいくつ》は何の装飾も必要としない。それは適当に排水渠《きょ》の働きをしていることだけが本質である。アメリカで舞踏会によってわれわれをとらえた美、猫族のごとき美は終ったのである。新しい現実の深さをはかるためには、まず下水渠《きょ》の蓋《ふた》をあけ、芸術の排泄物を供給する壊疽《えそ》にかかった排水管——これが泌尿《ひにょう》生殖器系統を構成しているのである——を切り開くことが必要だ。現代の臭気は過マンガン酸塩と蟻酸《ぎさん》アルデヒドである。下水渠は絞め殺された胎児でつまっている。

マチスの世界は、古風な寝室が美しいのと同じように美しい。目に立つボール・ベアリングもなければ、罐鈑《かんぱん》もなく、ピストンもなければ、自在螺旋廻《モンキイ・レンチ》しもない。それは葡萄酒《ぶどうしゅ》と私通の牧歌的な時代に森《ボワ》へ浮かれて出かけるのと、すこしも変らぬ古風な世界である。これらいきいきと躍動する生活力をもった女たちのなかを動きまわるのは、ぼくにとっては慰めであり、気分を一新させてくれる。彼女たちの背景は、光線そのもののように安定し充実している。ぼくはマドレーヌ街を歩いて、淫売婦《いんばいふ》たちがそばを通りすぎるとき、痛いほどそれを感じる。そんなとき、彼女らをちらと見やるだけで、ぼくはふるえる。それは彼女たちがエキゾチックであるからだろうか？　それとも栄養がいいからだろうか？　ちがう、それはマドレーヌ街で美人を見るのが、まれなためだ。けれどもマチスには、彼の画筆の探求には、きわめて捕捉《ほそく》しがたい憧憬《どうけい》を結晶化せしめるために、ただそれだけのために女性の存在を要求する世界の、おののくような閃光《せんこう》がある。便所の外で——そこには煙草《たばこ》の紙、ラム酒、曲芸、競馬などの広告があり、樹々の厚い葉むらの隙間《すきま》から重々しい壁や屋根がのぞいている——からだを売る女に出会うことは、未知の世界の境界線が切れるところからはじまる一つの経験だ。ときおり夕暮にぼくは墓地の塀《へい》をまわりながら、樹木に結びつけられ、ばった髪の毛が樹液に濡《ぬ》れてからみあっている亡霊のごときマチスのオダリスクに、ばったり出会うことがある。数フィート離れたところに、はかり知れぬ永劫《えいごう》の時によってつれ去られたボードレールの、うつむいた、ミイラのように布片《ぬのきれ》で身をつつんだ亡霊が横たわっている。もはやおくびも出さない全世界の亡霊である。カフェのうす暗い片隅には、両手をかたく握りあい、腰におびただしく痣《あざ》をこしらえた男女がいる。そのそばにはギャルソンが、上っ張りにいっぱい銅貨を入れて立っており、女房に挑《いど》みかかってほじくってやろうと休み時間《アントラクト》のくるのを辛抱づよく待っている。世界が崩壊し去ろうとしているときでも、マチスのものであるパリは、明るい、あえぐようなオルガスムを味わって、わなないている。空気までが鋭い精液の匂いで充満し、樹々は毛髪のようにからみあっている。そのよろめく車軸によって車輪はがっちりと丘をくだってゆく。ブレーキはない。ボール・ベアリングもない。タイヤもない。車輪は、ばらばらに崩れてゆく。だが、回転には変りがない……。

陽気のいいせいか、ある日、もう何カ月も会わないボリスから手紙がきた。一風変った書面である。ぼくはこの手紙の意味がすっかりわかったようなふりをするつもりはない。「ぼくたちのあいだに起きたことは——いずれにせよ、ぼくに関するかぎり——きみがぼくを傷つけた、ぼくの人生を傷つけた、つまり、ぼくがまだ生きているというただ一つの点で、ぼくを傷つけたことである。すなわち、ぼくの死だ。感情の流動によって、ぼくは、いままた一つの洗礼をくぐりぬけた。ぼくは再生した。生きている。他の人々の場合のように、もはや追憶によってではなく生きている」

こんなふうに手紙ははじまっている。あいさつの言葉もなければ、日付も住所もない。ノート・ブックから引きちぎった罫線《けいせん》入りの紙に細い気どった書体で書いてある。「それが理由なのだ。きみがぼくを好きであろうとなかろうと——心の底深くでは、きみはぼくをひどくきらっていると、むしろぼくは思っている——きみが、ぼくにきわめて接近しているという理由だ。きみによって、ぼくは自分がいかにして死んだかを知った。ぼくは、いまふたたび死にかかっている自己を見ている。ぼくは死にかかっている。それには、ある意味がある。単に死んだというだけのことではない。おそらくそれが、なぜぼくがきみに会うのをひどく恐れているかという理由になるだろう。おそらくきみは、たんにぼくに悪戯《いたずら》をしただけなのだろう。だから死んだのだ。このごろは物事の起るのがおそろしく早いからね」

ぼくはこの手紙を、墓石のそばに立って、一行一行、くりかえし読んだ。こんな生とか死とか迅速に起りつつある物事とかについての饒舌《じょうぜつ》が、何だかぼくには気ちがいじみてきこえた。起きている出来事などというものは、第一面の依然たる災厄以外、ぼくには、さっぱり見えないのである。彼は、この六カ月間、小さな安下宿にとぐろをまいて、たった一人で暮していた――たぶんクロンスタットと精神感応的通信でもやっていたのだろう。彼は前線の後退、撤退した扇形戦線などについて書いていた。まるで彼が塹壕《ざんごう》のなかにはいりこんで本部へ報告書を書いているような調子であった。おそらく彼は、この公文書を執筆しようとして腰をかけたときには、フロックコートを一着におよんでいたのだろう。そして、客がアパートメントを借りに訪《たず》ねてきたときの彼のくせで、数回両手をこすり合せただろう。「ぼくがきみに自殺してもらいたい理由は……」と彼は、さらにつづける。これでぼくは吹きだしてしまった。彼はいつも、ヴィラ・ボルゲエゼ、つまりクロンスタットの家では――いわば甲板《かんぱん》の広さがあるところならどこでも――フロックコートの尻《しり》に片手をさしこんで歩きまわっていたものだが、そのかっこうで彼は、こういう生きるだの死ぬだのというたわけたことを、心ゆくまでくりだしたのだろう。ぼくは手紙のなかの一語も全然わからなかったと告白せざるをえない。それでも、外見だけはりっぱだし、それにぼくは異邦人《ジェンタイル》なので、この頭蓋《ずがい》の見世物のような状態でつづけられていることには、おのずと興味をもった。ときどき彼は、その石頭にどっと流れこんでくる観念の怒濤《どとう》にへとへとに疲れて、長椅子《いす》にながながと寝そべることがあった。彼の両足は、プラトーンやスピノザがしまいこんである書架すれすれのところにあった――なぜぼくがそれらの書物に用がないのか、それが彼には理解できなかった。彼がそれらを、いかにもおもしろそうに話してきかせてくれたのは事実だが、何のことやら、ぼくには一向わからないのである。ときどきぼくは、ひそかに書物に眼をやって、彼がそれらに負わせている激烈な観念を照合しようとした――けれども、彼の言うその観念と書物との関連は、はなはだしく稀薄《きはく》であった。彼、つまりボリスという男は、彼と二人だけのときには、まったく彼独自の言語を用いた。ところが、クロンスタットの言うことをよく聞いていると、どうもボリスは、そのすばらしい観念を剽窃《ひょうせつ》したのではないかと思われてくるのである。彼らの言うことは、まるで高等数学みたいなのだ、この二人の言うことは。

血肉がまるでそこにはなかった。それは不気味で、ものすごくて、そして悪霊的なほど抽象的なのである。彼らの話が死ぬことになると、いくらか具体性をもってひびいた。要するに、肉切り庖丁《ぼうちょう》あるいは肉切り斧《おの》には柄がなければだめだということだ。ぼくは、これらの話を大いに楽しんだ。そのとき生れてはじめてぼくには死が魅力的に思えたのである——血の気のない苦悶《くもん》をふくむところの、こういった抽象的な死というものが。ときおり彼らは、まだ生きているといって、ぼくにあいさつをよこした。それも、ぼくに当惑をおぼえさせるようなやりかたで。おかげで、ぼくは自分が十九世紀に生きているような気持になった。ある種の隔世遺伝的遺物、ロマンティックな断片、霊的なピテカントロプス(訳注　直立猿人)の勃起《ぼっき》物のような。とくにボリスは、ぼくをおどかすことに非常なスリルを味わっているらしい。彼は自分の思い通りに死ぬことができるようにと、そのためにぼくを生かしておきたがっていた。彼がぼくを見、ぼくを苦しめるやりかたは、要するに、街にいる無数の人々はただの死んだ牛でしかないと思ってくれれば、それで十分である。しかし、この手紙は……うっかり手紙のことを忘れかけていた……。

「あの晩、クロンスタットのところで、モルドルフが神になったとき、なぜぼくがきみに自殺してもらいたいと思ったかという理由は、あのときぼくが、きみのすぐそばにいたということだ。おそらく今後あれほど接近することはないだろう。ぼくは怖《おそ》れた、ひどく怖れたのだ。いつかきみがぼくのところへ戻ってきて、ぼくの厄介になって死ぬのではないかとね。ぼくはただ、きみについてのぼくの観念だけをいだいて、世間からおきざりにされることだろう。しかも何ものもそれを支《ささ》えてくれるものはないのだ。そうなれば、ぼくは決してきみを許さないだろう」

おそらく諸君にも、こんなことを述べている彼のすがたが眼に見えるようだろう。ぼく自身は、ぼくについての彼の観念とは何であるかが明らかでない。いや、いずれにしろ、はっきりしているのは、ぼくはただの純粋観念、食物がなくても生命を持続する一つの観念だということである。彼ボリスは食べものの問題には、大して重要性をおかなかった。彼はぼくを、いろんな観念でやしなおうとつとめた。何もかもが観念であった。これとまったく同じで、アパートメントを貸す望みがあるときには、トイレットと新しい水洗器をとりつけるのを、彼は決して忘れなかった。とにかくぼくが彼の厄介になって死ぬのを望んではいなかった。「きみはいよいよ最後というときまで、ぼくのために生きていてくれなければ困る」と彼は書いていた。「それが、きみについてのぼくの観念を維持しうる唯一《ゆいいつ》の方法なのだ。知っての通り、きみは、あるきわめて生命的《ヴァイタル》なものをぼくに結びつけてしまった。だから、今後ぼくは、きみを振りはなすことはできないと思う。またそれをぼくは望みもしない。毎日を、さらにたくましく生きていってほしい。いまのぼくは死んでいるのだから。他の人々に、きみの話をするとき、ぼくが、いささか恥ずかしく感じるのも、そのような理由からだ。人のことを大いに親密に語るというのはむずかしいものだ」

彼はぼくに、とても会いたがっているのではないか、あるいは、ぼくがいま何をやっているかを知りたがっているのではないか、そう諸君は思うかもしれぬ——だが、そうではない。この通り生きるの死ぬのという言葉以外、具体的なこと、あるいは個人的なことについては、彼は一行も書いていないのである。塹壕からのこの短い報告には、あらゆる人にまだ戦争がつづいていることを知らせるための毒ガスの臭気以外には何もないのだ。ときどきぼくは自問する。おれが、もっぱら頭に異状のある奴、神経衰弱症、神経過敏症、精神分裂症の連中ばかりを——とくにユダヤ人たちをひきつけるのは、どうしてだろうか、と。健康な異邦人《ジェンタイル》には、すっぱい黒パンを見るときのようにユダヤ人の心を興奮させる何かがあるにちがいない。たとえば、ボリスやクロンスタットの言葉によると、みずから神になったというモルドルフがいる。彼は——あの小蝮蛇《まむし》野郎は——ぼくを、はなはだしくきらっていた。そのくせ、ぼくから遠ざかってはいられないのである。彼は、ちょっとした侮辱を加えるために規則正しくやってきた――それは彼にとっては強壮剤のようなものであった。はじめは、たしかにその通りで、ぼくは寛大にしていた。要するに彼は、ぼくに代償を支払っておしゃべりを聞いてもらっていたわけである。ぼくは、大して共鳴のようすも見せなかったけれど、食事と小遣銭《こづかい》とがかかわっている場合には、おとなしく沈黙している手を知っていた。だが、しばらくして彼が、ひどいマゾヒストだとわかると、ときどき思わず彼の鼻さきで笑わずにはいられなかった。それが彼にとっては鞭《むち》同様のはたらきをするのである。新たな力を加えて、悲痛、苦悶を噴出させるのである。もし彼がタニアを弁護するのを彼の義務と心得ていなかったら、ぼくたちのあいだは万事が円滑にいっていたであろう。ところがタニアはユダヤ人なのである。それが道徳的な問題をもたらしたのだ。彼はぼくがマドモアゼル・クロードにかじりついていることを望んだ。じつは、ぼくはそのひとに真の愛情をいだいていたのである。彼は、ときどきぼくに、彼女と一緒に寝るための金をくれた。ぼくがどうにもしようのない好色漢だとさとるまでは。

いまタニアについて述べるのは、彼女がちょうどロシアから帰ってきたところだからである――ほんの数日前だ。シルヴェスターは、ある職にもぐりこむため、あとに残っていた。彼は文学を全然断念していた。いまは新しいユートピアに献身していた。

タニアはぼくと一緒に向うへ——できればクリミア半島へ行って、新生活をはじめたいと望んでいた。先日、ぼくたちはカールの部屋で、ちょいとした酒宴をやり、その可能性について論じあった。ぼくは向うで生活するためにどういう仕事があるかを知りたかった——たとえば校正係のような仕事があるかどうか。向うへ行って何をやるか、そんなことは心配するにはあたらない、と彼女は言った——ぼくが熱心で誠実であるかぎり、みんながぼくのために職を見つけてくれるだろう、と言うのである。ぼくは熱心な顔つきをしようとしたが、悲しげな顔つきしかできなかった。ロシアでは悲しい顔を見るのをいやがる。人が陽気で、熱狂的で、快活で、楽天的であることを欲する。これはぼくには、すこぶるアメリカに似ているように思えた。ぼくは生れつき、そのような熱狂さをもっていなかった。むろん彼女には洩《も》らさなかったが、内心では、どうかそっとしておいてもらって、おれのあの小さな片隅に戻り、戦争が勃発《ぼっぱっ》するまでそこにいたいと願っていた。このロシアについてのうまい話は、いささかぼくの心をかき乱した。彼女、タニアは、それにすっかり興奮してしまい、おかげで、ぼくたちは食事の酒をほとんど半ダースもあけてしまった。カールは油虫みたいに跳《と》びまわっていた。彼のなかにはロシア的な思想に夢中になる程度のユダヤ人がいるのである。ぼくたちを向うへ嫁入らせることしか彼にはなかった——いますぐに。「しっかり引っぱれ！」と彼は言った。「損することは一つもないぞ！」そう言って彼は、早いもの勝ちといったぐあいに、ちょっと使者に立つふりをして見せた。彼女、タニアは話の落ちつくのを望みながら、それでもこのロシアのことが頭にしっかりと根をおろしてしまっているので、間をおいては小便に立ってぼくの注意を中断した。そのため、いささかぼくは腹が立ち、落ちつかなくなった。ともあれ、ぼくたちは食うことを考え、勤めに出かけなければならなかった。そこで、墓地から目と鼻のあいだのブールヴァール・エドガール・キネでタクシーに乗りこんで車をとばした。オープンカーでパリの町をとばすには、まことに好適な時刻だった。それに、ぼくたちのタンクのなかでも酒がだぶだぶゆれていたから、いつもよりいっそうすばらしく思えた。カールは、ぼくたちの向いの補助椅子に腰かけていた。顔が赤蕪《あかかぶ》みたいに真っ赤だった。彼、この哀れなろくでなし野郎は、ヨーロッパの向う側で送るであろう輝かしき新生活のことを考えて楽しそうであった。と同時に、彼はいささか悲哀をおぼえてもいた——ぼくにはそれがわかった。ほんとうは彼は、ぼく以上にパリを離れたくないのだ。パリは、彼に対しては、ぼくに対する以上に親切ではなかった。あるいは、そのことについては誰にとっても同じなのかもしれないが、ここでいろんな苦しい目にあい、それに耐えてくると、やがてパリは、しっかりと人の心をつかんでしまうのでいい、とり逃すくらいなら死んだほうがましだという恋の病にとりつかれた女みたいに、パリが諸君の睾丸《こうがん》をつかんでしまうのだ、と言ってもよい。パリがそんなふうに彼の眼には映っていた。ぼくにはそれがわかった。セエヌ河を渡るとき、彼は阿呆《あほう》みたいに大口をあけて、にやにや笑いながら、周囲の建物や彫像を眺めていた。まるで夢のなかでそれらを眺めているかのように。ぼくにとっても、それは夢のようだった。片手をタニアの胸につっこみ、力いっぱい彼女の乳房を握りしめて、橋の下の水や艀《はしけ》や、河下のノートル・ダームを、絵葉書でも見るように眺めた。そして、酒にでも酔ったような気持で、人間はいかにすれば興奮するかということを考えていた。けれども、ぼくは、それについても狡猾《こうかつ》だった。だから、ぼくの周囲のこの旋風を、ロシアとも、天国とも、あるいは地上のどんなものとも、決して交換はしないだろうとさとった。気持のいい午後だと、ぼくは考えていた。まもなくおれたちは食物を腹のなかに詰めこむだろう。特別のご馳走《ちそう》として注文できる食物を。上等の、こくのある葡萄《ぶどう》酒《しゅ》が、こんなロシアのことなど、引きずりだしてくれるだろう。精力に満ち、すべてのものに満ちあふれたタニアのような女と一緒のときには、奴《やつ》は、いったんある考えを思いつくと、何事が起ろうと、てんでかまいはしないのである。やるところまでやらしてみるがよい。そしたら奴は、タクシーのなかであろうと、きみのパンツを引っぱって脱がせてしまうだろう。交通の雑踏するあいだをすりぬけて行くのは爽快《そうかい》だった。ぼくたちの顔は、みな唇のあとだらけだった。酒が、ぼくたちの腹のなかで下水みたいにごぼごぼ音をたてていた。とくにリュ・ラフィットへ勢いよくはいりこんで行ったときはすてきだった。この通りの奥は、ちょうど小さな寺院を建てられるほどの幅があり、聖心《サクレ・クール》寺院がつき出ていた。異国的な建築のよせ集めの一種であり、酩《めい》酊《てい》した気分をぐさりと抉《えぐ》り、過去のなかで——はっきりと覚醒《かくせい》させながら、しかも人の神経をいらだたせることのない液体の夢のなかで、絶望的に泳がせるところの清澄《せいちょう》なフランス的観念だ。

ふたたび姿をあらわしたタニア、安定した職、ロシアについての酔いどれ話、夜道の帰宅、真夏のパリ、こうなると人生は、いささか興奮に頭をもたげたかに思える。ボリスがよこしたような手紙が、まったく藪睨《やぶにら》みに思えるのも、こうした理由からであろう。ほとんど毎日のように、ぼくは五時ごろタニアと会い、彼女がポルトと称するやつを一杯やった。ぼくは彼女に誘われるままに、これまで一度も見たことのないところへ行った。シャンゼリゼエ界隈《かいわい》の愉快な酒場、そこでは、ジャズのひびきや低声につぶやく若い女どもの声が、マホガニーの木造部に、じかにしみこんでゆくようであった。便所へ行っても、これらのねっとりした粘液的な曲調が追いかけてきて、臭気管をつたわって便所のなかに漂いこみ、人生を、やわらかな虹《にじ》色のシャボン玉のようにした。シルヴェスターがいないので解放感をおぼえているせいかどうか知らないが、たしかにタニアは天使のごとくふるまおうとつとめていた。「あなたは、あたしが出発するちょっと前ごろは、あたしを虱《しらみ》あつかいにしたわね」ある日、彼女はぼくに向って言った。「どうしてあんなふうにしたかったの？　あたし、あなたに何もひどいことをしたおぼえはないわよ。あって？」ぼくたちは、やわらかな光や、空間からしみ出てくるあのクリームみたいなマホガニー音楽などのために、センチメンタルになりかけていた。勤めに出かける時刻だったけれど、ぼくたちは、まだ食事をすましていなかった。葉巻の吸いがらが、ぼくたちの前方にころがっていた――六フラン、五十四、七フラン、五十二――と、ぼくは無意識にそれらを数えあげてゆきながら、同時に、もしかしたらおれは、むしろバーテンダーになることを好んでいたのではないかと思っていた。彼女がぼくに話しかけているとき、ロシアのこととか、未来とか、恋愛とか、そうしたばかげたことをしゃべりまくっているときには、しばしばそんなふうになるのであった。おそろしく無関係なことを、靴をみがくこととか、便所の掃除夫になることとか、そんなことを考えているのだ。というのも、とくに彼女がぼくを引っぱってくるこういう酒場が、ひどく居心地がいいからだったろうとも思うし、また、やがて自分も石みたいにこちこちになり、おそらく老いこんで腰が曲るのだろうとは念頭に思いうかばなかったせいでもあったろう……いや、ぼくはいつも想像していたのだ。未来は、どう控えめに見たところで、やっぱりこんな環境のなかにおかれ、これと同じような曲調がぼくの頭のなかで演奏をつづけ、酒杯がふれあい、そして階下の便所のなかですら、人生から臭気をとり除く一ヤードの間隔をおいて、いずれもかっこうのよい尻のうしろから香水の残り香がのこるのであろう、と。

奇妙な話だが、彼女につれられて、そんなみすぼらしい酒場を歩きまわっても、これはすこしもぼくを堕落させなかった。たしかに彼女と離れたくなかったのだ。ぼくはいつも彼女を案内して社の付近にある教会のポーチのところまで歩いてゆき、そこの暗がりに立って最後の抱擁をした。すると彼女はささやいた。「ねえ、あたしはどうしたらいいのかしら?」彼女は、昼も夜も一緒に寝ることができるように、ぼくに職をやめさせたかったのである。二人が一緒にいるかぎり、彼女はロシアのことなどもうどうでもよかったのだ。けれども、ぼくは彼女と別れると、とたんに頭が冷静になった。それはまた別種の音楽であって、それほどうめくようなものではないが、開きドアを押してはいるときに耳にはいってくるのと同じように快適なものだった。また、それは別種の香気であった。一ヤードの間隔ではなくて、どこにもあるもの、いわば機械から匂《にお》ってくるような、汗とインド薄荷《はっか》の匂いであった。ぼくがいつもやらかすように、腹いっぱいためこんではいっていって、いきなり低いところへぼたぼた落すやつにも似ていた。たいていぼくは、トイレットに向って最短距離を行った――そのほうが、むしろ気分がひきたつのだ。そこにはいると、いくらか涼しかった。あるいは流れている水の音のせいで涼しそうに思えた。それは、つまりトイレットは、いつもひやりと冷たい洗滌器《せんじょうき》である。事実そうなのだ。なかにはいる前に、ずらりとならんで服を脱いでいるフランス人の前を通りすぎなければならなかった。うへっ！こいつら、この悪魔どもはくさいぞ！彼らも、これで十分につぐなわれているのである。だが、そこにいる奴らは、下半身をむきだしにして、長い下着姿の奴もいれば、髭《ひげ》をはやした奴もいたが、大部分は血管のなかの鉛のために蒼白《あおじろ》く、やせた鼠《ねずみ》どもであった。トイレットのなかでは、彼らのひまな考えを調べあげることができた。壁には一面にスケッチや形容句があった。すべては容易にわかるわいせつな落書であり、概してかなり愉快で共感的なものが多かった。ある部分に達するには梯子《はしご》を必要としたにちがいないが、まったく心理的な観点から見るだけでも、これは価値があると思う。ときどきぼくは排泄《はいせつ》をやりながら、シャンゼリゼエにある美しい共同便所に出たりはいったりするのを見かけるあのすばらしいご婦人方に、それがどんな印象をあたえるであろうかと考えた。彼女たちは裾《すそ》をうんと高くまくりあげるのだろうか、とか、ここでは尻《しり》についてどう考えられているかを彼女たちは知っているのだろうか、とか、そんなことを考えるのだ。彼女たちの世界では、疑いもなく、すべては紗《しゃ》と天鵞絨《ビロード》である——あるいは、彼女たちがさっとそばを通りぬけるときに放つ芳香で、そう思わせるのである。なかには、かならずしもそんなにりっぱな淑女でないものもいた。ただ自分たちの商売の宣伝のために行ったりきたりするものもいた。おそらく、一人だけにしておけば、各自の私室のなかで大きな声でしゃべらせておけば、その口からも奇怪なことがとびだしてくるかもしれない。なぜなら、その世界では、どこの世界でも同じように、もちあがることの大部分は汚《けが》らわしい不潔なことにすぎないからだ。塵芥《ごみ》入れの罐《かん》と同様にきたならしいのだ。ただ彼女たちは幸運にも罐の上に蓋《ふた》をすることができるだけなのである。

さきにも言ったように、そのようなタニアとの午後の生活は、すこしもぼくに悪影響をおよぼさなかった。ときには腹いっぱいやりすぎて、指を咽喉《のど》につっこまなければならないようなこともあった——というのは、全然その気がないときに校正をやるのは、はなはだ難事であるからだ。ニーチェの哲学を要約するよりも、落ちているコンマを見つけることのほうが、よっぽど注意の集中を要するのである。ときおり酒に酔っているときなど、頭がさえることだってありうるが、しかし頭のさえは校正部には用がないのだ。日付、分数、セミコロン――これらがかんじんなのである。思考が燃えあがっているときには、そういったものがいちばんたどるのがむずかしい。ときどきぼくは、おそろしいヘマをやらかした。だから、もしぼくが上役の尻にキッスする手を心得ていなかったら、とうに馘《くび》になっていただろう。それは確実である。ある日、階上のえらいボスから手紙をもらったことさえある。奴は、おそろしく上のほうにいるので、まだ一度も会ったことのない男だ。ぼくの普通以上の知能について揶揄《やゆ》的な文句を二つ三つ述べ、そのあいだに、かなりはっきりと、おまえは自分の地位をわきまえて職分を守るがよい、さもなければ、それ相応の報いがあるぞ、とほのめかしたのであった。正直なところ、そいつがぼくをふるえあがらせた。それ以後ぼくは会話に多音綴《つづり》の言葉を決して用いなかった。実際、一晩じゅうぼくの禁制品をあけて見せることは、ほとんどなかった。ぼくは最大級の低能をよそおった。それが、われわれに対して彼らの望んでいることだったのである。ときどき、いささか上役にへつらうため、奴のところまであがって行って、これこれしかじかの言葉はどういう意味でございましょうかなどと、ていねいにたずねたりした。奴は、それが気に入ったらしい。彼は、その野郎は、いわば辞書か時間表みたいなものなのだ。奴が休み時間中に、どんなにビールをがぶ飲みしていようと――自分がいかにボスであるかを知って彼は勝手に自分だけの休憩をとっているのである――奴を日付や行先のことでぐっとつまらせることは、とうてい望めなかった。奴は、まるでこの職に生れついているのだ。ただ一つ残念なことは、ぼくがあまりにも博識だということであった。あらかじめ、どんなに気をつけていても、ときどきそいつがにじみだしてくるのである。たまたま一冊の書物を小脇《こわき》にはさんで出勤したような場合、それがりっぱな書物だと、そのために彼の機嫌《きげん》をそこねてしまった。だが、ぼくは故意に彼の機嫌をわるくするようなことは決してしなかった。みずから自分の首に絞《しば》り縄をひっかけるには、あまりにもこの職が気に入っていたからである。それでも、何といっても、相手とすこしも共通性のないときに、その人と話をするのはむずかしいものだ。たとえ単音綴語だけを使うにしても、自己をかくしおおせるものではない。彼は、このボス野郎は、いろんなことを、おそろしくよく知っていた。彼のホラまじりの話にしても、ぼくはそれには全然関心がなかった。それでも、人はどう説明するか知らないが、ぼくを夢想からひき離して、ぼくのなかへ日付や歴史上の事件をいっぱい詰めこむのを彼はおもしろがっていた。思うに、それは、ぼくに対する彼の復讐《ふくしゅう》の方法だったのだろう。

その結果、ぼくは、いささか神経衰弱気味となってきた。ぼくは外気にふれるやいなや、めちゃくちゃになるのである。話題が何であろうと、そんなことは問題ではなかった。未明にモンパルナスへ向って帰途につくと、横のほうへ押しこめられているぼくの夢想をさっさと出してやるために、ぼくは、すぐさま消火ホースの筒先を向けて、そいつを鎮圧しなければならなかった。誰も知らないようなことについてしゃべるのを、ぼくは最も好んだ。ぼくは軽度の狂気、エコラリア（訳注 幻覚、幻聴）にかかっていたのだ。エコラリア——たしかそんな名称だったと思う。一夜の校正のあらゆる断片がぼくの舌先で踊った。ダルマチア——ぼくはその美しく宝石をちりばめた保養地の広告の校正をやっていたのである。よろしい。ダルマチア。きみは汽車に乗る。朝となると毛孔から汗がふきだし、葡萄が、はちきれんばかりにみのっている。ダルマチアのことなら、ぼくは大遊歩道からマザラン枢機卿《すうきけい》の邸宅のことまで、ことごとく語ることができた。その気になれば、もっともっと語ることができた。しかも、それが地図の上ではどこにあるのかすらぼくは知らないのである。また知りたいとも思わなかった。だが、気分は鉛のように重苦しく、服には汗とインド薄荷の臭気がしみこみ、圧搾機《あっさくき》を通過する腕輪の金属的な音響、それにぼくを締めつけるあのビールをあおりながらのホラまじりの話などのあとの午前三時では、地理、衣裳《いしょう》、演説、建築のごときこまかいことなど、てんで何の意味もなかったのだ。ダルマチアなどは、そういう強烈な状態が消え去り、なんという理由もなく、ただ、新聞の一面や、二階でサイコロをころがしている連中などとはまるでちがう、うっとりするほど静かで空虚であるがゆえに泣きたくなるほどルーヴルの中庭が不思議と滑稽《こっけい》に見える夜のある時刻に属する世界なのだ。冷たい刃のようにずきずきするぼくの神経にひっかかっているダルマチアのそんな切れっ端によって、ぼくは、いとも奇妙な航海の感覚を味わうことができた。しかも、さらに奇妙なことは、地球上くまなく旅行できたのに、アメリカだけは、どうしても思考にはいってこないことだった。それは埋没した大陸よりも、さらに深く埋没していた。なぜなら、埋没した大陸には、ぼくは何か神秘的な魅力を感じるのに、アメリカには何も感じないからだ。全然何も感じないのである。ときどきモナのことを思うのは事実であった。一定の時間と空間の気流《オーラ》のなかにいる人物としてではなく、あたかも彼女が過去を抹殺《まっさつ》した巨大な雲状のもののなかに吹きあげられてでもしたかのように、別の遊離したものとしてである。ぼくは、きわめて長い時間にわたって彼女について考えることを自分に許せなかった。もしそれを許せば、ぼくは橋からとびこんでしまったであろう。奇妙なことだ。彼女のいないいまの生活に甘んじきっているのに、一分間でも彼女のことを考えると、ぼくの満足は骨の髄までぐさりと突き刺され、またしても、みじめな過去の苦悩の溝《どぶ》のなかに叩《たた》きこまれるのである。

七年間、昼となく夜となく、ぼくは、たった一つのことを考えて動きまわっていた――彼女のことだ。彼女に対するぼくのように、神に対してそれほど忠実なキリスト教徒がいるとしたら、今日ぼくたちはみなイエス・キリストになっているだろう。昼となく夜となく、ぼくは彼女のことを考えていた――彼女をあざむいているときですら。いまは時折、いろんな物事のなかにあって、自分はいっさいのことから全部解放されていると感じるときなど、不意に、おそらく街角を曲ったところにあるにちがいないまばらな樹木とベンチが、一つの小さな広場が、人気のない場所が、ぽっかりうかんでくることがあった。そこで、ぼくたちは、立ったままやらかしたのだ。そこでぼくたちは、たがいに気ちがいのようになって苦しい嫉妬《しっと》の場面を演じたのだ。いつも、どこか人気のない場所であった。たとえば、ド・レストラパード広場のようなところとか、モスクからそれたあのむさくるしい陰気な街路とか、あるいは、夜の十時にもなるとひどく静まりかえり、死んだようになって、殺人か自殺のことでも考えさせられるか、何か人間劇の痕跡《こんせき》でも生みだしそうなアヴェニュ・ド・ブルトイユの開かれた納骨堂に沿ったところとか。彼女は行ってしまった、おそらく永久に去ってしまったのだ、とさとると大きな空虚がぽかりと口をあけ、自分が深い真っ暗な空間へとぐんぐん落下し、落下し、落下してゆくのを感じた。これは涙よりも始末がわるかった。悔いや苦痛や悲しみよりも深刻であった。それはサタンがとびこんだ深淵《しんえん》だ。這《は》いあがる道はなかった。一条の光線もなく、人声もなく人の手にふれることもないのだ。

夜、街路を歩きながら、彼女がぼくのそばにいる日がふたたびくるであろうかと、幾千度思ったことであろう。いつもぼくは切望の眼《まな》ざしを建物や彫像に投げかけた。あまりにも渇望《かつぼう》し、あまりにも必死となって、それを眺めてきたので、いまでは、ぼくの思いは、その建物や彫像の一部となってしまっているにちがいない。それらには、ぼくの苦悩がしみこんでいるにちがいない。ぼくはまた、いまはぼくの夢や切望が深くしみこんでいるこの陰気な、うらぶれた街々を二人でならんで通りかけたとき、彼女が何ものにも心をひかれず、何も感じなかったことを思いださずにはいられない。彼女にとっては、その街々は、どこかよその街と同じことなのである。あるいは、すこしくらいきたならしい街でも同じことであり、それだけのことなのである。ある街角で、ぼくが足をとめて彼女のヘヤピンを拾いあげてやったことを彼女は憶《おぼ》えてはいないだろう。あるいはまた、ぼくが、かがんで彼女の靴のレース紐を結んでやったとき、以前彼女が足をのせたことのあるその場所をぼくが注意してやったことも、またその場所だけは、たとえ寺院が破壊され全ラテン文明が永劫《えいごう》にわたって抹殺されてしまった後までも、そこに永遠に残るだろうと述べたことも、彼女は憶えていないだろう。

ある夜、リュ・ロモンを異常な苦悶《くもん》とさびしさの発作におそわれて歩いていたとき、あることが切ないほどの鮮《あざ》やかさでうかんできた。それが敗残と絶望の気持で幾度となくこの街を歩いたことなのか、それとも、ある夜二人でリュシアン・ヘル広場に立っていたときに彼女がふともらした言葉の記憶なのか、ぼくにはわからない。「なぜあたしにあのパリを見せてくれないの？」と彼女は言った。「あなたがお書きになったあのパリを」いまぼくには一つだけわかる。つまり、その言葉を思いだしたとき、ぼくが知るにいたったあのパリを彼女に示すことは到底できるものではないと、不意にさとったことだ。明確にできぬいくつかの区画《アロンディスマン》のあるパリ、ぼくの孤独、彼女を求めるぼくの渇望のゆえにしか実在しないパリを。それほどパリは巨大なのだ！　もう一度パリを踏破しようとしたら一生かかるだろう。このようなパリ、このパリを知る鍵《かぎ》を持っているのはぼくだけだが、いかに最善の意図があろうと、パリは漫遊旅行に適したところではない。パリのような都会こそ、そのなかで生活しなければだめだ。日ごと無数の種々さまざまな苦しみをして経験しなければだめだ。パリのような都会は、癌《がん》のようにわれわれの内部で生長し、徐々に大きくなっていって、われわれは、ついにはそれに食いつくされるのである。

こうした回想に脳裡《のうり》をかき乱されつつリュ・ムーフタールをよろめき下りながら、ぼくは過去のなかから――彼女にページをめくってくれと頼まれながらも、表紙がいやに重いため、そのときは到底こじあけられないと思ったあの案内書のなかから、さらに別の奇妙なことを思いだした。これという理由もなく――なぜなら、そのときぼくの思考は、いま漫然と歩いているこの神聖な境内をもっているサラヴァンのことでいっぱいだったからだ――これという理由もなく、ある日の記憶がよみがえってきた。それは、日ごとその前を通っている看板に刺激されて、衝動的に下宿屋のパンシオン・オルフィラにはいりこみ、ストリンドベルイがいたという部屋を見せてほしいと頼んだ日のことだ。そのころまで、非常に恐ろしいことなど何ひとつぼくの身には落ちかかっていなかった。もっとも、すでにそのときぼくは、世俗的な所有物を、いっさいうしなってしまっており、空腹をかかえ警察を怖《おそ》れながら街を歩きまわるのがどんなことかは知っていたが。そのときまでパリには一人の友人もなかった。しかし途方に暮れるというほど意気銷沈《しょうちん》した境遇でもなかった。なぜなら、この世界のどこをうろついていようと、ぼくにとって、もっとも発見しやすいのは友人だったからである。だが、実際にきわめて恐ろしいことは、まだすこしもぼくには起っていなかった。人は友人がなくても生きてゆける。恋愛がなくても、必要不可欠《シネ・カ・ノン》とされている金すらなくても生きてゆけるように。人はパリで生きてゆける——それをぼくは発見したのだ！——ただ悲哀と苦悩だけを食ってでも。つらい滋養物だ——おそらく、ある人々にとっては最善のものだろうが。ともあれ、ぼくはまだ進退きわまってはいなかった。ただ悲惨に甘えていたにすぎない。他人の生活をのぞきこむだけの、それからまた、それが書物の二枚の表紙のあいだにつつまれているときには、甘美なほど遠く、かつ作者がさだかでなく思われるロマンスの残骸《ざんがい》を（それがいかに病的であろうとも）もてあそぶだけのひまと感傷とがあった。その下宿屋を去りがけに、自分の口もとに皮肉な笑いがうかんでいるのに気がついた。あたかも自分に向ってこう言っているかのように。「まだパンシオン・オルフィラはおれの場所ではない」むろん、そのとき以来、パリじゅうの狂人が早晩見いだすものが何であるかをさとった——苦しめられた人々のための既成の地獄《インフェルノ》はないということを。

いまになってみると、なぜ彼女があんなに夢中になってストリンドベルイを読んだか、その理由が、いくらかわかるような気がする。ある甘美な一節を読み終え、眼に笑いの涙をためて顔をあげた彼女のすがたが見える。彼女はぼくに言う。「あなたは彼とそっくりの狂人だわ……あなたは罰を望んでいるのね！」彼女が彼女にふさわしいマゾヒストを発見するとき、サディストにとって、それはさぞかし大きなよろこびであるにちがいない！　いわば、彼女が自分の身を嚙《か》むのは、自分の歯の鋭さをためすためなのだ。あのころ、ぼくがはじめて彼女を知ったころ、あの女はストリンドベルイにかぶれていた。彼が耽溺《たんでき》したあの劇烈な狂想の謝肉祭《カーニヴアル》、男女のあの永遠の闘争、北国の腐った白痴の子に愛されたあの蜘蛛《くも》のごとき残忍性、それがぼくたちをひきつけたのである。ぼくたちは共に死の舞踏をやりつつ一緒になり、そしてぼくは、たちまち渦巻のなかに引きこまれた。ふたたび表面に浮びあがったときには、世の中がわからなくなっていた。自分がばらばらになっているのを知ったとき、音楽はやんでいた。謝肉祭は終った。そしてぼくは、きれいに肉をつつかれてしまっていたのだ……。

その日の午後、パンシオン・オルフィラを出た後、図書館へ行った。そこで、ガンジス河の沐浴《もくよく》をすませ、十二宮について沈思黙考してから、ストリンドベルイがかくも仮借なく描破したあの地獄の意味を考えはじめた。考えるにつれ、しだいにはっきりしてきた――彼の巡礼の秘密、詩人がこの地球の表面をかけめぐった脱走、また、あたかも彼がうしなわれた演劇を再演する宿命を負わせられているかのごとく雄々しく地球の内臓部にまで降下したこと、鯨の腹中における恐ろしい闇黒《あんこく》の滞在、自己を解放し過去からさっぱりと脱出するための血みどろの闘い、異国の岸べにうちあげられた輝かしくも血だらけの日の神のことなどが。なぜ彼や他の人々（ダンテ、ラヴレー、ヴァン・ゴッホ等々）がパリへの巡礼をしたかは、もはやぼくにはすこしも不可解ではなくなった。苦悩にさいなまれた人々、幻影に憑《つ》かれた人々、偉大なる恋愛の狂人たちを、なぜパリがひきつけたのか、ぼくにはよくわかるのである。なぜここでは、車輪の轂《こしき》にも、無限の空想的な、はなはだしく不可能な理論を、すこしも異常な点をそこに見いだすことなくいだけるのか、ぼくにはよくわかるのである。ここでは、人はもう一度、彼の青春の書を読みなおす。そして謎《なぞ》は新しい意味をおびてくる。白髪の一本にも一つの意味が出てくる。人は自分が狂人であり、憑かれていると知りながら街を歩く。なぜなら、これらの冷やかな無関心な顔は、おのれの付添人の顔であることが、あまりにも明瞭《めいりょう》だからである。ここでは、すべての境界は消え、世界は狂える虐殺《ぎゃくさつ》場としてあらわれてくる。事実、世界はそうなのだ。千編一律の仕事は無限の彼方まで伸び、昇降口はぴたりと閉され、論理は放縦に走り、血なまぐさい肉切り庖丁《ぼうちょう》が閃《ひらめ》く。空気はつめたくよどんでいる。言語は黙示的になる。出口を示すものは、どこにもない。死以外は何も起らない。盲目小路、そのどんづまりは絞首台である。

永遠の都、パリ！　ローマよりも永遠であり、ニネヴェ（訳注　チグリス河畔にあった古代アッシリア王国の首都）よりも華麗である。まさに世界の臍《へそ》だ。そこに向って、盲目のどもりの白痴のごとく、人は四つん這《ば》いになって這い戻ってくる。また最後には大洋の真《ま》っ只中《ただなか》へ漂いゆくキルク栓《せん》のように、人はこの都で落ちつきも希望もなく、かたわらを通りすぎるコロンブスにも気がつかずに、海の泡《あぶく》と海草のなかを漂う。この文明の揺籃《ゆりかご》は世界の腐爛《ふらん》せる下水渠《きょ》である。悪臭を放つ子宮が肉と骨の血みどろの包みをかくす納骨堂である。

街は、ぼくの避難所である。そこに逃避せざるをえなくなるまでは誰にも街の魔力はわからない。微風のそよぐごとに、ここかしこに吹き流される一本の藁《わら》となるまでは。冬のある日、街をわけて行く。売りものの犬を見かけては哀れを催して涙する。通りの向う側には、墓地のごとく陽気に、「兎の墓ホテル《オテル・デュ・トムボー・デ・ラパン》」と自称するみじめな小屋が立っている。それが人を笑わせる。死ぬほど笑わせる。いたるところに、兎、犬、虱《しらみ》、皇帝、大臣、質屋、廃馬解体業者等々のためのホテルがあるのに気がつくまでは。また、ほとんど一軒おきに「未来のホテル《オテル・ド・ラヴニール》」がある。それが、いっそう人をヒステリックにする。数かぎりない未来のホテル！　過去分詞のホテルはない。仮定法のホテルもないし、接続法のホテルもない。どれもこれも古色蒼然《そうぜん》としており、不気味であり、歓楽に興奮しており、歯齦膿瘍《しぎんのうよう》のように未来でもってふくれあがっている。

未来のこの多淫《たいん》な湿疹《しっしん》に酔って、ぼくはヴィオレ広場へ向ってよろめいて行く。色彩はすべて鮮淡紫色であり、鼠《ねずみ》色である。やけに入口が低いので、侏儒《こびと》か小鬼しかはいれない。ゾラの無感覚な髑髏《どくろ》の上方に煙突が純粋コークスの煙を吐きだしている。一方、サンドイッチのマドンナ、路傍にうずくまっているあの美しくふくれた蟾蜍《ひきがえる》は、キャベツの耳でガスタンクのぶつぶついう音にきき入っている。

なぜぼくは不意にテルモピレス通りのことを言いだすのか？　それはあの日、一人の女が屠場の黙示的言語で彼女のちんころに言葉をかけ、そしてその小さな牝犬《めすいぬ》のやつ、こいつが、このとりあげ婆《ばば》のうすよごれたすべた野郎が、何と言ったかを了解したからである。それがどんなにぼくを苦しめたことか！　リュ・ブランシオンで売られている悲しげに鳴く雑犬どもの姿を見るよりも、もっと苦しめたのだ。なぜなら、ぼくをかくも憐愍《れんびん》の情をもって満たすものは、犬ではなくて、巨大な鉄柵《てっさく》、ぼくとぼくの正当な生活とのあいだに立ちはだかっていると思われるあの赤さびた鋭い忍び返しだったからである。リュ・デ・ペリショーと称されるヴォジラール屠場（馬匹《アバトワール・》屠場《イポファジック》）付近の心地よい小道で、ぼくは点々と血痕《けっこん》のあるのに気がついた。あたかも発狂したストリンドベルイがパンシオン・オルフィラの敷石に、不吉のしるし、凶事の兆《きざし》をみとめたのとそっくり同じに、ぼくは、過去から分離して目の前をゆらゆらとただよい、おそろしく凄惨《せいさん》な前兆でぼくを嘲笑《ちょうしょう》する過去の断片のとびちっている血だらけ泥だらけの路地を、あてもなくさまよった。ぼくは、ぼく自身の血がこぼれているのを見た。泥だらけの路地は、まさにそもそもの最初から、ぼくの思いだしうるかぎりの過ぎ去った彼方《かなた》まで、その血でよごれていた。人々は、きたならしい小さなミイラのように、この世のなかに放りだされている。道は血でぬらぬらすべる。しかも、なぜそうでなければならぬのか。誰も知らない。誰もがみな各自の道を旅している。地上は甘美なるもので腐っているのに、果実をもぎとるひまはない。行列は出口のしるしに向ってひしめいてゆく。やがて大混乱が起り、みんな脂汗《あぶらあせ》をたらして逃げようとする。だから弱きもの、助けなきものは泥のなかに踏んづけられる。しかも彼らの叫び声はきこえない。

ぼくの人間の世界は消滅した。ぼくはこの世界でまったくの孤独だ。友人をもつ代りに、ぼくは街をもった。街はぼくに向って、人間の悲惨、渇望、悔い、失敗、浪費された努力などのまじりあった、あの悲しい、痛々しい言語で話しかけてきた。モナが病気になって餓死しかけていると知らされた後のある夜、リュ・ブロカに沿うた陸橋の下を通りすぎながら、ぼくは不意に思いだした。この沈下した街路のうすぎたない暗がりのなかで、おそらく未来のある前兆のためにおびやかされたのであろう、モナが、ぼくにすがりつき、ふるえ声で、決してあたしを捨てないでくれ、どんなことがあっても決して、と哀願したのはここだった、と。それからわずか数日後に、ぼくはサン・ラザアル停車場のプラットフォームに立って、出てゆく列車、彼女を運び去る列車を見送ったのであった。彼女は、ニューヨークで別れたとき窓から身をのりだしたのとそっくりに、窓から身をのりだしていた。その顔には、あのときと同じ悲しげな、貼《は》りついたような微笑があった。最後のつかのまの眼ざしは、多くを伝えようと望みながらも、うつろな微笑のために、ゆがんだ仮面にしかならなかった。ほんの数日前には彼女は必死になってぼくにすがりついたのである。そのとき何かが起ったのだ。いまだにはっきりしない何かが。かくて彼女は自分の意志で汽車に乗り、またしてもあの悲しげな不吉な微笑、ぼくをいらだたせる微笑、不正であり不自然である微笑、ぼくがまったく心の底から信用しない微笑をうかべて、ぼくを見ていたのである。それなのに、いまは陸橋の蔭《かげ》に立って彼女を求めて手をさしのべるぼくなのだ。ぼくは必死になって彼女にすがりつく。すると、ぼくの口もとに、あれと同じ不可解な微笑が、悲しさのあまり踏んづけてきた仮面ができる。ぼくは、いまここに立って、うつろに笑っている。ぼくの祈りがどんなに熱烈であろうと、ぼくの切望がどんなに必死であろうと、ぼくたち二人のあいだには大洋があるのだ。今後も彼女はあの地にとどまり、飢えるであろう。ぼくはここで街から街へと歩きまわるであろう。熱い涙が顔にはふり落ちる。

街々には、このような残酷さが奥深くひそんでいる。それが、あたりの壁から、こちらをうかがっており、われわれをおびえさせる。そんなとき突如として名づけようもない恐怖に感応する。突如としてわれわれの魂は不気味な恐慌《きょうこう》におそわれる。街灯が、ぞっとするように曲りくねるのも、そのせいだ。街灯がわれわれを招きよせ、ぐいとつかんで絞殺するのも、それがさせるのである。家々が秘密の犯罪の番人のように見え、盲目窓が無数のものを映した眼の空虚な眼窩《がんか》のように見えるのも、そのせいである。ふと頭上に「サタン通行止め」としるされてあるのを見るとき、ぼくが逃げだすのも、それに類したことであり、それは街の人々の顔のなかにまで書きこまれている。モスクの入口に、「毎週月曜、木曜―結核。毎週水曜、金曜―黴毒《ばいどく》」としるしてあるのを眺めるとき、ぼくをぞっと戦慄《せんりつ》させるのもそれだ。どの地下鉄の駅にも、「黴毒から身を守りましょう」と、ぼくたちにあいさつするため白い歯をむきだしている髑髏《どくろ》がある。すべて壁のあるところには、癌の接近を先導する美しい毒蟹《どくがに》を描いたポスターが貼《は》ってある。どこへ行こうと、何にふれようと癌と黴毒があるのだ。それは空にも書かれている。それは不吉な前兆のように燃えくるめいている。それは、われわれの魂のなかに食いこみ、いまやわれわれは月のごとき死物以外の何ものでもない。

ぼくが腰かけていた椅子《いす》を、ふたたび彼らがとりあげてしまったのは、七月四日のことだったと思う。一言の警告もなかった。海の向う側からやってきたいやらしいおえらがたの一人が経費節約を決定したのである。校正係と頼りない哀れなタイピストたちの人手を切りつめると、彼の往復の旅費と彼がリッツに持っている豪壮な邸宅の費用とを浮かすことができるのである。鋳込《いこみ》植字工の連中に、すこしばかりたまっている借金を返し、信用をつないでおくために道路の向い側の酒場に心ばかりの礼をしてしまうと、ぼくの最後の給料からは、ほとんど何も残らなかった。ホテルの主人に部屋を出ることを伝えなければならなかったが、理由は告げなかった。というのは彼は、たかが二百フランのことで、いつもくよくよ気をもんでいたからである。

「失業したらおまえはどうするつもりか?」これは絶えずぼくの耳のなかで鳴りひびいていた文句だった。さあ、とうとうきやがったぞ! 畜生め! また街にはいりこんで歩きまわり、うろつき、ベンチに腰をすえてひまつぶしをするよりほかはない。このころには、むろんぼくはモンパルナスでもうかなり顔が売れていた。当分のあいだは、まだ新聞社で働いているふりをしていられる。そうしておけば、朝食か夕食にありつくのも、いくらか楽だろう。季節は夏で、観光客が、さかんに入りこんでいた。ぼくは懸命になって、そいつらにたかろうとたくらんだ。おまえは、どうするつもりか……？　とにかく餓死はまっぴらだ。そいつが第一だ。他には何もやらず、もっぱら食いものにばかり精力を集中したら、どうやら食いつないでゆけるだろう。一週間か二週間は、あいかわらずムッシュ・ポールの店へ行って、毎晩たらふく食わせてもらえる。彼には、ぼくが勤めているかどうか、そんなことわかりはしないだろう。食うこと、それが第一だ。その他のことは神のおぼしめしにまかせよう……。

当然のことだが、ぼくは多少でも金になりそうなことには絶えず眼を皿のようにしていた。新しい友人連中を片っ端から開拓していった――ぼくがこれまで用心深く避けていた退屈な連中、いやでたまらなかった酔払いども、小金のある芸術家ども、グッゲンハイム賞を受けた奴《やっ》ら、そんな連中である。日に十二時間もカフェのテラスに腰をすえていれば、友達をつくるのなんか、わけはない。モンパルナスじゅうの飲んべえどもと知合いになれる。奴らは、こちらから何もくれてやるものがなくても、聞く耳さえあたえてやれば、虱《しらみ》みたいにたかってくるのだ。

ぼくが失業したとなると、カールとヴァン・ノルデンは、また別の文句をぼくに代ってもちだした。「万一、きみの細君がいまやってきたらどうする？」どうもこうもないさ。養う口が一つでなく二つになるわけだ。悲惨を分けあう相手ができるわけである。だが、もし彼女があの美貌《びぼう》をうしなっていなければ、ぼくは一人でいるよりも、二重の軛《くびき》にはさまっているほうが、いっそううまくやれるだろう。世間は決して美人を飢えさせはしない。タニアがぼくのために大いにつくしてくれるだろうとは期待できない。彼女はシルヴェスターに金を送っているのだ。もしかしたら彼女の部屋に同居させてくれるかもしれないと、はじめは思ったのだが、彼女は自分の身が危険になるのを恐れていたし、それに彼女のボスにつくしてやらなければならなかった。

素寒貧《すかんぴん》になった場合、まっさきに足が向くのはユダヤ人である。ぼくは、ほとんど同時に三人のユダヤ人を手に入れた。人情のある連中である。その一人は隠退した毛皮商人で、この男は、しきりに自分の名前を新聞に出したがった。彼はぼくに、ニューヨークのユダヤ系の日刊新聞に、彼の名前で、つづきものの論説を書いたらどうか、と提案した。ぼくはユダヤ人の名士を発見するために、ドームやクウポールの付近をさがさなければならなかった。最初に見つけだした男は有名な数学者であった。彼は英語が一言もしゃべれなかった。ぼくは彼が紙ナプキンに書いてくれた図解をもとにして衝撃《ショック》の理論について書かなければならなかった。天体の運行を説明し、同時にアインシュタインの理論をくつがえさなければならなかった。すべては二十五フランのためである。新聞に出た自分の文章を見たとき、それを読む気にはなれなかったが、それでもやはり印象深く映った。とくにそこには毛皮商人の名がつけてあったので。

この時期にぼくは、おびただしい変名を用いて、ものを書いた。ブゥルヴァール・エドガール・キネに大きな新しい娼家《しょうか》が店を開いたとき、ぼくは宣伝パンフレットを書いてやって、わずかばかりの手数料をもらった。つまりシャンパンを一本と、エジプト風の部屋で娼婦の無料サービスとをちょうだいしたのである。うまく客をくわえて行ってやれば、ちょうどむかしケピがやっていたように、コミッションをもらうことになっていた。ある夜、ヴァン・ノルデンをつれて行った。奴は、自分が二階でお楽しみをやることによって、ぼくにすこしばかりの銭を稼《かせ》がせてやろうというつもりだった。ところがマダムは、彼が新聞記者だと知ると、どうしても彼から金を取ろうとしなかった。そして、これもとうとうシャンパン一本と無料サービスになってしまった。ぼくはそのことからは何の儲《もう》けもなかったのである。じつをいえば、彼に物語を代作してやらなければならなかった。というのは、彼には、こういう場所をもちださずに主題を納得させる方法を考えることができなかったからである。こんなことをつぎつぎにやっては、ぼくは適当にサービスを受けていた。

もっとも閉口した仕事は、唖でつんぼの心理学者のために代作をひきうけた論文であった。不具の児童の保護に関する論文である。ぼくの頭は病気、支柱、細工台、新鮮な空気等の学説でいっぱいになった。こいつは書いたりやめたりして約六週間かかった。あげくに、このとんでもない論文の校正までやらなければならなかったのは、思いだしても不愉快である。この論文はフランス語で書かれた。ぼくが生涯お目にかかったこともなければ聞いたこともないようなフランス語である。けれども、そのおかげで毎日うまい朝食にありつけた。オレンジ・ジュース、オートミル、牛乳、コーヒー、ときには目先を変えてハム・エッグというアメリカ式の朝食である。ロックアウェイ・ビーチ、イースト・サイドその他こういった悲惨な場所に接する小湾や入江の不具の児童のおかげなのだが、これがパリ生活で朝食らしい朝食にありついた唯一《ゆいいつ》の時代であった。

やがてある日、ぼくは一人の写真家と知りあった。彼はミュンヘンのある変質者に頼まれて、パリのいかがわしい場所のコレクションをやっていたのである。彼は、ぼくがパンツを脱いだりその他いろんなかっこうで彼のためにポーズをとってくれるかどうかを知りたがった。ぼくは、あのやせこけた侏儒《こびと》ども、ホテルのボーイかメッセンジャ・ボーイのようなかっこうをした連中、ときどき小さな本屋の窓に飾ってあるわいせつな絵葉書で見かけるあの男ども、リュ・ド・ラ・リューヌやその他パリの不潔な地区に住んでいるあの得態の知れぬ化物どものことを思いついた。これらの選ばれたるものどもの仲間にされて自分の肉体を広告するという思いつきは、あまりいい気持がしなかった。しかし写真は絶対に個人的な収集用のものだと保証するし、しかもミュンヘンに送るものだというので、ぼくはついに承諾した。人は自分の生れた町にいないと、つい自分自身に気をゆるすものである。ことに日々のパンを稼ぐというりっぱな動機があるときには。結局、考えてみれば、ぼくはニューヨークにいたときですら、それほど潔癖ではなかったのである。向うでは、やけくそになったあまり、自分の住んでいる近所へ出かけて行って、大道で物乞《ものご》いをしなければならぬ幾晩かがあったのだ。

ぼくたちは観光客によく知られている名所へは行かず、もっと落ちついた雰囲気《ふんいき》の小さなあいまい屋などへ行った。そこへ行って、午後、仕事をはじめる前にトランプの勝負をたたかわせた。彼、この写真家は、なかなかおもしろい相手であった。パリを隅々《すみずみ》まで知っており、とくに裏道については詳しかった。彼は、しばしばぼくに向って、ゲーテを語り、ホーエンシュタウフェンの時代を論じ、黒死病が猖獗《しょうけつ》をきわめていた時代のユダヤ人の虐殺《ぎゃくさつ》について語った。興味津々《しんしん》たる話題であり、それが、いつも何か漠然とながら彼が現在やっていることと関連づけられていた。彼はまたシナリオの構想ももっていた。仰天すべき構想だが、何人《なんぴと》といえどもこれを実行に移すだけの勇気はないようであった。陳列場のドアのように二つにたち割られた馬を見ると、いつも彼は刺激されて、ダンテやレオナルド・ダ・ヴィンチやレムブラントを論じた。ヴィレットの屠《と》場から自動車にかけこみ、ぼくを乗せて一気にトロカデロ美術館に馳《は》せつけ、かねてから彼を魅了している髑髏《どくろ》やミイラを指さして見せるのである。ぼくたちは第五、第十三、第十九、第二十の各区を徹底的に探検した。ぼくたちの気に入りの休息場所は、哀愁的な、ささやかな場所、国民広場《プラース・ナシオナル》、ポプラ広場、コントルスカルプ広場、ポール・ヴェルレーヌ広場などといったところだった。これらの多くは、すでにぼくには、なじみのあるところだが、彼の世にもまれな巧みな話術のおかげで、そのすべてが、まったくちがった眼で眺められるのであった。もし、こんにち、たとえばリュ・デュ・シャトオ・デ・ランティエなどを、第十三区が放つ病院のベッドのいやな悪臭を嗅《か》ぎながら、ぶらぶら歩くことでもあれば、ぼくの鼻孔は、よろこびにひろがるであろう。なぜならそこには、よどんだ小便と蟻酸《ぎさん》アルデヒドの臭気にまじって、黒死病が建設したヨーロッパの納骨堂を通りぬけるぼくたちの空想旅行の匂《にお》いがあるからだ。

彼を介してぼくはクリュゲルという名の神霊的思想をもっている男と知りあった。この男は彫刻家であり画家であった。彼は、いろんな理由から、ぼくにほれこんだ。彼の「秘教的《エソテリック》」観念に、ぼくがよろこんで耳をかすということを知られたが最後、もはやこの男からのがれるのは不可能だった。世のなかには、「秘教的」という言葉が神聖な気状液《アイコオ》（訳注 ギリシア神話に出てくる。神々の血管を血液のごとく流れる液をいう）のごとく作用する人々がいるらしい。『魔の山』（訳注 トーマス・マンの小説）のヘル・ピーパーコルンにとってのセトルド（安定する）に似ている。クリュゲルは、あの狂ってしまった聖人の一人であり、マゾヒストであり、きちょうめん、正直、自覚を自己の法則としている肛門《こうもん》型の人間であった。お勤めのない日には人の歯をぶんなぐって折って咽喉《のど》に詰めこんでも心の責めを感じそうもない聖人の一人である。彼はぼくが、いまや、つぎの段階、彼の言葉によれば「より高き段階」に移るべく熟していると思っていたらしい。ぼくは人と同じ程度に食い、かつ飲むという条件ならば、いつでもその人の指定するどんな段階にでも移ってゆくつもりであった。「霊魂の寿命」「肉体の因果関係」「割断」ウパニシャッド、プロティヌス、クリシナムルティ、「霊魂の回教的宿業の被覆」「涅《ね》槃《はん》の自覚」その他ペストの吐く毒気のように東洋から噴きだすこのようなたわごとで彼はぼくの頭をなやました。ときには幻覚状態に落ちこんで、彼の前世の化身、すくなくともかくあったであろうと想像されるものについて語った。あるいはまた夢について語ったが、ぼくの理解するかぎりでは、それはまったく無味乾燥、散文的であり、一人のフロイト学者の注意をひくにも値しないものであった。だが彼にとっては、その夢は、底深くに、どえらい秘教的な驚異をひそませており、ぼくも彼に協力してそれを解釈しなければならなかった。つまり彼は毳《けば》のすりきれた上着を裏返しするように自己を裏返しにしたのである。

すこしずつ彼の信用を得るにつれ、ぼくは彼の心臓部に食いこんでいった。だから、しまいには、街でぼくのあとを追いかけてきて、数フランきみに用立ててあげたい、などと言うまでになった。彼は、より高い段階へ移る過渡期を生き残るために、一緒にぼくをひきとめておきたかったのである。ぼくは樹《き》の上で熟しつつある梨《なし》のごとくにふるまった。ときには、もとのいぎたない状態に逆戻りして、もっと地上的な栄養物が必要だなどと告白することもあった――スフィンクス見物とか、肉体の欲求が過剰猛烈をきわめる弱気の折など彼がしばしばお詣《まい》りするのを知っている聖アポリーヌ街行きとか、そんなときには。

画家としては彼は無であった。彫刻家としては無以下であった。家計の切りもりがうまかったことは彼のために言っておこう。おまけに倹約家でもあった。何ものもむだにしなかった。たとえ肉を包んだ紙一枚ですらむだにしないのである。毎週、金曜日の夜は、アトリエを仲間の芸術家たちに開放した。いつも、ふんだんに酒があり、おいしいサンドイッチが出た。たまたま何か食い残しでもあると、ぼくは、つぎの日に、そいつを片づけに行った。

ビュリエ舞踏場の裏に、ぼくが、いつもしげしげと足をはこんだアトリエが、もう一つあった――マーク・スイフトのアトリエである。彼は天才ではないにしても、たしかに奇矯《ききょう》な人物であった――この痛烈なアイルランド人は。彼はユダヤ人の女をモデルに使っており、この女とは数年にわたって同棲《どうせい》していた。それが、いまはあきがきて、何とか女を追い払う口実を探していた。だが、もともと彼女が持ってきた持参金を食いつぶしてしまったのだから、その賠償をせずに女を厄介払いする方法に困惑していたわけである。いちばん簡単な方法は、うんと女をいじめて、その虐待に耐えるくらいならいっそ餓死を選びたいと思わせることであった。

彼女――この彼の情婦は、なかなかきれいな女だった。難を言うなら、かたちのよいからだの線が崩《くず》れてしまっていることと、もはや彼を支えてゆく能力をうしなってしまっていることくらいであろう。彼女自身も画家であって、彼女を知っていると称する連中のあいだでは、彼女のほうが彼よりもはるかに才能があると言われていた。

けれども、彼がどんなに彼女の人生を悲惨にしようと、彼女は誠意をつくした。彼がすぐれた画家でないとは誰にも言わなかった。彼がこんなに腐ってしまったのも、それは真実彼に天才があるからなのだ、と彼女は言った。誰も壁に彼女の絵がかかっているのを見たためしがなかった――彼の絵ばかりである。彼女の作品は台所のなかにほうりこまれていた。一度、たまたまぼくが居合せたとき、誰かが彼女の作品を見せろと言い張ったことがある。結果は痛ましかった。「見ろよ、この人物を」スイフトは、でっかい足で彼女の絵の一枚を指さして言った。「あすこの入口に立っている男は、いままさに一発やらかそうとしているところなんだ。奴は頭が狂っているから、帰りの道を見つけだすことができないだろう……。つぎに向うにあるあの裸婦《ヌード》を見ろ……彼女が陰部を描きにかかったところまでは、うまくいっている。彼女が何を考えていたか、おれは知らん。しかし彼女は、あれをやけにでっかくしたため、絵筆がすべってしまって、それっきり手をつけることができなくなったのだ」

ヌードとはいかにあるべきかをぼくたちに見せようとして、彼は、つい最近完成したばかりの大作を出して見せた。それは彼女の絵であった。罪の意識によって霊感を受けた見事な復讐《ふくしゅう》の作品である。狂人の作品――意地のわるい、愛すべき、敵意のこもった、すばらしい作品である。鍵穴《かぎあな》から、こっそり彼女のようすをうかがったという感じ、彼女がぼんやりしている瞬間、つまり、ぼんやりと鼻をほじったり、尻《しり》をぼりぼり搔《か》いたりしているときの彼女をとらえたという感じの作品だ。彼女は通風のない部屋、一つの窓もない部屋の向うの、馬の毛を詰めた長椅子《いす》に腰かけているのだが、それは松果腺《しょうかせん》の前葉におきかえたところで一向さしつかえないだろう。背後には露台へ通じる稲妻《いなずま》型の階段がある。胆汁のような緑の絨毯《じゅうたん》がしいてある。そういう緑色は屁《へ》のごとくひりだされた宇宙からのみ放散されうるものだろう。もっとも目立つのは彼女の臀部《でんぶ》である。左右不均衡で、しかも瘡蓋《かさぶた》だらけだ。彼女は長椅子から、いくらか尻をもちあげているように見える。あたかも大きく一発、放屁《ほうひ》をやらかそうとしているかのように。顔は理想化されている。やさしくて、処女のごとく、そして、咳《せき》どめドロップのごとく純粋である。だが胸は溝《どぶ》のガスで大きくふくらんでいる。まるで月経の海のなかで泳いでいるみたいだ。天使の濁ったシロップのような表情をした拡大された胎児である。

それにもかかわらず、人は彼を好きにならずにはいられなかった。彼は不撓《ふとう》不屈の働き屋であり、頭のなかに絵をかく以外の考えを一つももたぬ男だった。そして山猫のごとく狡猾《こうかつ》なのだ。ぼくの頭にフィルモアとの友情を開拓することを吹きこんだのは、ほかならぬこの男だった。フィルモアはクリュゲルとスイフトをとりまく小さなグループにはいりこんできた外交官の青年である。「あの男に、きみの援助をさせよう」とスイフトは言った。「あいつは金の使い道を知らないのだ」

自分の持っているものを自分だけのことに使ったり、自分の金で徹底的に楽しいときをすごしたりすると、世間の奴らは、とかく言いたがるものである。「あの男は金の使い道を知らない」と。ぼくの考えを言うなら、人が金を使うのに、それよりもっといい使い道があるとは思われない。だから、そういう人のことを、あいつは鷹揚《おうよう》だとか、あいつはけちだとか、はたからは言えないはずなのである。彼らは金を流通させているのである――そのことが重要なのだ。フィルモアは彼のフランス滞在が限られているのを知っていた。だから大いに楽しもうと決心していたのである。人が、ある友人の仲間に加わって、つねに大いに楽しもうという場合、彼が求めるそのような交際にあつらえ向きの、時間ばかりうんともてあましているぼくみたいな人間に近づいてくるのは、しごく当然であろう。誰もが彼を退屈な男だと言う。ぼくもそう思う。けれども、食いものの必要に迫られているときには、退屈させられるよりももっとつらいことだってがまんできるのである。要するに彼は、ひっきりなしにしゃべるのである。それも多くは自分のことであり、あるいは彼が奴隷《どれい》のごとく崇拝している作家たち――たとえばアナトール・フランスとかジョゼフ・コンラッドとかいった連中――のことであった。にもかかわらず彼は、ぼくの夜を別の方法でおもしろくしてくれた。彼はダンスが好きだった。うまい酒が好きだった。女が好きだった。バイロンも好きヴィクトル・ユゴーも好きというのは、これは大目に見てやってもいいだろう。なぜなら彼は大学を出てからまだ二、三年にしかならないからだ。そういう趣味をなおすには、これからさき、まだだいぶ時間がかかると見てよい。彼のもっているもので、ぼくが気にいったのは冒険の感覚だ。

ぼくたちが、たがいにいっそう相手を知るようになったというより、いっそう親密になったのは、ぼくがクリュゲルとともに暮した短いあいだに起きたある奇妙な事件のためである。それはコリンズが到着したすぐその直後に起きた。この男は、フィルモアがアメリカから渡ってくる途中で知りあった船員である。ぼくたち三人は、夕食に行く前に、いつも規則正しくロトンドのテラスで会っていた。コリンズを上機嫌にし、あとでかならず痛飲せずにはすまない葡萄酒《ぶどうしゅ》とビールと酒のための、いわば下地をつくる飲みものは、ペルノーにきまっていた。コリンズがパリに滞在しているあいだは、ぼくはつねに王侯のごとき生活であった。鶏肉《とりにく》と上等の葡萄酒と、かつて聞いたこともないようなデザートばかりなのである。こういう食餌療法《しょくじ》が一カ月もつづいたら、ぼくはバーデン・バーデンかヴィシーかエクス・レ・バンへでも出かけてゆくよりほかはなかったであろう。そのあいだクリュゲルは、ぼくを彼のアトリエに泊めてくれていたのであるが、ぼくは午前三時前に戻ってくることは絶対になかったし、正午前にぼくを寝床から追いだすことはできなかったから、どうやら厄介者になりかけていた。クリュゲルは、あからさまには一言も非難めいたことを口にしなかったが、そのそぶりから、ぼくが厄介者の、のらくら野郎になりかかっていることは、はっきりとわかった。

ある日、ぼくは病気になった。ぜいたくな食餌がこたえてきたのである。何の病気だか、いまだにわからないのだが、とにかく寝床から起きあがれなかった。体力が、まるっきりなくなってしまい、それと一緒にもち合せていた気力から何から全部ぬけ落ちてしまった。クリュゲルは、ぼくの看護をしなければならなくなった。滋養物をこしらえたり、何かと世話をしないわけにはいかなくなった。それは彼にとっては一つの試練の期間であった。ことに、アトリエで大切な展覧会をやり、彼が援助を期待しているある富豪の好事家《こうずか》に個人的に絵を見せるという際であっただけに、なおさらそうであった。ぼくが寝かされている寝台はアトリエにあった。他にぼくを入れる部屋はなかったのである。

絵の展覧会をやることになっていた当日の朝、クリュゲルは徹底的に不機嫌なようすで起きだした。もしぼくが一人で立ちあがることができたなら、彼はぼくの顎《あご》に一発くらわせて部屋から蹴《け》り出したことだろう。しかし、ぼくは憔悴《しょうすい》しきっており、小猫同様に弱かった。彼は、客がやってきたらぼくを台所へ閉じこめておこうという計画で、寝床から出てくれと、しきりにくどいた。ぼくは自分がせっかくの彼の機会をめちゃめちゃにしているのだとさとった。誰だって眼の前に死にかかっている人間がいるのに、心をこめて絵画や彫刻を見ることなどできるものではない。クリュゲルは、正直のところ、ぼくが死にかけていると思っていたのである。ぼくもそう思っていた。だからこそ、わるいとは感じつつも、彼が寝台車を呼んでアメリカ病院へ送りこんでやろうと言ってくれても、熱心にそうしてもらおうという気には、どうしてもなれなかったのである。ぼくは、ここで、このアトリエで、やすらかに死にたかったのだ。実際、もっとよい死場所を見つけるために起きろと催促されるのは望ましくなかった。起きずにすむことなら、どこで死のうと一向かまわなかった。

こんなふうにぼくが語るのを聞くと、クリュゲルは狼狽《ろうばい》した。客が到着したとき、アトリエに死人がいるのでは、病人がいるのよりも、もっと始末がわるい。そうなると、心細い見込みではあるが、彼の見込みが完全につぶれてしまうことになる。むろん、そうとはぼくに向って言わなかったけれど、彼が気をもんでいるのもそれだということが、その動揺ぶりから、ぼくには見てとれた。そのために、かえってぼくは頑《がん》固《こ》になった。病院から車を呼ぶことを拒絶した。医者を呼ばせるのもことわった。ことごとく拒絶したのである。

ついに彼は、すごく怒りだし、ぼくが強硬にいやだと言い張るのもかまわず、ぼくに服を着せにかかった。ぼくは、あまりに衰弱しているので抵抗できなかった。弱々しくつぶやくぐらいが、せいいっぱいであった。「畜生め、この野郎！」戸外はあたたかかったが、ぼくは犬みたいにぶるぶるふるえていた——すっかり服を着せ終えると、外套《がいとう》を羽織らせて、部屋の外の電話のところへ行った。「おれは行かないぞ！行くものか！」と、ぼくは言いつづけていたけれど、彼はただ、ぼくの鼻さきにドアをぴしゃりと叩《たた》きつけただけであった。それから二、三分すると戻ってきて、一言も口をきかずに、アトリエを右往左往して何やら大わらわになっていた。最後の一分の準備である。ほどなくドアにノックの音がした。それはフィルモアだった。コリンズが階下で待っていると彼はぼくに伝えた。

彼ら二人、フィルモアとクリュゲルは、ぼくの腋《わき》の下に腕をすべりこませて、ぼくを立たせた。そしてエレベーターのほうへ引きずって行きながら、クリュゲルは、やわらいできた。「これもきみ自身のためだよ」と彼は言うのであった。「それに、ぼくに対してもうまくないはずだ。ぼくが、ここ何年間かつづけてきた苦闘がどんなものかは、きみも知っているはずだ。おれのことも考えてくれなければいけないよ」彼は本当にもうすこしで泣きだしそうだった。

うちのめされた、みじめな気持でありながら、この言葉に、ぼくは、あやうく微笑をうかべそうになった。彼は、ぼくよりも、かなり年長だった。よしんば三文画家であるにせよ、終始三文芸術家であったにせよ、彼にだって中休みを得る資格はあるのだ——すくなくとも一生に一度の中休みくらいは。

「おれは反対なんかしないよ」と、ぼくはつぶやいた。「事情はよくわかっている」

「おれが、どんな場合でも、きみに好意をもっていたことは、きみだってわかっているだろう」と彼は応じた。「ぐあいがよくなったら、またここへ帰ってきてもかまわないんだよ……いたいだけいてもいいんだぜ」

「うむ、わかってる……おれはまだくたばるつもりはないよ」ぼくは、やっとのことで外へ出た。

どういうわけか、下でコリンズの姿を見ると、気力が回復してきた。野放図に生き生きとして、健康で、陽気で、寛容に見える人間がもしあるとすれば、彼こそ、まさにそれであった。彼は、まるでぼくを人形でもあつかうように抱きあげて、自動車の座席へ寝かせた――しかもやさしく。クリュゲルから、あんな扱いを受けたあとだけに、こいつが身にしみてありがたかった。

ホテルに乗りつけると――コリンズの泊っているホテルである――主人と一悶着《もんちゃく》起きた。ぼくはそのあいだ事務室のソファに寝かされていた。コリンズがホテルのおやじに向って、なんでもないんだ……ちょいとからだが弱ってるだけなんだ……二、三日すれば回復する、と言っているのがきこえた。おやじの手にパリパリの紙幣を握らせるのが見えた。と思うと、さっと軽快に身をひるがえして、ぼくのいるところへ戻ってきた。「さあ、元気を出してくれ。おやじに、きみがお陀仏《だぶつ》になりかけていると思わせてはまずい」そう言って、荒っぽくぼくを立たせ、片腕で支えてエレベーターのところへつれて行った。

おやじに、きみがお陀仏になりかけていると思わせてはまずい！　たしかに他人の世話になって死ぬなんて悪趣味だ。自分の家族の腕のなかで、いわば、こっそりと死ぬべきなのだ。彼の言葉は勇気をあたえてくれた。ぼくはそれを、へたな冗談だと思う気持になりかけてきた。上にあがり、ドアをぴったりしめると、彼らは、ぼくの服を脱がせ、布団《ふとん》のなかに入れてくれた。「いま死ぬようなことがあるものか。死なんてくそくらえさ！」コリンズは、あたたかくはげましてくれた。「きみはおれを困らせるのか……。それに、いったいこのざまはどうしたというんだ。しっかりしてくれ！　一日か二日すれば上等の腰肉のビフテキが食えるのだよ。きみは自分で自分を病気だと思っているのさ！　黴毒《ばいどく》の薬を飲むまで待つんだな。そのことできみは気をもんでいるんだろう……」それから彼はおもしろおかしく、毛髪はぬけ落ち、歯はがたがたになって揚子江《ようすこう》を下ったときの旅の話をはじめた。ぼくは弱りきってはいたが、彼の物語る珍談は、異様なほど心を落ちつける効果があった。それは完全にわれを忘れさせてくれた。彼は——この男は、妙にぬけぬけとしたところがあった。おそらく、ぼくのためを思っての誇張も、いくらかはあったのだろうが、そのときは批判的には聞いていなかった。ぼくは全身を耳と眼にしていた。黄いろく濁った揚子江の河口が見え、漢口《かんこう》では遡航《そこう》してゆく船の灯火が見え、黄いろい水面の海が見え、竜の吐く硫黄《いおう》の炎に燃える急湍《きゅうたん》や、山峡を矢のごとく流れ下るサンパンが見えた。なんというすばらしい話だ！　日ごと船のまわりに群がってきては、船から投げすてられた屑《くず》をさらってゆく苦力《クーリー》ども。死の床に起きあがって漢口の灯火に最後の瞳《ひとみ》を送るトム・スラタリー。暗い一室に横たわって血管に麻薬をみたす美しい欧亜混血人。青袍《せいほう》と黄いろい顔ばかりの単調さ。飢饉《ききん》にえぐられ、疾病《しっぺい》に蹂躙《じゅうりん》され、鼠《ねずみ》や犬や木根を食べて露命をつなぎ、地上の草を嚙《か》み、わが子をむさぼり食うそれら幾百万の人たち、この男の肉体が、かつては腐爛《ふらん》せる肉塊であったとは、また癩病人《らいびょうにん》のごとく人々からいやがられたとは、想像もつかなかった。声は、きわめて柔和で、もの静かだった。それは、あたかも彼の魂が、耐えてきたいっさいの苦しみによって清められたかのようであった。手をのばして酒杯をとるとき、その顔は、ますますなごみ、その言葉は真実ぼくを愛撫《あいぶ》するかに思えた。しかも、そのあいだ、支那《しな》は運命そのもののようにぼくたちの頭上におおいかぶさっていた。亡《ほろ》びゆく支那、巨大なる恐竜のごとくに崩れて塵《ちり》と化しつつ、しかも最後のときまで、その古色蒼然《そうぜん》たる伝説の栄光と魅惑と神秘と残忍さとをうしなわぬ支那。

ぼくは、もうそれ以上、彼の話についてゆけなかった。思いはいつしか、ぼくがはじめて一包みの爆竹を買った独立祭のときにかえっていた。その爆竹と一緒に、ぼくは、しごく容易に破裂する火口《ほくち》も買った。吹いていると真っ赤に光りだす火口、匂《にお》いが幾日も指さきに残っていて異国的なものを夢想させる火口である。七月四日には、黒と金色の押模様のある派手な赤い紙が街路にいっぱい散らかり、いたるところ、はなはだ奇妙な臓腑《ぞうふ》のある小さな花火だらけになった。その包みが、いくつもあり、いずれも人間の脳漿《のうしょう》の色をした細くて平たい小さな細糸で結び合せてあった。一日じゅう火薬と火口の匂いがして、けばけばしい真っ赤な包紙の金粉が指にこびりついて離れなかった。人は支那のことなど思いつきもしないが、始終それが指さきにあり、またそれが鼻をむずがゆくさせた。ずっとあとになって、爆竹の匂いがどんなだったかを忘れてしまったころになって、ふと、ある日、金粉で息が詰ったようになって眼がさめ、破裂したあとの火口が、かつてのあのつんと刺すような匂いを、そこはかとなく匂わせ、華麗な赤い包紙が、見たこともない国民と国土への郷愁を起させたことがあった。見たこともないのだけれど、それは血液のなかに、不思議にも血の中に、時間か空間の感覚のように存在していたのだ。とらえがたい永遠の価値、年齢《とし》をとるにつれて、ますますその価値へと心は傾き、それを思考によってとらえようとするのだが、うまくとらえることができなかった。なぜなら、何事にあれ支那のものには叡知《えいち》と神秘とがひそんでおり、したがって、それを両の手で、あるいは思考によって把握《はあく》することなど、まったく不可能であり、払い落すか、指さきにこびりつかせたまま徐々に血のなかにしみこむにまかせておくよりほかはないからである。

それから数週間して、ル・アーヴルに帰って行ったコリンズから、ぜひとの招待を受け、ある朝、ぼくはフィルモアと一緒に週末を彼のところですごす支度をして汽車に乗りこんだ。パリ到着いらい、ぼくがパリを出るのは、これがはじめてである。海岸へ向う道すがら、アンジュを飲み飲み、ぼくたちは、いい気持だった。コリンズは落ちあうはずの酒場の所番地を教えてくれていた。それは「ジミイの酒場」という店で、ル・アーヴルの人はみんな知っているはずだという。

ぼくたちは停車場で無蓋《むがい》の四輪馬車に乗り、軽快な緩歩《だく》で落ちあう場所へ向った。まだアンジュの壜《びん》には半分ほど残っていたが、馬車のなかで、たちまちあけてしまった。ル・アーヴルの街のようすは、陽気で明るく、空気は強い潮の香がしてさわやかで、ぼくにニューヨークへの郷愁をいだかせたほどだった。いたるところに帆柱や船体が顔をのぞかせていた。明るい小さな船旗、四方に開けた大きな広場、田舎《いなか》にだけ見られるような腰板の高いカフェ。たちまち、いい印象を受けた。この都会は両腕をひろげてぼくたちを歓迎してくれた。

酒場のかなり手前で、コリンズが、せかせかと急ぎ足でやってくるのが見えた。あきらかに停車場へ向っているのだが、例によってすこし遅刻しているのである。フィルモアはさっそく、ペルノーを飲もうと言いだした。ぼくたちは背中を叩《たた》きあい、哄《こう》笑《しょう》し、唾液《だえき》を吐きちらした。すでに日光と潮風に酔っていたのである。コリンズは最初ペルノーのことでは決心がつかぬふうであった。ちょっと淋病薬《りんびょうやく》を服用したもんだからね、とうちあけた。全然大したことじゃないんだ――「淋病の気《け》がある」くらいのことなんだ。彼はポケットにしのばせた壜を見せた――ぼくの記憶に誤りがなければ「ヴェネチアンヌ」とかいうやつだ。船乗りの用いる淋病薬である。

ジミイの店へ行く前に軽い食事をとろうというので、一軒のレストランへ立ちよった。ふと煤《すす》けた梁《はり》や、食物をのせるとぎいぎいきしむ食卓などのある大きな居酒屋である。ぼくたちは、コリンズの推奨する葡萄酒を、したたか飲んだ。それからテラスに腰をすえてコーヒーとリキュー酒を飲んだ。コリンズはド・シャルル男爵《だんしゃく》の話をしていた。彼の意にかなった男だという。一年ほど前からル・アーヴルに滞在しており、酒の密売時代にしこたま貯《た》めこんだ金で暮しているのだそうである。彼の道楽は、はなはだ単純であった――食物、酒、女、書物である。それと専用の風呂《ふろ》……こいつを彼は固執しているらしい。

ジミイの酒場に着いてからも、ぼくたちはまだド・シャルル男爵の話をつづけていた。午後もおそくのことで、店は、そろそろ混雑しかけていた。ジミイは店にいた。砂糖大根みたいに赤い顔をしている。かたわらに彼の細君がいた。眼のきらきら光る美しい快活なフランス女である。ぼくたちは、どの食卓でも、すばらしい歓迎を受けた。ここでもペルノー酒が出された。蓄音器がわめき、人々は英語、フランス語、オランダ語、ノルウェー語、スペイン語でしゃべりたてていた。ジミイと細君とは、いずれもすこぶる元気がよく快活に見え、たがいに肩を叩きあい、心をこめて接吻《せっぷん》し、酒杯をあげてかちりとふれ合せ――陽気に浮きたち、饒舌《じょうぜつ》をきわめ、まるで着ている服をかなぐりすてて、戦《いく》さの舞踏でもやりたくなるような気分になってしまった。酒場の女たちが蠅《はえ》のように群がり集まってきた。コリンズの友人とあれば、それはつまりぼくたちが金持だという意味になるのだ。古ぼけた服装でやってきたことなども一向に苦にならなかった。イギリス人は、みんなそんな服装をしているのだ。ぼくはポケットに一スウも持っていないが、賓客《ひんきゃく》である以上、むろんそんなことはどうでもいいのである。にもかかわらず、ぼくの両腕にすがって何か注文するのを待ってぽかんとしている二人の娼婦《しょうふ》には、いささか弱った。ええ、くそッ、当ってくだけろだ、とぼくは肚《はら》をきめた。この店には、どんな酒があるのか、どの酒を注文したら高い金をとられるのか、もはやわけがわからなくなっていた。よしや嚢中《のうちゅう》無一文であろうと、ぼくは紳士でいなければならなかった。

イヴェット――それがジミイの細君の名前である――は、ぼくたちに対して異常なくらいもてなしがよく、好意的であった。ぼくたちのために、ちょっとした饗宴《きょうえん》の支度までととのえてくれていた。それには、まだすこし間があった。あんまり飲みすぎてはいけなかったのだ――彼女が食事を味わってもらいたがっていたからである。蓄音器が狂気のごとく鳴りつづけ、フィルモアは美しい白黒の混血女を相手に踊りはじめた。女は、からだにぴったりした天鵞絨《ビロード》の服を着ており、それが彼女の魅力を十二分に発揮していた。コリンズが、そっとぼくのそばへよってきて、ぼくのそばにいる女について、二言、三言、耳うちした。「マダムがこの女を夕食に招待してやってもいいと言っているぜ」と彼は言った。「きみがこのひとを確保しておきたいんならね」この女は娼婦あがりで、郊外に美しい家を構えている。いまはある船長の情婦だが、船長は不在だし、心配することは全然ない。「きみがこの女に気に入られたら、彼女の家に泊るようにといって誘われるぜ」と彼はつけ加えた。

それだけでぼくには十分である。さっそくぼくはマルセルのほうに向き直って、彼女のお尻《しり》をくすぐりにかかった。ぼくたちは酒場の片隅に立って、ダンスをやっているふりをしながら、たがいに猛烈にぶっつけあった。ジミイは、大きな、馬みたいなウィンクを送ってよこして、大いにやれといわんばかりにうなずいていた。色情的な女だった――このマルセルという女は。同時に愉快な女でもあった。まもなく彼女が他の女たちを追っ払ってしまったことに気がついた。そこで、ぼくたちは腰をすえて、ながいあいだ、親密な会話をつづけたが、運わるく食事の用意ができたという知らせに邪魔された。

食卓についたのは、およそ二十人ばかりで、マルセルとぼくとは、ジミイ夫婦と向い合せのテーブルの一端に坐《すわ》らされた。食事はシャンパンを抜く音を皮切りに、たちまちその後は酔いどれどもの饒舌となったが、食事のあいだ、マルセルとぼくは、食卓の下で、たがいにいちゃついていた。立ちあがって、なにか一言しゃべらなければならぬ番がきたとき、ぼくは前にナプキンをたらしておかなければならなかった。それはつらくもあったが、またすこぶるいい気持でもあった。マルセルが始終、ぼくの股倉《またぐら》をくすぐるので、早々にスピーチを切りあげなければならなかった。

晩餐《ばんさん》は、かれこれ真夜中近くまでつづいた。ぼくは崖《がけ》の上にある美しい家でマルセルとともに一夜をすごすのを待ちのぞんでいた。ところが、そううまいぐあいにはゆかなかった。コリンズがぼくたちを案内してまわる計画を立てており、それをことわりきれなかったからだ。

「女のことは心配ないよ」と彼は言うのだ。「ここを発《た》つ前に、いくらでも堪能《たんのう》するほどできる。おれたちが帰ってくるまで、ここで待っていろと言っとけよ」

マルセルは、これにいささかおかんむりだった。だが、これから四、五日は滞在するのだと言ってやると、急に、にこにこした。外へ出ると、フィルモアが、いやにしゅんとした顔で、ぼくたちの腕をとり、ちょっと告白することがある、と言いだした。真っ青な顔をして、心配そうであった。

「いったい何事だい」とコリンズは陽気に言った。「さっさと言えよ」

フィルモアは、そうすぐには白状できなかった。咳《せき》払いをしたり、つまったりして、やっとしどろもどろに言いだした――「おれね、たったいま、便所へ行ったんだ、そのとき、おれは、あることに気がついたんだよ……」

「それじゃ、おまえはあれにかかっているんだ……」と、コリンズがきめつけるように言った。そして、例のヴェネチアンヌの壜をふりまわして、「医者になんかかかるんじゃないぞ」と憎々しげに言い添えた。「あいつらは死ぬまでおまえの血をしぼりとるからな。欲の深い糞《くそ》野郎どもさ。酒をやめてもいかん。そんなことは全然当てにはならねえ。こいつを一日に二回飲むんだ……飲む前に、よく振ってな。くよくよするのが何より毒さ。わかったか。さあ、行こう。帰ってから洗滌器《せんじょうき》と過マンガン酸塩をやるよ」

そこで、われわれは夜の闇《やみ》のなかへと歩みだした。音楽や叫声や酔いどれの罵声《ばせい》のする水際《みずぎわ》に向って。道々コリンズは静かな口調であれこれと語り、彼が恋に落ちた少年のこと、少年の親がそのことを知ったとき、ひどい目にあって、やっと窮地から脱したことなどを語った。そのことから急に話をド・シャルル男爵のことに戻し、さらに河をのぼって行って行方不明になったクルッの話になった。彼の十八番の話題である。ぼくは、いつもコリンズがこういう文学的背景をもって行動するやりかたが好きだ。それは決して自家用のロールス・ロイスから降り立ってこない百万長者に似ていた。彼にとっては現実と観念とのあいだに中間の領域がないのである。クェ・ヴォルテールの娼家にはいりこんで、寝椅子に身を投げだし、ベルを鳴らして女と飲みものとを注文してからも、彼はまだクルッと共に河を溯航《そこう》した話をつづけ、女たちが彼のそばのベッドにどしんと尻をすえ、接吻で彼の口をふさぐにおよんで、やっと枝葉末節にわたる長話をやめた。それから、まるで不意に自分がいまどこにいるかに気がついたかのごとく、この店を経営している婆《ばあ》さんをふり返って、われわれ二人の友人のことを、わざわざパリからこの店を見にやってきたのだ、などと吹聴《ふいちょう》した。部屋には六人ほどの女がいた。いずれも裸体で、そして、いずれも見た眼に美しかったと言わなければならないだろう。女たちは、われわれ三人が婆さんと話をしようとしているあいだ、小鳥みたいにはねまわっていた。やっと婆さんは言いわけをして、ゆっくりしていってくれと言って出て行った。ぼくは、この老マダムに、すっかり心をひかれた。それほどやさしく愛すべきところがあり、まったくおっとりしていて、母親みたいなのだ。それに、物腰がまたすばらしかった！　彼女が、もうすこし若かったら、ぼくは結婚を申しこんだだろう。たしかに、よく言われる「悪徳の棲家《すみか》」にはいりこんでいるなどとは、とても思えなかったのである。

とにかくぼくたちは、そこに一時間かそこらいた。この家の特権を享受《きょうじゅ》しうる状態にあるのは、ぼくだけだったので、コリンズとフィルモアは階下に残って女たちを相手にしゃべっていた。戻ってみると彼らは二人とも寝台にながながと寝そべっており、女たちは寝台を半円形にとりまいて、はなはだ天使的な声で「ピカーディの薔薇《ばら》」の合唱をやっていた。この店を出るときには、ぼくたちは感傷的なほど憂鬱《ゆううつ》になっていた——フィルモアは、とくにそうだった。コリンズは、ぐんぐんさきに立って、荒っぽい店に案内して行った。そこは上陸許可をもらってきている酔っぱらいの水兵たちであふれかえっていた。この店では、ぼくたちは腰をおろして、いまが真最中の同性愛騒動を享楽した。ふらりとそこを出ると、紅灯街をぬけて行かなければならなかったが、そこには、さらに大勢の客引き婆さんがいて、首にショールを巻き、入口の段に腰をかけて団扇《うちわ》を使いながら、嫖客《ひょうきゃく》たちに愉快そうにうなずいて見せていた。いずれも、まるで子供のお守でもしているような善良な顔つきの、情にあつい婆さんたちであった。水兵の小さな群れが、ふらふらやってきては、華美な店の中に騒々しくはいっていった。どこも性ばかりだ。性があふれかえっており、それはこの都会の下から支柱を洗いだした干潮であった。ぼくたちは何もかもがごったがえしているこの陸地にかこまれた港の端に沿って、ほっつき歩いた。そこにあるすべての船、トロール船、ヨット、スクーナー船、艀《はしけ》、そのことごとくが猛烈な暴風で海岸に吹きつけられたかのごとき印象であった。

四十八時間のうちに、あまりにも多くのことがあったので、まるでル・アーヴルに一カ月もそれ以上もいたような気がした。ぼくたちは、フィルモアが勤めに戻らなければならないので、月曜日の早朝に出発するつもりであった。ぼくたちは、淋病であろうが何であろうが、日曜日は酒と宴会とにすごした。その日の午後、コリンズは、アイダホ州の自分の牧場に帰りたいと思っているとうちあけた。もう八年間も故郷には帰らず、ふたたび東洋への航海に出る前に、もう一度故郷の山々を見たいというのだ。そのとき、ぼくたちは娼家にいて、女が姿を見せるのを待っていた。彼はその女にコカインをやる約束をしていたのである。彼はル・アーヴルにはもうあきたといい、あまりにも多くの兀鷹《はげたか》どもにすがられて首がまわらないのだと言った。おまけに、ジミイの細君が彼に惚《ほ》れ、嫉妬《しっと》の発作を起しては、ことごとに彼をいたたまらなくしてしまうのだそうだ。騒ぎは毎夜のように起った。ぼくたちが着いてからは、おとなしくふるまっているが、それも長くはつづきっこないと彼は断言するのである。とくに彼女は酒に酔うと、ときどき酒場へやってくるロシア娘に悋気《りんき》を起した。厄介な奴《やつ》である。そこへもってきて彼は、最初の日ぼくたちに語ったあの少年に必死といってもいいほどの恋をしてしまったのである。「男の子という奴は胸が張りさけるような思いをさせるものだよ」と彼は言った。「その子は、じつにたまらないほど美しいんだ！　しかも、じつに残酷なのだ！」これには、ぼくたちも笑わずにはいられなかった。なにか、ばかばかしいものにきこえたのである。だがコリンズは真剣なのだ。

日曜日の真夜中ごろ、フィルモアとぼくは部屋へ引きあげた。酒場の二階の一室を提供されていたのである。その夜は、ものすごくむし暑かった。そよとの風もなかった。あけ放った窓から、階下のわめき声や鳴りつづける蓄音器の音がきこえた。突如、嵐がおそってきた――定期的な驟雨《しゅうう》である。雷鳴と窓ガラスを打つスコールとの合間に、階下の酒場で、さらに別の嵐が猛《たけ》り狂っているのが、ぼくたちの耳にまで達した。それは、おそろしいほど緊迫して不気味にひびいた。女たちが声をかぎりに悲鳴をあげ、壜が砕け、食卓がひっくり返り、さらに、人間のからだが床にぶつかるときの、あの聞きおぼえのある、嘔吐《おうと》を催すような、どすんという音がした。

六時ごろ、コリンズが頭をドアにぶっつけた。顔じゅう絆創膏《ばんそうこう》だらけで、片腕を吊《つ》っていた。顔いっぱい、にやにや笑いをうかべていた。「まさにきみたちに話した通りさ」と彼は言った。「あの女、ついに昨夜破裂しやがったよ。あの騒ぎ、きこえただろう？」

ぼくたちは大急ぎで服を着て、ジミイに別れのあいさつをするため階下へおりて行った。店は、惨澹《さんたん》たるものだった。まっすぐに立っている壜は一本もないし、こわれてない椅子《いす》は一脚もなかった。鏡と飾り窓は、みじんに砕けていた。ジミイは自分で飲む卵酒をこしらえていた。

停車場への道々、ぼくたちは一部始終を聞いた。例のロシア娘が、ぼくたちが部屋へ引きあげたあとで、ふらりとはいってきた。イヴェットは言いわけも待たずに、いきなり彼女を罵《ののし》った。二人の女は、たがいに髪の毛をつかんで引っぱりあいをはじめた。その最中、一人の大男のスウェーデン人が割りこんできて、ロシア娘の顎《あご》に、ぴしゃりと平手打ちをくわせた――正気に戻すためである。それが花火の口火を切ることになった。コリンズは、その大男野郎に向って、いったい何の権利があって個人的な喧嘩《けんか》に手出しをするのか、理由を言え、と要求した。返事の代りに、顎に一発くらった。酒場の向うの端まで吹っとばされたほどの、ものすごい一撃であった。「ざまあ見ろ！」とイヴェットが金切り声をあげ、その機に乗じてロシア娘の頭に壜をふりおろそうとした。とたんに猛烈な雷雨がおそってきた。しばらくのあいだ、おさだまりの大混乱となった。女どもは、いずれも逆上し、この機会をつかんで個人的な意趣晴しをしようとした。上品な酒場の喧嘩とは、まるでちがっていた……背中を刃物でぐさりとやったり、食卓の下に倒れている奴を罎《びん》でなぐりつけたりするのなんぞは、まだまだ単純なほうなのである。哀れにもこのスウェーデン人は、大勢の敵を向うにまわす羽目になったことに気がついた。店にいたものは、すべて彼を憎んだ。とくに彼の船員仲間はそうだった。彼らは、この男がやっつけられるのを見物したがっていた。そこで彼らはドアに鍵《かぎ》をかけ、食卓をわきのほうに片づけ、二人が存分にやれるように、カウンターの前に、ちょっとした空間をつくった。そこで彼らは、とことんまでやったのである。喧嘩が終ったときには、この哀れな大男を病院へかつぎこまねばならなかった。コリンズは、むしろ運よくやり終えたといっていい——一方の手首を挫《くじ》き、二本の指の関節がはずれ、鼻血を出し、片眼に痣《あざ》ができた程度ですんだのである。彼の表現によれば、ほんの二、三の擦《す》り傷にすぎなかった。だが、もし彼がそのスウェーデン人と同じ船の船員であったら、奴を殺してしまうつもりであった。まだ、こんなことくらいではすまさないさ、彼は、ぼくたちに、そう断言した。

ところで喧嘩騒ぎは、それでけりがついたのではなかった。そのあとでイヴェットは、外へ出て、よその酒場で酒をあおらずにはいられなかった。赤恥をかかされた以上は、ことの結末をつけるつもりであった。そこで彼女はタクシーをやとい、海を見おろす断崖までやれと運転手に命じた。自殺するつもりであった。それが彼女のやろうとしていたことであった。ところが、したたか酔っていたため、車からころがり落ちると、泣きだした。そして、人からとめられぬうちに、着ているものを一枚ずつ脱ぎはじめた。運転手は、そんなぐあいで半裸体になってしまった彼女を、家へつれ戻した。ジミイは彼女のようすを見ると、かっといきりだし、剃刀《かみそり》の革砥《かわと》を取って、彼女が小便を洩《も》らすほど、ぎゅっとそれでしばりあげた。すると、それが女の気に入った。彼女はそういう女なのだ。「もっとして！」女は両腕で彼の脚《あし》にまつわりつき、ひざまずいて訴えた。しかしジミイにとっては、もうそれで十分だった。「この不潔な老いぼれ牝豚《めすぶた》め！」と言って、足で女の腹をぐいとおさえつけた。女は屁《へ》をもらした――いささか彼女の性的ナンセンスでもある。

われわれは、いい潮時に出発したものである。この都会は、早朝の光のなかで、うって変ったようすを示していた。そこに立って、列車が動きだすのを待ちながら、われわれが最後に語ったのはアイダホのことであった。われわれは三人ともアメリカ人である。各自いずれも出身地はちがうけれど、ある共通のものをもっていた――たくさんの、と言ってもよかろう。別れるとき多くのアメリカ人がそうなるように、ぼくたちもセンチメンタルになっていた。牝牛、羊、男が男であるあの広大な土地、その他あらゆるくだらぬことにまで、ぼくたちはまったく痴呆《ちほう》になっていた。もしこれが汽車ではなく、船が動きだして行くのなら、ぼくたちはそれにとび乗って、それらすべてのものに別れを告げたであろう。ところがコリンズは、あとで知ったのだが、ついにふたたびアメリカを見ることはなかったのである。また、フィルモアは……そうだ、フィルモアもまた、おのれの罰を受けなければならなかった。そのときには、ぼくたちの誰にも想像もつかなかったようなやりかたで。つねにアメリカを、いわば気の弱くなった折に眺める絵葉書のように、奥のほうにしまいこんでおくのが、いちばんいいのだ。そんなふうに、それがいつも向うで自分を待っていてくれる、すこしも変りがなく、そこなわれもせずにいる、と胸に思い描いて。牝牛や羊のいる大きな、愛国的な、広々とした空間。やさしい心をもった人間が、いつでも眼にうつるものすべてに、男にでも、女にでも、獣にでも、荒々しく声をかける。そんなアメリカは実在しない。それは、ある抽象的観念に名づけられた名称なのだ……。

パリは売笑婦に似ている。遠くから見ると、男の魂をとろかすようであり、彼女を両腕に抱きしめるまで待ちきれぬほどだ。しかも、五分後には空虚感を味わい、自己嫌悪《けんお》をおぼえる。だまされた思いだ。

ぼくはポケットに金を持ってパリへ戻った――二、三百フランだ。ぼくが汽車へ乗りこもうとしたとき、コリンズがポケットへ押しこんでくれたのである。これだけあれば、部屋代を払い、すくなくとも一週間は、うまい食事をまかなうのに十分だ。これだけの大金は、ここ何年かのあいだ一どきに握ったことがなかった。ぼくは、まるで新しい生活が眼の前に開けたかのように、昂然《こうぜん》たる思いを味わった。この金を大切にとっておきたい気もした。そこで、リュデュ・シャトオにあるパン屋の上の安ホテルを当ってみた。リュ・ド・ヴァンヴのすぐさきで、ユージェーヌがかつてぼくに教えたところである。数ヤードさきにはモンパルナス線にかかっている鉄橋があった。なじみのある地区だ。

ここでなら月百フランの部屋を借りることができるはずだった。何の設備もない

――窓一つすらない部屋である――しばらく寝起きするだけのためなら、ここを借りたことであろうが、この部屋へ行きつくには、ある盲人の部屋をまず通りぬけねばならぬという問題があった。毎夜この男の寝言のわきを通らねばならぬのだと考えただけでも、ぼくには、おそろしく憂鬱《ゆううつ》にこたえた。ほかのところを探そうと決心した。墓地のすぐ裏のリュ・セルスへ出かけて行った。ぼくはそこで、中庭をとりかこんで露台のある、まるで捕鼠器《ねずみとり》のような建物を眺《なが》めた。露台からは、低いほうの段に、ずらりと鳥籠《とりかご》がつるしてあった。愉快な光景ではあろうが、ぼくの眼には何だか病院の施療室のようにうつった。住んでいる人も機知などまったくもち合せていないように思えた。ぼくは夜までもっとよく探しまわって、どこか静かな横町の、多少は小ぎれいな小さい部屋を選ぼうと決心した。

夕食の時刻になって、食事に十五フランつかった。計画の割当て予算額の、およそ二倍だ。これですっかりみじめな気持になってしまい、びしょびしょ雨が降りだしてきたけれど、コーヒー一杯を飲むために腰を落ちつけることもやめようと思った。そうだ、もうすこし歩きまわって、適当な時間になったら、おとなしく寝床にもぐりこもう。こうして、持っている金を倹約しようとして、すでにぼくの気分はめいっていた。こんなことは一度もなかった。ぼくの性分にはないことなのだ。

とうとう雨がバケツでぶちまけたように降りだしてきた。ぼくは、ほっとした。これでどこかにもぐりこんで足をのばす言いわけがたつというものだ。寝るにはまだ早かった。ぼくは足を早め、ブウルヴァール・ラスパイユに向って戻りかけた。不意に一人の女が近づいてきて、どしゃ降りのなかで、ぼくを引きとめた。何時だか教えてくれと言う。時計を持っていない、と言ってやった。すると女は、急に大きな声で言うのだ。「まあ、旦那《だんな》、英語を話すのね、偶然だわ」ぼくはうなずいた。いまは車軸を流すような降りだった。「あたしのやさしい旦那、あなたはきっと、あたしをカフェへつれて行ってくださるわね。こんな降りで、あたし、どこにも雨宿りするお金がないのよ。ごめんなさいね、あたしのやさしい旦那、あなたは、とても親切そうな顔をしてるわ……あなたがイギリス人だということは、あたし、すぐにわかったわ」そう言いつつ、ぼくにほほえみかけるのである。奇妙な、半ば気の狂った微笑だ。「たぶんあなたなら、あたしにいくらか助言をしてくださるわね、旦那。あたし、この世の中で、たった一人ぽっちなのよ……お金が一文もないというのは、本当におそろしいことだわ……」

この「やさしい旦那」とか「親切な旦那」とか「あたしのいい人」などという文句が、いまにもぼくにヒステリーの発作を起させそうになった。哀れとは思うが、そのくせ笑わずにはいられなかった。ぼくは笑った。彼女の鼻さきで笑った。すると彼女も笑った。薄気味のわるい、甲高い笑い、調子外れの、まったく思いがけない哄笑であった。ぼくは女の腕をとり、まっすぐに、もよりのカフェへ行った。女は酒場にいってもまだ笑っていた。そして、「あたしのやさしい、親切な旦那」と、またやりだした。「きっとあなたは、あたしが本当のことを言っていないと思っているのね。あたしは、ちゃんとした娘よ……良家の出なのよ。ただ」――ここで彼女は、蒼ざめた、痛々しい微笑を、またしてもぼくに送った。――「ただ、あたしは落ちつくところがないほど不幸なのよ」これにぼくは、またしても笑いだした。笑わずにはいられなかったのだ――女の用いる泣き落し文句、奇妙なアクセント、かぶっている素頓狂な帽子、狂った微笑……。

「おい」と、ぼくはさえぎった。「きみは、どこの国の人間だい？」

「あたし、イギリス人よ」と彼女は答えた。「生れたのはポーランドだけれど、父はアイルランド人なのよ」

「だからきみはイギリス人というわけか？」

「そうよ」と彼女は言い、またしても臆病そうに、いかにも内気に見せかけて、くすくすと笑いだした。

「おれをつれて行けるような、小さないいホテルを知っているか？」そうは言ったもののの、じつは女と一緒に行くつもりはすこしもなく、女が例の前口上をやらかさなくてもすむようにしたまでであった。

「あら、あなた」と彼女は、まるでわたしが、はなはだ遺憾《いかん》千万な勘ちがいでもしたかのように言うのであった。「本当に、あたし、そんなつもりじゃないのよ。あたしは、そんな種類の女ではないことよ。あたしをからかってみたのね。わかるわ、あなたは、とても親切な人なんですもの……とても親切な顔をしているんですもの。あたし、相手がフランスの男だったら、あなたに話しかけたように言葉をかける勇気はないことよ。フランスの男の人って、すぐにいやなことを言うんですもの……」

彼女は、こんな調子で、しばらくしゃべりつづけていた。ぼくは、この女から離れたかった。けれども女は一人にされるのをいやがっていた。怖《こわ》がっていた――ちゃんとした身分証明書を持っていないらしいのである。この女を彼女のホテルまでつれて行ってやるだけの親切気がおれにはないのか。ホテルのおやじに文句を言わせぬため、女に十五フランか二十フラン「貸してやる」くらいのことは、やってやってもいいではないか。ぼくは彼女が泊っているというホテルまでつれて行き、その手に五十フラン札をにぎらせた。すごく利口なのか、それともおそろしく無邪気なのか――どっちとも言えぬようなことが、よくあるものだが――とにかく彼女は、金をこまかくするために酒場まで一っ走り行ってくるあいだ待っていてくれと言うのだ。ぼくは、そんな手間をかけないでもらいたいと言った。すると女は衝動的にぼくの手をつかんで、自分の唇《くちびる》へもっていった。ぼくは啞然《あぜん》とした。何か自分の持っているとんでもないものを、ことごとく彼女にあたえたような気持になった。それが、その気ちがいじみたちょっとしたゼスチュアが、ぼくを感動させた。こういう新しいスリルを味わうためには、たまに金持になるのもわるくはないな、とぼくは心のなかで思った。そのくせ、ぼくは理性をうしなってはいなかった。五十フラン！　雨の一夜の散財にしては、もうこれで十分すぎる。ぼくが歩み去ってゆくと、女は、かぶりかたも知らない、あの妙ちきりんな小さなボンネットを、ぼくに向ってうち振っていた。あたかもぼくたちが昔なじみの級友ででもあるかのようであった。ぼくはばかくさく、軽率な感じがした。「あたしのやさしい、親切な方……とてもやさしいお顔をしていらっしゃるわ……あなたはとても親切ね」等々ぼくは聖者みたいな気がした。

内心大いに煽《あお》られると、そう簡単にすぐには寝られるものではない。そういう思いがけぬ善良さの爆発にふさわしいことでもしなければならないような気になるものだ。「ジャングル」の前を通りながら、ちらと舞踏場を眺《なが》めやった。背中をむきだしにした女たち、真珠の頸飾《くびかざり》が咽喉《のど》をしめつけている――あるいは、そう見える――その女たちが、ぼくのほうへかっこうのよい尻《しり》をくねらせていた。まっすぐ酒場へ歩みより、シャンパンを一杯注文した。音楽がやむと、一人の美しい金髪の女――ノルウェー人のように見えた――が、ぼくのすぐ横に腰をおろした。店のなかは外から見たほどは立てこんでもいず、賑《にぎ》やかでもなかった。ほんの五、六人しか客はいなかった――その五、六人が、いっせいに踊っていたのにちがいない。ぼくは勇気が崩《くず》れ去ってゆかぬようにと、もう一杯シャンパンを注文した。

金髪女と踊ろうとして立ちあがると、フロアには、ぼくたちのほか一人もいなくなっていた。ほかのときなら、ぼくは照れてしまっただろうが、シャンパンと、女のすがりつきかたと、薄暗くした灯と、数百フランがあたえてくれる確実な安心感などが、まあいいや、と思わせ……ぼくたちはもう一度踊った。一種の内輪だけの模範ダンスだ。そのうちに、ぼくたちは話に落ちこんでいった。彼女は泣きだしていた――これが事の起りだった。おそらく飲みすぎだろうと思い、とりあわぬふうをしていた。そして一方、うまく利用できる奴《やつ》はほかにいないだろうかと、あたりを見まわした。けれども店内は完全に人気がなかった。

相手の罠《わな》にひっかかった場合には逃げるにしくはない――即座に。逃げないと、してやられる。ところが、ぼくを引きとめていたのは、まことに妙な話だが、また帽子の合札をふいにしてしまうという考えであった。人はいつも、つまらぬことのために、みすみす災難をこうむるものである。

彼女が泣いていたわけは、すぐにわかった。彼女は子供の葬式をすませたばかりだったのである。女はノルウェー人ではなかった。フランス人で、おまけに産婆《さんば》なのだ。涙が顔にしたたり落ちてはいるが、ちょっと小粋《こいき》な産婆だといわなければなるまい。すこし酒でも飲んでみたら、いくらか気が晴れるのではないか、とぼくは言った。するとと彼女は、たちどころにウイスキーを注文し、それを、あっという間にあけてしまった。「もう一杯どうかね！」と、ぼくはやさしくすすめた。女は飲みたいと言う。気持がすっかり弱って、ひどくがっくりしていた。キャメルも一箱ほしいと言う。「いいえ、ちょっと待って、それよりペル・メルのほうがいいわ」なんでも好きなものをとればいいさ、だが泣くのはよしてくれ、後生だから、泣かれるとおれはぞっとなるのだ、とぼくは心でつぶやいた。ぼくは、もう一度踊ろうとして、手荒く彼女をひき起した。立ちあがると、女は別人のようになった。おそらく悲しみというやつは人を色情的にするのかもしれない。ぼくにはよくわからないが。ぼくは、ここを出ることについて、あることを耳うちした。「どこへ？」と女は熱烈に言う。「いいえ、どこでもいいわ。どこかお話のできる静かなところへね」

ぼくはトイレットへ行って、金をくりかえし勘定した。百フランの紙幣はズボンの内《うち》ポケットにかくし、五十フランの紙幣一枚と小銭とをズボンのポケットに入れた。はっきり話をつけようと決心して酒場へひき返した。

彼女はそれを容易にしてくれた。というのは、女のほうから、そのことを切りだしたからである。女は金に困っていた。それは子供をうしなったばかりでなく、母親をかかえており、しかもその母親が重い病気にかかっているうえに、医者の支払い、薬代、その他いろんなことがあったからである。むろんぼくは女の話を一言も信じなかった。「おれは自分の泊るホテルを見つけなければならないんだ。だから一緒にきて一晩泊っていかないか」とさそった。そのほうが、いくらか安あがりだと内心思ったからである。けれども彼女は、そうしようとしなかった。どうしても家へ帰るのだとがんばり、自分は、ちゃんとアパートがあるのだ——そのうえ、母親の看護をしてやらなければならないのだ、と言った。考え直して、ぼくは女のところで寝るほうがもっと安くつくだろうときめた。そこで、よし、ではすぐに出かけよう、と言った。けれども出かける前に、いよいよというときになってすったもんだが起らないように、こちらの意向を女にわからせておいたほうがよいと考えた。ポケットにいくら金を持っているかを告げたとき、ぼくは、いまにも女が気をうしなうのではないかと思った。「まあ、そんなこと！」と彼女は言った。ひどく気をわるくしたのである。一騒動もちあがるぞ、とぼくは思った……けれども平然としてぼくは踏みとどまった。「よろしい。そんなら別れよう」と、ぼくは静かに言った。「たぶんおれは思いちがいをしていたんだろう」

「ほんとうなら、そうだと言いたいところだわ！」と彼女はどなった。しかし、それと同時にぼくの袖《そで》をつかんだ。「ねえ、聞いてちょうだいな……怒らないで！」それを聞くと、ぼくは自信をとり戻した。それはつまり、すこし余分に払う約束をしてくれれば万事オーケーということにすぎないのである。「わかったよ」と、ぼくは面倒くさそうに言った。「きみの言う通りになるよ、それでいいだろう」

「じゃ、さっきは嘘《うそ》をついていたのね？」と彼女は言った。

「そうだよ」ぼくは、かすかに笑った。「ちょっと嘘を言ったまでさ……」

まだぼくが帽子をかぶらぬうちに、女はタクシーを呼んだ。ブウルヴァール・ド・クリンシイ、と住所を教えているのがきこえた。こいつは部屋代よりも高くつくぞ、とぼくはひそかに思った。まあいい、まだ間がある……いまにわかるだろう。何がきっかけではじまったのか、いまだにわからないのだが、まもなく彼女はアンリ・ボルドーのことを夢中になってしゃべりはじめた。（ぼくはその後いまもってアンリ・ボルドーのことを知っている娼婦《しょうふ》に出会わない！）ところがこの女は、ほんとうにアンリ・ボルドーの影響を受けているのだ。彼女の言葉は美しかった。あまりにも優雅で聡明《そうめい》なので、いくらかくれてやろうかと考えたくらいである。ぼくには女がこう言ったようにきこえた――「もう時間がないというときには……」とにかく、そんなふうにきこえたのである。ぼくのそのときの状態では、このような文句は百フランにも値するものであった。それが彼女自身の文句なのか、それともアンリ・ボルドーからの引用なのかとぼくは怪しんだ。どっちだっていい。これこそまさにモンマルトルの丘の裾《すそ》をのぼって行くには、うってつけの台詞《せりふ》だ。「今晩は、お母さん」とぼくは心の中で言った。「娘さんとぼくとで看護してあげますよ――もう時間がないというときにはね！」彼女はぼくに産婆の免状も見せるつもりでいた。ぼくはそのことを思いだした。

女はドアをしめると、たちまちとり乱してしまった。おろおろするばかりであった。その両の手をもみあわせ、サラ・ベルナールのポーズをとり、服まで脱ぎにかかり、その合間に、ぼくに向って、早くしろ、服を脱げ、こうしろ、ああしろ、とせきたてるのである。やっと彼女が素裸になって、シュミーズを手にしたまま、あちこち首をつっこんではキモノを探しまわっているとき、やっとぼくは彼女をつかまえて抱きしめた。離してやると顔に苦痛の表情をうかべた。「たいへんだわ、ああ！　階下《した》へ行ってお母さんのようすを見てこなければいけないわ」彼女は叫んだ。「よかったら、お風呂《ふろ》をつかってもいいわよ。あすこよ！　あたし、すぐに戻ってくるわ」扉口でぼくは、もう一度彼女を抱擁した。ぼくは下着を着ており、ものすごく勃起《ぼっき》していた。とにかく、こうした苦痛とか興奮とか悲嘆とか見せかけの芝居とかいうものは、ただいたずらにぼくの欲情を熾烈《しれつ》にするだけであった。おそらく彼女はただ情夫《ひも》をなだめるために階下へ行ってくるのだろう。いまにとんだことがもちあがるだろうという気がした。よく朝刊で読むような劇的な事件が。ぼくは急いで部屋のようすをしらべた。二部屋と浴室があり、調度類も、そうひどくはなかった。いささか、なまめかしいくらいである。壁には彼女の免状がかかっていた――「一級」と、よく見るやつである。化粧台の上に子供の写真があった。美しい房毛の少女だ。ぼくは風呂にはいろうと湯を入れた。そのとき、ふと思い直した。何事かが起れば、おれは浴槽《よくそう》のなかで発見されることになる……そう思うと、いやな気がした。刻々と時がたつにつれ、次第に不安になってきて、部屋のなかを歩きまわった。

戻ってきたときには彼女は前よりもさらにあわてていた。「いまにも死にそうなのよ……もう死にそうなのよ！」と悲しげに言いつづけた。一瞬ぼくは、この家を出ようとしかけた。階下で女の母親が死にかけているというとき、女の上に乗れるわけがないではないか。ぼくは半ば同情から、また半ばここまでやってきた目的をとげようと決心して、女を両腕に抱きよせた。こうして立っていると、女はほんとうに困っているらしいようすで、ぼくが約束してやった金がほしいとささやいた。「お母さん《ママン》」のためだという。ちぇッ、くそッ。しかし、そのときぼくは数フランのことで押問答をやる気持にはなれなかった。服をおいた椅子《いす》のところへ歩みより、さすがに用心して彼女に背を向けたままズボンの小ポケットから百フラン紙幣を一枚引っぱりだした。それから、なおも用心のため、これからどたばたやるのだとわかっている寝台のわきにズボンをおいた。百フランでは、かならずしも彼女にとっては十分でないのだが、それでも不服を言うその弱々しいやりかたから、それでまあどうにか間に合うのだということがわかった。すると、あっけにとられるほどの勢いで彼女はキモノをぱっとかなぐりすて、ベッドのなかへとびこんだ。ぼくが抱いて引きよせるとすぐに彼女は手をのばして電灯のスイッチを消した。女は情熱的にぼくに抱きつき、フランス女がベッドにはいるとかならずやるようにうめいた。彼女は、そのやりかたでぼくをすさまじく興奮させた。灯を消したしぐさは、ぼくにとっては、はじめての経験だった……そのため、いかにも本当らしく思えた。だが疑惑もあった。そこで、どうやら都合のよい姿勢になると、すぐに手をのばして、ズボンがまだ椅子の上にあるかどうかさわってみた。

ぼくは、こうしてゆっくり二人で一夜をすごすのかと思った。ベッドはひどく寝心地がよかった。普通のホテルのベッドよりも、ふかふかしていた——それにシーツも清潔だった。それは前から気がついていた。ただ彼女が、こうも猛烈にのたうちまわってくれなければ！　まるで一カ月も男と寝なかったみたいなあんばいなのだ。ぼくは思いきり遊びたかった。百フランぶんだけは十分に楽しみたいと思った。ところが女は、気ちがいじみた閨房《けいぼう》の言葉で、ありとあらゆることを口走った。暗闇《くらやみ》のなかなので、それがますます早く興奮を煽《あお》り立てた。ぼくは猛烈な戦闘を戦いぬくつもりであった。けれども、絶えず荒れ狂うこのような女が相手では、それは不可能であった。

やがて女は、わけのわからぬうめきとともに身をふるわせた。

蜂鳥《はちどり》のうなりのような音がきこえた。これで、ぼくの百フランは終った。すっかり忘れていたあの五十フランも終ったのだ。灯がまたつけられた。そして女は、とびこんだときと同じ勢いでベッドからとびだし、まるで牝豚《めすぶた》みたいにぶつぶつ文句を言ったり、わめいたりしていた。ぼくはそのあいだ、仰向けになって煙草《たばこ》をふかしながら、

うらめしげに自分のズボンを眺《なが》めていた。ズボンは、おそろしく皺《しわ》だらけになってい
た。彼女はキモノを羽織ると、すぐにまた戻ってきて、例の神経にこたえる落ちつか
ぬ調子で、ぜひゆっくりしていってほしいと言った。「あたし、階下へ行って母のよ
うすを見てくるわ」と彼女は言った。「でも、お好きなようになさっていいことよ。
あたしは、すぐに戻ってくるけれど」
十五分もたつと、ぼくはまったく不安になってきた。奥の部屋へ行って、卓上にお
いてある一通の手紙を読んだ。なんでもないものだった――恋文である。浴室のなか
では棚にある罎《びん》を片っ端から調べた。彼女は、女が美しい匂《にお》いをさせるのに必要なも
のを、ことごとく備えていた。彼女が戻ってきて、あと五十フラン分のことをしてく
れるかもしれないという希望を、ぼくはまだもっていた。しかし、時間はたつが、彼
女の気配はさっぱりなかった。ぼくはあわてだした。階下に、やはり瀕死《ひんし》の人間がい
るのだろう。茫然《ぼうぜん》として、自己保存の気持から服を着はじめた。バンドをしめていた
とき、彼女が百フラン紙幣を財布につっこんだことが、はっと頭にひらめいた。あの
とき彼女は興奮していて、衣裳戸棚《いしようとだな》の上の棚に財布をつっこんだはずである。彼女の
動作を思いうかべた――爪先《つまさき》立ってやっと棚にとどいたのである。一分と手間をかけ
ずに衣裳戸棚をあけて財布を手さぐりした。財布はそこにあった。急いでなかをあけ

ると、絹の蓋《ふた》のあいだに、ぼくの百フラン紙幣が、ちょこんとはさまっていた。財布をもと通りに戻し、手早く上着を着、靴をはくと、階段の踊り場のところまで出て耳をすました。物音一つきこえなかった。彼女がどこへ行ったか、神のみぞ知るだ。とたんにぼくは衣裳戸棚のところへ戻ってきて、彼女の財布をまさぐった。例の百フランと、他に小銭まで一緒にポケットへつっこんだ。それから、ドアをそっとしめ、爪先立って階段をおり、一歩街路へ踏みだすや、できるだけ足早に歩いていった。カフェ・ブードンに立ちよって食事をした。娼婦たちが、料理の上におおいかぶさるようにして眠りこけている一人の肥《ふと》った男をはやしたてて騒いでいた。男は、ぐっすり眠りこんでいた。事実、鼾《いびき》までかいていた。そのくせ口だけは機械みたいにぱくぱくやっているのである。店は大騒ぎであった。「みなさん、どうぞおはじめください！」というどなり声が起った。すると、いっせいにナイフとフォークががちゃがちゃ鳴りだした。男は、ちょっと眼をあけて、まぬけな顔で眼をぱちくりさせていたが、またしても頭はがっくり胸もとにたれてしまった。ぼくは例の百フラン紙幣を注意深くズボンの内ポケットにしまいこみ、小銭を勘定した。周囲の喧騒《けんそう》はいよいよつのり、ぼくはあの女の免状に「一級」と書いてあったかどうかを、はっきりとは思いだせなかった。それが気になった。彼女の母親のことなど、どうでもよかった。いまごろはもう死んでいてくれればいい。あの女の言ったことが実際その通りだとしても、なんだかひとごとのような気がした。あまりうますぎて信じられなかった。——もっと！もっと！——しかも一方には、「あたしのいい方」とか「あなたはとても親切そうな顔をしていらっしゃるのね」などという半馬鹿《ばか》がいる！すぐそばまで行ったあのホテルに、ほんとうにあの女が部屋を持っていたのかどうか、怪しいものだ。

夏も終りに近づいたころ、フィルモアが泊りにこいと誘ってくれた。彼はプラース・デュプレーからちょっと離れた、騎兵隊の兵営を見おろすあたりにアトリエつきのアパートメントを借りていた。ル・アーヴルへの小旅行いらい、ぼくたちは、たびたび会っていた。もしフィルモアがいなかったら、いまごろぼくは、どうなっていたかわからない――たぶん死んでいただろう。

「本当ならもっと前にきみをたずねるのだったが」と彼は言った。「あのジャッキーというくだらない女がいなかったらね。どうしたら奴と手を切れるかわからなかったのだよ」

ぼくは思わず微笑した。フィルモアは、いつもこうなのだ。宿なしの女をひきつける天才をもっているのだ。とにかくジャッキーは、やっと自発的に身を退いたのである。雨季が迫っていた。じめじめと人を陰惨な気持にする脂《あぶら》と霧と雨の噴出との長い陰気な季節である。冬の呪《のろ》わしき場所、パリ！　魂のなかへ食いこむ気候。それは人をラブラドル海岸のように荒涼たるものにするのである。暖房手段といえば、アトリエにたった一つの小さなストーブだけだという事実を、いくらか不安な気持で、ぼくはみとめた。それでもアトリエからの眺《なが》めは壮観であった。

朝になると、いつもフィルモアは、ぼくを手荒くゆすぶり、枕《まくら》もとに十フラン紙幣を一枚おいていってくれた。彼が出て行ってしまうと、たちまちぼくは最後の熟睡に戻った。どうかすると正午ごろまで寝床の中にいた。作品を仕上げる以外、ぜひ片づけねばならぬことは何一つなかった。しかも、それすら大して気にかからなかった。なぜなら、いずれにせよこの作品を受けいれてくれるものは一人もあるまいと、早くも確信していたからである。にもかかわらずフィルモアは、この作品にひどく感心していた。夕方になって彼が罎《びん》を小脇《こわき》に帰ってくると、まず一番にやることは、机のところへ歩みよって、ぼくが何枚書いたかを見ることであった。はじめのうちはぼくも、そのような熱心さを示されることに、いい気持になっていたが、あとになると、一枚も進まぬときなど、まるで蛇口《じゃぐち》から出る水のようにぼくから流れでるはずのページを求めて彼が原稿をかきまわしているのを見るのが、いたたまらぬほど不安になってきた。一枚も見せるものがない場合には、彼がよく泊めてやる女とそっくりの気持になった。彼が、よくジャッキーのことを話していたのを思いだす――「あの女が時たまやらしてくれさえしたら申しぶんなかったのだろうがね」もしぼくが女だったら、きっとよろこんで入れさせてやるだろう。そのほうが、彼が期待している原稿をあたえるよりも、はるかに楽だろう。

にもかかわらず、彼はぼくを気楽にしようとつとめていた。いつも食いものと酒はたっぷりあったし、またときには一緒にダンスに行こうと誘ってくれたりした。彼は好んでリュ・ドデッサにある黒人のホールへ出かけるのだが、そこには一人、白黒混血の美人がいて、よくぼくたちと一緒に家へやってきた。ただ一つ、彼の気をくさらせたのは、酒好きのフランス女がいないことであった。フランス女たちは、すべて、彼を満足させるには、いささか下戸すぎたのである――彼は女をアトリエへつれ帰って、一件をはじめる前に女と痛飲するのが好きなのだ。また女に自分を芸術家だと思わせるのも好きだった。彼がアトリエを借りている相手の男は画家だから、そのような印象をつくりだすのも、さほど困難ではなかった。戸棚のなかから見つけだしてきた絵を、そこらにおっ立て、未完成のやつを一枚、目につくように画架にかけておくのである。運のわるいことに、それらはすべて超現実派ばりの絵だった。だから、それがあたえる感銘は、たいてい、あまりかんばしくなかった。絵画に関するかぎり、娼婦《しょうふ》も門番も大臣も、趣味の上では大差がないようだ。マーク・スイフトが、ぼくの肖像を制作するつもりで、規則的にぼくたちのところへきはじめたときには、これがフィルモアにとっては大いに救いになった。フィルモアはスイフトを非常に高く買っていた。彼は天才だというのである。彼が取組むものは、ことごとく何かしら狂暴なところがあった。それでも人物なり静物なりを描くと、それが何であるかは、ちゃんとわかるのである。

スイフトの要求で、ぼくは顎鬚《あごひげ》をのばしはじめた。彼が言うには、ぼくの頭のかっこうでは顎鬚がないとだめなのだそうである。ぼくはエッフェル塔を背にして窓際《まどぎわ》に腰かけなければならなかった。というのは、彼はこの絵の背景にエッフェル塔を入れたいと思っていたからである。このごろ、クリュゲルも、ちょいちょい立ちよる習慣になっていた。彼の主張によると、スイフトは絵画のことなんぞ何も知ってはいないのだそうである。均衡のとれていないものを見ると、彼は、おそろしく腹を立てた。自然の法則、暗黙の意味を信じていたのである。スイフトは自然などということには鼻もひっかけなかった。自分の頭のなかにあるものを描くことを欲した。とにかくいまは、スイフトの描いたぼくの肖像画が画架にのっていた。ことごとく均衡を失してはいるが、大臣でも、それが人間の頭であり、鬚《ひげ》をはやした人間だということはわかるだろう。事実、門番女《コンシェルジュ》などは、この絵に非常な興味を寄せはじめた。彼女は、驚くほど本物によく似ていると思ったのである。それに背景にエッフェル塔を見せた着想も気に入ったようだ。

こんなあんばいで、一カ月かそこらは、のんびりと過ぎていった。この界隈《かいわい》も、ぼくの気分にぴったりした。ことに、そこにあふれているむさくるしさ、もの悲しさが、しみじみ感じられる夜など、なおさらだった。たそがれどきの、たまらぬほど心ひかれる静まりかえったこの狭くるしい場所は、宵闇《よいやみ》の迫るころがいちばん陰気で、不気味な気配をおびてきた。兵営の片側をふさいでいる長い高い塀《へい》があって、いつも二人づれが、それにもたれて猛烈な抱擁をやっていた——しかも、しばしば雨にうたれながらやらかすのである。うす暗い街灯の下で、獄舎の塀にもたれて、二人の恋人が、からだをしっかりとからみつかせているのを見るのは、痛々しかった。まるで、ぎりぎりの限界に向って、まっしぐらに追いまくられているかのようであった。塀の内側で行われていることも、心を重くした。雨の日には、ぼくはよく窓際に立って、眼の下で行われている情景を見おろした。それは何か別の遊星で起っていることのように思えた。ぼくには何か不可解でならなかった。すべてが時間表《スケジュール》にしたがって行われているらしいのだが、おそらくその時間表は狂人によってつくられたものにちがいない。人間が泥濘《でいねい》のなかをとびまわっていた。ラッパが鳴り、馬が突撃した——すべては四方にめぐらした塀のなかでのことなのだ。模擬戦である。大勢の錫《すず》の兵隊たちは、人殺しの方法だの、靴をみがいたり馬を櫛《くし》ですいてやったりする方法を習うことに、すこしも興味がないようであった。すべては、まったく滑稽《こっけい》千万なのだが、しかしそれは物事の計画の一部分にすぎなかった。彼らが何もすることのないときには、ますます滑稽に見えた。からだをぼりぼり搔《か》く。ポケットに両手をつっこんで歩きまわる。空を見あげる。将校がやってくると、ぱっと靴のかかとを合せて敬礼する。瘋癲《ふうてん》病院だとぼくには思えた。馬までが阿呆《あほう》に見えた。またときには、砲を引きだし、隊伍《たいご》をととのえて、街路を行進した。すると人々は、立って口をぽかんとあけ、美々しい軍隊に感嘆した。いつもぼくの眼には、それが退却する部隊のように見えてならなかった。何かしらみすぼらしく、うすぎたなく、悄然《しょうぜん》としていた。軍服も、からだのわりに大きすぎるし、個々としては目立つほどもっている敏活さも、そのときは消えうせていた。

だが、陽《ひ》が出てくると、ようすは一変した。彼らの眼には希望の光があり、よりきびきびと歩き、いくぶん熱心さをも示した。いろんなものの色彩が、うれしげにあらわれてくるし、フランス人特有のあの賑《にぎ》やかな騒々しさも出てきた。一隅にある酒保で、彼らは飲みもののことを陽気にしゃべりたてた。将校たちは、もっと人間的に、もっとフランス人らしく見えてきたと言ってもいいだろう。太陽が顔を出すと、パリじゅう、どこもかしこも美しく見えてくるのである。そして、日除《ひよ》けをおろした酒場《ビストロ》があれば、歩道に数個のテーブルが出され、杯には色彩のついた飲みものが満たされる。こうして人々は、いかにも人間的に見えてくるのだ。また事実、人間的なのだ――太陽の輝くときには、世にも最上の人々なのだ！　きわめて知的で、すごく不精で、ひどくのんきになるのだ！　そのような人たちを兵営に押しこめ、むやみやたらと訓練をやらせ、兵卒だ、曹長《そうちょう》だ、大佐だ、何だかだと階級をつけるのは罪悪というものである。

さっきも言ったように、諸事、平穏無事にすぎていった。ときどきカールが、ぼくのための仕事をもって訪《たず》ねてきた。彼が自分でやるのがいやでたまらぬ旅行記事の仕事である。それは一編について五十フランにしかならないが、つくるのはやさしかった。バック・ナンバーをひっくり返して、古い記事を焼き直せばいいのだから。こんなものは、人は、便所にしゃがんでいるときか、待合室で時間つぶしをしているときにしか読みはしないのだ。要は、形容詞をうまくさしかえておけば、それでいいのである――その他は、日付と統計の問題だ。重要な記事の場合には部長が自分の署名入りで出した。この男は、どの外国語もろくすっぽできないぼんくらだが、あらさがしの手だけは心得ていた。もし、ある一節がうまく書けていると思えた場合には、よくこんなことを言った――「今度のは、おれが書きたいと思っていた調子で書いてある！　みごとだよ。おれが許可するから、こいつはきみの書く本に使ってもいいぜ」このようなみごとな一節なるものは、じつは百科辞典だの古い旅行案内書などから借用した代物《しろもの》なのである。そのなかのいくつかを、カールは彼の本のなかに使っているのだ――それは超現実派ばりの代物であった。

さて、ある夕方のこと、ぼくが散歩から戻ってドアをあけると、一人の女が寝室からとびだしてきた。「あなたは作家なんだってね！」いきなりこう叫んで、まるで彼女の印象をたしかめるかのように、ぼくの顎鬚を眺めるのである。「ずいぶんものすごい鬚だこと！」と彼女は言う。「ここの男の人たちは気がふれているんじゃないかしら」フィルモアは手に毛布を持って彼女を追いまわしていた。「この女はプリンセスなのだよ」と言いながら、何か珍貴なキャヴィアでも食ったばかりといったふうに口をぱくぱく鳴らしているのである。二人とも外出の服装をしていた。寝具を持って彼らが何をしていたのか、ぼくには見当がつかなかった。しかしすぐに、フィルモアの奴《やつ》は洗濯物袋を見せるために、この女を寝室へ引きずりこんだのにちがいないと思いあたった。彼はいつも新しい女を相手にすると、この手をやるのである。ことにフランス女の場合には。洗濯物袋の上には「三文の銭もなく一枚のシャーティもない」

（訳注　夜会服の場合などに、本物のワイシャツの代用に前だけ本物そっくりにできている見せかけだけのシャツを着ることがある。それがシャーティである）と刺繍《ししゅう》してある。そして、どういうわけかフィルモアは、この標語を、やってくるどの女にも説明せずにいられぬ一種の強迫観念をもっているのだ。だが、この女はフランス人ではなかった――それをすぐに彼はあきらかにしてくれた。彼女はロシア女であった――しかも、おまけにプリンセスなのだ。

彼は新しい玩具《おもちゃ》を見つけたばかりの子供のように興奮にはしゃいでいた。「彼女は五カ国語がしゃべれるんだ！」あきらかに、そういう才能に圧倒されたようすである。

「ちがうわ、四つよ！」と彼女は、すかさず訂正した。

「そうか、じゃ四カ国語でもいい……とにかくたいへんな才女だよ。このひとの話すのを聞くべきだよ」

プリンセスは興奮していた――絶えず腿《もも》を掻いたり、鼻をこすったりしていた。「なぜこの人は、いまごろ寝たがるのかしら？」と彼女は、いきなりぼくにきいた。「そんなふうにして、あたしをものにしようと思っているのかしら。この人は大きな子供よ。恥ずかしくてたまらないようなことを平気でするのよ。あたし、この人を、あるロシア料理店へつれて行ったら、まるで黒人みたいな踊りかたをするんですもの」彼女は尻《しり》をくねらせて、その真似《まね》をして見せた。「そして、べらべらおしゃべりばっかりして。むやみに大きな声で、ばかなことばかり言うのよ」彼女は絵や書物に手をふれたりしながら部屋のなかを足早に歩きまわった。絶えず顎をつんと上に向けていた。その合間に、からだをぼりぼり掻いた。ときどき戦艦のようにくるりと方向転換をやり、罵言《ばげん》の乱射をあびせかけた。フィルモアは一方の手に酒壜《さかびん》を、他の手に杯を持って、絶えず彼女のあとを追って歩いていた。「よしてよ、そんなふうにあたしのあとをついてまわるの！」と彼女はわめいた。「これしか飲みものはないの？シャンパンの一本ぐらい買えないの？　あたし、どうしてもシャンパンでなくちゃだめなのよ。こんなに神経がたかぶっているのよ！　興奮しているのよ！」

フィルモアは、ぼくの耳に二言三言、ささやこうとした。「女優なんだ……映画のスターなんだ……ある男にすてられて、それでまいっているのだ……おれは、これから彼女を酔いつぶして……」

「じゃ、おれは出て行こう」とぼくが言いかけると、プリンセスがどなりだして、ぼくたちの会話を中断させた。

「あんたたち、どうしてそんなふうに耳うちなんかするのさ！」と彼女は地だんだ踏んで叫んだ。「そんなことをするのは失礼だということを知らないの？　それに、あんたもあんたよ。あたしを外へつれて行ってくれるのかと思っていたわ。あたし、今夜は酔わずにいられないのよ。さっきもそう言ったじゃありませんか」

「わかった、わかった」とフィルモアは言う。「すぐに行くよ。ちょいともう一杯やりたいんでね」

「あんたは豚だわ！」と彼女はわめく。「でも、やっぱりいい子ね。ただ騒々しいだけよ。行儀もへったくれもないんだもの」彼女は、ぼくのほうをふり向いた。「信用して大丈夫かしら、この人が変なふるまいをしないということ。あたし、今夜は酔わなければならないのよ。でも、この人から、恥ずかしい思いをさせられるのはいやだわ。あたし、あとでまた戻ってくるかもしれないわ。あなたとお話がしたいの。あなたのほうがお利口さんらしいわ」

二人で出て行くとき、プリンセスは、ていねいにぼくと握手をして、近いうちに夕方食事をしにくると約束した――「あたしが素面《しらふ》のときにね」と彼女は言った。

「大いに結構です！」と、ぼくは言った。「もう一人プリンセスをつれてきてくださいよ――でなければ、せめて伯爵《はくしゃく》夫人でもね。ぼくらは、いつも土曜日にはシーツをとりかえるんだから」

午前三時ごろ、フィルモアは、ふらふらしながらはいってきた——一人で。大洋航路の船みたいにゆらゆらとゆれ、盲人みたいにひび割れた籐杖《ケーン》でやかましい音をたてながら。こつ、こつ、こつ、と、きびしい航路をやってきたのである……。「おれはまっすぐベッドへ行くぞ」と、ぼくのそばを通りすぎながら言った。「委細は明日話す」彼は自分の部屋へはいって行って、ぱっと布団《ふとん》をめくった。彼のうなるのがきこえた——「なんて女だ！　とんでもねえ野郎だ！」すると、すぐにまた彼は出てきた。帽子をかぶり、手にひび割れたケーンを持って。「なんだかあんなことになるのじゃねえかと、おれは思っていたよ。あの女は気ちがいだ！」

彼は、しばらくのあいだ台所をかきまわしていたが、やがてアンジュ酒の罎をさげてアトリエに戻ってきた。ぼくは起きあがって彼と杯をかわした。

断片的な話をぼくがまとめてみたかぎりでは、すべてはシャンゼリゼエの広小路からはじまったらしい。帰り道に彼は一杯やるためにそこへ立ちよったのである。その時刻には、例によってテラスに兀鷹《はげたか》どもがいっぱい群がっていた。この兀鷹は側廊のすぐわきに腰をすえ、前に受皿を山とつんでいた。彼女が一人でおとなしく酩酊《めいてい》しているときに、フィルモアが、たまたまそのそばを通りかかって、彼女と眼が合った。「あたし、酔っちゃったわ」と言って彼女はくすくす笑った。「おかけにならない？」

それから、まるでそうするのが至極当然のことであるかのように、彼女は、さっそく酒のさかなに恋人の映画監督との話をしゃべりはじめた。つまり、彼がどういうふうに彼女を袖《そで》にしたか、それから彼女が、どうしてセエヌ河に身を投げたか、というようなことである。それが、どの橋だったかは、もう彼女には思いだせず、水から救いだされたときに、周囲にいっぱい人だかりがしていたことだけ憶《おぼ》えていた。それに、どの橋から身投げをしようと、彼女には同じことなのだ――それなのに、なぜ彼は、そんなことをきいたのだろう？　だが、そのことについては、彼女は、ただヒステリックに笑っていた。やがて不意に彼女は、そこを離れたくなった――ダンスがしたくなったのである。彼がためらっているのを見ると、彼女は思わず自分のハンドバッグをあけて百フラン紙幣を一枚とりだした。けれども、つぎの瞬間、百フランでは、大したこともやれないと考えた。「あなたは、お金ちっとも持ってないの？」と彼女は言った。「ない。しかし、ポケットには大して持ってないが、家へ行けば小切手帳がある」そこで彼らは一目散に小切手帳をとりに家へかけ戻った。いうまでもないが、そうして彼が女に向って例の「三文の銭もなく一枚のシャーティもない」の説明をやらかしているところへ、たまたまぼくがはいって行ったという次第なのである。

帰り道で彼らは軽い食事をしにポワッソン・ドールへ寄り、彼女は二、三杯のウオトカと一緒に食物を流しこんだ。そこは彼女の縄張りで、誰も彼も彼女の手に接吻《せっぷん》し、プランセス、プランセスと口々にささやいた。酔ってはいたが、それでも彼女は、どうやら体面だけは保っていた。「そんなにお尻をくねらせてはだめよ！」と二人がダンスをしているとき、彼女は言いつづけていた。

彼が女をつれてアトリエへ戻ってきたとき、ここで一晩すごそうというのが、フィルモアの考えであった。だが、女は、なかなか利口者で、一筋縄ではいかなかった。そこで彼は女の気まぐれにまかせて、お祭りのほうは延期しようと決心した。もう一人、別のプリンセスをうまくつかまえて、二人ともつれて帰ろうというもくろみを彼は頭に描いてさえいた。だから、その晩、二人で出かけると、彼は上機嫌《きげん》で、必要とあらば彼女のために二、三百フランぐらいは使うつもりであった。どだい毎日プリンセスに出会うわけはないのである。

今度は、彼のほうで女を引っぱって別の店へ行った。彼女が言う通り、その店では彼女はさらに顔が売れており、小切手を現金にする手間もいらなかった。みんな夜会服を着ており、給仕人に導かれてテーブルに行くあいだ、前にもまして背中を蝦《えび》のごとく曲げたあいさつと手への接吻という仰々しさであった。

踊っていると中途で彼女は眼に涙をためて、いきなりフロアを出て行った。「どうしたのだ?」と彼は言った。「今度はおれは何をやらかしたのだい?」そして彼は無意識に手をうしろへやった。あいかわらず尻がくねくね動いているのではないかとたしかめるかのように。「なんでもないの」と彼女は言った。「あんたは何もしなかったわ。本当よ、あんたはいい人だわ」そう言いながら女は彼の手をひいて、ふたたびフロアに戻り、奔放に踊りだした。「でも、どうしたの?」と彼はささやいた。「なんでもないの」と彼女は同じことをくりかえした。「ある人を見かけたの。それだけのことよ」だが、やがていきなり、かっと怒りだして言った――「どうしてあたしを酔わせるの? 酔うとあたしは気が変になるってこと知らないの?」

「小切手、持ってる?」と彼女は言う。「あたしたち、ここを出なければならないのよ」彼女は給仕人を呼び、ロシア語で何か耳うちした。「小切手はたしかなの?」給仕人の姿が見えなくなると彼女はきいた。それから衝動的に言った。「下の携帯品預所で待っててね。あたし、ある人に電話をかけなければならないの」

給仕人が釣銭を持ってきたあとで、フィルモアは悠々《ゆうゆう》と階下におり、携帯品預所へ行って彼女を待っていた。行ったりきたりしながら、静かに鼻唄《はなうた》をうたい、口笛を吹き、きたるべき珍味の期待に舌を鳴らしていた。五分たった。十分。まだ静かに口笛を吹いていた。二十分たって、なおプリンセスが姿を見せないので、さすがに彼も怪しいと思った。携帯品預所の係りが、彼女はとっくに出て行きましたよ、と言った。彼は外へ駆けだした。お仕着せ姿の黒人が一人そこに立っていて、顔じゅうで、にやにや笑っていた。彼女がどっちへ行ったか、おまえ知らないか？　黒人は、にやりと笑って答えた。「クウポールとか聞きましただよ。それだけですて、旦那《だんな》！」クウポールの階下で、カクテルを前にして腰かけている彼女を見いだした。夢でも見ているような、うっとりとした表情を顔にうかべている。彼の姿を見ると女は微笑した。

「失敬なことをするじゃないか」と彼は言った。「あんなふうに逃げだすなんて。おれが気にくわないのなら、そうと言ってくれればいいじゃないか……」

これに彼女はかっとなり、大仰に芝居じみてきた。さんざん悪態をついたあげく、今度は泣き声になり、だらしがなくなった。「あたし、狂っているのよ」と口走った。「あんたも気ちがいだわ。あんたは、あたしと寝たがっているし、あたしはあんたと寝たくないし」そう言って、彼女の恋人、さっきダンスホールで姿を見かけた映画監督のことを、もの狂おしげに語りだした。彼女がダンスホールから逃げだしたのも、そういうわけからであった。毎晩、酒をあおって酔っぱらうのも、そんなわけからであった。セエヌ河に身投げしたのも、同じ理由からである。どんなに彼女が狂っていたかを、彼女は、こんな調子でしゃべりたてていたが、やがて不意に、あることを思いついた。「ブリックトップの店へ行きましょう！」そこには彼女の知っている男がいるのだ……その男は、いつか彼女に働き口を約束したことがあった。彼女は、その男が力になってくれるだろうと信じていた。

「その店は高いんじゃないか？」と、フィルモアは用心深くきいた。

おそろしく高い店なのである。彼女は、そのことを即座に知らせた。「でも、ブリックトップの店へつれて行ってくれたら、あんたの家へ一緒に行くと約束するわ」彼女は正直に、その店は五、六百フランはかかるだろう、と言い添えた。「でも、あたしは、それくらいの値うちはあってよ！　あたしが、どんな女か、あなたにはわかってないんだわ。パリじゅう探したって、あたしみたいな女は二人といないことよ……」

「それはおまえだけの考えさ！」彼のヤンキーの血が先に立った。「おれにはそうは見えないね。おまえなんかに三文の値うちもあるもんか。ただの尾羽打ちからした気ちがいの牝《めす》にすぎないじゃないか。正直のところ、どこかの貧乏なフランス娘に五十フランくれてやったほうがましだよ。すくなくともフランス娘ならお返しに何かをくれるだろうからな」

彼がフランス娘をもちだすと彼女は憤激した。「そんな女たちの話なんか、あたしに向ってしないでちょうだい！　フランス娘なんて大きらいよ！　頭はわるいし……顔はみっともないし……何事も金銭ずくじゃないの。ほんとによしてちょうだい！」すぐに彼女はまた静まった。こんどは手を変えてきた。「ねえ、あんた」鼻声になった。「裸体になったときのあたしが、どんなに見えるか、知らないでしょう。とってもすてきよ！」そう言って両手で乳房をおさえた。

だがフィルモアには、さっぱり効果がなかった。「おまえは牝犬だよ！」と彼はつめたく言い放った。「おまえに二、三百フラン使うのは別に何とも思わないが、おまえは気ちがいだ。顔だって洗ったことがないだろう。おまえの息は、くさくてたまらない。おまえが貴族の娘であろうとなかろうと、そんなこと、どっちだってかまうもんか……おまえの出っぱった尻のロシア的変型なんぞ、おれはほしくない。おまえなんか、街頭へ出て行って、その尻で、せっせと稼《かせ》げばいいのだ。おまえなんぞ、フランスの小娘ほどもよくない。ちっともよくないよ。おまえなんぞには、もうビタ一文だって使いたくねえや。おまえはアメリカに行くべきだね……あすこは、おまえみてえな人間の血を吸う蛭《ひる》には、うってつけのところだ……」

こんな悪口にも、彼女はまるで怒ったようすがなかった。「どうやらあんたは、あたしが怖《こわ》いらしいわね」

「おまえが怖いって？　おまえがか？」

「あんたって、まるでやんちゃ坊主《ぼうず》ね。礼儀も何もないんですもの。あたしをもっとよく知っていたら、そんな口はきけないと思うわ……どうして、いい子になろうとしないの？　今夜あたしをつれて行きたくないと言うんなら、それでも結構よ。あたしは、明日の五時から七時までのあいだ、広小路《ロン・ポアン》にいるわ。あたし、あんたが気に入ったわ」

「明日、誰がわざわざ広小路《ロン・ポアン》まで行くもんか。明日にかぎらず、他の夜だって。二度とおまえの顔なんぞ見たくねえ……永久にな。おまえにはうんざりだ。おれは、これから出かけて行って、可愛《かわい》いフランス娘でも見つけるよ。おまえなんぞ地獄へ行きやがれだ！」

彼女は彼を見つめて、ものうげに微笑した。「それが、あんたのおっしゃることなのね。でも、待ってちょうだい！　あたしを抱いて寝てみるまで待って！　あたしが、どんなにすばらしい肉体をしているか、あんたは、まだ知らないんだわ。フランス娘は性愛の技巧を知っていると、あんたは思っているんでしょう……どっこい、待ってよ！　いまにあんたを夢中にさせてあげるから。あたし、あんたが好きよ。ただ、あんたはまだ野蛮なだけだわ。ほんの坊やなんだわ。おしゃべりしすぎるのよ……」

「おまえは気ちがいだよ」とフィルモアは言った。「おれは、たとえおまえがこの地球上の最後の女であっても、おまえにははまりこむようなことはしねえぞ。家へ帰って面《つら》でも洗ってこい」彼は飲みものの勘定も払わずにそこを出た。

ところが数日すると、このプリンセスがベッドへ招じ入れられたのである。この女は本物の公爵夫人であった。この点については、ぼくたちには相当確信があった。しかし彼女は淋病《りんびょう》にかかっていた。とにかくパリでは、人生は退屈するどころではなかった。フィルモアは気管支炎になっており、姫君は、いまも言ったように淋病にかかっており、ぼくは痔《じ》になっていた。道をへだてたロシア人の食料雑貨店《エピセリ》で、六本の空壜を引きとってもらったものの、一滴もぼくの咽喉《のど》には通らなかったのである。肉もだめ、酒もだめ、うまい野鳥もだめ、女もだめ。もっぱら果実と、パラフィン油と、アルニカ・ドロップと、アドレナリン軟膏《なんこう》だけであった。酒場の椅子《いす》も、さっぱりかけ心地がよくなかった。いまもぼくはプリンセスの顔を眺めながら、元帥《パシャ》みたいにしゃちこばって立っていた。パシャ！　この言葉から、彼女の名、マーチャを思いだした。ぼくにはこれがさっぱり貴族らしくきこえなかった。『生ける屍《しかばね》』（訳注 トルストイの作品）を思いだした。

最初ぼくは三人世帯《メナージュ・ア・トロワ》は厄介なことになるのではないかと思ったが、全然そんなことはなかった。彼女がこの世帯にはいりこんでくるのを見たとき、これでまた、おれにとってはこの生活もおしまいだと思った。また他にねぐらを見つけなければならないぞと思った。だが、すぐにフィルモアは、彼女が一本立ちできるようになるまで泊めてやるだけなのだと、ぼくに説明してくれた。彼女みたいな女に、こんな表現がいったいどういう意味をもつのか、ぼくにはわからなかった。ぼくの見るかぎりでは、彼女はこれまでも、まったく一本立ちでやってきたのである。彼女はロシア革命に追われてきたのだという。しかし、革命で追われなくても、何か他のことで追われたのだろうとぼくは考えた。彼女は、いかにも大女優だという印象をあたえた。ぼくたちは彼女が何を言おうとさからわなかった。時間のむだだからである。フィルモアは彼女をおもしろがっていた。彼は朝になって勤めに出かけるとき、彼女の枕《まくら》もとに十フラン、ぼくの枕もとに十フランずつおいていった。夜は三人で下のロシア料理店へ出かけた。近所にはロシア人がたくさんいるので、マーチャは早くも、いくらか信用貸しのきく店を見つけていた。むろん一日十フランなど、プリンセスにはものの数ではなかった。いまキャヴィアがほしいかと思うと、つぎはシャンパンを、といったぐあいなのである。それにまた映画のほうに職を得るため、衣裳《いしよう》一揃《そろ》えを新調する必要があった。いまは何もすることがなく、ひまつぶしをするだけなので、脂肪がつきかけていた。

今朝は、ぼくもまったくぎょっとした。顔を洗ってから、うっかりまちがえて彼女のタオルをつかんでしまったのである。彼女に、自分のタオルをちゃんとまちがえずにかけておくようにと教えこもうとしても、こいつはむだらしい。それで彼女をどなりつけてやったら、その返事が、しゃあしゃあとしているのだ。「あら、そんなことで盲目になるっていうんなら、あたしなんか、とっくの昔に盲目になってるはずじゃないの」

そのほかトイレットの問題があった。こいつだけはみんなで共同で使用せざるをえなかった。ぼくは父親みたいな態度で、便所の腰掛のことを言いきかせようとした。するとと、「へえ、あんなものが！」と彼女は言うのである。「あんたが、そんなに怖いって言うんなら、あたし、カフェへ行ってするわ」そんなことをする必要はない、とぼくは言いきかせた。ただ普通の注意をしてくれればいいのだ。「ちぇッ！ それじゃ、もう腰かけないわ……立ってするわ」

この女については万事が狂っていた。第一、月経だと称して、どうしてもおつとめをやろうとしないのである。それが八日もつづいた。ぼくたちは、はじめ彼女が嘘《うそ》をついているのだと思った。ところが、そうではないのだ。嘘ではなかった。ある日、ぼくがあたりを片づけようとしていると、寝台の下に脱脂綿のかたまりがあった。それが血でどす黒くよごれているのだ。この女ときたら、何でもベッドの下に落しておくのである。蜜柑《みかん》の皮、詰め綿、コルクの栓《せん》、空壜、鋏《はさみ》、使用ずみのコンドーム、本、枕……そして寝るときしかベッドをととのえなかった。たいてい布団《ふとん》の上に寝ころんでロシア語の新聞を読んでいた。「ねえ、あんた」とぼくに向って言う。「この新聞がなかったら、あたし、絶対にベッドから起きないわよ、きっと」たしかにその通りなのだ。ロシア語の新聞以外は何もないのである。トイレット・ペーパーの切れっ端一つありはしないのだ——ロシア語の新聞だけ。そいつで尻《しり》までふくのだ。とにかく、彼女の特異体質について言うなら、月経が終っても、また適当に休息しているので腰のまわりに脂肪がついても、それでもおつとめをやろうとしないのである。女しか好きでないようなふりをしていた。男の相手をするには、まず適当な刺激を受けてからでないとだめなのだ。獣姦《じゅうかん》をやる淫売屋《いんばいや》へつれて行ってくれとぼくたちに向って言ったりするのである。レダと白鳥（訳注　ギリシア神話、スパルタ王ティンダレスの妻が白鳥に化けたゼウスにだまされる）なら、もっといいのだけれど、などと言った。白鳥の羽ばたきが彼女を異常に興奮させるのだ。

ある夜、彼女をテストするために、ぼくたちは彼女が推奨する淫売窟《くつ》へつれて行った。ところが、マダムに話を切りださぬうちに、隣のテーブルにいたイギリス人の酔漢が、ぼくたちに話しかけてきた。この男は、すでに二度も二階へあがってすませてきているのに、まだやりたがっていた。そして、ポケットには二十フランしか持っていないし、フランス語は一語も知らないので、眼をつけている女とかけあうのを手伝ってくれ、とぼくたちに頼むのである。たまたま、その女は黒人であった。マルティニック島生れの精力的な娼婦《しょうふ》で、豹《ひょう》のように美しい女だった。気立てもよさそうだ。イギリス人が持っている使い残しのはした金で承知するようにと、この女を説き伏せるために、フィルモアは、イギリス人のほうをすませたらすぐそのあとで彼女と寝てやるという約束までつけてやらなければならなかった。プリンセスは、これを眺め、一部始終を聞いているうちに、おさまらなくなってきた。侮辱されたと感じたのである。「だけど」とフィルモアは言った。「きみは刺激をほしがっているんだろう――おれがやるのを見てればいいじゃないか！」彼女は、そんなものは見たくない、雄鴨《おがも》でも見てたほうがまだましだ、と言った。「ちぇっ、冗談じゃねえや」と彼は言った。「おれはいつだって雄鴨と同じくらいにはうまくやるぜ……それよりも、ちっとはましかもしれない」こんなぐあいで、売りことばに買いことば、ついに彼女をなだめるには、女の一人を呼びよせて、たがいにくすぐりっこをやらせるよりほかに手がなく、これでやっとおさまった……。フィルモアが黒人女と戻ってきたとき、彼女の眼は燃えきれずにいぶっていた。フィルモアが黒人女を見るその眼つきから、ぼくは黒人女が何か異常なことをやったにちがいないと見てとった。おかげでぼくまでが欲望の起るのをおぼえた。フィルモアには、このぼくの気分がわかったにちがいない。一晩じゅう、ただじっと坐《すわ》って見ているのは、まさに拷問《ごうもん》の責苦だと察したにちがいない。ポケットから百フラン紙幣を抜きだし、それをぼくの前にたたきつけて言うのであった。「おれたちのなかで、もっともその必要があるのは、きみらしいな。ほら、こいつを取ってくれ。そして誰でも好きな女を自分で選べよ」どういうわけか、そのふるまいが、ぼくに、これまで彼がつくしてくれたどんなことよりも親愛の気持をおぼえさせた。せっかくの好意である。ありがたくその金をちょうだいし、ぼくは、さっそくその黒人女に、もう一回おれと寝ようと合図した。それが何よりもプリンセスを激怒させたらしい。ここには、その黒人女よりほかに、あんたがたに満足をあたえるだけの女は一人もいないのか、はっきり言ってくれ、というのである。ぼくは遠慮なく、その通りだ、と言ってやった。また事実そうなのだ――この黒人女はハレムの女王であった。この女を見ただけで興奮してくるのである。彼女の瞳《ひとみ》は精液のなかで泳いでいるみたいに見えた。彼女に対してしかけられるあらゆる要求に酔いしれているふうなのだ。彼女はもうまっすぐには歩けないようであった――すくなくともぼくにはそう見えた。狭い曲りくねった階段を、彼女のあとについてのぼりながら、ぼくは女の脚《あし》のあいだに手をさしこむ誘惑に抵抗できなかった。そんなことをしながら階段をのぼって行くと、彼女は楽しそうな微笑をうかべてぼくをふりかえり、あまりくすぐったくなると尻をちょっとくねらせた。

それは楽しい一夜であった。みんな楽しそうだった。マーチャまでが上機嫌のように見えた。そこで、その翌日の夜、彼女がシャンパンとキャヴィアの定食をすませ、またしても身の上ばなしのつづきの一くさりを語り終えると、さっそくフィルモアは彼女に挑みかかっていった。フィルモアも、どうやらこれで苦労しただけの報酬にありついたように思われた。彼女はもう抵抗しなかった。仰向きに寝て、さんざん彼をじらしておいてから、さていよいよという段になると、のんきな調子で、あたし、淋病にかかっているのよ、と白状した。彼は丸太ん棒のように彼女の上からころげ落ちた。彼が台所にはいって行って、いつも特殊な場合に用いる黒色の石鹸《せっけん》をさがしまわっている物音がきこえた。しばらくして彼は、タオルで手をふきながら、ぼくのベッドのそばに立って言った――「こんなことってあるかね。あのプリンセスの野郎、淋病にかかっているんだとよ！」それには彼も相当へきえきしたらしい。一方プリンセスは林檎《りんご》をかじりながら、ロシア語の新聞を持ってきてよ、などとどなっていた。彼女にとっては、淋病なんぞ笑いごとにすぎないのだ。「世の中には、そんなものより、もっとひどいものがあるのよ」と彼女は向うの自分のベッドに寝たまま、開いているドア越しに、ぼくたちに話しかけた。やっとフィルモアにも、それが冗談だとわかってきたので、またアンジュ酒の壜《びん》をあけて、しばらくそのまま腰をすえて、ぼくと話しこんだ。これしきのことであきらめるつもりはない、と彼は言うのであった。むろん用心はしないといけないさ……むかし淋病をやったことがあるが、そう、あいつはル・アーヴルでもらったんだっけ。どうしてそんな目にあったのか、いまはもう思いだせないけどね。酔っぱらうと、ときどき彼は洗滌《せんじょう》するのを忘れてしまうのだそうである。淋病は、そう恐ろしいものではないが、あとでそれがどう悪化するか、そいつはわからない。摂護腺《せん》のマッサージだけはまっぴらだ、と彼は言った。あいつだけはごめんだ、後味がよくない、というのだ。彼がはじめて淋病にかかったのは大学生のときだそうだ。女の子からうつされたのか、彼がうつしたのかわからない。大学のなかでは、ずいぶんでたらめが行われていたから、人の言うことなど信用できたものではない。あまりにも無知なのだ……教授たちでさえ無知だった。教授の一人は自分から睾丸《こうがん》をとってしまったという噂《うわさ》すらあったほどだ……。

とにかく彼は、つぎの日の夜、コンドームを使って危険をおかしてやってみようと決心したのである。コンドームが破れぬかぎり、大した危険はない。彼は、いろんな種類のフィッシュ・スキンの長いやつを、いくつか買いこんでいた――これなら絶対に大丈夫だ、とぼくに保証した。ところが、いざやってみると、こいつもだめなのである。彼女のやつが、あまりにもきつすぎるのだ。「ちぇッ、おれはアブノーマルなとこなんか全然ないんだけどな」と彼はぼやいた。「おれには、さっぱり納得がいかんよ。ともかく、どこかの野郎が、うまく入れたからこそ、あの淋病がうつったんじゃねえか」

こんなぐあいで、あの手この手とやってみたが、いずれも失敗したので、彼は、すっかりあきらめてしまった。それでいまは、二人で兄と妹みたいに寝て、近親相姦《そうかん》の夢を見ているのである。マーチャは例の思索的なようすで言うのであった。「ロシアでは、男が一指もふれずに女と寝るということがよくあるのよ。こんなふうにして、何週間でもつづけていって、あれのことなど全然考えないのよ。でも、とうとう最後にはどたんばたんなのよ！　いったん男が女にさわると……どたん、ばたん！　そのあとはもう、どたん、ばたんの連続よ！」

こうなったら、あらゆる努力を傾注してマーチャの形態をととのえようということになった。フィルモアは彼女の淋病をなおしてやったら、小さいやつが大きくひろがるのではないかと考えた。奇妙きてれつな考えである。そこで彼は洗滌袋、過マンガン酸塩一袋、回転洗滌器、その他いろんなものを彼女のために買ってきた。これらは、アリグル広場付近にいる怪しげな堕胎医のハンガリー人の医者が彼にすすめたものであった。彼の上役の男が十六歳になる小娘を一度手ごめにしたことがあるが、どうもその小娘が上役をハンガリー人の医者に紹介したものらしい。その後、上役は軟性下《げ》疳《かん》にかかった。それで、またもやハンガリー人の医者の門をたたくことになった。パリでは、こんな調子で親しい友人ができてゆくのである――泌尿《ひにょう》器科的友情である。それはとにかく、ぼくたちの厳重な監視の下に、マーチャは自分の治療にとりかかっていた。ところが、このあいだの夜、ぼくたちは、しばらく途方に暮れた。彼女が座薬をおしこんだところが、それにくっついている糸が、どうしても見つからないのだ。「たいへんだわ！」と彼女はわめいた。「あの糸、どうしたのかしら。助けてよ！　糸が見つからないのよ」

「ベッドの下を見たか？」とフィルモアがきいた。

やっと彼女が静かになったと思ったら、それもつかの間で、こんどは、「たいへんよ！　また血が出てきたわ。月経がすんだばかりなのに、また血がおりてくるのよ。あんたが買った安もののシャンペンのせいにちがいないわ。ひどいわ。あんたは、あたしを出血させて殺すつもりなの？」彼女はキモノを羽織って、脚のあいだにタオルをはさみ、いつものように、いやにもったいをつけようとしながら出てきた。「あたしの人生って、いつもこんなふうなのね」と彼女は言った。「あたし、神経衰弱にかかっているのよ。昼間は一日じゅう走りまわって、夜になると、あいかわらず酔っぱらって。パリにきたころは、あたしは、まだ無邪気な娘だったわ。ヴィヨンとボードレールしか読まなかったわ。だけど、そのころは銀行にスイス・フランで三十万もあったから、思いきり楽しい生活をするつもりだったの。だって、ロシアにいたころは、いつもやかましいことばかり言われていたんですもの。それに、そのころは、いまよりもずっときれいだったから、男は、みんなあたしの足もとにひざまずいたわ」ここで彼女はベルトのあたりにたるんでいる襞《ひだ》を、ぐいとひき上げた。「あたしがパリへきたころも、こんなお腹をしていたと思ってくれては困るわよ……こうなったのも、あたしがいつも飲んでいる毒のせいなのよ……あの恐ろしいアペリティフのおかげだわ。フランス人が夢中になって飲むあれよ……そのころ、あの映画監督と知りあったのよ。その男は、あたしに、ぜひ自分の映画に出演してほしいって言うの。あなたほどすばらしい女は世界じゅうさがしたっていないなんて言って、毎晩のように、ぼくと一緒に寝てくれって口説くのよ。あたし、馬鹿《ばか》な生娘《きむすめ》だったのね。それで、とうとうある晩、その男に許してしまったの。あたしは大女優になりたかったし、それにその男がひどい病毒をもっているなんてこと知らなかったんですもの。それで淋病をうつされたのよ……だから今度は、その男にうつし返してやりたいくらいだわ。あたしがセエヌ河に身投げしたのも、みんなその男のせいよ……なぜ笑っているの？　あたしが身投げしたのを嘘だとでも思っているの？　なんなら新聞を見せてあげてもいいわよ……全部の新聞に、あたしの写真が出ているんだから。いつかロシア語の新聞を見せてあげるわ……あたしのことを、ほめちぎって書いてあるわ……でも、あたしはまず何よりも新しい服がどうしてもいるのよ。こんなきたないぼろ服じゃ、男をたらしこむことができないじゃないの。それに、あたしまだドレスメーカーに一万二千フランも借金してるのよ……」

ここからさらに話は、彼女が受けとろうとしている相続財産のことについて、ながながとつづいた。フランス人の若い弁護士がついていて、その男は相当気の小さい奴《やつ》らしいのだが、彼女の財産をとり戻そうと骨を折っているのだそうである。ときどき彼は内金として百フランぐらいずつ彼女に渡しているのだ。「フランス人はみんなそうだけど、そいつもけちな男なの」と彼女は言った。「あたしがとても美人だったものだから、あたしから眼が離せなかったのね。いつも、せがむのよ。あたし、いやになっちゃって、その男のしゃべるのを聞いているのがうんざりしてしまったものだから、ある晩、いいわ、って言ってやったの。それも、ただあの男を黙らせたかったのと、それに、ときどきもらう百フランをふいにしたくなかったからなのよ」彼女は、ちょっと言葉を切ると、ヒステリックに笑った。

「ねえ」と彼女はさきをつづけた。「あんまりおかしくて、なんて言っていいかわからないくらいだわ。その男は、とんだ目にあったわけよ。ある日、あたしに電話をかけてよこして、『いますぐ会わなければならない……非常に重大なことだ』って言うの。会ってみると、あたしにお医者さんからもらった診断書を見せるのよ……それが淋病じゃないの！ ねえ、あたし、男の鼻さきで大笑いしてやったわ。まだ、そのときのあたしが淋病だったかどうか、わかるわけがないじゃないの。『あなたがせがむから寝てあげたんじゃないの！』って言ったら、男は黙りこんでしまったわ。人生って、そんなものね……何でも疑ってかかったらだめだわ。そしたら、いきなり、どたん、ばたんよ！　その男ったら、ずいぶん馬鹿なのね、性こりもなく、またあたしに惚《ほ》れこんでしまったのよ。ただ、あたしに身持ちをよくしてくれって哀願するの。一晩じゅうモンパルナスをほっつき歩いて酒に酔ったり男とふざけたりするのはやめてくれって言うの。ぼくは気が狂いそうなくらい夢中なんだ、なんて言うのよ。あたしと結婚したがっていたけれど、そのうち、あたしのことが彼の家のほうにわかって、とうとうその男は説き伏せられてインドシナへ行ってしまったわ……」

こんな話からマーシャは悠々と話題を切りかえて、同性愛の女との一件を語りだすのである。「とってもおもしろかったわ。ある晩、その女があたしを拾ったときのことよ。あたしは『フェティシュ』にいて、例の通り酔っぱらっていたの。その女は、あたしを店から店へと引っぱりまわして、一晩じゅうテーブルの下であたしを愛撫《あいぶ》するのよ。とうとうあたし、もうがまんしきれなくなっちゃったの。そしたら、そのひと、自分のアパートへつれて行って、二百フランくれたから、あたし、吸わせてやったわ。あたしと同棲《どうせい》したいって言っていたけれど、あたし、毎晩吸われるのはいやだもの……あれは、かえって疲労がひどいものね。それに、本当のところ、あたしは以前ほど女の同性愛が好きでなくなったの。やっぱり男と寝るほうがいいわ。ものすごく興奮させられると、もうあたしは自分を抑えきれなくなってしまうのよ。だけど、そうすると出血するの。出血は、とてもあたしの健康にわるいのよ。あたしは貧血気味なんですもの」

寒い季節にはいるとプリンセスは姿を消した。アトリエに小さな石炭ストーブ一つだけでは、もうやりきれなくなっていた。寝室は冷蔵庫も同然だし、台所もそれと大差なかった。実際にあたたかいのはストーブの周囲のほんの一部分にすぎなかった。するとマーチャは去勢者の彫刻家を手に入れた。その男のことは、彼女が出てゆく前に話していた。二、三日すると、彼女はまたぼくたちのところへ戻ってこようとしたが、フィルモアがそれを聞きいれなかった。彫刻家が一晩じゅうキスばかりしていて寝かしてくれない、と彼女はこぼした。それに彼女が灌水浴《かんすいよく》に使う湯もないのだそうだ。けれども、とうとう彼女は、戻ってこなくても同じことだと心をきめたらしい。「もうあたしは、あんな蠟燭《ろうそく》立てと一緒には寝ないわ」と言った。「いつもあの蠟燭立てと一緒じゃ……神経がたかぶってこまるわ。あんたが妖精《ようせい》であってくれさえしたら、あたし、よろこんであんたのところにいるんだけれど……」

マーチャがいなくなると、ぼくたちの毎夜は、がらりと趣を変えた。よくストーブのそばへ陣どっては、熱い卵酒をすすりながら、かつての合衆国での生活のことを語りあった。ぼくたちの話す口調は、もはや二度と故国の土を踏むことはないと、予期しているかのようであった。フィルモアはニューヨーク市の地図を持っていて、それを壁に貼《は》っていた。ぼくたちは一晩じゅう、パリとニューヨークの功罪論を語りあかした。そのたびに、いつもぼくたちの議論のなかに、いつの間にか、いやおうなしにホイットマンという人物がはいりこんできた。アメリカが、その短い歴史の経過のなかで生みだしたただ一人の孤立した人物である。ホイットマンのなかに、あらゆるアメリカの光景、その過去と未来、その誕生と終焉《しゅうえん》のすべてがよみがえってきた。ホイットマンはアメリカに存在する価値あるもののすべてを表現しているのである。その一語でつきる。彼、ホイットマンこそは「肉体と魂の詩人」であった。最初にして最後の詩人である。彼は今日ではほとんど解読不可能の素朴な象形文字でおおわれた記念碑だ。その象形文字を解く鍵《かぎ》は一つもない。ここに彼の名をあげることすら異様に思えるほどである。ヨーロッパの言語には、彼が不滅のものにした精神をあらわす適当な言葉はないのだ。ヨーロッパは芸術で飽和状態にあり、その土地は朽ちた骨で充満しており、その博物館は掠奪《りゃくだつ》した財宝ではちきれんばかりだ。けれども、いまだかつてヨーロッパが持ったことのないものは、自由にして健康なる精神、これを「人間」と称してもいいが、それである。ゲーテは、いま一歩のところまで近づいた。しかしゲーテは、比較して言うなら、やはり中身は詰めものをしたシャツにすぎない。ゲーテは尊敬すべき市民であり、衒学者《げんがく》であり、退屈な男であり、普遍的精神であったけれども、そこにはドイツの商標、双頭の鷲《わし》の刻印が捺《お》されていた。ゲーテの静《せい》澄《ちょう》、おだやかな悠揚《ゆうよう》迫らざる態度は、ドイツのブルジョア階級の睡気《ねむけ》をもよおすような痴呆《ちほう》状態にすぎない。ゲーテは何ものかの終焉であり、ホイットマンは創始である。

こんな議論をやったあとで、ときどきぼくは自分の服を着て散歩に出かけた。スエーターをきて、その上にフィルモアのスプリング・コートに半外套《ケープ》をひっかけた。不愉快な、じめじめした寒さだ。こいつに抵抗するには、強い意志力よりほかに防ぎようがなかった。アメリカは極端な国だと言われている。なるほど寒暖計は実際に聞いたこともないほどの寒さを記録する。けれども、パリの冬の寒さは、アメリカにはわからない寒さだ。それは心理的なものである。外面的な寒さであると同時に内面的な寒さでもある。ここでは凍ることは決してないにしても、溶けることもないのだ。人々は、自己の個人的秘密のおかされるのを、高い塀や、閂《かんぬき》や、鎧戸《よろいど》や、怒号や、毒舌や、だらしない門番《コンシエルジュ》などによってくいとめるが、ちょうどそれと同じように痛烈な風土の寒暑に対して自己を守ることをおぼえたのである。彼らは自己を懸命に防衛してきた。防衛こそは彼らの合言葉である。防衛と保障。それも彼らが慰安にひたって腐ってゆこうがためである。じめじめした冬の夜には、パリの緯度を知るために地図を見る必要はない。それは北方の都市であり、頭蓋骨《ずがいこつ》や人骨で埋った沼の上につきだした前衛地である。ブウルヴァールに沿って電気による冷やかな熱の模倣がならんでいる。紫外線のトゥ・ヴァ・ビアンは、デュポン・チェーン・ストアのカフェの客たちを、まるで壊疽《えそ》にかかった解剖用屍体《したい》のように見せている。トゥ・ヴァ・ビアン！　これこそ、終夜、紫外線のふりそそぐ下を行ったりきたりしている孤独な乞食《こじき》たちに栄養をあたえる標語《モットー》だ。灯火のあるところには、かならず、いくばくかの熱がある。人は火酒や湯気を立てているブラック・コーヒーを前にした肥《ふと》った安全な野郎どもを見まもって、ぬくみを手に入れる。歩道の灯火のあるところでは、人々は、たがいに押しあい、へしあいしながら、そのよごれた下着や、いやな、くさい匂《にお》いのする息からなんとなく動物的な温気を発散する。おそらく八ブロックか十ブロックのあいだは、華やかさに似た雰囲気《ふんいき》があるだろう。すると、やがてまた暗夜のなかに落ちこむ。ちょうどスープ鍋《なべ》のなかで凍った脂肪にも似た、気味のわるい、いやな暗黒である。幾ブロックもつづいている鋸《のこぎり》の歯のような長屋、どの窓もぴったり閉されている。どの店の表も門をおろし、錠をかけている。一抹《まつ》のあたたかい灯火の影すらなく、えんえんとつらなっている石の牢獄《ろうごく》だ。どの家の内部にも犬や猫がカナリヤと一緒にいる。油虫や南京虫《ナンキン》までが後生大事に監禁されている。トゥ・ヴァ・ビアン。一スウの銭がなくとも、数枚の古新聞をたずさえて、寺院の石段の上で、ごろりと寝ればいい。どのドアも、ぴったりと錠がかけられ、いやな隙間《すきま》風もさらにない。もっといいのは地下鉄の入口で寝ることだ。そこなら仲間もいる。雨の降る夜の彼らを見るがいい。まるで敷布団《ぶとん》のように、ぴったりとくっつきあって寝ている——男も女も虱《しらみ》も、みんなざこ寝だ。唾《つば》だの、脚がなくても歩く毒虫などをふせぐため、新聞紙で守っている。橋の下や市場の小屋の下にいる彼らを見るがいい。宝石のように清潔な、輝くばかりの野菜類とくらべるとき、なんと彼らはきたならしく見えることだろう。脂《あぶら》でべとつく鉤《かぎ》からぶらさがっている屠畜《とちく》された馬や牛や羊ですら、これにくらべると、まだわれわれの関心をひく。すくなくとも、われわれは、それらを明日食うかもしれないし、臓物ですら何かの役に立つ。ところが、雨のなかで寝ているこれら不潔な乞食どもは、なんの役に立つのか。われわれに、なんの益があるのか。奴《やつ》らは、われわれに五分間ほど痛ましい思いをさせる。それだけのことだ。

まったく、なんということだろう。キリスト教が生れて二千年たつ今日、雨のなかを歩いていて生みだされた夜の思想がこれなのだ。すくなくともいまは小鳥たちのほうが十分の食糧をあたえられている。猫や犬もそうだ。ぼくは門番女の部屋の窓際《まどぎわ》を通って、彼女の氷のごとく冷やかな視線を全身に感じるたびに、この世の小鳥どもの首をしめあげてやりたいという狂おしい欲望にかられる。どんな凍りついた心の底にも、すべて、一滴か二滴の愛情はあるのだ——せいぜい小鳥に餌《えさ》をあたえるくらいの愛情が。

それでもぼくは、観念と生きることとのあいだに、どういう差異があるのか、はっきりさせることができない。この両者を明るい被覆物をもっておおってやろうとするのだが、永久に位置が合わないのだ。どうしても、うまくゆかない。観念は行動と結びついていなければならないのである。もし観念のなかに性もなく生命力もなければ、行動は存在しない。観念は思考の真空のなかで単独には存在しえないのだ。観念は生きることに結びついているのである——肝臓の観念、腎臓の観念、組織内の観念、等々。もし単に観念のためにだけだったら、コペルニクスは現に存在する大宇宙を叩《たた》きつぶすしかなかったであろうし、またコロンブスは藻海（訳注　北大西洋、西インド諸島の北東部の海域。海上いちめんに海藻類が浮動しているのでこの名がある）において沈没していたであろう。観念の美学は草花の植木鉢を生みだし、その植木鉢を人々は窓べにおく。しかし、もし雨も日光もなかったら、植木鉢を窓の外においたところで、なんの役に立つというのか。

フィルモアの頭は黄金に関する観念で埋っていた。それを彼は黄金の「神話《ミトス》」と称していた。ぼくは「神話」が好きだ。だから、その黄金の観念が気に入った。しかし黄金にとりつかれていたわけではない。なぜわれわれが植木鉢を、しかも時には黄金の植木鉢をつくるのか、その理由がぼくにはわからなかった。彼の語るところによると、フランスは彼らの黄金を、地下深く、水のしみこまぬ部屋のなかにかくしているそうである。そして、この地下室や通路を走りまわっている小さな機関車があるのだそうだ。ぼくはこの考えが非常に気に入ったのである。深い、すこしも乱されることのない静寂、その静寂のなかに黄金が摂氏十七・四分の一の温度で静かにまどろんでいる。一軍隊が四十六日と三十七時間働いても、フランス銀行の地下室に沈んでいる黄金全部を勘定するにはまだ足りないんだ、と彼は言う。しかも、そのほかに、金歯、腕輪、結婚指輪等を供給するだけの予備がとってあるのだそうだ。また、八十日間もちこたえる食糧の貯蔵があり、つみあげた金塊の上部には湖水があって、高性能の爆薬に耐えうるのだという。黄金は、ますます眼に見えざるもの、つまり神話となる傾向があり、もはや費消されることはないであろう、と彼は言うのである。これはすばらしい！　われわれが観念や衣服や道徳等において金本位制をやめるとき、この世の中が、どういうことになるか、そのことをぼくは考える。恋愛の金本位制！

今日までのところ、ぼく自身と協力しているぼくの観念は文学の金本位制から脱却することであった。ぼくの観念は、要するに、観念の成層圏において、つまり妄想《もうそう》の痙攣《けいれん》において、情緒の復活を表現し、人間の行為を描写することであった。ソークラテース以前の存在、半身は山羊《やぎ》、半身はタイタンという人間を描くことである。要するに、十字架に釘《くぎ》づけされた抽象的観念の上にではなく、中心点《オムフアロス》（訳注　アポロの神殿に納められた円石にして地球の中心点の標識と想像されたるもの）の基礎の上に世界を樹立することである。諸君は、そこかしこに放置された彫像、使用されていないオアシス、セルバンテスが見逃《のが》した風車、丘の上を流れる河川、縦にずらりと五つか六つ乳房がならんでいる女の半身像《トルツ》に出っくわしてきたかもしれない。（ゴーガンにあてた手紙のなかで、ストリンドベルイは述べている。『いまだかつて植物学者の知らなかった樹木を、キュヴィエ（訳注　十九世紀フランスの動物学者）すら夢想だにしなかった動物を、そして、あなただけが創造しえたところの人間を、私は見た』）

レンブラントは、彼の額面価格が上昇したとき、金塊と肉餅《ベンミカン》と携帯用ベッドとを持って地下にもぐった。黄金は地下の思考に属する言葉である。それは、そのなかに夢と、そして神話とを持っている。われわれは錬金術にかえりつつある。膨脹《ぼうちょう》せる神話を生みだした、かの偽りのアレキサンドリアの叡知《えいち》へと復帰しつつある。真の叡知は学問の守銭奴たちによって地下の穴倉に隠匿《いんとく》されつつあるのだ。彼らが磁石を持って中空をぐるぐるまわるような時代が近づきつつある。一塊の地金を発見するために、われわれは一揃《そろ》えの道具をたずさえて一万フィートも昇らなければならなくなるだろう――できれば寒帯のなかを――そして地球の内臓や冥府《めいふ》と精神感応による通信を確立しなければならないだろう。もはやクロンダイク(訳注 カナダのユーコン河の砂金の産地)は不要になる。産出量を誇る金の鉱脈も不要だ。歌と踊りをすこしばかり習いさえすればいい。黄道帯を読みとり、内臓を研究するだけでよい。地球のポケットのなかに隠匿されているすべての黄金を採掘しなおすだけでよい。これらすべての象徴を、もう一度人間の内臓から引きずりださなければならない。だが、それにはまず道具が完成していなければならない。まず、もっと優秀な航空機を発明する必要があるし、どこから音響が起ってくるかを識別する必要がある。尻《しり》の下で爆発音がきこえるというそれだけの理由で狂喜してはいけない。つぎに、成層圏の寒冷層に慣れ、空の冷血魚にならなければならぬ。敬神の心など無用である。敬虔《けいけん》も無用。憧憬《どうけい》も無用。後悔も無用。ヒステリーも無用。なんにもまして、フィリップ・ダアツの言うごとく――「落胆は絶対不可！」なのである。

以上はプラース・ド・ラ・トリニテにおいて、ヴァーマウス・カシスという人物から吹きこまれた明るい思想である。ある土曜日の午後のことで、ぼくは「まだ発火しない」本を持っていた。あらゆる事物が神聖な粘液性濃汁のなかで泳いでいた。酒はぼくの口中ににがい薬草のような味を残し、わが偉大なる西欧文明の滓滓《おり》は、いまは聖者の足の爪《つめ》のように腐っていた。女たちが、かたわらを通りすぎて行った——何十人、何百人の女たち——みなぼくの眼の前で尻をふりたてて行った。鐘が鳴りひびき、バスが歩道に乗り上げて、たがいにぶつかりあった。給仕が食卓をきたならしい布巾《ふきん》で拭《ふ》き、一方、お客は、いやらしいにやにや笑いをうかべてレジスターをからかっていた。ぼくの顔のうつろな表情、へべれけに酔って、鋭敏な感覚も鈍麻し、こすりつけてゆく女どもの尻に噛《か》みつきそうな顔つきであった。向う側の鐘楼のなかでは、一人のせむし男が黄金の槌《つち》で鐘を打ちたたいた。すると鳩《はと》が驚いて悲鳴を発した。ぼくは本を開いた——ニーチェが「これこそドイツ最良の書」とよんだ書物である——それにはこう書いてあった。

「人はますます利口になり、抜けめがなくなるであろう。だが、よくはならず、幸福にもならず、行動においてもたくましくはならない——すくなくとも、いくつかの時代にわたって。やがて、もはや神が人間によろこびをいだくことなく、新規まき直しの天地創造のために万物を解放せしめるときがくると私には予見される。すべてはこの目的に向って計画されており、また、この革新の時代の発生のための遠い未来の時刻は、すでにさだめられていると私は確信する。けれども、それまでには長い時間が経過するであろう。だから、われわれは、まだ何千年の長い年月にわたって、このなつかしい古き地上において楽しく生活を送るであろう。」

すばらしいじゃないか！　すくなくとも百年前に、世界は吹きとばされると考えるほどの幻想をもった男がいたのだ。わが西欧の世界が！　――ほんのつかの間だけ雨露をしのぎ守られている彼らの牢獄の壁の奥で、男女のすがたが落ちつきなくうごめいているのを見ると、ぼくは、これらのもろい肉体のなかに依然としてひそんでいる劇《ドラマ》の可能性に慄然《りつぜん》となるのである。灰色の壁の奥では、人間の火花がもえているけれども、しかしそれは決して大火とはならない。これらの男女、あるいは亡霊、人形の亡霊は、何か眼に見えない糸によってからみ合わされているのであろうか、とぼくは自問する。彼らは一見、自由に行動している。しかし、彼らの行くところは、どこにもない。ただ一つの王国のなかでのみ彼らは自由なのであり、そのなかで彼らは意のままにうろつきまわっている――しかし、いまだに飛び立つ術《すべ》を知らない。今日までのところ、彼らは飛び立った夢などみたこともないのだ。一人として、この地上を飛び去るほど軽く陽気に生れついたものはいないのである。一時は強力な翼をはばたいていた鷲《わし》も、どすんと地上に落下してしまった。彼らは、その翼のはばたきや唸《うな》りで、われわれを眩惑《げんわく》させた。汝《なんじ》ら未来の鷲よ、この地上にとどまれ！　天界は探検された。しかし、そこには何もなかった。地下に横たわっているのもまた空虚だけであり、人骨と亡霊ばかりである。この地上にとどまって、なお数千年を漂っていよ！

　さて、いまは午前の三時である。ぼくたちの部屋には二人のあばずれ女がいて、むきだしの床板の上で、とんぼがえりをやっていた。フィルモアは素裸で、手に杯を持って歩きまわっていた。彼の腹は、まさしく太鼓腹であり、気管のようにぴんと張っていた。午後の三時から飲みつづけているペルノー酒、シャンペン、コニャック、アンジュなどが、全部彼の腹のなかで下水のようにごぼごぼ音をたてていた。女たちはオルゴールでも聞くように彼の腹に耳をおしあてた。ボタン掛けの鉤で、やつの口をこじあけて銅貨でも投げこんでやれ。下水がごぼごぼ音をたてると、ぼくの耳には蝙《こう》蝠《もり》が腹から飛びだす音がきこえ、夢が人工の技巧のなかにすべりこむのである。

　女たちは裸になった。ぼくたちは女たちの尻に何かのかけらが突き刺さったりしないよう床板を調べてまわった。女たちはまだハイヒールをはいていた。だが、その尻だ！　尻はすり切れて、引っかき傷があり、サンドペーパーをかけられてつるつるになっており、撞球《どうきゅう》の玉か癩病《らいびょう》患者の頭みたいに、かたくて、ぴかぴか光っているのだ。壁にはモナの肖像画がかかっていた。彼女は緑色のインクで書かれたクラコウとならんで北東を向いていた。左手に赤鉛筆でまるくかこんでドルドーニュ県の地図がある。いきなりぼくの眼の前に、ぴかぴかに磨《みが》きたてられた撞球の玉のなかにある毛のいっぱい生えた暗い割れ目があらわれた。二本の脚が鋏《はさみ》のようにぼくをはさんでいるのだ。その暗い、縫い合わされてない傷口をちらと見ると、ぼくの脳のなかの深い溝《みぞ》が、ぱっくりと口をあけた。これまで営々として、あるいは茫然《ぼうぜん》として集め、分類し、記録し、整理して封印されてきたあらゆる心象や記憶が、歩道の割れ目からぞろぞろ這《は》いだしてくる蟻《あり》のように乱雑にとびだしてきた。世界は回転をやめ、時間は停止し、ぼくの夢の結合帯までが切れてばらばらになり、内臓が早発性痴呆症のようなすさまじさで噴《ふ》きだしてきた。ぼくを絶対者と対決させる排泄《はいせつ》だ。ぼくの眼には、またしても、ぶざまに手足をひろげて寝そべるピカソの女たちのすがたが見えた。彼女たちの乳房には、いっぱいに蜘蛛《くも》がたかっており、その伝説は迷宮《ラビリンス》の奥深くに秘められていた。そして不潔な布団の上に永遠に寝ているモリ・ブルーム。手洗所のドアの上には赤チョークが立っており、マドンナは悲哀の諧音《かいおん》を発していた。はげしいヒステリックな笑い声が起った。部屋には咀嚼《そしやく》筋痙攣《けいれん》がみなぎった。そして真っ黒だった肉体が燐光《りんこう》の輝きを放った。荒々しい、はげしい、完全に抑えることのできない笑い声。あの割れ目までが、ぼくに向って笑っていた。濃い毛のかげから笑っているのだ。ぴかぴか磨きたてた撞球の玉の表面を皺《しわ》だらけにする笑いだ。血管のなかに罠《わな》をもつ偉大なる淫売婦《いんばいふ》、そして男の母。あらゆる娼婦《しょうふ》の母。対数の墓のなかで、おれたちを押しころがす蜘蛛。貪欲《どんよく》あくなき奴。おれを剝《は》ぎとるほどの笑いをもつ悪魔！　ぼくはその陥没した噴火口をのぞきこんだ。世界は跡かたもなく消えうせた。すると鐘の鳴りわたるのがきこえた。パラス・スタニスラスの二人の尼僧《にそう》。彼女たちの衣服の下の腐ったバターのにおい。雨が降っていたという理由でついに印刷されなかった宣言。整形外科の目的をさらにおし進めるためにたたかわれた戦争。無名戦士の墓を飾るため世界じゅうをとびまわるプリンス・オブ・ウェールズ。鐘楼からとびだしてくる蝙蝠。うしなわれた目的。あらゆる喚声。呪《のろ》われたるものの隠蔽塹壕《いんぺいざんごう》からラジオを通してきこえてくるうめき声。あの黒い、縫い目のない傷口、あの不潔な魔窟《まくつ》、真っ黒な群集のひしめいている都会の揺籃《ようらん》、観念の音楽が冷えきった脂肪のなかに溺《おぼ》れている都会、窒息したユートピア、道化師が生れるのはそこからだ。美と醜、光と渾沌《こんとん》とのあいだに分けられた存在、下や横を眺めるときは悪魔《サタン》そのものであり、上を見あげるときは、おだてられた天使であり、そして翼を持った蝸牛《かたつむり》である道化師。

その割れ目をのぞきこむと、方程式の記号が見える。均衡のある世界。零《ゼロ》にまで減少し、まったく残りのない世界。ヴァン・ノルデンがその上で懐中電灯をふりまわしたゼロではない。早熟にも年少にして幻滅をおぼえた男の空虚な間隙《かんげき》ではなくて、アラビア数字のゼロであり、無限に数学的世界がとびだしてくる記号だ。星を計量する支点であり、光が夢想し、機械は空気や、軽量の四肢《しし》や、それらを生産する爆薬よりも軽い。その割れ目のなかに、おれは全身を眼もとまでさしこみたい。そして、それらやさしい狂気じみた冶金《やきん》学的眼を猛烈に震動させてやりたい。眼が震動すると、ぼくの耳には、またしてもドストエフスキーの言葉がきこえる。ものすごく緻密《ちみつ》な観察、気ちがいじみた内省、悲惨な調子をもつそれらの言葉が、つぎつぎと本のページからころがりだしてくるのがきこえる。ときには軽快にユーモラスな感動をあたえ、またときには、オルガンの調べのようにふくれていって、ついに胸が破れ、あとには眼もくらみ、焼きつけるがごとき光線のほかは何ものも残らない。眼もくらむ光輝、それは星の受胎精子を運び去ってゆく。芸術の話、それは大量殺戮《さつりく》のなかに根を張っている。

淫売婦のこのようなくじられた陰部のなかをのぞきこむと、ぼくは自分の腹の下にある全世界を感じる。よろめき、崩壊しつつある世界、ご用ずみになり、癩病患者の頭のように磨きたてられた世界。この世界について考えていることを洗いざらいぶちまけられる男がいるとしたら、その男には彼が立つべき一フィート四方の土地も残されないだろう。男が出現すると、世界は彼の上にのしかかってきて、彼の背骨をへし折ってしまう。いつの時代にも、あまりにも多くの柱が立ちぐされになっているのであり、人が栄えるには、あまりにも多くの化膿《かのう》せる人間性《ヒューマニテイ》がありすぎるのだ。上部の構造は虚偽であり、土台は、わなわなふるえる巨大な不安である。もし世紀の合間に、必死の飢えたる表情を瞳《ひとみ》にうかべた男が出現するなら——新しい人種を創造せんがために世界を転覆させる男があらわれるなら、彼が世界にもたらす愛は憤怒《ふんぬ》と変り、彼は鞭《むち》となるであろう。もし、われわれが時折、爆発するページ、傷つき、そして傷口を灼《や》くページ、うめき、涙、呪いをしぼりだすページに出くわすならば、それは背を上に向けた男、残された防禦《ぼうぎょ》はただ一つしかない男からきたもの、それは彼の言葉と知るがいい。彼の言葉は、つねに嘘《うそ》をつく世界の圧殺的重量よりも強力なのだ。個性の奇跡を押しつぶそうと卑怯者《ひきょうもの》どもが発明する拷問《ごうもん》の道具よりも強力なのだ。もし人が自己の心中にあるあらゆるものを翻訳し、真に自己の経験せるもの、嘘いつわりなき自己の真実を書きしるすだけの勇気があるなら、そのときこそ世界はみじんに砕けるであろうとぼくは考える。木《こ》っ端《ぱ》みじんに吹きとばされて、いかなる神も偶然も意志も、破片を、原子を、この世界を構成してきた破壊しえざる元素を、もと通りに寄せ集めることは不可能となるであろう。

最後の貪欲《どんよく》な魂、歓喜の意味を知る最後の男が出現していらい、四百年にわたって、芸術において、思想において、行動において、絶えず人間の衰亡がつづいてきた。世界は屁《へ》で吹きとばされ、いまは干《ひ》からびた屁すらも残っていない。必死の飢えた視線をもつものであったら、誰が、現存の政府、法律、主義、理想、観念、トーテム、禁忌《タブー》に対して、わずかでも尊敬を払うことができよう。もし、こんにち「割れ目」とか「穴」とか称せられるものの謎《なぞ》を読みとることが何を意味するかを知っているものがあるとするなら、もし「わいせつ」というレッテルの貼《は》られた現象に対してすこしでも神秘感をもつものがあるとするなら、この世界は、ばらばらに分裂するであろう。それは、わいせつな恐怖であり、この狂った文明を噴火口でも見るように見ているものの無味乾燥な不潔な見方である。それは創造的精神と、民族の母がその股《また》のあいだにもっている虚無との、大きく口をあけた深淵《しんえん》である。飢えた必死の精神が出現して天竺鼠《てんじくねずみ》に悲鳴をあげさせるなら、それは彼が、性の電流の通じている針金をのせるべき場所を知っているからである。また、冷淡な固い甲殻の下に、醜い切れ目、決して口のふさがることのない傷口がかくれているのを知っているからである。だから彼は、電流の通じた針金を両脚のあいだにまともに挿入《そうにゅう》する。彼は腹の下を打ち、腹のなかを掻《か》きまわす。ゴムの手袋をはめる必要はない。冷静に知的に処理しうるものが、すべて甲殻にはあるのであり、創造に熱中する男は、つねに下にもぐり、開いた傷口へ、化膿せるわいせつな恐怖へともぐりこんでゆく。彼は発電機を、もっともやわらかな部分に結びつける。血液と液汁がにじみ出てきさえすれば成功だ。乾いた、おし開かれた噴火口は、わいせつである。だが何よりもわいせつなのは惰性である。血なまぐさい呪詛《じゅそ》よりも瀆神《とくしん》的なのは麻痺《まひ》である。口をあけた傷口しか残っていないなら、それは蟇蛙《ひきがえる》や蝙蝠《こうもり》や侏儒《こびと》しか生みだしはしないけれども、それでも勢いよく噴出するであろう。

すべては、頂点に達しようと達しまいと、一秒に集約される。大地は健康にして愉快な乾燥した高地ではなくて、大海の怒濤《どとう》にふくれあがり、のたうつ天鵞絨《ビロード》のごときなめらかな半身像の、ぶざまに手足をひろげた女性である。彼女は汗と苦痛の花冠の下でのたうつ。裸になり、性交し、星々の菫《すみれ》色の光線につつまれた雲のなかでころがりまわる。ゆたかな乳房から白く光る腿《もも》にいたるまで、彼女のすべては、荒れくるう情熱に燃えあがる。発作的な激情で半身像をしめつける壮大な喚声をあげて四季と歳月のなかをうごめいてゆく。激情は虚空《こくう》からの蜘蛛の巣をゆさぶる。彼女は噴火山のようにわななきつつ、その枢軸《すうじく》の軌道の上で沈静してゆく。彼女は時には牝鹿《めじか》に似てくる。罠にはまって、うち鳴らされる銅鑼《どら》や犬の吠《ほ》え声に心臓をふるわせつつ待っている牝鹿だ。

愛情、憎悪《ぞうお》、絶望、憐憫《れんびん》、憤怒、嫌悪《けんお》——遊星の姦淫《かんいん》の真《ま》っ只中《ただなか》にあって、それらはいったい何なのか？　夜が無数の燃えくるめく太陽の恍惚《こうこつ》感を提供するとき、戦争、疾病《しっぺい》、残虐《ざんぎゃく》、恐怖とはいったい何か？　われわれが眠りながら嚙《か》むこの実体なきものは、それが毒牙《どくが》の螺旋《らせん》や星雲の記憶でないとするなら、いったい何なのか？

彼女、モナは快感の絶頂の発作のなかで、いつもぼくに言うのである。「あんたはすばらしい人間ね」そして彼女はここでぼくを消滅するままにゆだねるけれど——ぼくの脚下に恐ろしい空虚な大奈落を残すけれど、すると、ぼくの魂の底にかくされていた言葉がとびだしてきて、ぼくの下の亡霊たちを明るく照らしだすのである。ぼくは群集のなかに迷いこんでしまった人間だ。沸騰《ふっとう》する光線が群集を眩惑させ、ゼロは周囲のあらゆることを見て嘲笑《ちょうしょう》すべきものにまで転落する。硫黄《いおう》で点火されてぼくのそばを通りすぎて行く男や女たち、カルシウムの制服をまとって地獄の門をあける門番たち、松葉杖《づえ》にすがって歩く名声、それらは摩天楼のために小さくなり、機械の歯をつけた口ですり切れるまで嚙みくだかれる。ぼくは高い建物のあいだをぬけて、河の涼しい地点を目ざして歩いて行くうち、骸骨《がいこつ》の肋骨《ろっこつ》のあいだからロケットのように灯火が噴きあがるのを見る。もしぼくが、ほんとうに彼女の言うように偉大なすばらしい人間なら、ぼくのこの奴隷《どれい》的白痴は何を意味するのであろうか？　ぼくは肉体と精神をもった男である。鋼鉄の地下室によって防護されてない心臓を、ぼくはもっている。ぼくは歓喜の瞬間を幾度か経験した。ぼくは燃焼する火花をあげて歌った。赤道について歌った。彼女の赤い羽毛のある脚を歌い、視界から去りゆく鳥どもを歌った。けれども誰も聞いてはくれなかった。太平洋の向う側へ射ちこんだ弾丸は、地球が円形であり、鳩《はと》がさかさまになって飛ぶがゆえに、空間に落下してしまった。ぼくは、テーブルの向う側でぼくを見つめている彼女の視線が悲哀に変るのを見る。悲哀は彼女の背骨に鼻を押しつけてつぶれ、内奥《ないおう》へとひろがってゆく。憐憫へとかき乱される骨髄は液体に変化してしまう。彼女は死海に浮ぶ屍体《したい》のように軽い。彼女の指さきは苦悶《くもん》のために出血し、その血液は涎《よだれ》に変じる。濡《ぬ》れた暁とともに弔鐘が鳴り、鐘の音は絶えずぼくの神経繊維に伝わり、鐘の舌はぼくの心臓のなかで躍《おど》り、鉄のごとき悪意をこめて鳴りわたる。弔鐘がこのようにきこえるとは奇怪であるが、さらに奇怪なのは、肉体がふくれあがって彼女が夜に変じ、彼女の妄想《もうそう》の言葉が布団《ふとん》を嚙み破っていったことだ。ぼくは赤道下でうごめき、緑色の口をしたハイエナのいやらしい笑声を聞き、絹のようなつややかな尾の禿鷹《はげたか》や驢馬《ろば》や斑点《はんてん》のある豹《ひょう》を見る。いずれもエデンの園にとり残された奴《やっ》どもである。やがて彼女の悲哀は超弩級《ちょうどきゅう》戦艦の舳《へさき》のように太くなり、彼女の排水量は、ぼくの耳に洪水となってあふれる。瀝青《れきせい》とサファイヤとは陽気な神経原をすりぬけて流出し、残像は重なりあい、舷側《げんそく》は水につかる。獅子《しし》の足音のごとくしのびやかに砲架の回転する音がきこえ、それがへどを吐き、涎をたらす。蒼穹《そうきゆう》は傾き、星はすべて黒色に変じる。暗黒の海は血をふき、沈思する星は新しくふくらんだ肉体の分厚な肉片を生み、一方、頭上では鳥が舞い、幻覚におちいった空から、乳鉢と乳棒と目かくしされた正義の眼とともに秤《はかり》が落下してくる。ここに述べているすべては死せる眼球の平行線に沿って想像の足をもって歩いて行ったものなのである。すべて花咲ける草のようにふきだすうつろな眼窩《がんか》をもって見たものなのである。無から無限大の記号が生じ、際限なくのぼる螺旋の下に、口をあけた穴が、のろのろと沈下してゆく。陸と水は数を結合せしめ、肉によって書かれた詩は鋼鉄や花崗岩《かこうがん》よりも堅い。大地は無限の夜のなかへと未知の創造をめざして旋回してゆく……。

今日ぼくは深い眠りから目ざめ、唇《くちびる》によろこびの罵《のの》りを、舌に意味不明の罵りを、連禱《れんとう》のごとくくりかえした——「フェイ・セ・クェ・ヴールドラ！……フェイ・セ・クェ・ヴールドラ！」やりたいことは何でもやれ。だが、それは喜悦をもたらすものにかぎる。何でもしろ。だが、それは歓喜を生みだすものにかぎるぞ。そうひとりごとを言うと、数知れぬ群集が、ぼくの頭にとびこんできた。イメージだ。陽気なやつ、恐ろしいやつ、気の狂ったやつ。狼《おおかみ》や山羊《やぎ》、蜘蛛《くも》、蟹《かに》、翼をひろげた黴毒《ばいどく》、いつも錠をかけ、そしていつも墓場のように開くばかりになっている子宮の入口。肉欲、罪、神聖。おれの愛する奴らの生命、おれの愛する奴らの失敗。奴らが残していった言葉、奴らが終りまで言わなかった言葉。奴らが背後に引きずっていた善、悪、悲しみ、不一致、怨恨《えんこん》、奴らがかもしだした闘争。だが、何にもまして歓喜だ！

ぼくのむかしの偶像たちに関するさまざまなことがらがぼくの眼に涙をもよおさせる。妨害、無秩序、暴力、なかでも彼らがひき起した憎悪。彼らの奇形、彼らがみずから選んだ奇怪なスタイル、彼らの作品の慢心、退屈さ、彼らがひたりきっていた混沌《こんとん》と惑乱、彼らが、やたらと周囲につみ上げていた障害物、それらについて考えるとき、ぼくは興奮をおぼえるのだ。彼らはすべて自分のたらした糞尿《ふんにょう》にまみれている。みなあまりに緻密《ちみつ》につくられている人間たちなのだ。本当だ。思わず、「あまりに精巧につくられた人間をおれに会わせろ。そしたらおまえを偉人に会わせてやろう」と言いたくなるほどだ。いわゆる「精巧にすぎる」ということが、ぼくの言おうとする眼目である。それは苦闘の証拠である。肉体の全組織をあげてしがみついている苦闘だ。相容《い》れない精神の前駆徴候と状況そのものである。自己を完全に表現する人に会っても、ぼくは彼を偉大だとは言わず、魅力を感じないと言うだろう……ぼくは自分に満腹させる特質のないのを遺憾に思う。芸術家が暗々裡《り》に自己を規定する任務は既存の価値をくつがえすことである。彼の周囲の混沌をもって彼独自の秩序たらしめることである。感情の放出によって、死せるものをもよみがえらせるように苦悶の種子をまき、それを醱酵《はっこう》させることである。そういう任務を深く考えてみると、ぼくはよろこんで偉大にして不完全な芸術家のほうに駆けよる。彼らの混乱が、ぼくに栄養をあたえてくれる。彼らのどもる言葉は、天来の妙音のようにぼくにはひびく。ぼくは、中断のつづくみごとに慢心したページのなかに、くだらぬものの侵入、いってみれば卑劣漢、嘘つき、泥棒、野蛮人《ヴァンダル》、誹謗《ひぼう》者などの汚《けが》らわしい足跡の抹殺《まっさつ》を見るのだ。その抒情《じょじょう》的な咽喉《のど》のふくれあがった筋肉のなかに、車を転覆させて人が放棄した歩みをつづけるために払われているにちがいないよろめく努力を見るのだ。日常の煩《わずら》わしさと妨げとの奥に——懦弱《だじゃく》にして無気力な人間どもの安っぽい、きらびやかな悪意の奥に、終生の徒労に終る力の象徴が存在しているのを見るのだ。秩序を創造する人、意志を深く蔵しているがゆえに苦悶や不安の種子《たね》をまく人、そういう人間は、幾度となく火刑や絞首刑にかけられるにちがいない。その崇高な行為の奥に、あらゆることのばかばかしさのかげがひそんでいるのだ——彼は単に崇高だというだけではなく、めちゃくちゃなのである。

かつてぼくは、人間的であることこそ、人のもちうる最高の目標だと考えていた。けれどもいまは、それはぼくを亡《ほろ》ぼすことを意味すると知っている。今日のぼくは、誇りをもって、おれは非人間的だと言うことができる。おれは人にも政府にも従っていないと言いうる。信条とか主義とかには、いっさい関係がないと言いうる。がたぴしきしんでいる人間性の機構とは、いっさい関係がないのだ――おれは大地に従っているのだ！　枕《まくら》をして寝ていると、ぼくは、こめかみに角が生えてくるのを感じる。周囲にもてはやされたぼくの祖先たちのすべてがベッドをかこんで踊っているのが見える。ぼくをなぐさめ、卵をぶっつけ、その蛇の舌でぼくを鞭うち、嘲笑し、その狡《こう》猾《かつ》な頭でぼくに秋波を送っているのである。おれは非人間的なのだ！　ぼくは錯乱、幻想に憑《つ》かれたほくそ笑みをうかべて、それを言う。鰐《わに》の雨が降ろうとも、それを言いつづけるつもりだ。ぼくの言葉の背後には、嘲笑し、秋波を送り、狡猾な頭をもった奴らがいる。あるものは遠い昔に死んで、にやにや笑っている。あるものは、あたかも咀嚼筋痙攣にでもかかっているように歯をむきだして笑っている。あるものは、嘲笑の渋面をつくって笑っている。永久につづいてゆくものをあらかじめ経験し、その結果を体験した嘲笑だ。何よりも明瞭《めいりよう》に、ぼくには歯をむきだして笑っている自分自身の頭蓋骨が見える。風のまにまに踊っている骸骨、腐敗した舌さきから言葉を発している蛇、排泄物《はいせつぶつ》でよごれた恍惚《こうこつ》感にふくれあがったページが見える。ぼくは、ぼくの粘液、ぼくの排泄物、ぼくの狂気、ぼくの恍惚感を、肉体の地下室のなかに流れこむ偉大なる循環に合流させる。すべてこのような招かれもせず望まれもせぬ酔いどれのへどは、いつまでも果てしなく、民族の歴史を内包する尽きることなき血管に流れこむであろう。人類とならんで、いま一つの種族が存在する。非人間的人種、芸術家という人種だ。彼らは未知の衝動にそそのかされて、生命なき人間性《ヒューマニティ》のかたまりをとり、それが吸収する熱と酵母《こうぼ》とによって、この湿潤な軟塊をパンに変え、パンを酒に変え、酒を歌に変える。死せる混合物と無気力な鉱滓《こうさい》から、彼らは悪に染った歌を生みだす。この別種の個性的な人種は、宇宙をさぐり、あらゆるものをくつがえす。その足は、つねに血と涙のなかに踏みこみ、その手は、つねに空虚であり、しかもつねに彼方《かなた》をまさぐり、手のとどかぬ神を求めている。彼らは自己の急所に嚙みつく怪物をなだめるため、手あたりしだいに何でも斬《き》りすてる。彼らが、この永遠に達しえざるものを理解し把握しようと努力して髪の毛をかきむしるとき、ぼくはそのことを理解する。彼らが発狂した野獣のように怒号し、疾走し、角で突きまくるとき、それが正しいことであり、それよりほかに進むべき道はないことを理解する。この種族に属するものは、わけのわからぬことを口にして高所に立ち、おのれの臓腑《ぞうふ》をつかみだしてみせなければならない。それはまさしく正当である。なぜなら、彼はそうしなければならないからだ！　そして、このおそるべき光景に、何かが不足しているとするとーー戦慄《せんりつ》、恐怖、狂気、恍惚、汚染が不足しているとすると、それは芸術ではない。その他のものは、すべて贋物《にせもの》である。その他のものは、すべて人間的である。その他のものは、すべて生物と無生物に属する。

たとえばスタヴロギンについて考えてみる。するとぼくは、何か神聖な怪物が高いところに立って、おのれの臓腑を引きちぎってわれわれに投げつけている光景を思いうかべる。憑《つ》かれた狂気のなかで大地は震撼《しんかん》する。それは架空の個人にふりかかる災厄ではなくて、人類の大部分が埋没し、永久に抹殺される大天変地異である。スタヴロギンはドストエフスキーであり、ドストエフスキーは、人間を麻痺させ、ないしは頂点へ引きあげるそれらいっさいの矛盾の総和である。彼にとっては、あまりにも低いがゆえに入りこめぬ世界というものは存在せず、あまりにも高いがゆえに登るのが怖《おそ》ろしいという場所もなかった。彼は深淵《しんえん》から星にいたるまで、全界域を通りぬけた。神秘の核心に身をおき、その閃光《せんこう》によって闇《やみ》の深さとひろがりとをはっきりとわれわれに照らしだしてくれる人物に二度とふたたびめぐりあえる機会がないのは残念である。

いま、ぼくは自分の血統を知っている。ぼくは自分の星位図、あるいは家系図に相談する必要はない。星に、あるいはぼくの血のなかにしるされているものについては、ぼくは何も知らない。ぼくが知っているのは、ぼくが種族の神話上の祖先から発生しているということだ。神聖なる酒壜《さかびん》をおのれの口もとにもちあげる男、市場にひざまずく犯罪者、屍体はすべて悪臭を放つことを発見してよろこぶ無邪気な人間、稲妻《いなずま》を手にして踊る狂人、ひそかに世の中をのぞき見ようとして衣の裾《すそ》をもちあげる托鉢《たくはつ》僧、世界を発見しようとしてあらゆる図書館をひっかきまわす偏執狂――すべてそのようなものが、ぼくのなかに溶けこんでいるのである。すべてそのようなものが、ぼくの混乱、意識の混濁をつくりだしているのである。もし、ぼくが非人間的であるなら、それはぼくの世界が、その人間的限界をはみだしたからであり、また、人間的であることが、条理に限界づけられ、道徳や規範に制限され、陳腐なことや主義によって定義された、哀れな、痛ましい、みじめなものに見えるからである。ぼくは葡萄《ぶどう》の汁を咽喉に注ぎこむ。そして、そのなかに叡知《えいち》を発見する。だが、ぼくの知恵は葡萄によって生れたのではない。ぼくの狂気は、いささかも葡萄酒に負うてはいない……。ぼくは飢餓と寒気のために生命をうしなうあの高い乾燥した山脈を迂回《うかい》して行きたい。人間も動物も植物も存在しない時間と空間の絶対、あの「超時間的」歴史というやつだ。そこでは、孤独のため、また各国語は単なる言葉にすぎぬため、人は発狂し、そしてあらゆることが時代と合わず、調節されない。ぼくは男と女の世界を欲する。話をしない樹木（事実この世には、あまりにもおしゃべりが多すぎるからだ！）の世界。いろんなところへわれわれを運んでくれる河の世界、伝説の河ではなく、他の男や女たち、それから建築物や宗教や植物や動物たちと接触させてくれる河――船を浮べ、人間が溺《おぼ》れる河だ。伝説や神話や書物や過去の塵《ちり》に溺れるのではなくて、時間と空間と歴史に溺れる河、そういう河を、ぼくは欲する。シェイクスピアやダンテのごとき大海となる河、過去の空虚のなかにも干《ひ》あがることのない河を、ぼくは欲する。さよう、大洋である！　われわれは、もっと多くの大洋をもとうではないか。過去を抹殺する新しい大洋を。新しい地形、新しい地勢分布、奇怪な恐ろしい大陸を創造する大洋を。破壊し、同時に保存する大洋を。航海し、新発見を目ざして新しい水平線へ向って行くことのできる大洋を。もっと多くの大洋を、もっと多くの動乱を、もっと多くの戦争を、もっと多くの大犠牲をもとうではないか。両脚のあいだに発電機をもった男女の世界を、純粋な怒りの世界、情熱の世界、行動の世界、ドラマの世界、夢の世界、狂気の世界を、快感の絶頂を生みだし、干からびた屁《へ》なんぞしない世界をもとうではないか。こんにちこそ、過去のいかなるときにもまして、たとえそのなかに偉大なページはただの一ページしかないにしても、書物が求められるべきときだとぼくは信じる。われわれは断片を、破片を、足の爪《つめ》を、多少でも原鉱をふくんでいるものを、多少でも肉体と魂を復活させることのできるものを探し求めなければならない。

あるいはわれわれは運命づけられているのかもしれない。われわれの誰もが自分に対して希望をいだけないのかもしれない。だが、たとえそうであっても、最後の苦悶《くもん》を、血を凍らせる怒号を、反抗の悲鳴を、闘いの雄叫《おたけ》びを、絶叫しようではないか！　歎《なげ》くことをやめよ！　悲歌、挽歌《ばんか》を追放せよ！　伝記、歴史、図書館、博物館を追放せよ！　屍肉は死せるものに食わせろ！　われわれ生けるものは、噴火口のふちで踊ろうではないか、最後の絶息の舞踏を！　だが踊りは踊りなのだ！

「われはすべて流れゆくものを愛する」と、わが時代の偉大なる盲目の人ミルトンが言った。ぼくは今朝、大きな血なまぐさい歓喜の叫びをあげて眼をさましたとき、彼のことを考えていた。彼の河や樹木、彼が模索しつつある夜の世界のすべてについて考えていた。そうだ、とぼくは自分に向って言った。おれもまたすべて流れゆくものを愛する。河、下水、熔岩《ようがん》、精液、血液、胆汁、言葉、文章を。羊水が羊膜を破って爛《ただ》れをおし流れでるときのそれを愛する。苦痛なほど胆石のたまった腎臓を愛する。ヒステリーの言葉を愛する。無限にひろがる淋病《りんびょう》を愛する。あらゆる病める魂の姿をうつしだす文章を愛する。赤痢のように伝播《でんぱ》し、流してしまう小便を愛する。アマゾン河やオリノコ河のような大河を愛する。そこではモラヴァジンのごとき狂人たちが屋根のない船に乗って夢と伝説を分けて流れ下り、行きづまりの河口で溺れ死ぬ。ぼくはすべて流れるものを愛する。受胎せぬ精子を洗い流す月経の血をすらも愛する。ぼくは流れるような草書体を愛する。たとえそれが僧門のであろうと、秘教のであろうと、ひねくれたのであろうと、千変万化のものであろうと、一方に偏していようと。ぼくはすべて流転《るてん》するものを愛する。時間を内包して成長するもの、決して終ることのない出発点へとわれわれをつれ戻すものを愛する。予言者の不条理。喜悦であるところのわいせつ。偏執狂の叡知。役にも立たぬ連禱《れんとう》を行う僧侶《そうりょ》。淫売婦《いんばいふ》の不潔な言葉。下水を流れる泡。乳房から出る乳液。子宮から流れでる苦い蜜《みつ》。溶け、融解し、分解するいっさいの液体。流れてゆくうちに浄化され、もとの意味をうしない、死と消滅へと向って偉大なる循環をする糞便《ふんべん》。大いなる血族相姦《そうかん》的願望は流れてゆくことである。時とともに流れ、彼岸《ひがん》の偉大なる像を現世と融合せしめることである。それは言葉のために閉塞《へいそく》され、思想のために麻痺《まひ》させられた愚劣にして自殺的な願望である。

クリスマスの日の夜明け近くになって、ぼくたちは電話会社の二人の黒人女をつれてリュ・ドデッサから帰宅した。ストーブの火は消えていたし、みんなひどく疲れていたので、服のままベッドへもぐりこんだ。一晩じゅう、はねまわる豹《ひょう》のように騒いでいたぼくの相手の女は、ぼくが乗りかかろうとしたときには、もう正体もなく眠りこんでいた。しばらくのあいだ、まるで水に溺《おぼ》れた奴《やつ》か窒息した奴の上にまたがって手当てをするときみたいに、彼女の上にいたが、やがてとうとう断念して、ぼくもぐっすり眠りこんでしまった。

休暇のあいだじゅう、朝から昼から夜中までシャンペンにひたりきっていた——もっとも安くて、いちばんうまいというシャンペンだ。年が明けると、ぼくはディジョンへ行くことになっていた。その土地で英語の交換教授という、つまらぬ職を提供されていたのである。姉妹共和国相互間の理解の促進という仏米親善協定の一環としての仕事である。フィルモアは、ぼく以上に今後の見通しに有頂天《うちょうてん》になっていた——彼にしてみれば、もっともな理由があったわけである。ところが、ぼくにしてみると、ただ煉獄《れんごく》の苦しみが別の場所へ変るというだけにすぎなかった。ぼくの前には未来などというものは何もなかったし、その職には給料すらついてないのである。仏米親善の福音をひろめる特権にあずかるだけで身にあまる幸運だと思わなければならないというわけである。つまりこれは金持の息子がやる仕事なのだ。

出発の前夜、ぼくたちは大いに愉快にすごした。夜明けごろ雪が降りだしてきた。ぼくたちは、これがパリの見おさめかと、町から町へとほっつき歩いた。聖ドミニック街をぬけると、いきなり小さな広場に出た。そこには聖クロチルド寺院がある。人々がミサに行こうとしていた。フィルモアは、まだいくらか頭が混迷状態にあったので、おれもミサに行く、と言いだした。「ひやかしに行くんだ!」という。ぼくは何となく不安をおぼえた。第一、ぼくはミサにはまだ一度も出たためしがなかった。第二に、服装がまずいし気分のほうもよろしくなかった。フィルモアだって相当ひどいなりをしていた。ぼく以上に。こいつは疑う余地がない。縁《ふち》がくにゃくにゃ垂れさがった、ぶかぶかの帽子を、あみだにのっけているし、外套《がいとう》ときたら、最後にはいった店でつけた鋸屑《おがくず》を、まだいっぱいくっつけたままだ。それでも、ぼくたちは不遠慮にはいりこんで行った。最悪の場合でも、せいぜい、ほうりだされるくらいのところだろう。

ぼくは、わが眼が迎えた光景に茫然《ぼうぜん》と息をのみ、思わず不安もけしとんでしまった。しばらくして、ようやくほの暗い光線に慣れてきた。ぼくはフィルモアのうしろから、彼の袖《そで》をつかんで蹴《け》つまずきながら進んで行った。不気味な、この世のものとも思えぬ声が、耳をおそってきた。一種異様な、うつろな、長く尾を引く声が、冷たい石畳から湧《わ》いてくるのである。まさにこれは、すり足で出たりはいったりする葬送者たちのいる巨大な陰鬱《いんうつ》な墓場だ。いわば冥府《めいふ》への控えの間である。華氏の五十五度、あるいは六十度ほどの温度であった。地下から起ってくる、このさだかならぬ挽歌《ばんか》のほか、音楽は何もなかった——何千という花キャベツの頭が闇《やみ》のなかで哀悼《あいとう》のすすり泣きをしているのに似ていた。経帷子《きょうかたびら》を着た人々が、陶酔状態で両手をさしのべながら意味不明の言葉をつぶやいて訴えている乞食《こじき》同様の、絶望した喪心の表情で、もの思いに沈んでいるのだ。

こんなものがこの世に存在することは知っていた。けれども同時にまた屠《と》場や屍体《したい》公開場や解剖室があることも誰でも知っている。人は本能的にそんな場所を避けるものだ。街路でよくぼくは手に小型の祈禱《きとう》書を持ち、懸命に祈禱の文句を暗記している坊さんとすれちがったことがある。「馬鹿《ばか》野郎め」とぼくはいつもひとりごとを言い、そいつを嘲《あざけ》った。街頭で種々さまざまな瘋癲《ふうてん》野郎と行きあうけれど、坊さんにいたっては、断じて、もっとも人の心をうつというような代物《しろもの》ではない。こういうものを二千年にわたって見てきたために、その愚劣さに、われわれはまったく無感覚になってしまっているのだ。しかしながら、いきなりこういう坊主《ぼうず》の領域のどまんなかにつれこまれ、坊主がまるで目覚し時計のごとき役割を果している小さな世界を目《ま》のあたりに見ると、とかくまったく一変した感じをいだきがちである。

瞬時にして、すべてこうした愚行や口もとの痙攣《けいれん》が意味をもちはじめてくるようであった。何事かが行われているのだ。何かしら無言劇のごときものが。それは決してぼくに徹底的な知覚喪失をもたらしはしなかった。しかしそれはぼくを呪縛《じゅばく》してしまった。世界じゅう、このようなうす暗い墓場のあるところには、すべてこのような信じがたい光景があるのだ――これと同じ程度の温度、このような朦朧《もうろう》たる明かり、同じような低いつぶやき、長く尾を引く声があるのだ。キリスト教団では、どこへ行っても、一定の約束された刻限に、黒い服を着た人々が、祭壇の前へと這《は》ってゆく。そこでは僧侶《そうりょ》が、一方の手には小さな書物を、他方には振鈴か噴霧器を持って立ち、人々に向って、たとえ理解できるとしても、もはやいささかも意味をもたぬ言語で、何やらつぶやく。たいがい彼らを祝福するのである。国を祝福し、君主を祝福し、火器を、軍艦を、弾薬を、手榴弾《てりゅう》を祝福するのである。祭壇の上の僧をとりまいて、主につかえる天使のような服装をした少年たちが、アルトやソプラノを歌っている。無邪気な羊どもだ。たいていは扁平足《へんぺいそく》で、深靴に対して近視眼的である坊主と同様、みなスカートをはき、中性である。まさしく、あっぱれ男女両性に通じるさかり声だ。競馬騎手の革帯をしめJ・モレキュールの音階に合わせた性《セックス》だ。

うす暗い明かりのなかで、ぼくは、できるだけ努力して、それだけのことをつかみとった。恍惚《こうこつ》となると同時に、知覚を喪失しかけていた。文明社会のいたるところで――とぼくは心で考えた。世界じゅう、どこへ行ってもだ。まさしく奇蹟《きせき》のごときものだ。雨が降ろうと、天気だろうと、雹《ひょう》だろうと、霙《みぞれ》であろうと、雪だろうと、雷鳴、稲妻《いなずま》、戦争、飢饉《ききん》、疫病《えきびょう》――何があろうと、すこしも変らないのである。つねに同じほどよい加減の温度、同じわけのわからぬつぶやき、同じレース飾りのついた靴、ソプラノやアルトを歌う主の小さな天使たち。そして出口近くには銭を入れる自動器がある――天国の働きを代行しているのである。だからこそ神の祝福が、国王、国、軍艦、高性能爆弾、戦車、飛行機などの上に、雨と降り注ぐのであろう。だからこそ労働者が、その両腕に力を、馬や牛や羊を屠畜する力を、鉄の桁《けた》に穴をあける力を、他人のパンツにボタンを縫いつける力を、にんじんやミシンや自動車を販売する力を、昆虫を駆除する力を、厩《うまや》を掃除し、塵芥箱《ごみばこ》をおろし、共同便所を掃除する力を、新聞の見出しの文句を書く力を、地下鉄の切符を切る力を、もつのであろう。力……腕力だ。ちょっとした腕力をつけるために、かくのごとく唇を噛《か》み、ぺてんをやっているのだ！

徹夜で遊んだあとにかならず訪れる冴《さ》えた頭で、ぼくたちは、転々と場所を変えては、この光景を不遠慮に見てまわった。外套の襟《えり》を立て、一度も十字を切らず、しゃあしゃあとした面で、何か批評めいたことばをささやく以外は一度も口もとを動かさずにうろつきまわるぼくたちのすがたは、相当人目をひいたにちがいない。それでも、フィルモアが祭壇の前を通って儀式のまんなかに出て行くとがんばらなかったら、万事このまま見すごされてすんだであろう。彼は出口を探していたのである。そして探しながら、至聖所をとっくりと拝見できるそのすぐそばまで近づいて行けるとでも思っていたのであろう。ぼくたちが、こともなく通りすぎて、さらに外への出口と思われる一条の光線の洩《も》れているほうへと進んでいたとき、いきなり、暗がりから一人の司祭が歩みよってきて、ぼくたちの前に立ちふさがった。どこへ行くのか、何をしているのか、と詰問《きつもん》する。ぼくたちは、非常にいんぎんに、出口を探しているのだ、と答えた。英語で「出口《エグジット》」と言ったのである。というのは、そのとき、すっかりあわてていて、フランス語の出口という言葉を思いつかなかったのである。すると、一言の返答もなく司祭は、ぼくたちの腕をぎゅっとひっつかみ、ドアをあけて、それは脇扉《わきとびら》であったが、そこからどんと突きだした。とたんにぼくたちは眼のくらむような昼間の明るみにころがり出た。あまりに突然で、予期せぬことだったので、歩道にぶつかると、眼がくらんだ。眼をぱちぱちさせながら数歩あるいて、本能的にうしろをふり返って見ると、司祭がまだ石段の上につっ立ち、幽霊のように蒼《あお》い顔をし、悪魔そっくりの陰惨な表情をしていた。おそらく彼は心中、地獄の責苦のような苦悶《くもん》を味わっていたのにちがいない。あとになって、そのことを思いかえすと、ぼくは彼をうらむ気持にはなれなかった。だが、そのときは、長いスカートをはき、頭蓋骨《ずがいこつ》に頭蓋帽をかぶせたそのかっこうを眺《なが》めると、おそろしく滑稽《こっけい》に見えてきて、ふきだしてしまった。フィルモアを見ると、彼も大きな声で笑いだした。まる一分間は、そこに立って、その哀れな男色者の鼻さきで笑いこけていた。坊主は、すっかりめんくらって、どうしていいかわからなかったらしい。それでも不意に石段を駆けおりてくると、一見むきになったようすで拳骨《げんこつ》をふりまわしてきた。寺院の境内から外へ出ると、奴は、すごい剣幕で走ってきた。このときには、すでに何かしら防護の本能にうながされて、ぼくは行動に移っていた。フィルモアの外套の袖を引っつかんで走りだした。すると彼は、馬鹿みたいに「いやだ！　いやだ！　おれは走らないよ！」と叫んだ。——

「ぐずぐずするな！」と、ぼくはどなりつけた。「ここから逃げだしたほうが無事だ。あいつめ、まるで気ちがいみたいになってるぞ」こうしてぼくたちは、脚のおよぶかぎり一散に走って逃げた。

ディジョンへ向う道中も、その事件のことが、まだおかしくてたまらず、ぼくはいつしか、短い期間だったがフロリダにいたころに出会った、これと何となく似た滑稽な一つの事件を思いかえしていた。それは、あのありがたいブーム時代のことで、他の何千人という連中と同様、ぼくもまた、すっかり音《ね》をあげてしまっていた。自分を助けだそうとして、ぼくは、ある友人と一緒に、まさしく罎《びん》の頸《くび》のような土地に押しこめられてしまった。ぼくたちはジャクソンヴィルで、およそ六週間というもの、うろついていたが、この町は事実上、包囲攻撃のかたちになっていたのである。この世のありとあらゆる浮浪者たち、それまで浮浪者などでは全然なかった大勢のものまでが、ジャクソンヴィルへ流れこんできていたのだ。Y・M・C・A、救世軍、消防署、警察署、ホテル、下宿、ことごとくがすし詰めであった。文字通り満員であり、いたるところに満員の看板が出ていた。ジャクソンヴィルの住人たちは、おそろしく硬化した。ぼくの眼には、まるで彼らが鎖鎧《くさりよろい》で武装でもしているかのように映った。そこで、またしても食いものの心配をしなければならなくなった。食いもの、それと、からだを横にする場所だ。食料は下から鉄道ではこばれてきた——オレンジとか葡萄《ぶどう》とか、その他ありとあらゆる果実類。ぼくらはいつも貨物小屋のそばを通っては腐った果実を探しまわった——だが、それすらほとんどなかった。

ある晩、絶望的な気分になって、ぼくは友人のジョーをさそって、礼拝をやっているユダヤ会堂へ行った。それは革新派の信徒の集まりであった。僧侶《ラビ》は、いずれかというと、ぼくに好印象をあたえた。音楽にも感動させるものがあった。ユダヤ人の、あの肺腑《はいふ》をえぐるような詠嘆調である。礼拝が終ると、さっそくぼくは僧侶の書斎へ行って面会を求めた。彼は非常に気持よくぼくを迎えてくれた——もっとも、それもぼくの用向きを明らかにするまでのことだが。そして彼は完全に怯気《おじけ》づいてしまった。ぼくはただ、友人のジョーとぼく自身のために、救いの手を乞《こ》うただけなのであるが。ところが、ぼくを見るようすから察すると、会堂をボウリング遊技場に貸してくれとでも強要しているかのごとく、はたの眼には映ったらしい。話を切りあげるために、彼は、ぼくがユダヤ人かどうかと単刀直入につっこんできた。ユダヤ人ではないと答えると、どうやら完全に怒ったらしい。それなら何でわざわざユダヤ人の僧のところへ助力を求めにきたのか、という。ぼくは率直に、かねてから自分は非ユダヤ教徒よりもユダヤ人のほうに信頼をよせている、と答えた。それを、まるでぼくの一風変った欠陥か何ぞのような調子で、おずおずと言ったのである。それはまた事実でもあった。ところが彼は、すこしもうれしがらないのである。とんでもないことだと言い、おぞけをふるって拒否した。ぼくを追い払うつもりで、救世軍関係者にあてて一筆書いてくれた。「これがあなたのおいでになるべきところです」と言い、くるりとそっぽを向いて信徒たちの世話をはじめた。

むろん救世軍だって、ぼくらごときものにくれるようなものは何も持ってはいなかった。もしぼくたちが二十五セント貨一枚でも持っていたら、床板の上にしく布団《ふとん》の一枚くらいは借りられたかもしれない。だが、二人とも十セント貨一枚持ち合せていなかった。ぼくたちは公園へ行って、ベンチの上に、ながながとからだをのばした。雨が降っていたので、新聞紙をかけた。そこには三十分とはいなかったと思う。やがて巡査がやってきて、警告の言葉もかけず、いきなりがんと一発くらわせやがった。ぼくたちは起きあがり、ふらふらする脚《あし》で立った。いくらか踊っているみたいでもあった。といって、ぼくたちは、まるで踊る気分どころではなかったのだが。ぼくは、この半馬鹿野郎に尻《しり》をしたたか蹴《け》られたため、呪《のろ》わしいほど痛くてならず、みじめな気分で、ひどく意気沮喪《そそう》し、やけくそになり、爆弾で市庁舎を吹きとばしてやりたくなった。

その翌《あく》る朝、この畜生どもの接待ぶりに一泡ふかせてやるため、ぼくたちは朝っぱらから、カトリックの司祭の家の玄関にのりこんだ。今度はジョーに話をさせることにした。彼はアイルランド系で、いくらかアイルランドなまりがある。それに、ひどくやさしい青い瞳《ひとみ》をしていて、その気になれば、相手をほろりとさせることもできるのである。黒衣の尼僧《にそう》がドアをあけてくれた。それでも、さすがになかへはいれとは言わない。玄関で待っていると、彼女は、なかへはいって行って神父さんを呼んだ。しばらくすると、神父が出てきた。人のよさそうな神父さんで、機関車みたいに煙草《たばこ》の煙を吐きだしていた。朝のこんな時刻に、わしみたいなものをたたき起すとは、いったいどういう御用かな？　何か食べるものと、泊るところがあったらお恵みください、とぼくたちは無邪気な調子で答えた。ところで、あなたがたは、どちらからおいでなすった、と神父は、いきなりきく。ニューヨークからです。ニューヨークからじゃと？　そんなら、あなたがたは、できるだけ早くそこへお帰りになったほうがよろしいな、お若い方々。そう言い、それっきり一言も言わずに、この図体《ずうたい》のでっかい、むくんだ、蕪菁面《かぶづら》をした野郎は、ぼくたちの鼻っさきに、ぴしゃりとドアを叩《たた》きつけた。

一時間ほど後、二隻《せき》の酔っぱらった船みたいにあぶなっかしい足どりでぶらついていると、またその神父とすれちがった。このでっかい図体の、助平面した蕪菁野郎が、リムージン型の自動車で路地をぬけて行かなかったら、畜生め、仇《かたき》をうってやるんだったのに。奴は濛々《もうもう》たる煙をぼくたちの眼に吹きこんで、かすめ去って行った。まるで「これでもくらえ！」とでも言うかのように。豪勢なリムージンで、うしろにはスペヤのタイヤが二つもついており、そして神父は大きな葉巻をくわえてハンドルを握っていた。葉巻は、すばらしくこくのある香りの高いコロナ・コロナだったにちがいない。誰が見ても、にやけたかっこうで構えていやがった。奴がスカートをはいていたかどうか、そいつは見えなかった。見えたのは、奴の口もとから垂れている肉汁だけだ――それと、あの五十セントの芳香を放つ太い葉巻と。

ディジョンへ向う道中、ぼくは、その過去の思い出にばかり耽《ふけ》っていた。一片のパン屑《くず》を乞うということだけで蛆虫《うじむし》にも劣る思いを味わわされたにがい屈辱的な瞬間に、ああ言ってやればよかった、こうしてやるんだったと、実際には言いもせず、やりもしなかったことについて、あれこれと考えていたのである。かたくななほど生《き》まじめな性質なので、ぼくはまだ、あの昔の侮辱や心の傷に疼《うず》く思いであった。公園で尻を巡査に蹴とばされたこと――そんなことは、ほんのささいなことじゃないか、ダンスのレッスンみたいなものじゃないか、と人は言うかもしれないが――その痛みがいまだに感じられるのだ。合衆国のいたるところを、ぼくは放浪し、カナダやメキシコにもはいりこんだ。いたるところで、似たようなことを経験した。パンがほしければ、一列に馬具でつながれ、囚人行進《ロック・ステップ》(訳注 一列にならび、右手を前のものの右肩にかけて行進する)をやって行かなければならなかったのである。地球上いたるところ、すべて灰色の砂漠であり、鋼鉄とセメントの絨毯《じゅうたん》がしいてあるのだ。生産だ！ もっと多くのボルト・ナット、もっと多くの有刺鉄線、もっと多くの犬ビスケット、もっと多くの芝刈器、もっと多くのボール・ベアリング、もっと多くの高性能爆弾、もっと多くの戦車、もっと多くの毒ガス、もっと多くの石鹸《せっけん》、もっと多くの歯みがき、もっと多くの新聞、もっと多くの教育、もっと多くの教会、もっと多くの図書館、もっと多くの博物館を。前進せよ！ 時は切迫している。胎児は子宮の頸管《けいかん》からおしだされようとしている。しかも、その通過を楽にしてやる一滴の唾液《だえき》すらないのだ。乾いた、くびられた分娩《ぶんべん》だ。悲鳴も泣き声もない。世界に幸あれ《サリュ・ネ・モンド》！ 直腸から発射する二十一発の礼砲。「家のなかでだろうと外でだろうと私は自分の好むままに帽子をかぶる」とウォルトは言った。だが、それはまだ自分の頭に合う帽子を手に入れられる時代のことだ。だが、いまは時が迫っている。いまは、頭に合う帽子を手に入れようとするなら、電気椅子《いす》に向って歩いて行かなければならない。そうすれば、やつらはおまえに頭蓋帽をくれるだろう。ぴったり合うかって？　そんなことはどうだっていいじゃないか！　きっと合うだろうよ。

おまえはフランスみたいな異国にいるべきだ。そして生と死の両半球を分つ子午線を歩み、前方に無数の通廊が口をあけているのを知るべきだ。電気の肉体《ボディ・エレクトリック》！　民主的魂《デモクラティツク・ソウル》！　満潮！　神の聖母、このようなくだらぬものに、いったい何の意味があるのか？　大地は焼けこげ、亀裂《きれつ》を生じている。男と女が、悪臭を放つ屍体《したい》の上に舞う兀鷹《はげたか》の群れのごとく、一緒になってさかり立ち、また別れて飛び立ってゆく。兀鷹は重い石のように雲から落下してくる。兀鷹の爪《つめ》と嘴《くちばし》、それがおれたちなのだ！　死肉を嗅《か》ぎつける鼻をもった巨大な内臓器官。前進せよ！　前進せよ！　憐憫《れんびん》は無用だ。同情も無用だ。愛も容赦も無用だ。一文も乞うな！　何ものもやるな！　軍艦、毒ガス、高性能爆弾を、もっとどしどし製造しろ！　もっと淋菌《りんきん》をつくれ！　もっと連鎖状球菌をつくれ！　もっと爆撃機をふやせ！　そのようなものを、もっとうんとふやすのだ――しまいには、それらのいやらしい製品のことごとくが木《こ》っ端《ぱ》みじんに吹きとばされるのだ。地球もろとも！

汽車から降りるとすぐに、ぼくは、とんでもないまちがいをやらかしたのに気がついた。高等学校《リセ》は駅からかなり離れていた。冬の日の、暮れるにはやい夕闇《ゆうやみ》のなかを、大通りを勘だけにたよって目的地へと歩いて行った。雪がちらちら降っていた。木々は霜できらきら光っていた。陰気な待合室みたいに見える大きな人気のないカフェを二軒ほど通りすぎた。静まりかえった空虚な憂鬱《ゆううつ》——それがぼくの得た印象であった。貨車や、桶《おけ》や、大樽《おおだる》や、小樽や、壺《つぼ》や、奇妙なかっこうをした小甕《こがめ》などに幾杯分もの芥子《からし》色の糞《くそ》がとびだしてくる絶望的な細い小便の町だ。

最初、高等学校をちらりと見ただけで、ぼくはぞっと寒気がした。どうにも決心がつきかねて、入口で立ちどまって、はいろうか、はいるまいかと心のなかで争った。けれども、帰りの切符を買う金がないのだから、そんなことを押問答したところで意味はない。一瞬、フィルモアに電報をうとうかと考えたが、どういう口実をもうけてよいか、それにはたと当惑した。眼をつぶってはいってゆくより仕方がなかった。

たまたま校長は不在だった——出校日ではないのだそうだ。一人の小男のせむしが出てきて、教頭の事務室まで案内してやろうと申しでた。ぼくは彼のすこしあとから歩いて行きながら、その跛をひいて歩くグロテスクなかっこうに心を奪われた。この男は小怪物だ。ヨーロッパの寺院の回廊にどこでも見かけるふざけた代物《しろもの》だ。

教頭の事務室は大きくて殺風景だった。ぼくが、固い椅子に腰かけて待っているあいだに、せむし男は教頭を探しに走りだして行った。ぼくは何だかなつかしい気持がした。この部屋の雰囲気《ふんいき》が、アメリカのある慈善施設の部屋を、鮮やかに思いださせたのである。ぼくはよくその役所で、口さきのうまい奴《やつ》がやってきてぼくを厳重に調べあげる順番のくるのを待っていたものである。

急にドアが開いて、気どった歩きかたで教頭が勢いよくはいってきた。ぼくは、やっとのことで、くすくす笑いだすのをこらえた。彼はボリスがよく着ていたのとそっくりのフロックコートを着用し、額には、つけ前髪がたれさがっていた。スメルジャコフでもつけそうな平たい縮れ髪だ。もったいぶって、気ぜわしく、山猫みたいな眼つきである。歓迎のあいさつなどというむだは全然やらなかった。さっそく生徒の氏名、授業時間、クラスなどを書きつけた書類をとりだした。すべて小心なまでにこまかい処理の仕方だ。彼は、ぼくに割当てられている石炭と薪《まき》の量を告げ、そのあとで急いで、ひまな時間は随意に自由にしていただきたい、と言った。この最後の言葉が、はじめて聞く彼の親切げな文句だったのである。それは、いかにも念をおすような調子にきこえたので、ぼくは、たちまちフランスへの讃辞《さんじ》を呈した——その陸海軍、教育制度、酒場《ビストロ》、その他あらゆるいまいましい事業をたたえた。

このばかげたことが終ると、彼は小さな鈴を鳴らした。すると、例のせむし男がすぐにあらわれて、ぼくを会計の事務室へ案内して行った。ここは、いささか雰囲気がちがっていた。積荷の伝票やゴム印がいたるところにおいてある貨物駅に似ていた。

蒼白《あおじろ》い顔をした事務員たちが、さきの割れたペンで、大きくて厄介な原簿に何か書きこんでいた。ぼくの石炭と薪の割当分がとりだされると、せむしの男と一緒に手押車を押して、ぼくは寄宿舎へと向った。ぼくは舎監たちと同じ翼の二階に一室をもらうことになっていたのだ。だんだんと事態は滑稽《こっけい》な様相をとってきた。このつぎには、どんなことが起るか。見当もつかなかった。痰壺《たんつぼ》でも出てくるのだろう。全体が、まるで遠征の準備でもやっているのとそっくりな感じがした。ただ欠けているのは背嚢《はいのう》と小銃――それに弾丸だけだ。

割当てられた部屋は、かなり広く、小さなストーブがついていた。ストーブには鉄製の寝台の真上で屈曲している曲りくねった煙突がついていた。石炭と薪を入れる大きな箱がドアの近くにすえてあった。窓からは石造の小さな家のわびしげな家並が見渡せた。それらの家々には、八百屋《やおや》やパン屋や靴直しや肉屋などが住んでいた――どれもこれも無知な顔をした田舎《いなか》者ばかりだ。ぼくは屋根から裸になった山へと視線を走らせた。汽車がごとごと走っていた。機関車の汽笛が陰気にヒステリックな悲鳴をあげた。

せむし男がストーブをたきつけてから、ぼくに食事のことをたずねた。まだ夕食の時間ではなかった。ぼくは外套《がいとう》を着たままベッドにとびこみ、布団をひっかぶった。

かたわらには、はじめからがたぴししている寝室用のテーブルがあり、そのなかに小便壺がしまいこんであった。ぼくは卓上に目覚し時計をおき、それが時を刻んでゆくのを、じっと眺めていた。ひきこもったこの部屋にまで、表の通りからの蒼ざめた光が、かすかにさしこんでいた。ストーブの煙突や針金でしばりつけてあるその屈曲部を、ぼんやりと見つめながら、がたがた音をたてて通りすぎるトラックの音に耳をすました。石炭箱が嘘《うそ》みたいに思われた。これまで一度としてぼくは石炭箱のある部屋を占めたことはなかった。生れてこのかた、一度も暖房をつけたこともなければ、子供たちを教えたこともなかった。また、これまで一度も報酬なしで働いたこともないのだ。ぼくは自由を感じると同時に束縛を感じた——人が選挙の前に、とんでもない奴ばかりが候補者として指名されているのに、正しい人に投票していただきたいと訴《ど》えられるときに感じる気持と似ていた。おかかえの男、よろず屋、猟師、浮浪者、奴隷《れい》船の奴隷、いかさま学者、蛆虫、虱《しらみ》、そういったものに似ているような気がした。自由なのだが、手足には枷《かせ》をはめられているのだ。無料食券を持っている庶民だが、移動する体力もなければ、声も出ないのである。船板にへばりついた水母《くらげ》みたいな感じだ。何よりも空腹を感じた。時計の針は、のろのろと動いてゆく。目覚しが鳴りだすまでには、まだ十分ある。室内の影は深まってゆく。おそろしいほどひっそりと静まりかえり、緊迫した静寂が、ぼくの神経をしめつけた。雪の小さなかたまりが窓ガラスにへばりついた。はるか遠くで、機関車が甲高《かんだか》い悲鳴をあげた。と、またも死のような静寂にかえる。ストーブは、さっきから盛んに燃えているが、すこしも熱気が感じられなかった。とろとろとまどろんで、夕食をとり逃したのではないかと不安になってきた。もしそうだったら、一晩じゅう空腹をかかえて寝つけないことになる。ぼくは狼狽《ろうばい》した。

銅鑼《どら》が鳴り終らぬうちにぼくはベッドからとびだし、ドアをしめてから階下におり、中庭へ出た。そこで、はたと迷ってしまった。中庭がいくつもあり、階段が続々とあらわれてくるのである。ぼくは建物のあいだを出たりはいったりして、狂人のように食堂を探し求めた。どこへ向って行くのか知らないが、少年たちが長い列をつくって行進してゆくそばを通りすぎた。彼らは珠数《じゅず》つなぎの囚人のように歩き、列の先頭に一人の奴隷の親方がいた。最後にぼくは精力的な顔をした男を見た。山高帽をかぶって、ぼくのほうへ向ってきた。その人を呼びとめて、食堂へ行く道をきいた。偶然にも、うまい人を呼びとめたわけである。それが校長先生だった。彼は、ぼくとばったり出会ったのをよろこんでいるようだった。さっそく、ぼくが気持よく落ちついたかどうか、何かしてあげられることはないか、などとたずねた。万事結構です、とぼくは答えた。ただ、少々寒いですね、と思いきってつけ加えた。すると彼は、この気候は、いささか普通ではありませんよ、とぼくを安心させた。時折、霧がおそってきたり、雪がちらついたり、かと思うと、ぐずついたいやな天気がしばらくつづいたりしましてな、などと彼の長話はつづいた。そのあいだ、ぼくの腕をつかんで食堂へと案内して行った。どうもなかなか折目正しい、几帳面《きちょうめん》な男らしい、とぼくはにらんだ。それればかりでなく、きっとあとで自分はこの男とうまが合って、もしかしたら、おそろしく寒い夜など彼の部屋に招かれて熱い卵酒でもふるまってもらえるのではなかろうかとさえ空想した。食堂の入口に着くまでのわずかなあいだに、ぼくは、ありとあらゆる種類の親友的なことを空想した。一分間一マイルのスピードで空想がかけめぐっていたとき、入口につくと彼は、いきなりぼくの手をとって握手をし、脱帽をして別れのあいさつをした。ぼくは、ひどくめんくらった。ぼくも帽子をひょいと傾けた。あたりまえのことじゃないかと、ぼくはすぐにそう思った。教授や、あるいは、たとえ会計係とすれちがっても、帽子をとるのが当然なのだ。ときには一日に同じ人と十遍以上もすれちがうかもしれない。その場合だって同じことだ。たとえ自分の帽子がすり切れた古物であろうと、あいさつをすべきである。それが礼儀というものだ。とにかく、ぼくは食堂を発見した。イースト・サイドの診療所みたいに、それはタイル張りの壁で、裸電球で、大理石張りの食卓だった。むろん大型のストーブと曲りくねった煙突があった。夕食はまだ出ていなかった。一人の跛の男が、皿やナイフ、フォーク、葡萄酒《ぶどうしゅ》の罎《びん》などを持って、大急ぎで、はいったり出たりしていた。片隅《かたすみ》で、数人の若い男が元気に語りあっていた。ぼくは彼らに近づいていって自己紹介した。彼らは、すこぶるいんぎんに、ぼくを迎えた。実際、いんぎんすぎるくらいであった。ぼくには、それがどうもよくわからなかった。たちまち部屋がいっぱいになった。ぼくは手早く、つぎつぎに紹介された。それから彼らは、ぼくをかこんで輪をつくり、杯をみたして、歌をうたいだした。

いつぞやふいと絞《しば》り首の
お尻《けつ》にちょいと気が起きた
絞首台上風颯々《さつさつ》
絞り首めは　ぶらんぶらん
ぴょんぴょん跳《は》ねての追いこみじゃ
畜生　満足できやせぬ

小っちゃなやつが相手では
畜生　皮がすりむける
大きなやつが相手では
どこへはじくか白露の
突きまわすのも厄介至極
畜生　満足できやせぬ

歌が終ると同時に、せむし男が夕食を知らせた。

ここの舎監たちときたら、じつに愉快な連中だった。クロアという奴は豚みたいに大食し、食卓につくときには、かならず放屁《ほうひ》をした。つづけざまに十三発やれるという話だ。彼はレコード・ホルダーであった。また、公爵《ムッシュ・ル・プランス》殿という奴がいた。運動家で、夕方町へ出かけるときには得意になってタキシードを着た。彼は女そっくりの美しい容貌《ようぼう》で、酒杯には一指もふれずまた頭をつかう読物も決して手にとらなかった。彼の隣には、南部フランスからきた小ポウルが坐《すわ》るが、この男は、いつも女とやることしか考えていなかった。そして、毎日、口ぐせのように、こう言うのであった。「木曜日から、おれはもう女の話はしないよ」この男と公爵《こうしやく》とは形影相従う仲であった。それからパッセロウという奴がいた。この男は、まさに正真正銘のしたたかもので、医学を勉強しており、四方八方、借金だらけであった。始終、ロンサールやヴィヨンやラブレーについて論じていた。ぼくの向い側には『怠けもの《モレッス》』氏が坐っていたが、彼は舎監仲間の煽動《せんどう》者であり指導者《オーガナイザー》であって、一グラムでも量が足りないかどうかを調べるために肉の目方を計るのだと頑強《がんきょう》に主張していた。病舎の小さな一室を占領していた。彼の強敵は会計係だが、会計係はみんながきらっているから、そのことも、さして彼の声望をおびやかすようなことはなかった。モレッスは苦心惨憺《ル・ペニアル》氏を仲間にしていた。鷹《たか》そっくりの横顔をした頑固者らしい男で、極度に倹約をして金貸しをやっていた。アルブレヒト・デューラーの彫刻に似ていた――ドイツ中世期の騎士の神殿を構成している頑強、陰惨、偏屈、苦渋、不幸、不運、内省といった特徴をもつ悪魔のあらゆる素質を混合した男で、あきらかにユダヤ人であった。いずれにしろ彼は、ぼくが赴任してまもなく自動車事故で死んだが、このため二十三フランが永久にぼくの手もとに残された。ぼくの隣に坐っていたルノーを例外として、いまは他の連中はすべてぼくの思い出から消え去ってしまっている。彼らは、この世の中を機械技師、建築家、歯医者、薬剤師、教師等々でもってつくりあげているといったふうな味気ない人間の範疇《はんちゅう》に属していた。彼らは、あとになって自分たちの靴の泥をぬぐわせるであろう木偶坊《でくのぼう》と、なんら変るところがなかった。言葉のあらゆる意味で零《ゼロ》であり、りっぱな、あるいは哀れむべき市民の中核をなす無にひとしい連中だった。彼らは、がつがつめしを食い、つぎの料理をまっさきに騒ぎ求めるといった奴らであった。夜は豚のごとく眠り、不満の声一つ洩《も》らさなかった。陽気でもなく、さりとて陰鬱でもなかった。ダンテが地獄の門にひき渡した無関心な人間の仲間なのだ。まるで瘡蓋《かさぶた》の皮である。

寄宿舎での勤めがない場合には、夕食が終るとすぐさま町へ出かけるのが習慣になっていた。町の中心にはカフェがあった――大きな、わびしげな建物で、半分眠ったようなディジョンの商人たちが、ここに集まって、トランプをやったり、音楽をきいたりしていた。カフェのなかは、あたたかかった。この町のために言えることは、せいぜいこれくらいだ。座席も、かなり居心地がよかった。また、いつも数人の淫売婦《いんばいふ》がうろついていて、一杯のビール、一杯のコーヒーのために、男のそばに坐っておしゃべりをした。一方、音楽ときたら、これはまたひどいものだった。これが音楽とは聞いてあきれる！　冬の夜のディジョンみたいなむさくるしい穴ぐらでは、フランスのオーケストラの音ほど、うるさくて神経にこたえるものはない。ことに、あの哀れっぽい女のオーケストラの音は。何もかも、やたらにきいきいぶうぶう音をたて、無味乾燥な代数みたいなリズムで、まるっきり歯みがきの衛生的密度だ。一時間何十フランかで、ぜいぜい喘《あえ》いだり、ひっかいたりする演奏——そしていちばん最後を悪魔がしめくくるのである。陰鬱そのものだ！　まるで老ユークリッドが逆立ちをやって青酸をがぶりとあおったかのようだ。観念の領域が残りくまなく徹底的に理性によって探検されたために、音楽になるべき余地が、すこしも残されず、もし残っているとすれば、ただアコーディオンの空虚な薄板《スラット》のみであり、そこから風がひゅうひゅうはいりこみ、エーテルをぼろぼろにひき裂くのである。しかしながら、こんな前哨《ぜんしよう》地点みたいなところに関連して音楽を論じるのは、墓穴のなかにはいりこんでシャンペンを夢想するようなものであろう。音楽なんか、ぼくにはどうでもよかった。女のことも考えなかった。それほど何もかもが陰気で、寒々としていて、索莫《さくばく》、灰色であった。はじめての夜、帰る道すがら、ぼくはカフェのドアに『ガルガンチュア』からとった一句が刻んであるのに気がついた。カフェの内部は屍体《したい》公開場に似ていた。それでも「前進」なのだ！

閑暇《ひま》は、もてあますほどあったが、金は一文もなかった。一日に二、三時間の会話の授業、それだけなのだ。こんな哀れな奴らに英語を教えて、いったい何の役に立つのだろう？　彼らが気の毒でならなかった。午前中は『ジョン・ジルピンズ・ライト』を根気よくやり、午後は死語の練習をやった。ぼくは、かつてヴァージルを読んだり、あるいは『ヘルマンとドロテア』のような、わけのわからぬくだらないものをこつこつ読んで無益にすごした愉快な時代のことを思った。あの気ちがい沙汰《ざた》！　学問、からっぽのパン籠《かご》！　ぼくは『ファウスト』を逆に暗誦《あんしょう》できるカールのことを考えた。彼は作品を書くと、かならず彼の永遠不朽のゲーテをもちだして、いやになるほどほめちぎるのであった。そのくせ金持の女をつかまえて下着の着替えをものにするだけの才覚もない奴《やつ》なのである。食料をもらう行列と塹壕《ざんごう》とに終る過去のこんな恋愛には、何かわいせつなものがある。愚者がベルタ砲や超弩級《ちょうどきゅう》戦艦や高性能爆弾に聖水をふりかけるのを許しておくこんな精神的乱痴気騒ぎには、何かわいせつなものがある。古典を腹いっぱい詰めこんでいる奴は一人残らず人類の敵だ。

おれは仏米親善の福音をひろめるべき人間としてここへきた——手当りしだいに掠《りゃく》奪《だつ》をやり、前代未《み》聞《もん》の苦痛と悲惨をひき起しておきながら、恒久的平和の樹立を夢みている死人の使者だ。ちぇっ！　みんなは、おれが何について語るかと期待しているのだろう。『草の葉』についてか、関税障壁についてか、『独立宣言』についてか、最近のギャング狩りについてか？　何について語るのだ？　それだけでも知りたいものだ。よろしい、じゃ教えてやろう——ぼくはまだ一度もこのことにふれなかった。ぼくは、さっそく恋愛の生理学という授業で酒盛りをはじめた。象は、いかにして情欲をとげるか――それがぼくの講義だった！　こいつが燎原《りようげん》の火のごとく喧伝《けんでん》された。第一日目以後はあいている席は一つもなかった。最初の英語の授業の終ったあとで、彼らは入口に立ってぼくを待っていた。われわれは、すこぶる親密になった。彼らは、常識にはずれたことなど全然ならったこともないふうで、いろんなことを質問した。ぼくは彼らに、どしどし質問を発射させた。もっときわどい質問をやるようにとそそのかした。何でも質問したまえ！――これがぼくのモットーだった。ぼくは自由な精神の国から全権大使としてここに派遣されているのである。ぼくは熱と沸騰《ふつとう》とを創造するためにここへきたのである。「ある意味では」と、ある著名な天文学者が言っている。「物質界は人づてに聞いた話か何ぞのように消え去って幻想のように無に消滅すると思われる」これが学問というからっぽのパン籠の底にひそむ一般的感情であるらしい。ぼくは、それを信じない。そんなふざけた野郎がおれたちの咽喉《のど》におしこむばかげたものを信じない。

授業の合間に、読む本もないときには、寄宿舎へあがって行って、舎監たちとおしゃべりをした。彼らは愉快なほど現在のことについては無知であった――ことに芸術界のことについては。まるで生徒たちと同じくらいに無知なのである。だからぼくは、出口という札の出ていない私立の小さな精神病院にでもはいりこんだような気がしてきた。時にはまた、拱門《アーチ》の下をうろつきながら、少年たちが、きたない湯呑《ゆのみ》につっこんだ大きなパンのかたまりを持って行進してゆくさまをうかがったりした。ぼくは始終腹をすかせていた。というのは、寝床がやっとあたたまってきたという夜中の午前のとんでもない時刻に朝食を食いにゆくことなど不可能だったからだ。薄いコーヒーのはいった大きな鉢《はち》、真っ白いパンのかたまり、だがそれにつけるバターはなかった。昼食には、隠元豆《いんげんまめ》か扁豆《ふじまめ》、それに食欲をそそるように見せかけるために小さな肉片が投げこんであった。囚人か岩掘り人足の食いものである。おまけに葡萄酒も、ひどい代物《しろもの》だった。何でも、うすめてあるか、ふやかしてあるかなのだ。カロリーはあるが、料理はなかった。すべては会計係の責任である。そうみんなは言っていた。そいつも、ぼくは信じなかった。彼はただわれわれの生命をつないでおくためにだけ給料をもらっているのである。彼は、われわれが痔疾《じしつ》や癰《よう》にかかっているかどうかなどとは、ききもしなかった。われわれが、繊細な舌をもっているか、狼《おおかみ》の胃袋をもっているか、たずねもしなかった。だが、たずねないのはあたりまえではないか。彼は一皿何十グラムかで何百キロワットかのエネルギーを生みだすためにやとわれているのだ。何でもすべて馬力という言葉であらわされた。すべて丹念《たんねん》にでっかい帳簿に記入された。

蒼白《あおじろ》い顔をした事務員たちは、そいつに朝から昼から夜まで書きこむのである。借方と貸方、ページの中央には赤い線がはいっていた。

ほとんどいつも空腹をかかえて中庭をうろつきながら、ぼくは、いささか気が狂ってきたようだ。哀れな暗愚王シャルルみたいだ――ただぼくには、いちゃつく相手のオデット・シャムディヴェールがいないだけだ。しばしば、ぼくは生徒から煙草《たばこ》をもらわなければならなかった。また、授業の合間に、ときどき彼らと一緒に、すこしばかりの干《ひ》からびたパンをかじった。ストーブの火を始終燃え切らしてしまうので、ぼくは割当て分の薪《まき》を、すでに使いはたしてしまっていた。帳簿係の書記から若干の薪をねだるには、さんざんいやみを言われなければならなかった。しまいに、ぼくは業《ごう》をにやして、街に出てアラビア人のように薪あさりをやるようになった。ディジョンの街でひろえる薪といったら、まったく、あきれるほどわずかしかなかった。ところが、このちょっとした徴発遠征のおかげで、妙な区域にはいりこんだ。しかとはわからないが、フィリベール・パピヨン――故人となった音楽家だと思う――という人物の名をつけた狭い街である。そこには娼家《しょうか》がかたまっていた。この界隈《かいわい》は、いつも賑《にぎや》かだった。料理の匂《にお》いがしており、干してある洗濯物の匂いがした。時折ぼくは、哀れな痴人どもがこのなかをうろついている姿を、ちらと見かけることがあった。その連中は、ぼくが百貨店のなかを通りぬけるときにぶつかるこの町の中心部に住んでいる連中よりも、裕福そうだった。ぼくはよく暖をとるために、そういうことをやっていたのだ。みんなも同じ理由からそれをやっていたのだろう。一杯のコーヒーをおごってくれるものを探していたのである。みんな寒さと孤独で、すこし気が変になっているようであった。蒼ざめた暮色がおおいかぶさるころには、町ぜんたいが、いささか気ちがいじみて見えた。毎週木曜日には、目抜きの大通りを、いつまで行ったりきたりしていても、のんびりした奴には一人も出会わなかった。六、七万——あるいはもっと多いだろう——の人間が毛の下着にくるまって、どこへも行かず何もせず貨車何台分もの糞《くそ》をひりだしているのだ。女のオーケストラが「メリー・ウィドウ」をやっていた。大ホテルの銀の食器類。石や縁がすこしずつ腐ってゆく公爵邸。霜をかぶって悲鳴をあげる木々。絶え間ない木靴のかたかたいう音。ゲーテの死だか生誕だかの記念祭をやっている大学。そのどっちであったか、いまは憶《おも》いだせない。(記念祭をやるのは、たいていは死の記念だ) どっちにしても、ばかばかしいことだ。みんな背のびをし欠伸《あくび》をしていた。

大通りから中庭にはいりこむと、いつも底知れぬ無益感がぼくにおおいかぶさってきた。外も寒く空虚、内も寒くて空虚。かすのごとき索莫《さくばく》さ。書物の学問の霧が町をおおっていた。過去の滓《おり》と燃えがら。内庭をかこんで教室がならんでいた。北国の森のなかに見かけるような丸木小屋である。そのなかで学者先生たちが悪徳の限りをつくしているのだ。黒板には、くだらぬたわごとが書いてあった。共和国の未来の市民たちは、そんなものを忘れて一生をすごすのであろう。時折、車寄せをちょっとはいった大応接間に父兄が迎え入れられた。その部屋にはモリエール、ラシーヌ、コルネイユ、ヴォルテールといった過去の英雄たちの胸像が飾ってあった。こうした蠟細工《ろうざいく》の不滅の人物がつけ加えられるとき、いつも大臣たちが唇にしめりをくれて述べたてる案山子《かかし》どもである。（ヴィヨンや、ラブレーや、ランボオの胸像は一つもない）とにかく彼らは、このいかめしい密室で会合するのである。父兄たちと、年若きものの精神をきたえるために国家がやとっている傀儡《かいらい》ども。精神をさらに魅力的ならしめるために、つねにこういう鍛錬の方法がとられ、こういう造園術が行われるのである。時には少年たちもやってくる――やがては市の花園を飾るために子供部屋から植えかえられる小さな向日葵《ひまわり》ども。少年たちのなかには、ひき裂いたシュミーズでころりとよごされてしまうゴムの木もいる。彼らのすべては、夜のとばりがおりるが早いか、寄宿舎の貴重な人生を求めてとびだしてゆく。寄宿舎！　紅灯のきらめくところ、火災警報のごとくに鐘の鳴りひびくところ、教育の密房へ達しようとしてみんながよじのぼるので、そのために踏板にすっかりくぼみができているところ。それに教師という奴がいる！　はじめの数日間は、ぼくも彼らの二、三人と握手までしたし、むろん拱門《アーチ》の下ですれちがえば、いつも帽子をとってあいさつした。けれども、胸襟《きようきん》を開いて語りあうとか、どこか隅っこのほうへ行ってともに酒を飲むとかいうことは、全然なかった。そんなことは、てんで考えられないのだ。彼らの大部分は、まるであわてて脱糞《だっぷん》でもしてきたかのようであった。とにかくぼくは、またしても別の階級社会にはいりこんだのである。彼らは、ぼくのような人間とは虱一匹わかち合おうとはしなかった。奴らの顔を見るだけでも、ぼくは胸くそが悪くなるので、奴らが近づいてくるのを見ると、ぼくはいつもひそかに罵《ののし》った。遠くの柱にもたれ、口の片すみに煙草をくわえ、帽子を目深《まぶか》くかぶって立っていて、奴らが声をかけるくらいの距離にまで近づくと、口いっぱいにためた唾《つば》をぺっと吐いて、帽子をとるのである。ぼくは、わざわざ口を開いて天気のあいさつをする気にさえなれなかった。ただ、こっそりと言ってやったのだ。「糞でもくらえ、ジャックめ！」そう浴びせかけてやるのである。

一週間もたつと、ぼくはまるでここに一生いたように思えてきた。ふり払うことのできない、おそろしい、いやな夢魔のようであった。それを思うと、いつも昏睡《こんすい》状態に落ちこむのである。ここへくる数日前から、ぼくはすでにそんな気持を味わっていた。夜になる。人々は朦朧《もうろう》たる灯火の下を鼠《ねずみ》のようにこそこそと家へ帰ってゆく。木々はダイヤモンドの尖端《せんたん》のように鋭い悪意をもってきらめいている。ぼくはそういう情景を幾百遍となく考えた。駅から高等学校《リセ》にくるまでのあいだ、それはダンチヒ廻廊をつらぬく大歩道のように、ふちがぎざぎざで、亀裂《きれつ》を生じており、神経をおびやかした。経帷子《きょうかたびら》をきて、曲りくねり、からみあった死人の骨の道。鰯《いわし》の背骨。高等学校そのものまでが、薄く雪のつもった湖水からつき出ているように見えた。さかさまになった山の尖端が、つねに酩酊《めいてい》した夢にしかすぎぬあのパラダイスのために神だか悪魔だかがタキシードを着こんで粉をひいている地球の中心部へ向っていた。太陽が照っていたかどうかの記憶はない。憶《おぼ》えているのはただ蒼然《そうぜん》たる丘のあいだへと鉄道線路がもぐりこんでいるあたり、その彼方《かなた》の凍った沼から吹きよせてくる冷たい、べとべとした霧だけである。駅の近くに掘割があった。あるいは河だったかもしれない。それは黄いろい空の下にかくれており、だんだんと高くなっている土手の傾斜には、ぴったりへばりついたような小さい小屋があった。どこかに兵営もあったような気がする。というのは、ときどき、南ベトナム出身の黄いろい皮膚をした小男に会ったからだ——ねじけた阿片面《あへんづら》をした小人が、鉋屑《かんなくず》に詰めた色つきの骸骨《がいこつ》みたいにだぶだぶの軍服から顔をのぞかせていた。この土地ぜんたいの胸くそわるい中世紀的遺風は、妙にとらえにくく、制御しにくかった。低いうなり声をあげて前後にゆれ、首の骨を折って樋嘴《ガーゴイル》からぶらさがっている犯罪者のように、檐《ひさし》から、いつこっちへとびかかってくるかわからないのである。ぼくは絶えずうしろをふりかえり、きたない肉叉《フォーク》で突き刺される蟹《かに》みたいなかっこうで、いつも歩いていた。サン・ミシェル寺院の正面《ファサード》にはりついているあの脂《あぶら》ぎった小怪物ども、あの背板のような人形ども、そいつらが、ぼくのあとをつけて曲りくねった路地や角を曲ってくるのである。サン・ミシェルの正面ぜんたいは、夜中になると書画帳を開いたような景観を呈し、文字の印刷されてあるページを人につきつけた。灯火が消えると、その人物どもは色あせて、文字のように平板な生気をうしなったものになった。そのとき、それは、(正面は、)荘《そう》厳《ごん》となった。古いでこぼこの前面のあらゆる亀裂のなかで、うつろな夜の風が歌い、冷たく硬直した被覆のレース飾りのごとき粗石の上に、霧や霜が白濁したアブサンのような涎《よだれ》をたらした。

この教会が建っているところでは、すべて表側と裏側とが逆になっているように見えた。教会そのものが数世紀にわたる雨と雪のために、土台からねじれて外《はず》れてしまっているのだろう。それはエドガール・キネ広場にあって、騾馬《らば》の死骸のように風に向ってうずくまっていた。リュ・ド・ラ・モネから風は白髪をはげしく逆立てるようにひゅうひゅう吹きよせてきた。それは乗合自動車や二十頭ひきの騾馬車の自由な交通を邪魔している白い繋留柱《けいりゅう》を、ぐるりと旋回して吹くのであった。早暁《そうぎょう》の時刻、この出口をぼくは駆けぬけながら、ときどきつまずいた。貪婪《どんらん》な修道僧そのままに頭巾《ずきん》のついた僧衣に身をつつんだルノー氏が、十六世紀の言語でぼくにいろんな序曲を奏してくれた。ルノー氏の歩調と合せて歩みつつ、月は破れた気球のようにどろりと濁った空からのぞいていたが、ぼくはたちまち超絶界に落ちこんでいった。ルノー氏の弁舌は精密で、杏《あんず》のごとく乾燥し、ブランデンブルグ人のように低音《バス》であった。去年の雷雨の落雷のように、この寺院の風吹く隅々にまでとどろく深刻な低音の音声をもって、いつもゲーテや、あるいはフィヒテから、まっしぐらにぼくに向ってつっかかってきた。ユカタンの土人よ、ザンジバルの土人よ、ティエラ・デル・フュエゴの人々よ、おれをこの白い粉をかぶった豚の皮から救いだしてくれ！　北国がぼくの周囲に累々《るいるい》とつみ重なっている。氷のフョールド、蒼白《あおじろ》い密告者の背骨、狂気せる灯火、エトナ火山からエーゲ海まで雪崩《なだれ》のようにひろまってゆくわいせつなキリスト教徒の讃歌。すべてが鉄屑のように固く氷結し、思考は氷雪に閉じこめられ、ふちどられ、鷦鷯《みそさざい》の知恵の憂鬱《ゆううつ》な災厄を通して、虱《しらみ》に刺された聖徒たちの息づまる含嗽《うがい》の声が起る。

ぼくは真っ青になって、毛織物のなかに身をつつみ、それにくるまり、無力になっているが、しかしこんなことには何の関係もない。骨まで蒼白《そうはく》になっているが、冷たいアルカリ基があり、サフラン色に染った指をしている。蒼白である。たしかにその通りだけれど、学問と兄弟でもなければ、カトリックの心情も持ち合せていない。ぼく以前にエルベ河を航行して行った人々のように、蒼白くそして無慈悲である。ぼくは酒を、大空を、不可解にしてはるかに身近かなるものを、眺める。

脚下の雪は風に吹かれて疾走し、吹きとび、浮きたち、突き刺し、さらさらと音をたて、高く舞い、さっと落下し、くだけ、飛沫《ひまつ》となってとび散る。日光はない。寄せ波のどよめきもない。くだけ散る怒濤《どとう》もない。冷たい北風は刺《とげ》のあるとがった矢だ。それは氷のごとく冷たく、悪意をこめ、貪欲《どんよく》で、閃光《せんこう》を放ち、麻痺《まひ》させる。街々は、その曲りくねった肘《ひじ》の上でそっぽを向く。あわただしい視線、けわしい一瞥《べつ》で崩れ、ただよう格子《こうし》細工に沿ってよろめき、教会の裏側をくるりと表側に一回転させ、彫像を薙《な》ぎたおし、記念碑をたたきつぶし、樹々《きぎ》を根こそぎにし、草を硬直させ、大地から芳香を吸いとってゆく。木の葉はセメントのように陰鬱《いんうつ》となり、いかに露を受けても二度と輝きをもたらすことはできない。どんな月光も、その生気をうしなった状態を銀色にすることはできない。季節は、ぴたりと停止して沈滞し、木々は畏縮《いしゅく》し、しぼむ。車は、なめらかな竪琴《たてごと》のような鈍い音をたてて雲母《うんも》の轍《わだち》のなかをころがってゆく。薄く白雪がおおっている丘々のくぼみのなかで、不気味な骨抜きのディジョンは眠る。夜中に目ざめて歩いているものは一人としていない。もしいるとすれば、それは碧色《あおいろ》の格子を目ざして南へ歩いて行く不安な魂だけだ。しかも、ぼくは目ざめ、うろついている。歩きまわる幽霊、この屠《と》場の幾何学の冷やかな正気に威嚇《いかく》された一人の白人。おれは何者なのだ？　ここで何をやっているのか？　ぼくは人間の悪意の冷酷な壁のあいだに落ちこむ。冷たい湖水のなかをひらひらと沈下してゆく白い姿。ぼくの上にそびえる頭蓋骨の山。ぼくは寒帯に落ちつく。藍《あい》に染った白堊《はくあ》の足跡。その暗黒の通路にある大地は、ぼくの足音を知っており、外からの足を感じる。ふるえる翼、あえぎ、戦慄《せんりつ》。ぼくの耳には学問が揶揄《やゆ》されるのがきこえ、いくつもの人影が上昇し、ボール紙の黄金色の翼をもった蝙蝠《こうもり》のねばねばした分泌《ぶんぴつ》物が高くとび散り変化してゆく。列車が衝突し、鎖が鳴り、機関車が煙を吐き、鼻息を鳴らし、嗅《か》ぎ、蒸気をあげて噴きだすのがきこえる。すべては反覆する匂い、黄いろい残存物、神への祈りであり、それがウェティキンズのある澄んだ霧を通してきこえてくるのだ。ディジョンのはるか下方、北極圏のはるか下方の最中心部にアイアス神(訳注　ギリシア神話、トロイ攻撃軍中アキレスにつぐ勇者)が立っている。彼の肩は粉挽車《こなひき》にしばりつけられ、橄欖《かんらん》の実は挫《くじ》かれて、緑色の沼には鳴きわめく蛙《かえる》があふれている。

霧と雪、寒帯、重い学問、薄いコーヒー、バタなしのパン、扁豆《ふじまめ》入りのスープ、どろりとした豚肉の罐詰《かんづめ》のなかの隠元豆、黴《かび》の生えたチーズ、水っぽい煮込み、下等な葡萄酒《ぶどうしゅ》。これが囚人たちを全部便秘させてしまったのだ。そして、みんなが固い糞《ふん》をするときには、便所のパイプが凍っている。糞は蟻塚《ありづか》みたいに累々ともりあがる。だから、小さな台から降りて、床の上にやらなければならない。糞は、そのまま固くなって凍り、溶けるのを待つ。木曜日ごとに、せむし男が小さな手押車を持ってきて、冷たく固まった糞便を箒《ほうき》と塵取《ちりと》りですくい、しなびた片脚を引きずりながら、車をころがして立ち去る。廊下には便所の紙が散らかっており、それが蠅取紙《はえとりがみ》みたいに足にへばりつく。気候がゆるんでくると、臭気が、むっと鼻をつく。四十マイル離れたウィンチェスターでも嗅《か》ぐことができる。朝、その熟しきった糞の上方に歯ブラシを持って立っていると、悪臭があまりにも強烈なため、頭がくらくらしてくる。ぼくらは赤いフランネルのワイシャツ姿で、ぐるりとそのまわりに円をつくって立ち、穴に吐きだすのを待っている。それはまるでヴェルディの歌劇の一つのアリアを歌っているのに似ている――滑車と手動ポンプのある鉄砧《かなしき》の合唱だ。夜中に、がまんできなくなると、ぼくは車寄せのすぐわきにある教頭の専用便所に走ってゆく。ぼくの便器は、いつも血でいっぱいなのだ。彼の便所も水は流れないが、それでも、すくなくとも腰かけていられる快適さがある。尊敬のしるしとして、ぼくは彼のために小さなかたまりを残してきてやる。

いつも夕食の終りかけるころになると、夜警が、ちょいと元気づけに立ちよる。この学校で、ぼくが親密な気持をいだくのは、この男だけだ。彼はとるにたらぬ男である。提灯《ちょうちん》をさげ、鍵《かぎ》の束を持っている。自動人形のように執拗《しつよう》に夜通し巡回している。かびくさいチーズがぐるぐるまわされるころになると、彼は一杯の葡萄酒をもらいにとびこんでくる。片手をさしのべて立っている。頭髪はマスティフ犬のようにこわくて針金みたいだ。頬は真っ赤で、口髭《くちひげ》に雪がついて光っている。一言、二言、口のなかでもぞもぞ言うと、せむし男が酒壜《さかびん》を持ってきてやる。すると両脚をがっちりふまえ、首を仰向けて、ゆっくりと長く一息にあおる。それがぼくには咽喉《のど》のなかに紅玉を流しこんでいるように思えた。その動作には何かぼくの髪の毛を強くつかむものがあった。それはあたかも人間の同情の残滓《ざんし》を飲みほしているかのようであった。あたかも、この世の中のあらゆる愛情や憐憫《れんびん》なんぞ、ただの一飲みで、このように飲みほしうるかに思えた――あたかもそれは、日ごとしぼって集められるすべてであるかのように思えた。みんなが彼のためにつくってやる一匹の兎《うさぎ》にも値しなかった。こういうやりかたでは彼は鰊《にしん》を塩漬にする塩水にも値しなかった。彼はただ一片の下肥にしかすぎなかった。彼は自分でもそれを知っていた。飲み終ってあたりを見まわし、ぼくらにほほえみかけるとき、世界がばらばらに崩《くず》れ去るかに見えた。それは深淵《しんえん》の彼方から投げかけられる微笑であった。悪臭を放つ全文明世界が坑《あな》の底に泥沼のように横たわり、そしてその上方に、蜃気楼《しんきろう》のごとく、このたゆとう微笑がゆらめくのである。それは夜となってぼくが散歩から戻ってきたときに迎えてくれるのと同じ微笑であった。そんなある夜のことを憶《おも》いだす。それは戸口に立って、この老人が巡回を終えるのを待っていたときである。そうして永久にでも待っていられるほどぼくは楽しい気持でいた。三十分も待っていただろうか、やっと彼がドアをあけてくれた。ぼくはおだやかな、のんびりした気持で周囲を眺め、すべてをのみこんだ。学校の前にあるよじれた綱のような枝のある枯木、夜のあいだに色彩を変えて、いまはさらに鮮《あざ》やかな曲線を描いている街路の向うの家並、シベリアの曠野《こうや》を走る列車の音、ユトリロの描く鉄柵《てっさく》、空、荷車の深い轍《わだち》。不意に、どこからともなく二人の恋人があらわれた。二、三ヤードごとに立ちどまって彼らは抱擁した。ぼくは、眼でその姿が追えなくなると、耳でその足音を追った。急に立ちどまるのがきこえ、やがてゆっくりとしたぞろ歩きの足音がきこえた。彼らが手摺《てす》りにもたれたとき、二人のからだがたるみ、崩れこむのがきこえ、抱擁を求めて筋肉をひきしめたとき、二人の靴のきしむ音がした。彼らは町へさまよい出た。曲りくねった街路へ出て、石炭のごとく黒々と水のよどむ鏡のような掘割へ向って行った。それには何か異常なものがあった。ディジョンじゅうを探しても、この二人のようなカップルはいないだろう。

一方、老人は巡回をやっていた。鍵のふれあう音、靴をふみしめる着実な機械のような足音がきこえた。最後に車寄せを通りぬけて、前方に塀のない巨大な拱門《アーチ》の大扉を開こうとする音がした。錠をまさぐる音がきこえた。彼の手はこごえ思考はしびれていた。ドアがさっと開かれたとき、彼の頭上、礼拝堂の屋根の上に、燦然《さんぜん》たる星座が見えた。すべてのドアに錠がかけられ、あらゆる部屋にかんぬきがおろされた。書物は閉じられた。夜の幕は、ぴったりと垂れこめ、匕首《あいくち》の切先のごとく鋭く、偏執狂のように酩酊《めいてい》して。そこに無限の空虚があった。礼拝堂の上に僧正の法冠のごとく星座がかかっていた。冬の幾月かのあいだ、夜ごとにそれは礼拝堂の屋根すれすれにかかっていた。低く燦然と。一つかみの匕首の切先、まばゆい清澄《せいちょう》な空虚。老人は、ぼくのあとについて、車寄せの曲り角まできた。ドアは音もなくしまった。彼におやすみのあいさつをしたとき、あの必死の、絶望的な微笑を、またしてもぼくは見た。埋没した世界の上辺をかすめて閃《ひらめ》く流星のような微笑だ。すると、またしてもぼくは彼が食堂につっ立ち、首をのけぞらせて、咽喉に紅玉を流しこむのを見た。地中海がすっぽりと彼のそばに埋没するかに思えた――オレンジの森、糸杉の林、翼のある彫像、木造の寺院、碧《あお》い海、硬《こわ》ばった仮面、神秘的な数、神話の鳥、碧玉《へきぎょく》の空、鷲《わし》の子、明るい入江、盲目の辻《つじ》音楽師、鬚《ひげ》を生やした英雄たち。そのすべては消え去った。北国からの雪崩の下に埋れた。埋没し、永遠に死んでしまった。記憶。荒涼たる希望。一瞬、ぼくは車道でためらった。経帷子《きょうかたびら》。棺衣、もの言わぬものが、その空虚にしがみついているのだ。やがてぼくは砂利道の壁際《ぎわ》を急ぎ足に歩み、拱門や列柱や鉄の階段を中庭から中庭へとぬけて行った。すべて固く錠がおりていた。冬のあいだじゅう閉されているのだ。寄宿舎へ通じる拱門を見いだした。陰気な、霜のはりついている窓から、弱々しい光が階段の上にこぼれていた。いたるところペンキがはげ落ちかけていた。石にはくぼみができていた。手摺りはきしみ、石畳はじっとりと汗をかき、階段の上部にある弱々しい赤い光につらぬかれて、ほの白い、ぼやけた雲気《オーラ》を発散していた。ぼくは汗をかき、恐怖をおぼえつつ、小塔の最後の階段をのぼった。暗黒の闇《やみ》のなかを手探りで人気のない廊下を進んだ。どの部屋もからっぽで、錠がおりており、朽ちかけていた。ぼくの手は壁を伝って鍵穴を探した。ドアの把手《とって》をつかむと、恐怖がおそいかかってきた。絶えず一本の手がぼくの襟髪《えりがみ》をつかんで、うしろへ引き戻そうとするのである。部屋のなかに一歩足をふみいれるや、ドアに錠をおろした。それはぼくが夜ごとなしとげる奇蹟《きせき》であった。首もしめられず、斧《おの》でたたき伏せられもせずに、部屋のなかにはいりこむ奇蹟である。鼠どもが廊下をこそこそ歩くのがきこえ、頭上の太い梁《はり》のあいだをかじる音がした。灯火は燃える硫黄《いおう》のように輝き、すこしも通風のない部屋は、甘ったるい、胸のむかつく臭気がこもっていた。隅には、ぼくがおいたそのままに石炭箱が立っていた。火は消えていた。静寂は、ぼくの耳にはナイアガラ瀑布《ばくふ》のようにひびくほど濃かった。

　孤独、おそろしい空虚なあこがれと恐怖のある孤独。部屋ぜんたいが思考の対象となる。ぼく自身と、ぼくの思考と、恐怖のほか、何ものも存在しない。世にも奇怪なことを考えることもできる。踊ることもできる。唾を吐くこともできるし、渋面をつくり、呪《のろ》い、嗚咽《おえつ》することもできる――だが誰もそれを知らない。誰も聞いてはくれない。このような絶対の独居を考えるだけでも、ぼくを気ちがいにするのに十分だ。それは清潔な出産と同じである。すべてを切りすてるのだ。切り離し、はだかで、孤独である。幸福であり、同時に苦悶《くもん》だ。時はきみの掌中にある。一秒一秒が山のようにきみに重くのしかかってくる。きみはそのなかに溺《おぼ》れる。砂漠、海、湖、大洋。時は肉切斧のごとく切り刻んでゆく。無。世界。おれであって、おれではない。ウーマハラムーマ。すべて名称がなければならない。何でも学び、試み、経験しなければいけない。「わが家のように《フェデ・コム・シェ・ヴゥ・シェ》お気楽に、あなた」

静寂は噴火口の斜面のごとく沈下してくる。彼方《かなた》の荒涼たる丘のなかを、大冶金《やきん》地帯に向って前進しつつ、機関車はその商品を引っぱってゆく。鋼鉄と鉄のベッドの上を廻転してゆく。地面に熔滓《ようし》や燃屑《もえくず》や、紫色の鉱石をまき散らして、貨車のなかには、ケルプ灰、挟接鉄板、圧延鉄板、枕木《まくらぎ》、線材、板金、薄板、合板、熱圧延環、薄片、臼砲架《きゅうほうか》、ゾレス鉱などが積まれている。U－80ミリメートルないしそれ以上の輪器。アングロ・ノルマン様式建築のみごとな典型、通行人、男色者、製鋼炉、塩基性転炉、発電機、変圧器、銑鉄鋳物《せんてついもの》、銅塊などを通過する。一般大衆、歩行者、雞姦者《けいかん》、金魚、ガラス糸の棕櫚《しゅろ》、いななく驢《ろ》馬《ば》、すべて五目形の通路を自由に循環する。プラース・デュ・ブレジルにはラヴェンダー色の眼がある。

閃光《せんこう》のごとく知っている女たちに思いはかえる。それはおのれのみじめさからつくりだした鎖に似ている。みんな珠数《じゅず》つなぎにつながれている。別れて暮す不安、生れるのを待っている恐怖。子宮の口には、つねに錠がかかっている。恐怖と切望。血の奥深くにある楽園の把手。彼岸《ひがん》。つねに彼岸だ。それはすべて臍《へそ》から出発したものにちがいない。彼らは臍帯《せいたい》を切断して、きみの尻《しり》をぴしゃりと叩《たた》く。そして、しっかりしろ！と掛け声をかける。きみは世界にとびだす。漂い出る。舵《かじ》のない船。きみは星を眺め、それから自分の臍を見る。きみのいたるところに眼が生じる——腋《わき》の下に、唇のあいだに、毛髪のつけ根に、足の裏に。遠いものが近くなる。近いものが遠くなる。内部の外部。絶えざる流動。皮を脱ぎすてる。内部をひっくりかえして外に出す。こういうようにしてきみは、年々歳々、漂流してまわり、最後に自己を最中心部において発見する。そして、そこできみは徐々に腐ってゆき、すこしずつばらばらに崩壊し、またまき散らされる。あとには、ただきみの名前が残るだけだ。

春になってから、やっとのことでぼくは牢獄《ろうごく》から脱出することができた。それも思いがけぬ幸運のおかげであった。ある日、カールから電報で、「階上」に欠員ができたと知らせてきた。その職につく決心がついたら帰りの旅費を送ってやるという。ぼくは折返し返事の電報をうった。そして、金がとどくやいなや、駅へ逃げだして行った。校長にも誰にも一言のあいさつもなしに。いわゆるフランス式の別れというやつだ。

ただちにぼくは、ふたたび第二ページにしるしたホテルへ行った。そこにカールは泊っているのだ。彼は素裸で扉口《とぐち》へ出てきた。非番の夜で、例の通り寝台には女が一人いた。「あの女を気にするな」と彼は言った。「眠っているんだ。おまえ、女が必要なら、あいつと寝てもいいぞ。あいつはわるくないよ」彼は布団《ふとん》をめくって、その女のからだつきを見せてくれた。しかし、ぼくはすぐさま女と寝ることなど考えてはいなかった。ぼくは、あまりにも気が立っていた。まるで脱獄してきた男のようだった。いろんなものを見たい、聞きたい、ただそれだけだった。駅からここへくるまで、長い夢でもみているようだった。何年間も遠くへ行っていたような思いである。

腰をかけて部屋をとっくりと眺《なが》めているうちに、やっとまたパリへ戻ってきたのだとわかった。これはカールの部屋だ。たしかにそれにまちがいはない。栗鼠《りす》の籠《かご》と便所とが一緒になったような部屋である。テーブルの上は彼が使っている携帯用のタイプライターをのせる余地もないくらいであった。彼は、女と同棲《どうせい》していようといまいと、いつもこんな調子なのだ。天金の『ファウスト』の上には、いつも辞書が開いたままのっているし、煙草袋《たばこ》、ベレー帽、赤葡萄酒《ぶどうしゅ》の罎《びん》、手紙、原稿、古新聞、水彩絵具、茶器、よごれた靴下、妻楊枝《つまようじ》、クルッシェン塩、コンドーム等々が、いつも散らばっているのだ。洗滌器《ビデエ》のなかには蜜柑《みかん》の皮やハム・サンドイッチの残り屑《くず》がはいっていた。

「戸棚《とだな》に何か食いものがあるよ」と彼は言った。「勝手にやってくれ！　おれはちょうど注射をやりかけていたところなのでね」

ぼくは彼が言うところのサンドイッチと、彼のかじりかけのチーズの一片とを見つけだした。彼がベッドの端に腰かけて自分でアルジロルの注射をやっているあいだに、すこしばかりの葡萄酒の助けをかりてサンドイッチとチーズとを片づけた。

「おれにくれたおまえのゲーテ論の手紙は気に入ったよ」と彼は不潔なパンツで注射

針をふきながら言った。「その返事を一つこれからしてやろう——そいつをおれの本に書いているところだ。困ったことにおまえはドイツ人じゃないんでね。ドイツ人でなくちゃゲーテは理解できんよ。畜生、そいつをいま、おまえに説明するんじゃなかったな。すべて本のなかで述べておいたのだよ……ところで、おれは目下、また新しい女を手に入れたよ——こいつじゃない、こいつは薄馬鹿《ばか》でね。すくなくとも数日前にその女をものにするまではそうだった。その女が戻ってくるかどうか、しかとはわからないが、おまえが向うへ行っていたあいだ、そいつと同棲していたのだ。先日、女の両親がきやがって、つれて行ってしまった。娘はまだほんの十五歳だからってぬかしやがってね。ごまかす気かって言うんだ。おやじさんたちも、おれにはびっくりしたらしい……」

ぼくは笑いだした。そんな騒ぎに自分からはまりこむなんて、いかにもカールのやりそうなことだ。

「何を笑ってるんだ？」と彼は言った。「うっかりすると、そのことでおれは監獄にぶちこまれるかもしれないんだぜ。運よくおれは彼女を妊娠させなかった。おかしな話だけどな。なぜかって、彼女は適当な用心を決してしなかったのだからね。だけど、何がおれを救ってくれたと思うかね？　すくなくともおれはこう思うのだ。『ファウスト』のおかげだよ。そうなんだ！　彼女のおやじさんが、たまたま机の上にファウストがのっているのを眼にとめたのさ。そして、おれにドイツ語がわかるかときくんだ。あれやこれやと話をしているうちに、ふと気がつくと、おやじさん、おれの書物を全部調べているのさ。運よくおれはシェイクスピアもあけたままにしておいた。そいつが、おそろしくおやじさんを感心させたのだな。きみはたしかに非常に『真面目《まじめ》な人物』だって、おやじさんがそう言うじゃないか」

「その娘はどうしたんだ？——何も言わなかったのか？」

「娘はすっかりおびえきっていたよ。じつはね、彼女がおれんとこへやってきたとき、小さな時計を持っていたのだがね。すっかり興奮してしまっているので、おれたち、その時計が見つからねえのだよ。すると、おふくろさんは時計が見つからなければ警察を呼ぶとがんばるんだ。ところが、なにしろこの部屋のざまだろう。そこらじゅう片っ端からおれはひっくりかえしてみた——だけど、いまいましい時計のやつめ、出てこねえのさ。おふくろさんは、かんかんになって怒ったよ。それやこれやのことがあったけれど、おれは、おふくろさんが好きになったね。娘より器量がいいんだ。ほら——おふくろさんあてに書きだした手紙を見せてやろう。おれは彼女にほれたんだ……」

「おふくろさんにか？」

「そうさ、わるいかね？　さきにおふくろさんのほうに会っていたら、おれは娘なんか相手にもしなかっただろうな。あの娘が、わずか十五歳だなんて、おれにわかるわけがないじゃないか。女と寝る前に、おまえの年はいくつだなんてきく奴《やつ》もねえからな。そうだろう」

「ジョー、何だかその話は変だぜ。おれをからかってるんじゃあるまいな」

「おれがおまえをからかうって？　ほら――これを見ろよ」そう言って、彼はその娘が描いた水彩画をぼくに見せた――ちょっとかわいらしい絵だ――ナイフと、一塊のパン、食卓、茶器、すべてに苦心のあとが見えた。「奴はおれにほれていたんだ」と彼は言う。「まるで子供だったよ。歯をみがくのから帽子のかぶりかたまで教えてやらなければならなかった。ほら――この砂糖菓子を見ろよ！　毎日、砂糖菓子を買ってやったものさ――これが好きでね」

「それで、親たちがつれにきたとき彼女はどうした？　一騒ぎやらかしたのかい？」

「ちょっと泣いたが、それだけさ。どうにもできるわけがないやね。まだ成年に達していないのだからね……おれは今後二度と彼女に会わない、手紙も書かない、と約束しないわけにはいかなかったよ。だから、いまこうやって待っているのさ――彼女がこのまま遠ざかってゆくか、それとも戻ってくるかとね。彼女は、ここへきたときは処女だったよ。だから問題は、今後いつまであの娘が男と寝ずにがまんしていけるかということだ。ここにいたときでも彼女はまだ堪能《たんのう》しなかったからね。おれはへとへとにまいらされたよ」

このときには、すでにベッドの女は起きて眼をこすっていた。この女も、ぼくには若くて愛らしく見えた。姿はわるくないが、よく見ると、おそろしくまぬけ面《づら》をしていた。ぼくたちが何の話をしているかを、さっそく知りたがった。

「こいつはこのホテルにいるんだ」とカールは言った。「三階なんだ。こいつの部屋に行きたいかね。おれが話をつけてやるぜ」

行きたいかどうか、ぼくは自分でもわからなかったが、カールがまた彼女とはじめるのを見ていると、行きたいと言うことにきめた。ぼくはまず、彼女が疲れすぎていないかどうかをたずねた。よけいな質問というものである。淫売婦《いんばいふ》が股《また》もあけられないほど疲れるものでは絶対にない。なかには行為中に眠ることのできる奴だっているのだ。とにかく、ぼくたちは彼女の部屋へ降りて行くことにきめた。そうすれば、ぼくとしても、その晩の部屋代をホテルの主人に払わずにすむわけである。

朝になってぼくは下の小さな公園を見晴らす一室を借りた。その公園にはサンドイッチマンがいつも昼の弁当を食いにやってきた。正午になって、ぼくは一緒に朝食を食うためカールを呼んだ。彼とヴァン・ノルデンとは、ぼくのいないあいだに新しい習慣をつけていた――つまり、毎日、朝食を食いにクウポールへ行くのである。「どうしてクウポールへなんか行くんだ」とぼくはきいた。「どうしてクウポールへ行くかだって？」とカールは言う。「そりゃね、クウポールはいつでも粥《ポリッジ》をだすだろう。粥は便通をよくしてくれるからさ」――「なるほどな」とぼくは言った。

かくして、またも昔とそっくりのことがはじまった。ぼくたち三人は一緒に勤務の往復をした。ささいないさかいがあったり、くだらない不和もあった。ヴァン・ノルデンは、あいかわらず女のことで腹痛を起し、腹部から不潔物を洗いだしていた。ただし、いまは新しい気分転換法を見つけだしていた。そのほうがマスターベーションよりいやな気分がすくないのだそうだ。これをうちあけられたとき、ぼくは唖然《あぜん》とした。こんな男に自分で射精する快感がありうるとは思わなかったのである。彼がその方法を説明したとき、ぼくはさらに唖然とした。彼の言によると、その新しい妙技は彼が「発明」したのだそうである。「林檎《りんご》をとって芯《しん》をほじくりだす。それから、その中側にコールドクリームをぬるのだよ。あんまり速く溶けない程度にね。いつかためしてみろよ！　最初は頭がおかしくなるほどこたえられねえぞ。なにしろ安上りだし、それに大して時間も浪費せずにすむからね」

「ところで」と彼は急に話題を切りかえて言った。「きみの友人のフィルモアだがね、奴は入院しているよ。あいつは発狂しているらしいね。とにかく奴の女がそう言っていたぞ。奴はフランス人の女とできてしまったのだよ。きみがいないあいだにね。いつもすごい喧嘩《けんか》をやっていた。その女というのが、からだのでかい健康な奴でね——野獣みたいな女なんだ。おれは彼女にちょっかいをだす気なんかないけど、うっかりすると眼球をえぐりだされるんじゃないかと、おっかないくらいだよ。フィルモアは、いつも顔や手に引掻《ひっか》き傷をつけて歩きまわっていたよ。彼女も、たまには投げとばされていたらしい——あるいは始終だったかもしれないが、フランスの女というものが、どんなものか、きみも知ってるだろう——情欲に狂うと理性もへチマもないのだからな」

あきらかにぼくのいないあいだに、いろんなことが起っていたのである。フィルモアのことを聞くと哀れになった。ぼくには、ずいぶん親切につくしてくれた男だ。ヴァン・ノルデンと別れると、ぼくはバスにとびのって、すぐさま病院へかけつけた。病院では、彼が完全に精神異状をきたしているかどうか、そこのところの診断は、まだきまっていなかったようだ。というのは、彼は二階の個室にいて、普通の患者同様、気ままにするのを許されていたからだ。ぼくが行ったとき、彼はちょうど入浴を終えたところだった。ぼくの姿を見ると、彼は、わっと泣きだした。「何もかももう手おくれだ」と彼はすぐに言いだした。「おれが発狂してるというんだ——それに黴《ばい》毒《どく》もあるらしい。誇大妄想《もうそう》狂だというのだよ」彼はベッドに身を投げかけて声もなく泣いた。しばらく泣いてから、頭をあげて、にっこり笑った——眠りからさめた小鳥そっくりであった。「なぜおれを、こんなぜいたくな部屋に入れるのだろう?」と彼は言った。「なぜおれを下等な病室に入れないのだろう——あるいは精神病院に? とてもこんな部屋の費用は払いきれないよ。おれの金は、あと五百ドルしかないんだからね」

「それだよ、きみをここに入れておくわけは」とぼくは言った。「その金がなくなったら、さっそく移すだろうさ。くよくよ心配してはいけないよ」

ぼくの言葉が彼の心をうったにちがいない。というのは、ぼくが言い終るとすぐさま彼は鎖つきの時計、財布、大学同窓会の記念ピンなどをぼくに手渡したからである。「こいつをしっかり持っていてくれ」と彼は言った。「ここの畜生どもは、おれの持ちものを一切合財奪いとろうとしているんだ」そう言って不意に笑いだした。あの気味のわるい、何のおかしみもない笑い、正気であろうとなかろうと気ちがいだと思いこまずにはいられないあの笑いかただ。

「おれにはわかるよ、おまえもおれを狂人だと思うだろう」と彼は言った。「だけどおれは、おれのやったことに対して償いをしたいんだ。おれは結婚したいと思っているんだよ。いいかね、おれは自分が淋病《りんびょう》にかかっていたのを知らなかったのだ。おれはあの女に淋病をうつし、そして妊娠させてしまった。おれは医者に言ってやった。おれはどうなったってかまわないけれど、しかし、まずとにかく結婚させてくれとね。医者は、もうすこしよくなるまで待てと、その一点張りなのだ――だが、おれは決してよくなりっこないのを知っている。これでおしまいだよ」

ぼくは、このように彼が語るのを聞いているうち、内心笑わずにはいられなかった。ぼくには彼の身にどういうことが起ったのか理解できなかった。とにかくその女に会って事情を説明してやることを彼に約束しなければならなかった。彼はぼくに、彼女のそばにいてなぐさめてやってほしいと望んだ。きみにまかせてもいい、とも言った。ぼくは彼の心を落ちつかせるために、何事にも、よしよしと言うよりほかはなかった。ぼくには彼が完全に発狂しているとは思えなかった――ただ神経がまいっているふうだった。典型的なアングロ・サクソン的危機、徳義心の噴出である。ぼくは、ひどくその女に会ってみたくなった。そして、いっさい事の真相をつかみたかった。

その翌《あく》る日、ぼくは彼女を訪ねて行った。彼女はラテン区に住んでいた。ぼくが何者であるかがわかると、非常にていねいになった。ジネットとみずから名のった彼女は、かなり大柄で、骨っぽく、健康な百姓タイプの女で、前歯が一本、半分ほどくさって欠けていた。活力にあふれ、その瞳《ひとみ》には一種の狂気的な火が燃えていた。まず彼女は泣いたが、やがて、ぼくが彼女のジョ・ジョウ——そう彼女は彼のことを呼んだ——の旧友だと知ると、階下にかけおりてゆき、白葡萄酒の壜を二本さげて戻ってきた。ぼくは、そのままとどまって彼女と夕食をともにすることになった——彼女がそう言い張ってきかないのだ。酒を飲むうちに、彼女は陽気にはしゃいだ。かと思うと、ふさぎこんだりした。ぼくは何もききだす必要はなかった——自動巻きの機械みたいに彼女は一人で語りつづけたからだ。彼女が、とくに気に病んでいたのは、彼が退院したときに、もとの職につけるだろうかということだった。話によると親は裕福なのだが、彼女は親の勘気をこうむっているのだそうである。親は彼女のふしだらを許していなかった。とくに彼を許していなかった——彼は無法者で、しかもアメリカ人であるというので。確実に彼はもとの職につけるとうけあってくれと彼女が哀願するので、ぼくは躊躇《ちゅうちょ》なくうけあってやった。すると今度は、彼の言うことを——つまり彼が結婚するつもりでいるということを、信じていいかどうか教えてくれと哀願する。

だって、いまはお腹《なか》に子供を宿しているうえに、淋病にかかっているでしょう、だから、どんなにしたってフランスの男を相手に遊ぶことなんてできやしないわ。それはわかりきってるでしょう。むろん、ぼくは彼女を安心させた。それは、ぼくにもわかっていた——ただわからないのは、いったいどうしてフィルモアが彼女にはまりこんだかということであった。けれども、一つずつ片づけてゆかねばならない。いまは彼女をなぐさめるのが、ぼくのつとめなのだ。そこでぼくは、ただ口から出まかせのごまかしを彼女につぎこみ、万事好転するだろう、子供には、ぼくが名付親になってやろう、などと言ってやった。ところが不意に、この女が子供を生むということ——とくに盲目の子が生れる可能性があるなどということは、すこし変だという気がしてきた。ぼくは、そのことを、できるだけことば巧みに告げた。「そんなことを言ったって仕方がないわ」と彼女は言った。「あたしはあの人の子供がほしいんですもの」

「たとえ、その子が盲目でも?」とぼくはきいた。

「まあ、ひどい。そんなことを言っちゃいやだわ!《モン・ディユ・ヌ・ディト・パ・サ》」と彼女はうめくように言った。

「そんなこと言わないで!《ヌ・ディト・パ・サ》」

けれども、やはりぼくは、それを言うのがぼくのつとめだと感じた。彼女はヒステリックになり、海象《せいうち》のように泣きだし、さらに酒をあおった。すると、たちまち騒々しく笑いだした。自分たちが寝床にはいると、いつも猛烈な組打ちをやったことを考えるとおかしいと言って笑いこけるのである。「あの人はね、あたしがあの人と取組みあいをするのが好きだったのよ」と彼女は言った。「あの人は獣だわ」

ぼくが食卓についていたとき、彼女の友達が、ふらりとはいってきた——廊下のとっつきの部屋に住んでいる小柄な若い女だ。ジネットは、すぐさまぼくに酒を買ってこさせた。戻ってくると彼女らは、あきらかにおもしろい話をやっていたようであった。ジネットの友人のこのイヴェットという女は警察の手つだいをしているのだそうだ。一種の囮《おとり》だろうとぼくは推察した。すくなくも彼女はそうぼくに信じこませようとしていた。彼女がただの淫売婦だということは、まずたしかである。けれども彼女は警察や警察のやることについて一種の強迫観念をもっていた。食事のあいだじゅう二人は、ぼくにミュゼット踊りに一緒に行こうとさそった。陽気にはしゃぎたがっていた——入院しているジョ・ジョウをかかえてジネットはさびしくてたまらないのである。ぼくは勤めがあるからだめだけれど非番の夜にでも二人を誘いにこようと言った。ついでに、きみたちのために使う金は一文も持っていないと、はっきり言ってやった。これを聞いてジネットは内心では雷にうたれたみたいに驚いたらしいが、そんなことはどうでもいいというような顔をしていた。事実、自分がどんなに派手な女か、ただそれを見せたいばかりに、ぼくを社までタクシーで送ってやると言ってきかなかった。それも、ぼくがジョ・ジョウの友達だから、そして、自分のお友達でもあるから、そうするのだというのである。「それなら」とぼくは心で言った。「もしきみのジョ・ジョウに何かまちがいがあったら、さっそくぼくのとこへ飛んでくるんだね。そしたら、このぼくが、どんな友達になれるかわかるというものだ」ぼくは彼女に対しては甘いパイのようにやさしかった。事実、社の前でタクシーを降りると、ぼくは彼女たちに説き伏せられて一緒に最後のペルノー酒を飲んだりしたのである。イヴェットは勤めが終った後ぼくを呼びだしてもかまわないかという。内密にいろいろあなたにお話ししたいことがあるというのだ。けれどもぼくは彼女の感情を傷つけないように、やっとのことでそれをことわった。運わるく、気をゆるして彼女にぼくのアドレスをうっかり教えてしまったのである。

運わるくとは言ったが、じつを言うと、いまにしてそのことを思いかえすと、かえってそのほうがよかったのである。なぜなら、そのつぎの日から、いろんなことが起りはじめたからである。その翌日、まだぼくがベッドから起き出ないうちに、この二人が訪ねてきた。ジョ・ジョウは病院から移された――病院ではパリからほんの数マイル離れたところにある小さな別荘に彼を監禁してしまったのである。病院の人は別荘《シャトオ》と言っていた。「瘋癲《ふうてん》病院」の婉曲《えんきょく》な言いかたである。二人はぼくに、さっそく身支度をして一緒に行ってもらいたいという。彼女たちは、ひどくあわてていた。

おそらくぼくは一人でなら行ったかもしれない——けれども、この二人と一緒では決心がつきかねた。なんとか行かずにすむ口実を考えだす余裕がほしいと思いながら、身支度をするあいだ階下で待っていてくれるようにと二人に言った。けれども、二人は頑《がん》として部屋を出ようとはしなかった。そこに腰をすえて、まるで日常のことみたいに、ぼくが顔を洗い、服を着るのを見ていた。その最中に、カールがはいってきた。ぼくは彼に英語で手短かに事情を説明し、それから二人で、ある重大な用件ができたという口実をつくりだした。しかし、ことをなめらかに運ぶため、ぼくたちは酒を飲み、よごれた画帳を女たちに見せたりしてもてなした。イヴェットは、すでに別荘に行きたい気持など全くうしなってしまっていた。彼女とカールとは、すこぶる親密になっていた。いよいよ出かける段になると、カールも一緒に別荘へ行くことになった。フィルモアが大勢の狂人たちとぞろぞろ一緒に歩きまわっているのを見るのはおもしろいだろう、と彼は思ったのである。瘋癲病院とはどんなところか、それを見たがった。そこでぼくたちは、一杯機嫌で、このうえなく愉快な気分で出かけた。

フィルモアが別荘にいるあいだ、ぼくは一度も彼に面会に行かなかった。その必要がなかったのだ。というのは、ジネットが規則正しく彼を見舞いに行って、消息をくまなくぼくに伝えてくれたからである。病院では二、三カ月もしたら彼が正気に戻るだろうという希望をもっている、と彼女は伝えた。病院の考えでは、アルコール中毒だという――それだけのことだそうだ。むろん淋病もある――けれども、それは治癒《ちゆ》しがたいものではない。病院の見るかぎりでは、黴毒《ばいどく》はないそうだ。こいつは大いにありがたいわけである。そこで、まず手はじめに病院では彼に胃ポンプを用いた。彼の器官を徹底的に洗滌《せんじょう》した。彼は、しばらくはベッドから起きでることができないほど弱りこんだ。気力をまったくうしなって、なおしてもらいたくない――死にたいと口走っていた。このようなばかげたことを絶えず執拗《しつよう》に口走っているので、ついに病院でも警戒してきた。彼が自殺をやる気だったら、これは大してうまいやりかただとは推奨できないとぼくは思う。とにかく病院側では彼に精神療法をやりはじめた。そして、その合間をみては、歯を抜きとった。二本、三本と、彼がもう一本も歯が残っていないと思うまで抜いていった。これをやったあとでは爽快《そうかい》な気分になるはずなのに、妙なことに彼はそうならなかった。前よりいっそう陰鬱《いんうつ》になった。やがてそのうち毛髪が抜け落ちるようになった。最後にそれが昂《こう》じて、精神錯乱の気味になった――ことごとに病院の人々を責めたて、いかなる権利で自分を抑留するのか、監禁されるだけの正当な理由として、おれが何をしでかしたのか、などと責めたてた。おそるべき抑鬱の発作を起したあとで、きまって彼は突如として精神的になり、おれを釈放しなければここを爆弾で吹きとばしてやるなどと言って病院をおどかした。ジネットに関するかぎり、さらにわるいことには、彼女と結婚する考えを彼は全然問題にしなくなったのである。おれはおまえと結婚する意志は全然ない、おまえがあくまで子供を生むという気ちがいじみた気持でいるなら、自分でそれを養っていけばいい。彼は行きつ戻りつしながら率直にこう宣言したのだ。

医師たちは、これをよい徴候だと解釈した。正気に戻りかけていると言った。ジネットのほうは、むろん彼の精神異状がさらにひどくなったのだと思っていたが、それでも彼が病院から出られることを祈っていた。退院すれば、静かな、のんびりした田舎に彼をつれて行けるし、そこでなら正気に立ちかえるだろうと思っていたのである。そのあいだ、彼女の両親がわざわざパリまでようすを見にきて、別荘にいる未来の婿《むこ》どのを見舞いたいと言いだした。抜けめのない考えから、娘が全然亭主を持てずにすごすよりは、気ちがいの亭主でも、あるほうがましだと計算したのであろう。父親はフィルモアのため農場でできる仕事を何か見つけてやれるだろうと考えた。フィルモアもそうわるい男ではないさ、などと言い、ジネットから、フィルモアの親は金持だと聞かされると、父親は、ますます甘くなり、理解的になってきた。

事態は、おのずと好転してきた。ジネットは、しばらく両親のもとで暮すため田舎へ帰って行った。イヴェットは規則正しくカールに会いにホテルへ訪ねてきた。彼女は彼を新聞の主筆だと思っていた。そこで、すこしずつ、彼らはますますうちとけた話をする間柄になっていった。ある日、上機嫌で酔っぱらっていたとき、彼女はぼくたちに、ジネットはただの淫売婦《いんばいふ》にすぎない。ジネットは人の血をすする強欲非道な女だ、ジネットは一度も妊娠したことはないし、いまもしていない、とうちあけた。ぼくたち、つまりカールとぼくとは、他の非難については大して疑念ももたなかったが、いまも妊娠していないということには首を傾けた。しかし、たしかな自信はなかった。

「それじゃ、あの女は、どうしてあんな大きな腹をしているんだ？」とカールがきいた。

イヴェットは笑った。「自転車のポンプでも使ってるのでしょう」と彼女は言った。「ほんとのことを言うと、そうじゃないわ」と言い添えた。「あのお腹はお酒のせいなのよ。あのジネットの飲みっぷりときたら、まるでうわばみよ。田舎から帰ってきたら、見てごらんなさい、ますます大きくふくれあがっているから。あのひとのおやじさんは大酒飲みなのよ。ジネットも大酒飲みなの。淋病にはかかったかもしれないわ、ええ――でも、妊娠なんかしてないことよ」

「それにしても、どうして彼と結婚したがっているのかな？　ほんとうに彼に恋しているんだろうか？」

「恋してるって？　ぷっ！　ジネットに、愛情なんて、これっぽっちもあるもんですか。誰か世話をしてくれる男がほしいのよ。フランス人であのひとと結婚したがるような男は一人もいないわ――警察の札つきの女ですもの。そうなのよ、あのひとが彼と結婚したがっているのは、彼がたいへんなぼんやりものだから自分の身辺のことを感づかれずにすむと思うからよ。親はもう見すてているのよ――親の面《つら》よごしなんですもの。でも、お金持のアメリカ人と結婚できれば、それで万事、一応のかたがつくでしょう……あんたは、あのひとが彼をすこしは愛していると思っているのね。そうでしょう？　それは、あのひとを知らないからよ。あのひとたちがホテルに同棲《どうせい》していたとき、彼が勤めに出て留守のあいだ、いろんな男たちが、あのひとの部屋へ通ってきていたのよ。彼がお小遣《こづかい》をたっぷりくれないからだって言ってたわ。彼は、けちだったのね。あのひとの着ていた毛皮のコートね――あれは親からもらったものだって彼には言ってたでしょう。そうじゃなくって？　知らぬが仏だわ！　だって、あたしは、あのひとが男をつれてホテルに帰ってくるとこを見たんですもの。そのときちょうど彼が居合せたのよ。そしたら、その男を下の階につれこんだわ。それをあたしはこの眼でちゃんと見たのよ。それがどんな男だと思って？　まるで見すてられたようなじいさんじゃないの。勃起《ぼっき》もできないような老いぼれなのよ！」

フィルモアが退院をゆるされてパリに戻ってきたとき、ぼくは、ジネットのことを、それとなく彼に警告すべきであったかもしれない。けれども彼はまだ医師の監視下にあったので、イヴェットのいろんな誹謗《ひぼう》を伝えて彼の気持を乱し動転させるのはよくないと思った。これまでのいきさつから、彼は別荘からまっすぐにジネットの親もとへ行ってしまった。そして心ならずも説き伏せられて婚約を発表するにいたった。婚姻予告が地方の新聞に公示され、一家の知人たちがレセプションに招かれた。フィルモアは、この事情を利用して、ありとあらゆるでたらめをやらかした。自分が何をやらかしているかを十分承知していながら、まだいくらか気がふれているふりをした。たとえば義理の父親の自動車を借りて一人で勝手に近所をあばれまわったりした。どこか気に入った町でも見つけると、そこに腰をすえて、ジネットが探しにくるまで遊び暮した。時には義理の父親とつれだって出かけることもあった——おそらく釣りの旅行なのだろうが——そうして幾日も幾日も二人は行方《ゆくえ》をくらましていた。彼は腹立たしくなるほどむら気になり、無理難題をふっかけるようになった。思うに、いっそとれるだけのものをとってやろうと計算したのであろう。

　ジネットをともなってパリへ帰ってきたとき、彼は何から何まで新調の服装で、金はポケットにあふれるほど持っていた。いかにも愉快そうで健康に見えた。りっぱな鞣革《なめしがわ》の上着を着こんでいた。ぼくの眼には漿果《しょうか》のように健全に見えた。ところが、ジネットがそばから離れるとすぐに彼は本心をうちあけた。おれは職はなくなってしまい、金も全部使い果してしまった。一カ月ぐらいすると、おれたちは結婚することになっている。そのあいだ、親が送金していてくれるのだが、「いったんおれがあの親たちの手に合法的にがっちりつかまれたら」と彼は言った。「おれはあいつらの奴隷《どれい》になるよりほかはない。おやじさんは、おれのために文房具店を開いてやろうと思っているのだ。ジネットが客の応対をしたり金を受けとったりする。一方おれは店の奥に坐《すわ》って、ものを書いたり何かするというんだな。おれがこれからの一生を文房具屋の奥に坐ってすごすなんて想像できるかい？　ジネットは、すばらしい案だと思っている。あいつは金をいじるのが好きなのだよ。そんな計画に従うくらいなら、おれはいっそ別荘に逆戻りしたほうがましだ」

　むろん当座のあいだ、彼は何事も結構だというふりをしていた。ぼくは彼にアメリカへ帰るよう説き伏せようとしたが、頑として耳をかさなかった。無知な百姓どものためにフランスから追いだされてたまるものかというのだ。当分のあいだ姿を消して、彼女と出会いそうもない郊外のどこかにかくれていようという考えを彼はもっていた。だが、ぼくたちはすぐに、そんなことは不可能だと断定した。フランスではアメリカみたいにうまく隠れおおせるものではないのだ。

「しばらくベルギーへでも行ってたらどうだ」とぼくは提案した。

「それにしたって、どうやって金をかせぐのだい」と彼は即座に言った。「あんないやらしい国で職など得られるものか」

「それじゃ、なぜ彼女と結婚して離婚をしないのだ?」とぼくはきいた。

「だって、やがてあいつは子供を生むからね。誰がその子の面倒を見るのだい」

「あの女に子供ができるって、どうしてきみにわかるのかね?」ぼくは、いまこそ真相をぶちまけるときだと決心して、そう言った。

「どうしておれにわかるかって?」と彼は言った。ぼくが何を遠まわしに言おうとしているのか、よくわからぬふうであった――。

ぼくはイヴェットが語ったことを、それとなくほのめかしてやった。彼は、まったくわけがわからぬふうで、耳を傾けていた。そして、ついにぼくの言葉をさえぎった。

「そんなことをいつまで話したってむだだよ」と彼は言った。「おれにはまちがいなくあいつが妊娠しているのがわかっているんだ。腹のあたりを胎児がなかから足で蹴《け》とばすのを手でさわってみたことがあるんだ。イヴェットの奴《やつ》、きたねえあまだ。なあ、おれはきみに話したくなかったのだが、じつは、おれは病院にはいるときまで、イヴェットにも金をくれてやっていたんだ。それから、おれの大暴落で、もうあいつのためにしてやれなくなった。あいつら両方に、おれとしては十分してやったのだよ……だから今度はわが身の世話をしようと決心したのさ、それがイヴェットを怒らせた。そしてジネットに、おれに対してきっと仕返しをしてやるつもりだと告げたのだ……いや、あいつの言ったことがほんとうであってくれればいいと思うよ。そうすれば、おれはもっと容易にこの事態から脱けだせるだろうからね。いまおれは罠《わな》にはまりこんでいるのだ。彼女と結婚すると約束してしまった以上、おれはそれをやり通さなければならない。その後のことは、おれの身にどんなことが起るか見当もつかん。いまは、あいつらに睾丸を握られているのだよ」

彼がぼくと同じホテルの一室を借りたので、ぼくは欲すると否《いな》とにかかわらず、いやでも始終彼らと顔をあわさなければならなかった。ほとんど毎晩のように彼らと夕食をともにした。むろん、食前にペルノー酒を一杯ひっかけ、食事のあいだじゅう彼らは大きな声で口喧嘩をした。こいつはうるさくてかなわなかった。というのは、あるときは一方に味方し、またときには他方に味方してやらなければならなかったからである。たとえばある日曜日の午後のこと、一緒に昼食を食ってから、ぼくたちはブウルヴァール・エドガール・キネの角のカフェへ出かけた。このときは、いつになくばかに調子よくいっていた。ぼくたちは小さなテーブルの内側に横にずらりとならんで腰をかけた。うしろに鏡があった。ジネットは欲情的になっていたかどうかしていたにちがいない。急に感傷的な気分に落ちこんで、フランス人がごく自然にやるように、みんなの見ている前で、彼を愛撫《あいぶ》し、接吻《せっぷん》した。二人が、ながい抱擁から身を離したとたんに、フィルモアが彼女の親のことについて何か言った。それを彼女は侮辱されたととった。たちまち彼女の頰は怒りで紅潮した。ぼくたちは、それは誤解だと言って彼女をなだめにかかった。そのときフィルモアが、そっと英語でぼくに何か言った——彼女にちょっと何かお世辞を言ってやってくれというようなことだ。それだけで彼女はかっと逆上してしまった。ぼくたちが彼女を笑いものにしているというのだ。ぼくは彼女に何か鋭いことを言ったが、それがますます彼女を怒らせた。それから、フィルモアが一言たしなめようとした。「おまえは短気すぎるよ」と彼は言い、それからその頰を軽く打とうとした。ところが彼女は、彼が自分の顔に一撃くわそうとして手をふりあげたのだと思い、百姓特有のあのでっかい手で彼の顎《あご》にがんと音高く一発くらわせたのである。一瞬、彼は眼がくらんだ。こんな一撃をくらうとは予期もしていなかったのだ。しかも、そいつが痛かった。見ているうちに彼の顔面は蒼白《そうはく》となった。と、つぎの瞬間、彼は椅子《いす》から立ちあがると、あやうく彼女が席からころげ落ちそうになったほどの平手打ちを一発くらわせた。「いいか！ 変な真似《まね》をするとこれだぞ！」と彼は言った――片言のフランス語でだ。一瞬、しんと静まりかえった。それから、まるで嵐がわき起るように、彼女は自分の前のコニャックの杯をひっつかんで力まかせに彼に投げつけた。それは、うしろの鏡に当って砕けた。いち早くフィルモアは彼女の腕をつかんでいたが、彼女は自由のきくほうの手でコーヒー茶碗《ぢゃわん》をつかむと、床に叩《たた》きつけた。まるで狂人のように彼女は荒れ狂った。ぼくたちは、やっとのことで彼女を押えつけていた。そのあいだに、むろん店のおやじが走りよってきて、出てゆけと命じた。「ならずものめ！」と彼はぼくたちを呼んだ。「そうよ、ならずものだわ、その通りだわ」ジネットが金切り声をあげた。「きたない外国人たちだわ！ 悪党！ ギャング！ 妊娠している女をなぐるなんて！」ぼくたちの形勢はすこぶる険悪になってきた。かよわい一人のフランス女性を相手に、たくましい大の男のアメリカ人が二人である。ギャング。どうすればうまく格闘をやらずにここから逃げだせるかと、ぼくは考えていた。このときにはフィルモアはもう蛤《はまぐり》のように口を閉じてしまっていた。ジネットは、ぼくたちをあわや大騒動という場面に追いこんでおいて扉口から逃げだしてしまっていた。出てゆきがけに、うしろをふりかえり拳固《げんこ》をふりあげてわめいた。「この仕返しは、かならずしてやるわよ。このけだもの！ いまに見てらっしゃい！ 外国人なんかに、れっきとしたフランス女が、こんな仕打ちをされてたまるもんか！ たまるもんか！ こんな仕打ちが許せるもんか！」

これを聞いて店のおやじは――すでにこのときは飲みものと、こわれたグラスの代金をもらっていたが――ジネットのごときフランス母性のすばらしい代表に対して男気を見せるのが義務だと感じ、そこで、もはやうるさいことも言わずに、ぼくの足もとにべっと唾《つば》を吐いて、ぼくたちを扉口から突きだした。「糞《くそ》でもくらえ、この汚《けが》らわしいならずものめ！」とか何とか愉快なことを言った。

表通りに出て、誰もうしろからものを投げつける奴もいないとなると、ぼくには、この騒ぎのおもしろい面が見えはじめた。ことのいっさいが正しく法廷でさらけだされるとしたら、こいつはじつに妙案ではないかと、ぼくはひそかに思った。事のいっさいがだ！ イヴェットのちょいとした話を添えものにして。要するに、何といってもフランス人という奴はユーモアのセンスがある。おそらく裁判官は、フィルモア側の話を聞いたら、彼から結婚の責任を免除するだろう。

一方、ジネットは街路の向う側につっ立って、拳固をふりまわし、ありったけの声でわめきちらしていた。人々が立ちどまってそれを聞き、街の喧嘩騒ぎにつきものの、どちらかの味方につこうと待ちかまえていた。フィルモアは、どうしてよいかわからなかった——彼女から歩み去って行っていいものか、そばへよって行ってなだめていいものか。彼は両手をつき出して道の真中につっ立ち、すきを見て声をかけようとしていた。ジネットは、まだどなっている。「ギャング！　けだもの！　いまに見てお《テュ》いで《ヴェ》！　不浄者《ラサロン》！」その他いろんなごあいさつである。ついにフィルモアは、彼女のほうに歩きだして行った。すると相手は、またしても一撃を加えるために近づいてくるのだと思ったのだろう、さっと走り去って行った。フィルモアは、ぼくの立っているところへひき返してきて言った。「行こう。そっとあとをつけて行こう」ぼくたちは出かけた。うしろから、まばらな閑人《ひまじん》の群れがついてきた。時折彼女は、ぼくたちのほうをふり返って拳固をふりかざした。ぼくたちは相手に追いすがるつもりはなく、彼女がどうするか見ようと、ゆっくりとあとをつけているだけだった。ついに彼女が歩をゆるめたので、ぼくたちは道の反対側に移った。彼女は、もうおとなしくなっていた。ぼくたちは、そのあとから歩いて行き、しだいに距離をちぢめて行った。いまは、うしろに十二、三人くらいしかついてきていなかった——そのほかの連中は興味をうしなってしまったのだ。曲り角近くにきたとき、彼女は不意に立ちどまって、ぼくたちの近よるのを待った。「おれに話をつけさせろ」とフィルモアが言った。「あいつの扱いかたはわかっている」

そばへ近よると、涙が彼女の頬《ほお》を流れ落ちていた。ぼくのほうは、彼女がどう出てくるか見当もつかなかった。だから、フィルモアが歩みよって、閉口しきった声でこう言ったとき、ぼくはいささか驚いたのである。「あんなことをしていいのかい？どうしてあんなことをしたの？」すると彼女は彼の首に両手を投げかけ、あたしのかわいい人、あたしのあなたなどと呼んで、子供みたいに泣きだした。やがて訴えるような表情でぼくのほうを向いた。「この人があたしをどんなになぐったか、あんたはごらんになったわね」と彼女は言った。「女に向って、あんなふるまいってあるかしら？」ありますとも、とあやうくぼくが言いかけたとき、フィルモアは彼女の腕をとり、さきに立って歩きだした。「あのことはもう言うな。おまえがまたはじめるなら、この道の上におまえを叩きつけてやる」

これでまたもや騒ぎがはじまるのではないかとぼくは思った。彼女の瞳《ひとみ》がきらりと燃えあがった。だが、あきらかに、いささか怯《おじけ》気づいてもいた。瞳の炎はすぐに消えたからだ。けれども、カフェに腰を落ちつけたとき、彼女は静かに陰気な調子で、あれがそうすぐに忘れられると思ってもらっては困る、そのうちあとで思い知らせてやる――たぶん今夜あたり、などと言った。

なるほどたしかに彼女はそのことばを守ったのであった。つぎの日、彼に会うと、顔も手もひっかき傷だらけになっているのだ。どうやら彼女は彼が寝るまで待っていたらしい。それから口もきかずに衣裳《いしよう》戸棚のところへ行って、彼のものを全部床に引っぱりだし、それを一枚一枚ひき裂いて、リボンみたいにしてしまったらしい。こんなことは、これまでたびたびあったことだし、また彼女は、あとでそれらをかならず縫い合せていたから、彼は大して文句も言わなかった。それが彼女をいっそう怒らせた。彼の肉に爪《つめ》をたててやりたくなり、それを彼女の能力のかぎりをつくして実行したのである。妊娠しているだけに彼に対して有利な立場にあるわけだ。

かわいそうなフィルモア！　だが笑いごとではない。すっかり彼女に脅迫されてしまっているのだ。彼が逃げだしてやるぞとおどかすと、彼女は彼を殺すと脅迫しかえすのである。実際に殺すつもりでいるかのように言うのだ。「あなたがアメリカへ行けば」と彼女は言った。「あたし、追っかけて行くわよ！　あたしから逃げられやしないわ。フランスの女は、どんな場合でも復讐《ふくしゆう》する道を知っているのよ」そうかと思うと、つぎの瞬間には、「理性的」になれの、「賢明」になれのと彼をなだめにかかった。文房具店をもったら、きっと楽しい生活ができるわ。あなたは、すこしも働く必要はないのよ。あたしが万事やってあげるわ。店の奥に坐って本を書いていればいいのよ——あるいは何でも好きなことをしたらいいわ。

こんな調子で、二、三週間かそこらは、行きつ戻りつ、シーソーゲームがつづいた。ぼくはこんなことがいやでたまらず、彼ら二人にいや気がさして、極力顔をあわさぬように避けていた。すると、ある夏の天気のいい日のことであった。ちょうどリヨン銀行の前を通りかかったとき、ほかならぬフィルモアが悠々《ゆうゆう》と石段をおりてくるではないか。ぼくは、ながいこと彼を避けていたので、なんとなくうしろめたい思いをしながら、彼に、あたたかく声をかけてあいさつした。ただの好奇心というだけではすまされぬ気持で、その後どういうことになっているか、と彼にたずねた。彼はなんとなく煮えきらぬ態度で答えたが、その声には絶望のひびきがあった。

「おれは、やっと銀行へくる許しをもらったのだよ」と彼は、一種異様な、痛々しい、情けない表情で言った。「三十分くらいしか余裕がないのだ。それ以上はだめなんだ。あいつ、おれを監視しているのだよ」そう言って彼は、まるでその場からあわててぼくをつれ去ろうとするかのように、ぐいとぼくの腕をつかんだ。

ぼくたちはリュ・ド・リヴォリのほうへと歩いて行った。美しい日で、あたたかく、きれいに晴れ渡った明るい日だった——パリの一年のうちで最も美しい季節の一日だ。鼻孔から、あのよどんだ臭気を適度に吹きはらってくれる程度のやわらかな微風がそよいでいた。フィルモアは帽子をかぶっていなかった。外面的には、いかにも健康そうだった——ポケットに金をちゃらちゃらいわせながら前こごみに歩くあのふつうのアメリカ人の観光客みたいであった。

「おれはもうどうしたらいいかわからないんだ」と彼は静かに言った。「ぜひともおれのために何とかしてくれよ。おれはどうすることもできないのだ。自分で自分がわからないのだよ。ほんのちょっとのあいだでもいいから、あの女から逃れることができさえすれば、はっきりするだろうと思う。ところが、あいつは自分の眼のとどかぬところにおれをやろうとはしないのだ。銀行へ行くのだって、やっと許してもらったような始末さ。——金をひきださねばならなかったものだからね。すこし一緒に歩こう。それから急いで帰るよ——あいつが昼食を用意して待っているからね」

ぼくは静かに彼に耳をかしながら、たしかにこの男は、その落ちこんでいる穴から引きずりだしてやる人間が、ぜひとも必要だなと、心ひそかに考えた。彼は完全に弱りこんでいた。元気な色が全然なくなっていた。まるで子供のようだった。——毎日なぐりつけられて、すくみあがり、小さく畏縮《いしゅく》しているよりほかに、もうどうしてよいかわからなくなっている子供だ。リュ・ド・リヴォリの柱廊に曲りこんだとき、彼は、いっぺんに、ながながとフランスに対する罵詈《ばり》を吐きだした。フランス人に飽食しきっているのだ。「おれはよく彼らのことを夢中になって語ったものだ」と彼は言った。「だが、そんなことはみんな文字の上だけのことだった。いまこそフランス人というものがわかった……ほんとうにどういう人間かがわかったよ。彼らは残酷で強欲だ。はじめのうちはすばらしく見える。それというのも、自由感を味わうからだね。しばらくするといや気がさしてくる。心の底では、いっさいが死んでいるのだ。何の感情もなければ、同情もなく、友情もない。骨の髄まで利己的なのだ。この世のなかで最も利己的な人種だ！　彼らは金以外のことは眼中にない。ただ金、金だ。いかにもりっぱそうな、あの町人根性はどうだ！　胸くそがわるくなるよ。あいつはおれを気ちがいにする！　おれはあの女がおれのシャツをつくろっているのを見ると、ぶんなぐりたくなるんだ。いつも、つくろい、つくろいだ。倹約、倹約だ。倹約しな《フォ・フェ》くてはいけないわ《ール・デ・エコノミィ》！　一日じゅう、あの女は、そんなことばかり言ってやがるのだ。どこへ行っても、そいつを聞かされる。理性的になってください《ソワ・レゾナブル》！　あなた《モン・シェリ》！　理性《ソワ》的になってください《レゾナブル》！　おれは理性的とか論理的になんぞなりたくない。そんなものは大きらいだ。でたらめにしていたいのだ。自分をエンジョイしたいのだ。おれは何かをやりたい。カフェに坐りこんで一日じゅう駄弁を弄《ろう》しているなんてまっぴらだ。なるほど、おれたちには、いろんな欠点はあるさ――だけど、おれたちには熱意がある。無為であるよりは、失敗をやらかしたほうがましだ。こんなところで、ちんまり腰を落ちつけているよりは、アメリカで浮浪者になっているほうがましだ。それも、おれがヤンキーのせいだろう。おれはニュー・イングランドで生れたから、なんといってもそこの人間なのだろう。誰でも一夜にしてヨーロッパ人になることはできやしない。血液のなかに何かしらちがったものがあるのだ。風土だとか――その他あらゆるものが。おれたちは、ちがった眼で見ているのだ。おれたちが、どんなにフランス人を讃美したって、自分を改造することはできやしないんだ。おれたちはアメリカ人だし、いつまでもアメリカ人であるよりほかはないのだ。なるほど、おれは故国のあのピューリタン面《づら》をした奴らを憎悪《ぞうお》している。腹の底から憎悪している。だけど、おれもその連中の一人なのだ。おれはここの人間ではない。フランスには、もうへどが出そうだよ」

拱門《アーチ》をぬけるあいだ、彼は、こんな調子でつづけていた。ぼくは一言も口をきかなかった。彼が全部を吐きだすままにしておいた。洗いざらい胸のなかから、それを吐きだしてしまったほうが彼にはいいのだ。そうは言ってもぼくは、変れば変るものだと思った。この同じ男が、一年前だったら、ゴリラのように胸をどすんと叩いて、こう言ったことであろう。「なんというすばらしい日だろう！　なんてすてきな国だ。なんとすばらしい国民じゃないか！」そんなとき、もしアメリカ人が居合せて、フランスの悪口を一言でも言おうものなら、フィルモアは、そいつの鼻を叩きつぶしたことであろう。彼はフランスのためなら一命をなげうったであろう——一年前ならば。ぼくは一つの国に、これほどまでに夢中になってのぼせかえり、異国の空の下で、こんなにも楽しむ人間をいまだかつて見たことがない。それは自然ではなかったのだ。彼がフランスという場合、それは酒と女と財布の金と自由気ままを意味していた。それは、やんちゃ坊主《ぼうず》になって遊び暮すことを意味していたのだ。そして彼がしたい放題のことをしつくして、天幕の屋根が吹きとび、空がくまなく見渡せるようになったとき、彼の眼に映じたものはサーカスでも何でもなくて、どこにでもあるような、ただの空地であった。しかも、むさ苦しい空地であった。ぼくはよくこんなことを考えたものだ。彼が絢爛《けんらん》たるフランスについて、自由について、あるいはまたその他の愚にもつかぬものについて夢中になっている言葉を聞くと、いったいこれがフランスの労働者には何ときこえるだろうか、と。彼らにフィルモアの言葉がわかるだろうかと思ったのである。あきらかに彼らはぼくたちをとんでもない気ちがいだと思うだろう。たしかにぼくたちは彼らの眼からすれば気ちがいだ。ぼくたちは子供にすぎない。ぼけなすにすぎない。ぼくたちのいわゆる人生というやつは、安物雑貨店の架空談なのだ。胸の奥底にあるその熱意——それは何だ？ 正常のヨーロッパ人なら、どんな人にも吐き気をもよおさせるあの安価な楽天主義は何だ？ それは幻想だ。いや、幻想という言葉は、まだそれには上等すぎる。幻想にはなんらかの意味がある。ちがう、それじゃいけない——妄想なのだ。正真正銘の妄想というやつだ。それなのだ。ぼくたちは目かくしをされた荒馬の群れみたいなものだ。あばれまわっているのだ。潰走《かいそう》しているのだ。断崖《だんがい》の上を。バンゴ！ 乱暴と混乱をそそのかすものなら何でもかまわない。どんどんつっ走れ！ どこだろうと、かまうことはない。始終、口から泡をふいて。ハレルヤをわめいて！ ハレルヤ！ なぜだ？ 神のみぞ知るそれは血のなかにひそんでいるのだ。それは風土だ。その他いろんなものだ。それはまた終りでもある。ぼくたちは世界じゅうをひっくりかえして大騒ぎを起させようとしているのだ。なぜだかその理由はわからない。だが、それがぼくたちの宿業なのだ。その他のことはわかりきっている……。

パレ・ロワイヤルで、ぼくは一杯やりに寄ろうかとさそった。彼は、ちょっとためらった。彼女のこと、昼食のこと、あとで起る大喧嘩《げんか》のことを気に病んでいるのだなとぼくにはわかった。

「頼むから」とぼくは言った。「しばらく彼女のことを忘れてくれ。おれが酒を注文するよ。つきあってくれないか。心配するな。おれがこんなめちゃくちゃな状態から何とかきみを救いだしてやるよ」ぼくは生《き》のウイスキーを二つ注文した。

ウイスキーが運ばれてくるのを見ると、彼はまたしても子供そっくりの微笑をうかべてぼくを見た。

「ぐっとひっかけろよ」とぼくは言った。「そしたら、もう一杯やろう。やったほうが、きみにはいいのだ。医者が何と言おうと、かまやしない――今度はもう大丈夫だよ。さあ、ぐいとそいつをほすんだ」

彼は見事にそれを飲みほした。給仕がお代りをとりに引っこんでいるあいだ、彼は、まるでぼくがこの世の最後まで残ったただ一人の人間ででもあるかのように、眼をしばたたいて、ぼくの顔を見つめていた。口もとが、かすかにゆがんでいた。何かぼくに言いたいことがあるのだが、それをどう切りだしていいのかわからないでいるのだ。ぼくは、のんきな顔で、その訴えを無視しているかのように彼を眺めた。それから、皿をわきにどけ、頰杖《ほおづえ》をついて、まじめな口調で彼に言った。「なあ、フィルモア、きみがほんとうにやりたいことは何だね？　おれに聞かせてくれないか！」

それを聞くと、涙がどっとあふれ出て、彼はおろおろ声で言いはじめた。「おれは国の家族のもとに帰りたい。英語を話すのを聞きたいのだ」涙が、あとからあとから彼の顔を流れ落ちた。それをぬぐおうともしなかった。ただ何もかも全部ほとばしり出るにまかせていた。ぼくは心のなかで思った。こんなふうにいっさいを解放するのはさだめしいい気持だろう。せめて一生に一度でも徹底的な弱虫になるのもいいものだ。こんなふうにまいってしまうのもいいものだ。大したものだ！　えらいものだ！　こんなふうに彼が精神的にまいったのを見るのは、ぼくにとって非常に効果があった。おかげで、どんな難問でも解決してみせるぞという気持になった。大いに勇気がわき、断乎《だんこ》たる決意をおぼえた。ぼくの頭に、いっせいに、いろんな案がうかんできた。

「いいかい」とぼくは、さらにぐっと彼のほうに身をのりだして言った。「いまきみの言ったことが本気ならば、どうしてそれをやらないのだ……なぜ行かないのだ？　もしおれがきみの立場にいたらどうするかわかるかね。おれは今日にでも行くよ。そうだ、ほんとうだよ……、彼女にさよならも言わずに、すぐさま行く。じつのところ、きみが行けるのはその方法しかない――彼女は絶対にきみにさよならを言わせないだろうからね。それはわかっているだろう」

給仕がウイスキーを持ってきた。ぼくは彼が何か思いつめたむさぼるようなはげしさで手をのばし、カップを口にもってゆくのを見た。その瞳に希望が閃《ひらめ》いた――はるか遠くのほうで、はげしく、必死に。おそらく彼は大西洋を泳いで渡っている自分の姿を見ていたのであろう。ぼくにとっては、それは丸太をころがすように、いともやさしく簡単なことに思えた。ぼくの頭のなかでは、たちまち、いっさいのことが、おのずと組み立てられて行った。一つ一つの順序をどうすべきかもわかった。鐘の音のごとく明々白々であった。

「銀行のその金は、誰のだい？」とぼくはきいた。「彼女のおやじさんのかね、それともきみのか？」

「おれのだよ！」と彼は、どなりつけるように言った。「おれのおふくろが送ってくれたんだ。あの女のくそいまいましい金なんぞ一文もほしくはないよ」

「そいつはいい！」とぼくは言った。「それじゃ、さっそくタクシーにとびのって銀行に戻ろうじゃないか。一文残らず全部ひきだすのだ。それからイギリス領事館へ行って査証《ヴィザ》をもらおう。きみは今日の午後の汽車にとびのってロンドンへ向うのだ。ロンドンからアメリカ行の最初の便船に乗る。おれがこんなことを言うのも、彼女に追っかけられる心配のないようにしてやりたいからだ。彼女は、きみがロンドン経由で行ったとは夢にも考えまい。きみをさがすとすれば、当然、まっさきにル・アーヴルかシェルブールへ行くだろう……それに、もう一つある――きみは、きみの持ちものをとりに戻らない。全部そっくりここへ残して行くのだ。彼女に持たせておくのさ。彼女のようなフランス人の考えからすると、鞄《かばん》もトランクも持たずにきみが逃げだしたとは夢にも考えないよ。信じられないことなのだ。フランス人という奴《やつ》は、そんなふうに事をはこぶなどとは夢想だにしないだろう……そいつがきみと同じようにみじめにやっつけられている人間だとすると話は別だが」

「まさにきみの言う通りだ！」と彼は叫んだ。「そんなことはまったく思いつかなかったよ。それに、あとできみから品物を送ってもらえるかもしれないしね――あの女が、きみにひき渡してくれればさ！　だけど、いまはそんなことはどうだっていい。もっとも、おれは帽子一つ持ってないけどな！」

「何で帽子なんぞ必要なのだ？　ロンドンへ行けば必要なものは何でも買えるじゃないか。いまのきみに必要なのは急ぐことだ。何時に汽車が出るか調べなければならない」

「そうだ」と彼は財布をひっぱりだしながら言った。「おれは、きみに全部まかせる。ほら、こいつを受けとって何でも必要なことをやってくれ。おれはとても弱りこんでいて……眩暈《めまい》がするのだ」

ぼくは財布を受けとると、彼が銀行からひきだしたばかりの札を全部あけた。一台のタクシーが歩道のそばにいた。ぼくたちはとびこんだ。四時かそこらに北停車場を出る汽車があった。ぼくは計算した――銀行、領事館、アメリカン・エキスプレス社、停車場。うまい！　どうやら間にあう。

「さあ、元気をだすんだ！」とぼくは言った。「あわててはだめだぞ！　くそッ！　数時間後には、きみは英仏海峡を渡っているのだ。今夜はロンドンを歩きまわって、ぞんぶんに英語が聞けるのだ。明日は公海の上にいる――そうなったら、きみは自由の身だ。何事が起ろうと騒ぎまわる必要はなくなる。ニューヨークに着くころには、こんなことも一場の悪夢にすぎなくなるだろう」

これが彼をひどく興奮させた。まるでタクシーのなかで走りだそうとでもするかのように足をばたばた動かしていた。銀行では、ほとんど署名ができぬくらい手がふるえていた。こいつだけは、いくらぼくでも彼のために手つだってやれなかった――彼の名を署名するということだけは。だが、もう必要とあらば、便所についていって彼の尻《しり》をふいてやることもできただろうと思う。たとえ彼を折りたたんで鞄のなかに詰めなければならなかったとしても、彼を船に乗せてやる覚悟でいた。

イギリス領事館に着くと、ちょうど昼食時間でしまっていた。これでは二時まで待たなければならない。時間つぶしには、食事でもするよりほか、うまい考えが思いつかなかった。むろんフィルモアは腹をすかしていなかった。サンドイッチなら食うと彼は言った。「そんなもの、よせ!」とぼくは言った。「けちけちせずに上等の昼食をおごれよ。きみがここで腹いっぱい食う最後の食事じゃないか——おそらく今後当分は食えないのだよ」ぼくは彼を小ぎれいなレストランに引っぱって行って、上等の食事を注文した。値段や好みにはかまわず、献立表にある最上等の葡萄酒《ぶどうしゅ》を注文した。ぼくのポケットには彼の金が全部はいっていた——たいへんな金額のように思えた。たしかにぼくは、一度にこんな大金を持ったことは一度もなかった。千フランの札びらを切るのはいい気持だった。ぼくはまずそれを光にすかして美しい透し模様を眺めた。美しい紙幣だ! フランス人が大仕掛けにやる数すくないもののなかの一つだ。芸術的でもある。まるでフランス人は記号に対してさえ深い愛情をいだいているかのようだ。

食事がすむとカフェへ行った。ぼくはコーヒーと一緒にシャルトルーズ酒も注文した。かまわないじゃないか。ぼくは、またしても一枚、札びらを切った——今度は五百フラン紙幣だ。それは清潔な新品のぱりぱりだった。こういう紙幣を扱うのは愉快だった。給仕が、おつりに、きたない古紙幣をたくさんよこした。ゴム糊《のり》のついた細長い紙片で裏うちしてあった。五フランと十フランの紙幣が、しこたまできた。それにバラ銭がいっぱいたまった。なかに孔《あな》のあいている支那《しな》式の硬貨だ。もう、どのポケットにつっこんでいいのかわからなくなった。ズボンは硬貨や紙幣ではちきれそうであった。そんな金が衆人の前にころがり出そうで、いささか気持が落ちつかなかった。二人組の悪党に見られはしないかと不安だった。

アメリカン・エキスプレス社についたときには、もう時間は大して残っていなかった。イギリス領事館では例の通りさんざんひねくりまわして、しびれがきれるほどぼくたちを待たせた。ところがこの会社では、一人残らず滑走器《カスター》でまわすのである。それがすばらしく速いために、何でも二度やらなければならなかった。やっと書類全部に署名が終り、それがきちんと小さな書類挟みにとめられたかと思うと、彼がまちがった個所にサインしたのがわかった。もう一度はじめからやり直すより仕方がなかった。ぼくは彼の上からのぞきこむようにして、時計と、彼がペンを走らせるのとを、にらみ合せていた。金を渡すのはつらかった。ありがたいことに全部ではなかった――それでも相当とられた。ぼくは、ざっと二千五百フランほどポケットに持っていた。ざっと、と言ったが、それはもはや一フランずつこまかに勘定することをやらなかったからだ。百、二百といったぐあいである——それもぼくには大したものにも思えなかったのである。彼のほうは、最初から茫然《ぼうぜん》とした状態で事をはこんでいた。自分がいくら金を持っているのかも知らなかった。気がついているのは、ジネットのために、いくらか取っておいてやらなければならないということくらいであった。いくら残してやるかは、まだきめていなかった——駅へ行く途中で計算してみようということにしていたのだ。

興奮のあまり、ぼくたちは金を両換えするのを忘れてしまった。しかし、すでにもうタクシーに乗りこんでいたし、ぐずぐずしている時間はなかった。とにかく、いくら残っているか調べるよりほかはない。ぼくたちは大急ぎでポケットの中身をあけ、それを分類にかかった。床やシートにころがり落ちるし、じつに厄介な仕事だった。フランス、アメリカ、イギリスと、三種類の金があるのだ。おまけに硬貨の小銭ときている。ぼくは硬貨をつかんで窓からほうりだしたい気持になった——それだと事は簡単だ。やっとのことですっかり選《よ》り分け、彼はイギリスとアメリカの金をとり、ぼくはフランスの金をとった。

さて、ジネットのことをどうするか、それを大急ぎできめなければならない——金をいくらやるか、どう話すか、などということをだ。彼は、ぼくに言わせるためのつくり話をでっちあげようとした——彼女に傷心の思いをさせたくないというのだ。ぼくは彼の話を切りあげさせるよりほかはなかった。「彼女にどう話すか、そんなことは心配するな」とぼくは言った。「おれにまかせておけ。いくらやるつもりか、そいつが問題じゃないか。だけど、なぜ彼女に金なんぞやるのだい？」

それは彼の尻の下に爆弾をしかけたようなものだった。彼は、わっと泣きだした。たいへんな涙だ！　前よりもっとひどい。いまにも彼がぼくの手のなかで溶けて流れてしまうのではないかと思った。よく考えもせずにぼくは言った。

「よし、じゃこのフランスの金をそっくり彼女にやることにしようじゃないか。これだけあれば当分もつだろう」

「いくらあるのだ？」と彼は弱々しくきいた。

「わからない——二千フランかそこらだろうな。とにかく、あんな女にやるには多すぎるほどだよ」

「ああ、そんなことは言わないでくれ！」と彼は哀願した。「なんといったって、おれは彼女をひどい目にあわせようとしているのだからね。あれの親は、もう絶対に彼女をひきとらないだろう。いや、そいつを全部渡してやってくれ。何もかも全部やってくれ……何だってかまわないよ」

彼はハンカチをとりだして涙をぬぐった。「どうにも泣けてしようがないんだ」と彼は言った。「あまりにもつらいよ」ぼくは何も言わなかった。不意に彼は全身をのたくらせた——発作か何か起すのではないかとぼくは思った。すると彼は言った。「ああ、おれはやはり彼女のところへ戻らなければいけないと思うよ。戻って、ひどい目にあうべきなんだ。もし、あれの身に何事か起りでもしたら、おれは死ぬまで自分をゆるすことができないだろう」

これはぼくにとってひどいショックだった。「馬鹿《ばか》!」とぼくはどなりつけた。「そんなことができるか！ いまさらそんなことが。もう遅い。きみは汽車に乗るのだ。彼女のことはおれがひきうけた。きみと別れたら、すぐに会いに行ってやる。なあ、きみもわからずやだぞ。きみが彼女から逃げようとしたと知ったら、彼女はきみを殺すだろう。それがわからんのかね。もう戻れやしないよ。事はきまったのだ」

それにしても何かとんだことでももちあがるのだろうか。ぼくはみずからに反問した。彼女が自殺する？ なお結構じゃないか。

駅に着いたときには、まだ十二分ばかりあった。ぼくはまだ思いきって彼に別れの言葉を言う気になれなかった。彼が混乱しているだけに、いよいよという間際《まぎわ》になると、汽車からとびおりて彼女のもとへ逃げ戻るようなこともないとはいえなかった。

何がきっかけで横道へそれるかわからなかった。ほんのささいなことでだ。そこでぼくは街路の向い側にある酒場へ引っぱって行って彼に言った。「さあ、ペルノーを一杯やろうじゃないか――きみの最後のペルノーだ。勘定はおれが払うよ――きみの金でな」

この言葉の何が気になったのか、彼はぼくを不安そうに見た。ペルノーをがぶりとあおると、傷ついた犬みたいにぼくに向き直って言った。「やっぱり、その金を全部きみにまかせるわけにはいかない。だけど……だけど……ああ、まあいい、きみが一番いいと思うようにやってくれ。おれは彼女に自殺なんかさせたくない。ただそれだけだ」

「彼女が自殺するって？」とぼくは言った。「あの女が自殺なんぞするもんか！　そんなことを信じることができるのなら、きみは自分のことを大いに考えるべきだよ。この金のことなら、こいつを彼女にやるのは、おれとしたらいやでたまらないけれど、きみに約束するよ、まっすぐに郵便局へ行って電報為替《かわせ》で彼女に送ってやる。おれとしてはもう必要以上こんなものをあずかっているのはごめんだ」そう言いながら、ぼくは回転棚に一束の絵葉書があるのに眼をとめた。その一枚をつかみだした――それはエッフェル塔の絵葉書だった――そして彼に一筆書かせた。「彼女に、これから船に乗る、と書いてやるんだ。おまえを愛している、アメリカに到着しだい呼びよせてやる、と書いてやれ……郵便局へ行ったら、そいつを速達で出してやるよ。そして、今夜会ってやろう。見ていたまえ、万事うまくいくから」

それからぼくは道を渡って駅へ行った。あと二分しかない。これで安全だという気がした。入口のところで、ぼくは彼の肩を一つどやしつけてやり、列車のほうを指さした。握手はしてやらなかった——ぼくの手を涙でべとべとによごすかもしれないからだ。一言だけ、「早く！　彼女がいまにやってくるぞ」と言っただけだった。そして踵《きびす》を返すと、ぼくは足早に立ち去った。彼が列車に乗りこむかどうかをたしかめようと、ふりかえって見もしなかった。見るのが怖《おそ》ろしかった。

じつは、彼を追いたてるようにして送りだしているあいだ、彼から解放されたら何をやろうなどということは考えていなかった。いろんなことを約束したけれども、それはただ彼を落ちつかせるためだった。ジネットにぶつかることになると、ぼくも彼と同様、ほとんどその勇気がなかった。われながら狼狽《ろうばい》をおぼえてきた。すべての出来事が、あまりにも早かったので、事の性質が十分にのみこめなかった。何か茫然とした快い状態でぼくは駅から歩み去った——例の絵葉書を手にしたまま。ぼくは街灯の柱によりかかって、それを読みかえした。何だか阿呆《あほ》らしく思えてきた。おれは夢をみているのではないぞとたしかめるために、もう一度読みかえした。それから、それをひき裂いて溝《みぞ》のなかへ投げこんだ。

いまにもジネットが手斧《ておの》を持ってあとをつけてくるのではないかと半ば予期して、不安な思いであたりを見まわした。誰もつけてくるものはなかった。のろのろとラファイエット広場の方角へと歩いて行った。はじめからそう思っていたように、美しい日だった。軽やかな淡い白雲が頭上の空を風のまにまに流れていた。日覆《ひおお》いが、はたはたと鳴っていた。パリがこんなにも楽しく見えたのは、はじめてだった。ぼくはあの哀れな男を送りだしたのが気の毒にすらなった。ラファイエット広場までくると、教会に向って腰をおろし、その時計台に、じっと見いった。それは建築物としては大してすばらしいものではなかったが、蒼味《あおみ》をおびた文字盤の色合が、いつもぼくを恍《こう》惚《こつ》とさせた。今日は、いつにもまして蒼味をおびていた。それから眼を離すことができなかった。

彼があの女に手紙を出して詳細を説明するほどの気ちがいでないかぎり、ジネットは、すこしも事のしだいを知る必要はない。また彼が二千五百フランかそこらを残して行ったのを、たとえ知ったところで、彼女には、その証拠がつかめないだろう。それは奴の頭がどうかしているのだよ、とぼくはいつでも言ってやれるわけだ。帽子一つなしに逃げだすほど頭の変な奴なら、二千五百フランだろうと何だろうと、それくらいのことは平気ででっちあげられる気ちがい野郎だと言っていい。それにしても、いくらあるのかな、とぼくは思った。ぼくのポケットは、その重みでたるんでいた。そいつをつかみだして、丹念《たんねん》に勘定してみた。かっきり二千八百七十五フランと三十五サンチームある。思っていたよりも多い。七十五フランと三十五サンチームは除かなければならぬ。ぴったり割りきれる額にしたかった――きっちり二千八百フランにだ。ちょうどそのときタクシーが歩道に乗りつけた。一人の女が真白い狆《ちん》を抱いて降り立った。犬が彼女の絹の衣裳《いしょう》に小便をひっかけていた。犬をつれてドライブをするという考えが、ぐっとぼくの癇《かん》にさわった。おれだってあの犬くらいの値うちはあるぞと思った。そう思うと、ぼくは運転手に合図をして、ボワへやってくれ、と命じた。場所をはっきり言ってくれと彼は言った。「どこでもいいんだ」とぼくは言った。「ボワにはいりこんで、そこらをぐるぐる走らせてくれ――きみの時間をつぶせばいいのだよ。おれはすこしも急がないんだから」ぼくは深々と腰を落ちつけた。家並がかすめ、ぎざぎざの屋根、煙突の頂上にある通風管、色とりどりの塀《へい》、便所、めまぐるしい十字路《カルフウル》が、かすめ去っていった。ロン・ポワンを通りかかったとき、下へ降りて小便をしてやろうかと考えた。あの地下で、どんなことがあるかわからない。ぼくは運転手に待っているようにと命じた。小便をしているあいだタクシーを待たせておくことなど生れてはじめてだった。それでいくらむだ使いができただろうって？　大したことじゃないさ。ポケットにあるだけの金なら、タクシーを二台待たせておくことだってできるのだ。

ぼくは、しさいにあたりを見まわしたが、大したものも見当らなかった。いまおれの望むものは、何か新鮮な、いわゆる初ものだ――アラスカか処女群島《ヴアージン・アイランド》からきた奴だ。自然の芳香のついている、清潔な、新鮮な毛の生えた皮膚だ。いうまでもなく、そんなのがうろついているわけはなかった。しかし、ぼくは、さして失望しなかった。何かを見つけようと、見つけまいと、どうでもよかった。要は、決してあせりすぎるなということだった。何事も時がくればなるようになるのである。

凱旋門《がいせんもん》を通りすぎた。数人の観光客が無名戦士の墓のあたりをぶらついていた。ボワにはいると、金持の女どもが一人残らず高級車を乗りまわしているのを見た。そいつらは、いずれも何か行くさきの目当てがあるかのように車をとばしていた。あきらかに、自分を大したものに見せるために、あんなことをやっているのだ――自分たちのロールス・ロイスやイスパノ・スライザが、どんなに快適に走るかを世間の奴らに見せびらかしているのだ。ぼくのなかでは、いろんなことが、どんなロールス・ロイスよりもなめらかに走っていた。それは天鵞絨《ビロード》張りの内側にそっくりだった。天鵞絨の皮膚、天鵞絨の脊椎《せきつい》。そして天鵞絨の車軸油。どうだ！　すばらしいじゃないか、三十分ばかり、ポケットに金を持って、そいつを酔っぱらった水兵みたいに、じゃんじゃん使うのは！　まるで世界じゅうがわがものになったような気分だ。しかも何よりいいのは、その金をどう使ったらいいかわからないでいることだ。タクシーにどっかと腰をかけて、メーターをめちゃくちゃに上げることくらいはできる。髪を風になびかせることならできる。車をとめて一杯やることもできる。どえらいチップをやることもできる。こんなことは日常茶飯事だといわんばかりに、ふんぞりかえることもできる。しかし、革命を起すことはできない。腹から不潔なものを洗いだすことはできないのだ。

ポルト・ドゥトイユにくると、ぼくは運転手に命じてセエヌ河のほうへ向わせた。ポン・ド・セーヴルで車を降りて、オートゥイユ・ヴィデュクへ向って河沿いに歩きだした。このへんは河幅が小川くらいで、樹々《きぎ》が河のすぐ岸まで生えている。水は青く鏡のようだ。ことに向う岸近くは。時折、平底の伝馬船《てんません》が、あわただしく過ぎて行った。タイツ姿の水浴者が草のなかに立って陽をあびていた。あらゆるものが親しげで、強い光線に鼓動をうち、躍動していた。

ビア・ガーデンを通りかかると、一群の自転車乗りがテーブルをかこんでいるのが見えた。ぼくはその近くに席をとり、ビールの大コップを注文した。彼らが早口に話しこんでいるのを聞くと、一瞬、ぼくはジネットのことを考えた。彼女が例の野獣みたいなかっこうで部屋をうろうろ歩きまわり、髪をかきむしり、嗚咽《おえつ》したりわめいたりしている姿が眼にうかんだ。彼の帽子が帽子掛けにかかっているのが見えた。フィルモアの服は、おれに合うだろうかと思った。彼は、とくにぼくの気に入ったラグラン型の上着を持っていたのである。そうだ、いまごろ、あいつはあいつの道を進んでいるのだ。もうすこししたら船にゆられているだろう。英語！　あいつは英語のしゃべるのを聞きたがっていた。なんという考えだ！

行きたければ、おれもアメリカに行けるのではないかという考えが、突然うかんだ。機会がおのずと訪れたのは、これがはじめてだった。ぼくは自分にきいた——「おまえはアメリカへ行きたいか？」答えはなかった。ぼくの思いは、さまよい出ていった。海のほうへと。海の彼方《かなた》の、最後にふりかえって眺めたとき、霏々《ひひ》と降る雪のなかに消えていった摩天楼のある彼方へと。ぼくの眼には、それがふたたび、去ったときと同じように、亡霊のごとく、ぼうっと浮びあがるのが見えた。それらの肋骨《ろっこつ》のあいだから灯火が洩《も》れてくるのが見えた。全市が、ハーレムからバタリーにいたるまでの全市街が展開してくるのが見えた。蟻《あり》で埋まっている街路、かすめすぎる高架鉄道、からっぽになる劇場。ぼんやりとではあるが、女房の奴《やつ》はどうしているだろうかと思った。

ぼくの頭から、あらゆることが静かにふるい落されてしまうと、大きな平和が心を占めた。ここには――静かに風が丘々のまわりを吹きぬけてゆくここには、あまりにも深く過去がしみこんでいるため、いかにはるか遠い昔をしのぼうとも、人間の背景から切り離すことのできぬ国土が横たわっているのだ。そうだ。眼の前に、ただ神経の異常に鋭いものだけが顔をそらすことを夢想できる強烈な金色の平和がきらめいた。セエヌは、あまりにも静かに流れてゆく。だから、その存在にすら気づかないくらいだ。それはつねにそこにある。静かに、人目につかぬように、さながら大動脈が人間の肉体のなかを走っているように。不思議なほどの平和がぼくに落ちかかってきた。だから、まるでぼくは何だか高山の頂上にでも登っているような気がした。こうしてしばらくのあいだ、ぼくは周囲を眺めて、風景の意味をつかみとることができた。

人間は異様な動物相《フォーナ》や植物相《フローラ》をつくっている。遠くから見れば、人間はとるにたらぬ何でもないものに見える。近よるにつれ、醜悪に、悪意にみちたものに見える。何物にもまして、彼らは十分な空間をもってとりかこまれている必要がある——時間よりも空間が必要なのだ。

太陽は沈みかけている。ぼくはこの河がぼくのなかに流れこんでゆくのを感じる——その過去、その古代よりの土、その移り変る風土を。丘々は、やさしくその周囲を囲繞している。だがその行程《コース》は一定しているのだ。

解説

大久保康雄

1　ヘンリ・ミラーの経歴

(1)

ヘンリ・ミラー Henry Miller がどのような作家であるかについては、彼自身のつぎのような文章が、もっともよく説明していると思う。

「私がものを書くのは、より大いなる現実をうち立てようためである。私は現実主義者でもなければ自然主義者でもない。私は生命《ライフ》の味方をするものであり、生命は文学においては夢と象徴を駆使することによってのみ得られる。私は心底では形而上《けいじじょう》的な作家なのである」(『自伝的ノート』)

「私にとって作品とはそれを書いた人間である。したがって私の作品は私という人間である。ぼんやり者で、投げやりで、向う見ずで、狂熱的で、卑《ひ》猥《わい》で、騒々しくて、考えこみがちで、ウソつきで、小心翼々とした、そのうえ悪魔のように誠実な私という人間なのである。私は自分を一つの作品とも一つの記録ともみなさない。私は自分を一つの現代史、否《いな》、あらゆる時代の歴史であると考えている」（『黒い春』）「私の書くものが純粋に真実のひびきを伝えるようになったとき、人間である私と文学者である私とは同じ旋律を奏《かな》でるであろう……これこそ人間が抱《いだ》きうる最高の理想である」（『性の世界』）

これで十分だろう。要するに彼にあっては、文学は世界の全体にかかわり、人間の生命そのものにかかわることなのである。このようなコスミックな作家が出現したということは、なんといってもアメリカ文明の近年の成熟を物語る現象の一つであるにちがいない。むろんミラーの精神形成に、アメリカのみならずヨーロッパの文物が大きな役割を果したであろうことは、彼の経歴からしても十分想像できる。では、まずその経歴を簡単にたどってみることにしよう。

ヘンリ・ミラーは、一八九一年十二月二十六日、ニューヨーク州ヨークヴィルに生れ、生れるとまもなくブルックリンに移った。祖父の代から仕立屋を家業としており、両親ともドイツ系で、彼も小学校へ入るまでほとんどドイツ語しか話さなかったという。

彼が幼少年時代をすごしたブルックリン区ウィリアムズバーグの第十四区とよばれる裏町は、いろんな国の人間が集まっている移民地域で、その日の食にも困るような家族が多かったが、いずれもそれぞれの母国語を用い、服装も生活様式もまちまちで、スペイン語でどなりあっている夫婦がいるかと思うと、その窓の下をイタリア語で鼻歌をうたいながら酔っぱらいの老人が通るといったぐあいで、さながら人種の見本市であった。こうした環境が感じやすい少年の心になんらかの影響をあたえぬはずはない。彼の天性とも思えるコスモポリタニズムと放浪性とは、このブルックリン第十四区によってはぐくまれたと考えていいだろう。このころの生活については、短編集『黒い春』の『第十四区』『仕立屋』などに、くわしく描かれている。

彼は子供のときから、たいへんな読書好きで、イギリスの児童文学者G・A・ヘンティの歴史ロマンスやライダー・ハガード、マリー・コレリ、リットン卿《きょう》、ユージェーヌ・シュー、クーパー、シェンケーヴィッチ、マーク・トウェインなどの作品を愛読した。とくにハガードの『ソロモン王の宝庫』『彼女』『アイシャ』などには異常なほどの感銘を受けたらしく、後年、「ハガードこそは私の魂をとらえた作家の一人だ。『北方の獅子《しし》』（ヘンティの小説）の場合にもそうであったが、『彼女』を読んでアイシャという神秘的な女性とめぐりあったときの圧倒的な感動を、いまも私は忘れることができない」と書いているほどである。

ブルックリンの東部地区ハイスクールに在学中、十六歳で初恋を経験した。相手は同じハイスクールの生徒でコーラ・シーワドという一つか二つ年上の少女である。はげしい思慕に駆りたてられて夜こっそりと彼女の家のまわりをうろついたりした一時期があったことはわかっているが、この初恋が、どう発展したのか、あるいは全然発展しなかったのか、そのへんの事情は明らかでない。「純粋にプラトニックな恋愛だった」と彼自身は言っている。

十八歳のときニューヨーク市立大学に入学したが、その雰囲気《ふんいき》とカリキュラムのばかばかしさにがまんができず、二カ月で退学した。規則や制度に反撥《はんぱつ》し、自由をもとめる性向は、すでにこのころから芽生《めば》えていたようである。その後ニューヨークの金融街にあるアトラス・ポートランド・セメント会社に就職したが、この会社で生れてはじめてのサラリーを手にした直後から、彼の猛烈な性的遍歴がはじまる。街頭に立つ女たちをはじめ、ショップ・ガール、看護婦、ダンサー、劇場の切符売り、案内ガールなど、どんな種類の女であろうと、女でさえあればよかったらしい。母親ほども年齢のちがう年上の女のポーリーン・チャウトウと同棲《どうせい》をはじめたのも、そのころである。コーネル大学へ進ませようとして父親がくれた学資を、そっくりこの同棲生活の資金にまわしてしまった。「セックスの奴隷《どれい》となり、まったく救いも希望もない地獄の境涯であった」(『わが読書』)と当時をふりかえって彼は書いている。

だが、セックスがすべてであるような生活が、そういつまでもつづくはずがない。やがて彼はこのような生活に倦《う》み、ふらりとニューヨークをすてて西部へ旅立った。あちこちで臨時やといの仕事をつづけながら西部を放浪するうち、サンジエゴでアナーキストのエマ・ゴールドマンと会い、彼女によってヨーロッパ文化への眼を開かせられた。ロシア文学、とくにドストエフスキーに異常な執心を示すようになったのも、彼女の示唆《しさ》によってである。「溺《おぼ》れるように私はドストエフスキーの世界へのめりこんでいった」(『わが読書』)――これが彼の人生の一つの転機となったことは別のところで書いているのでここでは省略する。

翌年ニューヨークへもどり父の家業を手つだった。フランク・ハリスを知ったのは、この時期である。二人は、ときには酒場で、ときには公園のベンチで、ときには街を歩きながら、文学の話よりも、より多く、より熱心に、女の話に熱中したということであるが、しかし、貪婪《どんらん》なほど知的好奇心の強い二十三歳のヘンリ・ミラーの心に、この『わが生涯と恋愛』の作者が、なんの影響もあたえなかったとは考えられない。

二十六歳のとき、ビアトリス・シルヴァス・ウィキンズというピアニストと結婚した。『セクサス』に登場する「モオド」という女のモデルが、このビアトリスである。彼がこの最初の妻をほんとうに愛していたかどうかは疑わしい。あるいは彼女の肉体だけが目的であったのかもしれないと思われるふしが多分にあるのだ。すくなくともビアトリスはそう考えていたようである。それはともかく、翌々年、女の子が生れ、バーバラ・シルヴァスと名づけられた。(この娘は、それから三十年後の一九五五年に、バーバラ・サンフォードとして父ヘンリ・ミラーと再会する)

(2)

一七年、アメリカが第一次世界大戦に参加すると、彼はワシントンへ赴き、短期間、陸軍省につとめ、かたわらある新聞の通信員としてはたらいた。その後しばらく経済調査局につとめ、つづいてチャールズ・ウィリアム百貨店に職を見つけてカタログの編集に従事した。ここを解雇されてからは、ホテルの皿洗い、バスの車掌、新聞売り、メッセンジャー・ボーイ、墓掘り人夫、広告のビラ貼《は》り、ホテルのボーイ、体操教師など、臨時の職を転々とした。いくらか生活が安定したのは、二〇年、ニューヨーク市にあるウェスターン・ユニオン電信会社に就職してからである。メッセンジャー(送達員)として数カ月働いてから送達部の雇用主任となった。『南回帰線』『セクサス』にあつかわれているのは、このころの生活である。
一二年、休暇を利用して処女作『切られた翼』を書きあげ、友人を介してある雑誌社へもちこんだが、あっさりつきかえされた。そのとき編集者から、「きみには一かけらの才能もない。きみは作家として落第だ」と言われたということを、のちに彼は、ある作品のなかで書いている。(『セクサス』)
二三年、ブロードウェイのダンスホールでジューン・イーディス・スミスと知りあった。『セクサス』に登場する「マーラ」あるいは「モナ」のモデルとなった女である。彼女は当時タクシー・ガールとよばれた職業ダンサーであった。かなり頭がよく、美貌《びぼう》でもあるが、たいへんなウソつきで、浪費家で、エクセントリックで、性的にだらしがなく、『わが友ヘンリ・ミラー』の著者ペルレスに言わせると、「ある種のフランス小説によく出てくる妖婦《ようふ》型の女」であったらしい。しかしミラーは、この女の欠点を承知の上で、翌年、最初の妻ビアトリスと離婚し、ジューンと結婚した。そして、創作に全精力をうちこむためにウェスターン・ユニオン電信会社をやめた。
ジューンもはじめのうちはミラーを一人前の作家にしようとして献身的な努力をしたらしい。だが貧乏に弱い女であった。金に困ると平気で自分の肉体を利用した。自作の散文詩集『銅凹版』を売りあるいたり、グリニッジ・ヴィレッジでスピーク・イージー（一種のもぐり酒場）を開いたり、クイーンズ・カウンティの公園課につとめたり、ときには街頭で物乞《ものご》いまでしながら、狂気のように原稿を書きつづけるミラーの生活を支《ささ》えていたのは、ほとんどジューンがパトロンたちからせしめてくる金であった。二八年にミラーがジューンとともに一年間のヨーロッパ旅行に出られたのも、彼女が巧みに「カモ」たちからまきあげてきた金のおかげである。ジューンは、底ぬけに善良な面と、ブレーキのきかぬ放埒《ほうらつ》な面と、両方をそなえた女であったらしい。当然ミラーは苦しんだ。そのころの二人の仲は、はげしい衝突と和解とのくりかえしであった。だが、ジューンとの出会いはミラーの人生に決定的な影響をおよぼしたと考えられる。彼自身、ロレンス・ダレルへの手紙のなかで、「もしジューンとのあいだに起った悲劇を経験しなかったら、自分ははたして作家になれたかどうか疑わしい」と述べているほどである。

ヨーロッパ旅行から帰るとすぐ小説『この異教的な世界』を書きあげた。つづいて三〇年、ミラーは単身ヨーロッパへ渡ることになるのだが、二四年から三〇年までの七年間は、彼にとっては貧乏と絶望と苦悩の時代であったといっていい。「そのころぼくはたえず死を考えていた」（『ネクサス』）と彼自身言っているように、そのころ彼が住んでいたのは、まさしく「精神のシベリア」であった。雪にとざされ、寒風吹きすさぶシベリアの凍土地帯である。妻以外の女とも、いろいろと交渉をもったらしいが、それも何とか生きるあかしを求めようとするせっぱつまった気持からであったろう。当時彼は友人たちのあいだで、「ひょうきんな、おもしろい男」として通っており、事実よく人を笑わせたりしたということであるが、それも一皮むけば哀《かな》しい道化だったのではあるまいか。「自殺も殺人も不可能のとき人は道化師となる」（『梯子《はしご》の下の微笑』）――もしそれが死と絶望をふまえての道化であったとしたら、それこそまさしく「魂の凍るような戦慄《せんりつ》のコメディ」（『梯子の下の微笑』）というべきであろう。

だが、絶望と孤独のどん底で彼がつかんだのは死ではなかった。一つの自覚――書くことが生きることだという自覚であった。この自覚をつかまえたからこそ彼は躊躇《ちゅうちょ》なく妻ジューンをすてアメリカをすててヨーロッパへ渡る決意をしたのである。そのとき彼のポケットには友人から借りた十ドルしかなかったという。しばらくロンドンに滞在してからパリへ移った。こうして三六年までつづく彼のパリ生活がはじまるのである。

(3)

自由はあるが金はなかった。しかしミラーは、不思議な処世の才にめぐまれていた。友人をつくる才能である。いつも誰かが食うものと寝る場所を提供してくれた。すぐに彼はニューヨーク・シティ・バンクのパリ支店に勤務するリチャード・オズボーンというアメリカ青年と友人になり、彼の紹介でアナイス・ニンを知った。六カ国語を自由に話し、超現実主義的な前衛作家として、すでに文名のあったこの女流作家は、ノートに書きつけられたミラーの短い原稿を読んで、即座にその作家的素質を見ぬいた。アルフレッド・ペルレスを知ったのも、このころである。「シカゴ・トリビューン」パリ版の校正係にやとわれたり、冬のあいだディジョンのリセ・カルノーで英語の教師をしたり、食えなくなると友人のアパートにころげこんだりしながら書きつづけた『北回帰線』が、アナイス・ニンの序文つきでオベリスク・プレス社から出版されたのは、三四年の六月であった。ちょうどミラーがヴィラ・スーラへ部屋を借りて引越したその日で、出版者のジャック・カヘインが、できたばかりの本を持ってヴィラ・スーラへ訪《たず》ねてきた。この出版者は、三九年に世を去るまで、つねにミラーのよき理解者であった。

出版後まもなくブレーズ・サンドラルスがミラーのアパートをおとずれた。数奇をきわめた放浪生活と奇行とで知られるこの前衛作家に対するミラーの傾倒は、すでに渡仏前からのものであったが、サンドラルスもまたミラーの才能を高く評価し、『軌道《オルベ》』誌に『北回帰線』についての好意にみちた長文の批評を書いてミラーを感激させた。後年彼は『わが読書』のなかでこの作家に言及し、「……彼は〃生〃至上主義者だ。彼の Life は、いつも大文字のLである。それがサンドラルスだ。……彼のことを思いうかべると、ぼくの胸には感謝のおもいがこみあげてくる。彼ほどぼくを買ってくれた作家はいないのだ」と書いている。

この作品をまっさきに認めたのはエドマンド・ウィルスンとジョージ・オーウェルであるが、その後エリオット、ハーバート・リード、ハックスリー、ドス・パソス、エズラ・パウンドなども、それぞれ理解のある書評を発表して、この新しい奇才の登場を迎えた。だが、非難も、もちろんあった。いや、非難のほうが多かったかもしれない。「内容がわいせつである」とする非難を別にすると、「これは小説ではない」という否定的意見が圧倒的に多かった。「第一プロットがないではないか」というのである。プロットがないから小説ではないなどということは、もちろん言えないにしても、ミラーの作品にプロットが欠けていることはその通りであり、小説の体《たい》をなしていないことも事実である。あるとき、ある場所で起った事件やエピソードが、一見無秩序とも思えるほど恣意《しい》的に書きならべてあるにすぎないし、登場する人物たちにしても、一、二度ちょっと顔を出すだけで姿を消してしまい、主人公の主観に影を残すだけで作品ぜんたいの構成には何の有機的なつながりももたぬ場合が多々ある。そして、事件やエピソードの幕間《まくあい》には、主人公の独白の形式で、人生観や宇宙観や芸術観が、あたかも噴出する泉のごとく際限もなく展開されるのである。いわゆる「小説」とか「フィクション」とかを構成しようとする意図など、ミラーには、まるでないとしか考えられない。作品を「小説的に」仕立てるための努力や顧慮を、彼ははじめから放棄しているのだ。いや、むしろ「小説」という既成の型を破壊するところから彼の文学は出発しているのである。『ネクサス』のなかで、友人の一人から「きみは小説だけは書かないほうがいい。きみにはプロットの観念がまるでないのだから」と言われて、主人公が「小説にプロットなどが必要なのか」と反問する場面があるが、これがミラーの解答と考えていいだろう。形式などにこだわることなく、真に文学の本質的エッセンスだけを、むきだしのまま投げだす、というのがミラー流のやりかたなのだ。「ミラーの作品は小説とは言えないかもしれない。しかしそれはまぎれもなく文学とよぶしかないものである」と『北回帰線』の書評のなかでサンドラルスは書いている。

(4)

この年ミラーは代理人を立てメキシコ・シティでジューンと離婚の手続きをとった。つづいて三五年には『ニューヨーク往復』三六年には『黒い春』三八年には『マックスと白い食菌細胞』三九年には『南回帰線』を、いずれもオベリスク・プレス社から出版した。

『アレクサンドリア四部作』の作者ロレンス・ダレルとはじめて会ったのは、三七年、ミラーが四十六歳のときである。当時ギリシアのコルク島に住んでいたインド生れのこのイギリス青年詩人は『北回帰線』を読んで感激し、若い夫人ナンシーをともなって、ある日とつぜんヴィラ・スーラを訪ねてきたのであった。以後この二人は親交を結ぶことになるのであるが、二人の友情は『ミラー、ダレル往復書簡集』にくわしい。

三九年の夏、ギリシア旅行を思い立ち、まずコルク島にあるロレンス・ダレルの家を訪問した。そして、ここを根城にして、アテネを訪ねたり、ギリシア諸島を見物したり、ペロポネソスを回遊したり、ダレルの紹介でギリシアの小説家、詩人、画家たちと会ったりしながら、自由と解放の日々を楽しんでいたが、同年末、アテネのアメリカ領事館から帰国命令を受けてニューヨークへ帰った。ヴァージニア州ボウリング・グリーンにあるカレス・クロスビーの家に滞在して、ギリシア紀行『マルーシの巨像』『性の世界』『クリシーの静かな日々』を書き、ついで四〇年十月から翌年十月にかけてアメリカ周遊旅行をこころみた。『冷房装置の悪夢』『追憶への追憶』の二書は、この旅行の収穫である。

四二年、ある篤志家《とくしか》の好意でロサンゼルスのビヴァリー・グレンに一軒の家を提供され、マーガレット・ニールマン、ギルバート・ニールマンとともに四四年までここに住んでいた。その間、多数のエッセイや評論を書き、三部作『薔薇《ばら》色の十字架』第一部を執筆し、そのかたわらしばしば水彩画の個展を開くなど、おそらくもっとも精力的に制作に没頭した時期であったかもしれない。四四年十二月、コロラド州デンヴァーでジャナイナ・M・ラプスカと結婚、元カーメル市長キース・エヴァンズから提供されたカリフォルニア州パーティントン・リッジの丸木小屋へ第三の妻とともに移り住み、ここで『セクサス』を脱稿した。経済的には、あいかわらずめぐまれず、金策のためしばしばバークリーやサンフランシスコへ出て行かなければならなかった。四七年、おなじパーティントン・リッジにあるジーン・ウォートンの別荘を譲りうけたが、それも支払いはいつでもいいという条件つきであった。翌年、友人フェルナン・レジェのために『梯子の下の微笑』を書き、ニューヨークのデュエル＝スローン・アンド・ピアース社から出版した。この年、息子トニーが生れた。しかし、ラプスカとのあいだは、トニーの出生を境に急激に悪化して行き、五一年別居、そして翌年正式に離婚した。この年十二月末、イーヴ・マクリュアとともにヨーロッパ旅行に出かけ、大晦日《おおみそか》にパリへ着いた。パリ滞在中に『プレクサス』がオランピア・プレス社から出版された。この出版社は、ミラーのよき理解者であり後援者でもあったオベリスク・プレス社社長カヘインの息子モートス・ジロディアスがこの年創立したもので、創刊十番目の本がこの『プレクサス』であった。この年には、ほぼ一年をついやして、モンテ・カルロ、ジュネーヴ、ローザンヌ、ブリュッセル、バルセロナ、グラナダ、コルドバ、マドリード、セゴビアと旅行してまわり、さらにペルレス夫妻のいるイギリスのウェールズにまで足をのばした。

2 『北回帰線』について

(1)

『北回帰線』Tropic of Cancer が最初読者にあたえるのは、おそらく一種不可解な、混沌《こんとん》として捉《とら》えがたい総体という印象であろう。ここでは、日常茶飯的な現実の描写が突如として夢や幻想に急転回し、性の交わりの記述が一挙に哲学的な冥想《めいそう》に飛躍する。激越と沈潜、絶望と平和、感傷と冷酷、感性と知性が、めまぐるしく交代する。「私は、およそ考えうるかぎりのいっさいの表現手段を探究する」(『黒い春』)と彼みずから言っているように、英語の基礎的《ベーシック》な文法以外は、あらゆる約束、あらゆる習慣的な修辞法を無視した傍若無人な奔放さをもって、日常的な口語、文語、卑語、隠語、学術用語、さらに彼自身の新造語までも駆使する。飛躍的なシュールレアリスムと平明で率直なリアリズムとが奇妙に接合されており、ダダイズム、アナーキズム、象徴《サンボ》主義《リズム》、表現主義《エクスプレシヨニズム》等々——前世紀末から今世紀初頭にかけてパリを中心に渦巻いていたあらゆる思考ないし表現上の形式が、捉えがたい混沌のなかに、銀鱗《ぎんりん》のように閃《ひらめ》く。そしてそれらを、根源的なエネルギーがもたらす隠微な「内的凝集力」(アンリ・フリュシェール)のごときものが、強引に束ね合せているのである。

これが小説か、と言った批評家がいるが、たしかにこの『北回帰線』は、小説なのか、エッセイなのか、自叙伝なのか、ファンタジーの物語なのか、ちょっと区別しかねるようなおもむきがある。現実の体験が重視されていて、いかにも小説的な叙述があるかと思うと、作者自身の生《な》まの感想や思想が遠慮なく随所に顔を出すといったぐあいで、文学のジャンルに関する古典的約束のごときものは、じつに無関心にぶちこわされている。全編の主軸をなしているのは「ぼく」とるされている主人公の「生活と意見」であり、この人物が架空の人物というよりむしろ作者自身にほかならぬことはほぼ推察できるが、それかといって『北回帰線』を自叙伝とよぶことには躊躇せざるをえない。普通の自叙伝の場合には、作者の夢や幻想や客体から独立した作者の主観などの記述を、ここでのように自由にとり入れはしないだろうし、それにここに登場する人物のなかには、片足は現実の誰かの姿を踏みしめながら片足は作者自身のイメージないし分身を踏まえているといったふうな、現実からフィクションのなかへ半身のりだしているような人物が、たくさんふくまれているからである。また、作者の生活とは直接なんのかかわりもなさそうな人物に対する、作者の意見を積極的にまじえぬ客観的な叙述も、自叙伝というにはあまりに多く見られるようである。もちろんこれらのことは、作者が小説家であるからには、あるいはすくなくとも小説も書こうとしている人間であるからには、当然だと言えるかもしれない。小説家の生活は二つの部分から成り立っている。一つは彼自身の生活であり、一つは他人の生活の観察である――彼にとっては、他人の生活を観察することもまた生活することなのだ。一方また小説に関する従来の美学の立場からするなら、この作品を小説とよぶことにも、いくらか躊躇を感じるかもしれない。ストーリーも、劇的緊張も、およそあらゆる形式的均斉が、ここには欠けているからだ。一見無形式と見られるジョイスの『ユリシーズ』にしても、じつはホーマーの『ユリシーズ』の構成の模倣の上に成り立っていることは、スチュアート・ギルバートなどの説くところだが、そうした、たとえ客観的にはかならずしも明瞭《めいりよう》ではないにせよ、作者自身の努力を主観的に支えているなんらかの形式性への志向が、『北回帰線』においては、全然といってよいほど欠如しているのである。

にもかかわらず、やはり『北回帰線』は小説とよばれるべきであり、そうよばれるほかはないようだ。というのは、この奔放自在な作品、英語で書かれており、作者のある時期の生活および意見を主として述べているということ以外、なんら形にあらわれた規範をもたぬこの作品の背後には、外的、日常的、自然的な秩序の代りに、ある内的な秩序をうち立てようとする態度、いうならば自分自身に帰ろうとする志向が、あらかじめ働いているとともに、それが書かれたものの背骨となっているからである。「汝《なんじ》自身に帰れ」というのが早くからミラーの全存在をつらぬく根源的なテーマであった。いや、テーマというよりも、もっと切実な、肉体的なもの、彼自身と不可分なもの、前向きに歩いてゆく彼の姿勢そのものにほかならなかった。そのために、自己以外のものから自己を奪還するために、彼は幼少から家庭に反抗し、環境に反逆した。アメリカの集団的、機械的、反個性的文明を呪詛《じゅそ》してパリへ逃避した。そして、ものを書くに当っても、いっさいの形式ないし慣習を、それが自己を制限し、束縛し、自己を自己に還元するのに障碍《しょうがい》となるかぎり、これを破壊し、またはそれに反抗し、あるいはそれから逃げだすにいたったのである。つまりミラーにとっては、ものを書くということが自己の根源的な欲求から出た行為であるかぎり、それは彼自身に帰るための手段の一つにほかならず、したがって必然的に既存の形式ないし慣習の打破ということを伴わざるをえなかったのである。いわば、いっさいの形式を打破することそのこと自体が、彼にあっては、一つの、そして唯一《ゆいいつ》の形式となったのである。

(2)

小説家にとっては、他人の（そしてまた彼自身の）生活を観察することもまた生活の一部分であると言ったが、その事情は、ミラーの生活の主題が「自分自身に帰る」ことであるという事情と相まって、『北回帰線』の作者（そしてまたこの作品の主人公）の立場を複雑にし、この作品に特異な微妙な陰影をあたえている。

「自分自身に帰る」とは、言いかえれば、みずからの行為を意識によって規定せず、逆に意識を行為の導くがままにゆだねることである。なんとなれば意識はつねに自己以外のなにものかに仕えているからだ。したがって行為を意識によって規定する場合には、意識は、なんらかの意味で他者の頤使《いし》に甘んずることになり、いきおい行為もまた他者によって規定されることになる。みずからが発見したものでなく、みずからに先立って存在するなんらかの理念もまた、やはり「他者」であることはいうまでもない。ミラーが、一見反主知主義的な態度をとり、概念ないし抽象よりも個々の体験を重視することが多いのも当然だと言える。

彼は「なによりもまず生活を」と叫ぶ。そして、「叡知《えいち》と創造の根源である体験」（アナイス・ニン）を得ようとして自我を生活の混沌たる流れのなかに解き放つ。すなわち行為を意識から、意識を通じて迫ってくるもろもろの理念、倫理、慣習の絆《きずな》から切り離して思うさま生命力のディオニソス的乱舞にまかせるのである。行為が意識から遠ざかれば遠ざかるほど、その軌跡は純粋体験となり、概念化抽象化の対極へと近づくのであるが、しかし一方、認識の対象となる自我は、かならずしも純粋に個性的なもの、概念ないし抽象から完全に切断されたものではない。行為が、おのが乱舞に疲れはて、自然の成行きとしてその回転速度をゆるめるとき、そこに、いつとはなしに意識が忍びこんでくる。体験が理念に、「自分自身であること」が「自分自身であろうとすること」に、とって代られる。人は純粋に自我そのものであるときには一種忘我の状態にある。自我というものを認識したと感じ、もしくは認識しようと心がけるのは、すでに自分のなかに自我以外のものがまじっている状態のときなのだ。「書物というものは人間の死の行為である」というバルザックの言葉を自作のなかに引用しているミラーが、このような事情に無関心であるはずはない。書くという行為は、人間の必然的条件から由来する真実の生活、真実の行為の補いであり、代用品なのである。おそらくミラーは、生きることプラス書くことで、はじめて完全に自分自身になると感じているのであろう。真実に生きない時間を書く時間と化することによって、行為にその対極である意識をもって迫ることによって、逆説的に自我を、純粋行為を、生きることを、回復しようとするのである。すくなくとも自我が、それ以外のものから脱却して、それ自身に復帰するのに便利なように、道をならしておこうとするのである。

だが一方、小説家にとっては観察もまた生活であるという関係がある。そして観察の対象が彼自身であるとき、彼の生活は、見る彼と見られる彼との交代から成ることになる。そのような彼が、「彼自身に帰ること」を意図するとすれば、どういうことになるか。『北回帰線』が、シュールレアリスム的な自動記述法《エクリール・オートマチック》めいた部分をふくんでいること、また一種私小説的な雰囲気をもっていることは、ともにこうした事情に結びついている。自動記述法は、さきの説明における意識—行為という対立の代りに意識—無意識という対立をおき、意識の介入を極力さけた「書くこと《ライティング》」をもって実際行動を代行させようというやり方である。すなわち自動記述法をふくむ記述においては、作家は机の前に坐ったままで、自己の存在の仕方を端から端まで遍歴することができる。別の言葉でいうなら、書くことをもって生きることにおき代えようとするやりかたであり、したがってそこから生れる書物は、その日常性プラス非日常性によって、ある総体としての印象を読者にあたえうるはずである。

自分自身に帰ろうとする彼とそれを見る彼との交代ということは、ともすれば、現実の生活が、その生活を描いた作品をつくろうとする意欲のほうへ歩みよるという結果を招きがちである。つまり芸術を模倣する生活を芸術がさらに模倣するということになる。現実からフィクションへの移行が連続的であり、その中間に判然とした境界がない点、これは日本の私小説作家の場合に似ている。ただ注意しなければならぬのは、私小説における現実と仮構《フィクション》との無差別ないし混同は美学の欠如からきているのではないかと思われるふしがあるのに対し、ミラーにあっては、その激烈な自我中心主義《エゴセントリズム》が従来の美学をいっさい破壊しようとしていることからきている点である。

芸術と生活とのこのような相関はまた芸術の首都パリの雰囲気の底流であり、そこに吸いよせられた世界の各地からの芸術家あるいは芸術志望者たちの内心の図式でもあるらしい。「パリの個人的ヴィジョンをみごとに表現した作品」(ブレーズ・サンドラルス)「戦後渡仏した世代のための碑銘」(エドマンド・ウィルスン)などの讃辞《さんじ》が『北回帰線』に寄せられたのは、たんにパリないし「うしなわれた世代」の人々が登場するからではなく、こうした内面的関係のゆえではないかと思う。

(3)

ジョージ・オーウェルは、「ヘンリ・ミラーという作家は血みどろで愚劣な現代の世界から『鯨の腹中』へ逃避したのである、すなわち彼は外部世界にまったく無関心であることによって、自分自身を保とうとしたのである」と述べている。たしかに、自己保存のために外部世界から逃避することはミラーの前半生の放浪の主題であったし、彼の思想の一面のあらわれでもあった。外部のイデオロギーや必然性や規格性に頼らず、自己の周囲に無目的な自由の領域を保つことによって自己を保とうとするミラーのような人間にとって、現代世界の現代性を、一時的にもせよ、考慮の外におくこと以外、行き方がないだろうことは、見やすい道理である。イデオロギーの「あれかこれか」や、政治上の目的と手段の相剋《そうこく》の問題に、ミラーは直接手をふれようとはしなかった。やむをえず対決を迫られると、ほとんど痙攣《けいれん》的な全的否定をもってそれにこたえた。政治、集団、機械が人間に優越し、非人間的な理念の下に人間の血がながされる現代世界は、彼の眼には「巨大なる崩壊」として映じた。それは人間を彼自身から遊離させた文明の悲惨な末路である。「文明世界ぜんたいが、きたるべき百年間かそこらで払拭《ふっしょく》されることを私は希望しかつ信じる」と彼は公言する。

しかしながら彼は、こうした反文明的な、アナーキスティックな態度にもかかわらず、その態度を積極的なアナーキズムに転化させはしなかった。ミラーの特異さは、彼が現代の問題を現代的尺度によって解決しようとせず、逆に問題自体を超時代的な尺度のなかへ解消しようとする点にある。彼の態度が別の面で積極性をおびはじめるのは、こうした点からである。現代世界は、歴史的時間的な序列のなかであたえられた意味を剝奪《はくだつ》され、宇宙の空間的な総体のなかの単なる一片となる。アナイス・ニンが洞察《どうさつ》しているように、それは決していわゆる原始主義《プリミティヴィズム》ではない。「われわれの世界で神聖とされタブーとされているいっさいが無意味としか映じないパタゴニア人の眼をもって」万象を見ることである。世界の混沌と豊饒《ほうじょう》とをあますところなく認めるランボーの態度にそれは近い。現実と非現実との和である総体としての宇宙を彼らは透視する。ランボーが「錬金術」というとき、ミラーはセザンヌ流に「実現《リアリゼーション》」という言葉を用いる。ミラーにとっては、「世界は秩序づけらるべきものではなく、実現された秩序である。われわれがなすべきことは、この秩序にわれわれを調和させることである」(『薔薇色の十字架』)ここから、芸術とは真実を語ることであり、創造《クリエーション》ではなくて再建《リクリエーション》であり実現《リアリゼーション》である、人は既成概念からおのれを解放することにより、日常的世界からの転位によって、真の現実《リアリティ》に達しうる、というシュールレアリスム的な芸術論が出てくる。「われわれはじつは発明なんぞしない。借用し、再建するだけだ。覆い《アンカヴァ》を除き、発見《ディスカヴァ》するのである。神秘主義者の言うように、すべてはあたえられている。われわれはただ眼と心とを開き、在るところのものと合体しさえすればよい」とミラーは言っている。(『梯子の下の微笑』)

かくして最近のミラーは、「芸術家の偉大なよろこびは事物のより高き秩序を認知することであり……人間的創造といわゆる『神の』創造との相似を認めることである」(『薔薇色の十字架』)とする古典的かつ宗教的なおおらかさにたどりついたらしく思われる。ボードレール、ランボーの系列の後尾にみずからを擬したミラーのこのような思想的展開は、『薔薇色の十字架』の中心主題をなしているが、シュールレアリスムとリアリズムとを使いわけ、極度の自己集中から徹底した自己放棄へと自在に往復し、諸所に赤裸々な性の描写を点綴《てんてつ》したこの大作は、後世プルースト、ジョイスの後をつぐ二十世紀文学の金字塔の一つとして評価されるのではないかと期待される。

(4)

最後にヘンリ・ミラーにおける性の思想について若干ふれておきたい。性描写の大胆さは彼の作品の著しい特徴の一つであり、彼の名が世界的に有名になったのは、なによりもまずそのことによってではないかとさえ思われるからである。むろん、彼の作品に性的な事柄が扱われているのは、彼の思想ないし主張にとって、それが本質的な意義をもつからであり、したがってロレンスと同様彼が単なる好色作家でないことは、多少とも真実に対する感受性をもったものなら直ちにわかることである。『北回帰線』を好色文学と見るものは彼自身わいせつな心の持主である、と言ったエドウィン・コールの言葉は、よく急所をついている。

しかしながら、性の問題に対するミラーの扱い方の角度は、当然ではあるが、ロレンスのそれとは、かなり異《ちが》っている。そしてまた同じミラーの文学のなかでも、場合によって、その角度は、かならずしも一様でない。たとえば性描写の大胆さであるが、これはミラーにあっては、既成概念にとらわれずに事物ないし体験の真実を探るための方式であるが、また一方その大胆さのあたえる衝撃の効果を目標としている場合もあるようだ。すなわち、あらゆる既成の倫理、慣習、感情、秩序を動揺させることによって、読者の眼を、日常的世界から別の可能的世界へと向け変えることが意図されているのである。またことさらに卑語を用いて叙述することによって性的なものからのカタルシスを狙《ねら》っている場合があり、逆にそうした叙述によって過度に思弁的なものからの解放を意図している場合もある。水が低きに流れるように、自己放棄的な、無意志的な行為の自然な落着きさきとして、性的な事件が提出されることもある。こうした点では、性に対するミラーの態度は、ロレンスのそれよりもいっそう自然であり、おそらくこの点が両者の最も大きな相違ではないかと考えられる。ロレンスには性を自然なものとして扱おうとする自己の立場をジャスティファイしようとする態度、いわばピューリタニズムの尾骶骨《びていこつ》のごときものがあるが、ミラーにあっては、すべてが自然そのものであり、ロレンスにおけるような人物の英雄化が、ここではまったく見られない。性のみならず、いっさいの生活態度において、ミラーの提出する人物たちは、彼自身をもふくめて、最も低いところ、どぶ泥のなかへでも平然として降りてゆく。いわば彼らは、英雄たちがその矜持《きょうじ》のゆえに敢《あえ》て行わぬような行為をも避けない逆説的な英雄であり、快楽主義の底板をぶち抜いたエピキュリアンなのである。

　他方、性に対する一層積極的な態度をあげるならば、ミラーは性欲を食欲とひとしくまったく自然で健康な欲望と見ている。女性は男性にとって、その機能の試金石であり、存在の証《あか》しである。『性の世界』(The World of Sex)というエッセイで、彼は性と人間性との関係を縦横に解剖し、「愛とは完成の劇、一致の劇である」と言い、人間の全的自由を回復するための第一歩であるとしているが、生の根源的な活力の迸《へい》出《しゅつ》をあらゆるものに先行させるこの作家にとって、それはきわめて当然な結論だと言わなければならない。

(一九六九年一月)

本作品集中には、今日の観点からみると差別的表現ととられかねない箇所が散見しますが、作品自体のもつ文学性ならびに芸術性、また訳者がすでに故人であるという事情に鑑み、原文どおりとしました。

（新潮文庫編集部）

ナボコフ
若島 正訳

ロリータ

中年男の少女への倒錯した恋を描く誤解多き問題作にして世界文学の最高傑作が、滑稽でありながら哀切な新訳で登場。詳細な注釈付。

T・ウィリアムズ
小田島雄志訳

欲望という名の電車

ニューオーリアンズの妹夫婦に身を寄せたブランチ。美を求めて現実の前に敗北する女を、粗野で逞しい妹夫婦と対比させて描く名作。

T・ウィリアムズ
小田島雄志訳

ガラスの動物園

不況下のセント・ルイスに暮す家族のあいだに展開される、抒情に満ちた追憶の劇。斬新な手法によって、非常な好評を博した出世作。

サリンジャー
野崎 孝訳

ナイン・ストーリーズ

はかない理想と暴虐な現実との間にはさまれて、抜き差しならなくなった人々の姿を描き、鋭い感覚と豊かなイメージで造る九つの物語。

サリンジャー
村上春樹訳

フラニーとズーイ

どこまでも優しい魂を持った魅力的な小説……『キャッチャー・イン・ザ・ライ』に続くサリンジャーの傑作を、村上春樹が新訳！

サリンジャー
野崎 孝
井上謙治訳

大工よ、屋根の梁を高く上げよ
シーモア―序章―

個性的なグラース家七人兄妹の精神的支柱である長兄、シーモアの結婚の経緯と自殺の真因を、弟バディが愛と崇拝をこめて語る傑作。

P・オースター
柴田元幸訳

幽霊たち

探偵ブルーが、ホワイトから依頼された、ブラックという男の、奇妙な見張り。探偵小説？哲学小説？'80年代アメリカ文学の代表作。

P・オースター
柴田元幸訳

孤独の発明

父が遺した夥しい写真に導かれ、私は曖昧な記憶を探り始めた。見えない父の実像を求めて……。父子関係をめぐる著者の原点的作品。

P・オースター
柴田元幸訳

ムーン・パレス

日本翻訳大賞受賞

世界との絆を失った僕は、人生から転落しはじめた……。奇想天外な物語が躍動し、月のイメージが深い余韻を残す絶品の青春小説。

P・オースター
柴田元幸訳

偶然の音楽

〈望みのないものにしか興味の持てない〉ナッシュと、博打の天才が辿る数奇な運命。現代米文学の旗手が送る理不尽な衝撃と虚脱感。

P・オースター
柴田元幸訳

リヴァイアサン

全米各地の自由の女神を爆破したテロリストは、何に絶望し何を破壊したかったのか。そして彼が追い続けた怪物リヴァイアサンとは。

P・オースター
柴田元幸訳

幻影の書

妻と子を喪った男の元に届いた死者からの手紙。伝説の映画監督が生きている？その探索行の果てとは――。著者の新たなる代表作。

ヘミングウェイ
高見浩訳

武器よさらば

熾烈をきわめる戦場。そこに芽生え、激しく燃える恋。そして、待ちかまえる悲劇。愚劣な現実に翻弄される男女を描く畢生の名編。

ヘミングウェイ
高見浩訳

老人と海

老漁師は、一人小舟で海に出た。やがて大物が綱にかかるが。不屈の魂を照射するヘミングウェイの文学的到達点にして永遠の傑作。

ヘミングウェイ
高見浩訳

誰がために鐘は鳴る（上・下）

スペイン内戦に身を投じた米国人ジョーダンは、ゲリラ隊の娘、マリアと運命的な恋に落ちる。戦火の中の愛と生死を描く不朽の名作。

ヘミングウェイ
高見浩訳

日はまた昇る

灼熱の祝祭。男たちと女は濃密な情熱と血においに包まれて、新たな享楽を求めつづける。著者が明示した〝自堕落な世代〟の矜持。

ヘミングウェイ
高見浩訳

われらの時代・男だけの世界
―ヘミングウェイ全短編1―

パリ時代に書かれた、ヘミングウェイ文学の核心を成す清新な初期作品31編を収録。全短編を画期的な新訳でおくる、全3巻の第1巻。

ヘミングウェイ
高見浩訳

勝者に報酬はない・キリマンジャロの雪
―ヘミングウェイ全短編2―

激動の'30年代、ヘミングウェイは時代と人間を冷徹に捉え、数々の名作を放ってゆく。17編を収めた絶賛の新訳全短編シリーズ第2巻。

O・ヘンリー
小川高義訳
賢者の贈りもの
——O・ヘンリー傑作選Ⅰ——

クリスマスが近いというのに、互いに贈りものを買う余裕のない若い夫婦。それぞれが一大決心をするが……。新訳で甦る傑作短篇集。

B・ユアグロー
柴田元幸訳
一人の男が飛行機から飛び降りる

あなたが昨夜見た夢が、どこかに書かれている！　牛の体内にもぐり込んだ男から、魚を先祖にもつ女の物語まで、一四九本の超短編。

A・M・リンドバーグ
吉田健一訳
海からの贈物

現代人の直面する重要な問題を平凡な日常生活の中から取出し、語りかけた対話。極度に合理化された文明社会への静かな批判の書。

サガン
河野万里子訳
悲しみよ　こんにちは

父とその愛人とのヴァカンス。新たな恋の予感。だが、17歳のセシルは悲劇への扉を開いてしまう——。少女小説の聖典、新訳成る。

サガン
朝吹登水子訳
ブラームスはお好き

美貌の夫と安楽な生活を捨て、人生に何かを求めようとした三十九歳のポール。孤独から逃れようとする男女の複雑な心模様を描く。

ディケンズ
加賀山卓朗訳
オリヴァー・ツイスト

オリヴァー8歳。窃盗団に入りながらも純粋な心を失わず、ロンドンの街を生き抜く孤児の命運を描いた、ディケンズ初期の傑作。

カミュ
窪田啓作訳
異邦人
太陽が眩しくてアラビア人を殺し、死刑判決を受けたのちも自分は幸福であると確信する主人公ムルソー。不条理をテーマにした名作。

カミュ
清水徹訳
シーシュポスの神話
ギリシアの神話に寓して"不条理"の理論を展開、追究した哲学的エッセイで、カミュの世界を支えている根本思想が展開されている。

カミュ
宮崎嶺雄訳
ペスト
ペストに襲われ孤立した町の中で悪疫と戦う市民たちの姿を描いて、あらゆる人生の悪に立ち向うための連帯感の確立を追う代表作。

カミュ
高畠正明訳
幸福な死
平凡な青年メルソーは、富裕な身体障害者の"時間は金で購われる"という主張に従い、彼を殺し金を奪う。『異邦人』誕生の秘密を解く作品。

カミュ
大久保敏彦
窪田啓作訳
転落・追放と王国
暗いオランダの風土を舞台に、過去という楽園から現在の孤独地獄に転落したクラマンスの懊悩を捉えた「転落」と「追放と王国」を併録。

カミュ・サルトル他
佐藤朔訳
革命か反抗か
人間はいかにして「歴史を生きる」ことができるか――鋭く対立するサルトルとカミュの間にたたかわされた、存在の根本に迫る論争。

新潮文庫最新刊

朱野帰子著
わたし、定時で帰ります。2
—打倒！パワハラ企業編—
トラブルメーカーばかりの新人教育に疲弊中の東山結衣だが、時代錯誤なパワハラ企業と対峙する羽目に!? 大人気お仕事小説第二弾。

岡崎琢磨著
春待ち雑貨店 ぷらんたん
京都にある小さなアクセサリーショップには、悩みを抱えた人々が日々訪れる。一人ひとりに寄り添い謎を解く癒しの連作ミステリー。

南 綾子著
結婚のためなら死んでもいい
わたしは55歳のあんた、そして今でも独身だよ——。(自称)未来の自分に促され、綾子は婚活に励むが。過激で切ないわたし小説！

河野 裕著
さよならの言い方なんて知らない。5
冬間美咲。香屋歩を英雄と呼ぶ、美しい少女。だが、彼女は数年前に死んだはずで……。世界の真実が明かされる青春劇、第5弾。

紙木織々著
残業のあと、朝焼けに佇む彼女と
ゲーム作り、つまり遊びの仕事？ とんでもない。八千万人が使う「スマホ」、その新興市場でヒットを目指す、青春お仕事小説。

ジェーン・スー著
生きるとか死ぬとか父親とか
母を亡くし二十年。ただ一人の肉親である父と私は、家族をやり直せるのだろうか。入り混じる愛憎が胸を打つ、父と娘の本当の物語。

Title : TROPIC OF CANCER
Author : Henry Miller

北《きた》回《かい》帰《き》線《せん》

新潮文庫　　ミ－2－1

昭和四十四年一月三十日発行
平成十七年八月五日四十三刷改版
令和三年三月二十日四十九刷

訳者　大《おお》久《く》保《ぼ》康《やす》雄《お》
発行者　佐藤隆信
発行所　株式会社　新潮社

郵便番号　一六二―八七一一
東京都新宿区矢来町七一
電話　編集部(〇三)三二六六―五四四〇
　　　読者係(〇三)三二六六―五一一一
http://www.shinchosha.co.jp

価格はカバーに表示してあります。

乱丁・落丁本は、ご面倒ですが小社読者係宛ご送付ください。送料小社負担にてお取替えいたします。

印刷・図書印刷株式会社　製本・株式会社大進堂

ISBN978-4-10-209001-5 C0197